我想跟你分享我所有

的爱意..

13

沈殊 × 陈应钟

有爱的青春陪伴者

无冬夏

沈不期

—著—

上海故事会文化传媒有限公司
上海文化出版社

图书在版编目（CIP）数据

无尽夏 / 沈不期著. -- 上海 : 上海文化出版社, 2025. 9. -- ISBN 978-7-5535-3240-0

Ⅰ. I247.5

中国国家版本馆 CIP 数据核字第 2025N48S75 号

责任编辑 蔡美凤
特约编辑 嘎 嘎
装帧设计 刘 艳 姜 苗
印务监制 周仲智
责任校对 言 一

无尽夏
沈不期 著

出　版　上海文化出版社
出　品　上海故事会文化传媒有限公司
（201101 上海市闵行区号景路 159 弄 A 座 3 楼 www.storychina.cn）
发　行　长沙大鱼文化传媒有限公司发行中心
印　刷　天津睿和印艺科技有限公司
开　本　880×1230　1/32　　印　张　9.5
版　次　2025 年 9 月第 1 版　　印　次　2025 年 9 月第 1 次印刷
书　号　ISBN 978-7-5535-3240-0/I.1260
定　价　42.80 元

目录

contents

Summer

目录

contents

Summer

第一章

甜酸樱桃

你靠着车窗，我心脏一旁。

沈殊在夏天很容易走神。

午睡起床前，下了一场雷阵雨，二楼的屋檐还有没滴完的雨水，泥点溅在窗台那双白色球鞋上。

沈殊倒躺在床上，手放在枕头底下，一张薄纸巾贴在半张脸上吸着汗，只露出可供呼吸的嘴唇，微微开合。

门外的吵架声被人有意识地压低，使人越想听清，越容易困顿。

麦克斯韦透着虹光的三棱镜、飞到海角连成一线的长尾蓝鹊、水缸里被金鱼吞下的七彩玻璃珠，全都生动地在沈殊眼前虚晃。

既乏味，又刚好能吸引她的注意力。

沈殊每次都差一点睡着，可始终睡不着。

她下意识地猛然起身，坐在床边晕乎了几秒，在纸巾飘落之前一把伸手抓紧了它，揉捏在掌心，头也不回地冲房门砸去。

微乎其微的声音让门外安静了几秒。

紧接着，是轻柔的两下敲门声，伴随着章昀芝平稳的声音：“小殊。”

“进。”

沈殊转头对上章昀芝的目光。见章昀芝手上还端着温水和洗净的水果，沈殊主动接过来放在书桌上，只仰头喝了一口水，说道：“谢谢妈妈。”

“不谢，你尝尝新买的樱桃。”

沈殊挑了一颗，塞进嘴里之前，抖了好几下水。被章昀芝看见，忍不住发笑："我又不是什么都拿盐水泡，看把你小心的。"

章昀芝替她把窗帘都拉开，随口问她："你跟同学约好了没有？趁高考结束，没事就把驾照给考了，以后的暑假你得考研、实习，再没这个时间的。"

沈殊才想起来似的："嗯，约了今天傍晚去。"

"今天不行，晚上店里接了几桌升学宴，你去楼下帮忙。"章昀芝看了时间，用征求同意的眼神问她，"你就负责洗菜，别的地方不用你，我给你付工资，成吗？"

沈殊没有迟疑："按熟练工给我结算啊。"

"那必须的！真乖……那我先下去招呼客人了。"

章昀芝走后，沈殊冲了个澡，换了件黑T恤下楼。

为了方便跑动上菜，她把鞋带也绑得很紧。

手扶紧，站在楼梯上，沈殊盯着一楼乌泱泱的一群学生看了有半分钟。一群人举着手没过头顶正在传递一个开瓶器，还没送到最里面那桌，已经有调皮的男孩子直接把两根筷子并一起，抵着桌角把瓶盖撬了。

一阵欢呼声。

另一个男生叫嚣着说，他连筷子都可以不用，用牙就能行。

有人接话："是不是这么厉害啊？"

十八岁的少年风华正茂，踩着刚成年的那道线，借着半瓶啤酒的醉意，游刃有余地跟同伴吹嘘："试试不就知道了……"

"什么德行？"

那人遭到一桌子人的嘘声，也全然不当回事，拉着不熟悉的人干杯，庆祝毕业。

沈殊不认识他们，只在下楼的时候露了个面，便转身去后厨帮忙。

但她很快被人发现。

卢亭郁坐在最里桌，今天的局就是他给组织的。原本选定的是五星级酒店中餐厅，但有同学不乐意平摊费用，嫌贵也嫌远，索性就选了交大附中附近的"芝姐菜馆"。这家店以炒菜为主，干净实惠，来往的都是熟客。

室内地方不大，只有两排长桌，到晚上能支起铺好塑料布的大圆桌，也够这些学生小聚一回了。

卢亭郁兴奋地拿胳膊肘两边乱撞："发现没？发现没？"

旁边同学不明所以："发现什么？有金子捡啊？"

"沈殊。"

"哪个叔？"有人接话。

卢亭郁白了他一眼："你隔壁王叔。"

他举着手机边拨电话边往店外挤。室外电扇摆头乱吹，一阵热风刚扑面，卢亭郁就跳脚让开，躲到没人的空调外机后，硬是要把电话打通。

在拨打第六遍时，对方终于接通了。

那人嗓音低沉，像是没睡醒："找我干什么？"

"醒了？"

"嗯。"

卢亭郁急着问："退烧了？"

"没量。"

卢亭郁有些谄媚，迫不及待地奔向主题："你猜猜我刚刚碰到谁了……"

"挂了。"

"别啊！你就猜猜。"

对方语气寻常，不配合地回他："你不说能憋死吗？"

"能，这真能。"

"那不猜。"

卢亭郁清了清嗓子："那我说了啊，我碰见沈殊了。"

"……我挂了。"

"别啊。"

卢亭郁赶紧重复了一遍："我说！我见到沈殊了！交大附中最漂亮的沈殊！她在路边的小菜馆帮忙，就在我们高中斜对面那家——芝姐菜馆。"

电话那头没有声响。

卢亭郁暧昧地笑了一下，说："你想起来了？"

"哦……"

"哦？你装什么不认识，别人不知道，我还不知道你……"卢亭郁像是热锅上的蚂蚁一样乱窜，噼里啪啦好一通说，"她长得这么漂亮，成绩又好，没想到家境这么普通，她一晚上都在后厨帮忙洗菜，这得多累啊？"

"我怎么知道……"

卢亭郁用惊讶又故作随意的语气问："陈应钟，她不是在追你吗？”

“什么情况你不知道？”

卢亭郁憨笑两声：“也是，她只是替好朋友给你送表白信，幸好你没动心，不然也太惨了，‘啪’一声，心狂跳，一拆开信发现到手的女朋友没有了。”

陈应钟无语地看了眼手机电量：“……睡了。”

“那你需要我打包点什么给你吃不？芝姐菜馆也可以外卖，这家炒菜真不错。仔细看看，我觉得芝姐长得也比一般中年人漂亮多了……”

“嘟嘟嘟——”陈应钟挂了电话。

陈应钟昨天打篮球后洗了冷水澡，着了凉，今天吃了退烧药蒙头大睡几小时，刚出了一身汗，就被卢亭郁的电话吵醒。

他扫了眼时间，刚过八点。

他准备点个外卖，本想吃得清淡一点，却下意识地搜索“芝姐菜馆”。

爆炒鸡杂和杭椒牛柳是他们家的招牌菜，商家照片上还有手绘的卡通角色和小爱心，像极了家常菜才有的氛围感。陈应钟的目光忍不住停在上面。

最终，他点了碗豌豆鸡杂面，微辣，少面。

然后他将被子一盖，打算再睡一会儿。

沈殊正在后厨帮忙洗菜，忙活到一半，被章昀芝喊去送外卖。

戴好头盔，单脚还踩在地上，沈殊刚一打开车灯，章昀芝立刻冲到她跟前双手扶住后视镜，小心叮嘱她：“不然你还是下来吧，我去送。”

“你得掌勺。”

“那你记得骑快一点，不然面坨了影响店家口碑。”

“……知道了，也就十分钟。”沈殊目光停在一边，示意她让开，然后手握小电驴的车把手，一溜烟儿就开出去了。

外卖地址并不难找，沈殊骑车一路哼歌，到楼下按了电梯才开始拨号码。隔了几十秒，才有人接通：“喂，你好。”

沈殊怔在原地，这声音好像有点熟悉……

她赶紧接话：“哦，您好，我是来送外卖的，已经在……”

“谢谢，放门口就好。”

没错了，好像就是那个高中三年总是代表学生讲话的人。

他每天经过她的窗边时，她总是正在补觉。只有听见他偶尔几句说话声，她才会打起精神抬起头。

可她看见的却总是背影。

他的声音，沈殊很容易分辨，因为是她喜欢的偏低沉但又清晰的嗓音。此刻听起来声音更沉，像是刚睡醒……

“那个……面要立刻吃，不然面坨了就不好吃了。”沈殊争取跟他多说几句，“哦！我们还有新店优惠活动，麻烦给商家个好评，下次再点会多送一个茶叶蛋。”

“嗯，谢谢。”

“不谢，不然你再加个顾客群？老板娘不定时还会发红包。”沈殊开始胡说八道，“在群里下单也可以更快配送的哦……”

“不用了。”

“哦……这样。”沈殊眼看着电梯一路直线上升，数字跳跃在她胸口，倒计时一般，她按住了目的地的下一层，门一开立刻走了出去。

沈殊拎着打包好的豌豆鸡杂面站在电梯外，猛吸一口气。

不是，我紧张什么，他又不认识我，沈殊心说。

于是，她立刻拨通十年同学黄石榴的微信电话，简明扼要地讲了一遍送外卖碰到陈应钟的事情。

黄石榴正在自拍，准备去横店旅游，顺便去蹲点，看看能不能有机会碰到喜欢的明星。她往嘴里塞了一片薯片，惊讶极了：“上次你送完表白信，人家没加你联系方式，你就当是被拒绝了，这次我们不得越战越勇啊……”

“想到上次被拒绝就生气。”

“别气。男人吧，有矜持的，但是没有太矜持的，你再追两天，分分钟拿下。”黄石榴给她支招，“先把联系方式加上，知道现代爱情故事的基础是什么吗？”

沈殊对着空气摇头：“什么？”

“频繁聊天，产生恋爱错觉。”

“有道理……”

沈殊想起高考结束第二天发生的事情，她就来气。

他们按老师要求返校对答案、估分，好不容易找到没有人在的空当，她把精心写好的表白信装在同学录里，装作若无其事地塞进陈应钟手里。

陈应钟一打开，就两行字，歪歪扭扭，像小学生写的：

我应该是有点喜欢你。

我的联系方式是175****4795。

沈殊写的是真实的心情。

她其实写了很多个版本，这些事情难不倒能拿竞赛一等奖保送上交大的她，文艺有之，朦胧有之，但是通读下来，多少有点做作。

她仔细想了想，确实也说不出自己为什么喜欢陈应钟。

她什么时候开始喜欢他的也不知道。

大概就是不同年级、不同班级的同学，都在说他们是一对。长相、身高、成绩、性格都很登对，连偶尔从楼下撞过来的篮球，都会正好砸在沈殊的窗前。

这大概就是天意吧，沈殊想。

递完表白信，沈殊一言不发，直勾勾地盯着他看，像是在等一个回答。但当陈应钟抬眼看向她时，她又紧张得一激灵，脱口而出："我同学让我给你的。"

陈应钟平静地问："哪个同学？"

她故作老成："加了联系方式你就知道了。"

说完，沈殊掉头就走，唯恐被人看到她正在做的事情。

……

一等就是七天。

中毒都该毒发了，陈应钟也没有联系过她。

没有回答也是一种答复，总之，她就是被拒绝了。

"那次不算，老天爷都在给你创造机会了。"黄石榴努力劝说，"再说，我们谨记，不给男人花钱，不为男人流泪，我们只倒追，不当舔狗，听懂了吗？"

"听懂了。"

黄石榴掷地有声道："大声一点！"

"听！"

"叮"的一声，沈殊被刚上来的电梯吓了一跳，声音缩回到喉咙里："……懂了。"

"怎么还说没气儿了？"

"懂了，真懂了。"

"行，那就去吧。老天爷的旨意最大了，我等不得忤逆。"黄石榴一声令下，"忤逆穷一辈子。"

沈殊立刻跟上，扬声答复："好的！"

等她收拾好心情重新坐上电梯时，才发现电梯是往下走的，她莫名回到了一楼。她重新出发，又耽误了几分钟，等到电梯在十七楼一打开，陈应钟已经站在她眼前。

他跟她一样穿着简单的黑色T恤，甚至巧妙地算是同款，她这件口袋处是灰姑娘的小图案，陈应钟则是一只卡通老鼠，像极了给灰姑娘偷送乳酪蛋糕的那只。

果然是天意。

沈殊冲他清甜地微笑着，装作不经意的样子打招呼："原来是你啊。"

"嗯。"

"陈……"沈殊装作犹豫想不起来的样子，抿了抿唇才说，"陈同学，好巧啊。"

"陈应钟。"他主动说。

"哦，陈同学。"沈殊把手上的豌豆鸡杂面递给他，另一只手扶了下自己的小黄帽，戴得更歪，"不好意思啊，我第一次送外卖，暑期兼职，不小心在你们小区迷路了。"

"没事。"

"那个，面可能泡久了……"

陈应钟接过来以后垂在身侧，目光停在她脸上几秒，单手随意挥了下。

"嗯？"

"头盔。"

"哦……"沈殊又伸手扶了一把，帽子整个从她后脑勺滑下来，锁扣勒在她脖子上。她来不及去扶，陈应钟已经先伸手到她脑后，托住了整个帽子的重量。

他细长的手指稳稳地罩在上面，像单手吸住篮球一般，整个扣到沈殊脑袋上，落下时正好与她扶在耳边的手指相碰。

只几秒，就让她耳朵红透。

沈殊讪讪地说："谢谢……"

"嗯。"

"你要不加我个微信？"沈殊飞快地偷瞟一眼他的神色，"我退你面钱。"

陈应钟笑了一下，客气地拒绝："不用。"

"哦……"又被拒绝了，沈殊低下头。

偷偷看订单加他微信这件事，她不是没想过，只是这样更不自然，还不如心一横主动问了。

仗着身高差，陈应钟只能看得见她的脑袋，他无声地笑了一下：“加了也不用退我面钱。”

“……嗯？”沈殊立刻笑起来，忍不住凑近一步，用讲悄悄话的语气问他，“那我现在加你可以吗？不退钱，只加你。”

沈殊快速扫完添加好友的二维码，又扶了一把自己的安全帽。

她目光扫到一边，视线正好落在陈应钟的小臂上，他拎着不费力的一碗面，肌肉线条分明。

沈殊只是匆匆一眼扫过，已经能感觉他的肢体框架很挺直，大概是经常运动。沈殊胡乱地往身后一指：“……我还有其他外卖要送。”

陈应钟替她按了向下的电梯，干脆利落地说了句：“再见。”

沈殊目不斜视地等待电梯。在门关上的那一刻，她才微微眯起眼睛看过去，门缝里一点光都透不出来。好歹在学校也算打过多次照面，有必要这么生分？聊几句总可以吧？

沈殊把手机拿出来，通过好友验证的信息弹出。

她本想发个打招呼的表情，或者发一句“我是十二班的沈殊”，但又觉得太刻意了。后来，她不死心地斟酌了一整晚，可越晚越不是好时机。

最终她什么都没发。

第二天，沈殊跟黄石榴约好去交大西门的驾校报名。

沈殊把身份证、身份证复印件和证件照递过去，被黄石榴嫌老土：“现在都不需要自带照片了，驾校一般都有自助打印机。”

“这样哦。”沈殊把透明档案袋拿在手里，“我还准备了很多材料。”

“是啊，体检也可以在现场完成。”

黄石榴说得没错，视力、听力、色彩、手腕平衡等常规检查统共也就花了十分钟，驾校王师傅告诉他们：“今天我就给你们把档案提交给运管和车管审核，正常一周就能考科目一，我这里不一样，三天就行。”

黄石榴拿手扇风，动作已经有些烦躁：“谢谢王哥！”

王师傅被她喊得一乐，又把自己驾校的通过率吹嘘了一遍。

黄石榴不在意这些，想了想还是慎重地问出口：“科目一我能跟她坐一起吗？”说完指了下沈殊，没羞没臊地说，“我自打高考一结束就开始有点晕字，看不见题，脑子漏水，我需要有熟人在旁边给我力量，能给安排坐一起吗？”

王师傅为难：“那不好说，车管所叫号上机考试。”

“那就给我们便宜几百块钱吧。”沈殊自然而然地从王师傅手里把报名材料接过来，“我们两个人报名呢，你给优惠一点。”

王师傅“哎哟”两声，明确地说：“那更不行了。这报名费都是统一规定的，我哪有权给你们打折，知道你们都是高考完的学生，已经是最低价了。”

沈殊拉开空荡荡的背包，作势要把材料全塞进去：“那我们不报了，我也不给你们发朋友圈推荐其他同学来了，别家组团报名都有折扣。”

王师傅眼尖地拦下她们：“别啊，这样……叔跟你说，以后你们早来一会儿，错峰练车，我让你们多上车实操，咱们一口气就把驾照给拿下来，你看行不行？”

沈殊微微侧了下头，给黄石榴使了个眼色，勉强说：“我看不行……”

黄石榴意会，挽着沈殊的胳膊，劝说：“算了吧，学车的人太多了，王哥技术好，他这里通过率高着呢。”

王师傅赶紧帮腔，想把这两单生意促成，压低声音，拍胸脯保证：“你们放心，我教了二十多年了，经验丰富。等一天只摸两回车，真不如我给你们补半小时抓紧练。”

“那……行吧。”沈殊偷偷笑了一下，“那你定好时间啊，别骗我们。”

王师傅咳嗽一声：“行！哪敢骗你们这些大学生啊！”

沈殊松了手，把材料重新递给王师傅。

他将资料拿在手里，装模作样地看着照片核对人脸，只几秒就把所有信息确认好，又提醒说：“你们记得发朋友圈啊，给叔多宣传几句。”

沈殊说：“好。”

她连文案都没有编辑，对着驾校的空地比了个“耶”，带上定位，无滤镜直发。

“发了啊——”她将手机朝前，临走前还不忘冲王师傅喊一句。

听王师傅安排，第四天沈殊一大早就去车管所候场，上机不足半小时，迅速考过了科目一。出来时，她有点沮丧，跟黄石榴说："我错了一题。"

黄石榴会错意："那也太棒了吧！不愧是你！"

"……不应该错的，手点快了。"沈殊垂着眼睛说，"算了，不要紧。"

"本来就不要紧，你别对自己那么严格。"黄石榴走到自动售货机前，问沈殊喝什么。

沈殊扬了扬手里的水杯，婉拒："我带了水。"

"别这么省，夏天喝点冰的。"黄石榴问，"可乐？还是茉莉花茶？"

"矿泉水。"

黄石榴太知道她这个人不能勉强了："行吧，给你。"

黄石榴"噗"一声拉开可乐罐，大口喝下，喉咙里的气泡排队破开，像是专属夏天的声音。

"怎么样了？"

沈殊问："什么怎么样了？"

"你和陈应钟啊。加了微信这么久了，聊什么了？"

说到这个，沈殊就无奈："没聊过。"

"什么没聊过？你不会给他主动发吗？今天天气很好、今天喝了奶茶、听说最近有好看的电影、要不要一起打游戏……这不都是话题吗？"

"哪有那么容易……"沈殊抱怨说。

黄石榴给她顶回来："哪有那么难！倒追就是得放下身段！"

两人并肩往外走，空隙时间商量好从今天下午就开始学科目二，以后每天中午就在附近随便吃一些，清晨拼车来，晚上一起坐公交车回市里。

沈殊语气不热烈，但也不失气势，像有自己的打算，被黄石榴问个正着。黄石榴说："你快说，你打算做什么？我不信你这么容易放弃。"

"我很容易放弃的。"沈殊故意边笑边说。

黄石榴说："嘁，我还不知道你。"

沈殊游刃有余地笑着："走一步看一步呗，总不能人家出个对三，我就直接王炸表白，早着呢。"

黄石榴问："那他也没有主动找你说话？"

"没。"

“你朋友圈是不是没自拍？”黄石榴想了想，“现在拍，从今天就开始发，什么自拍照、他拍照、小众音乐都给安排上，他现在对你的美貌一无所知。”

“……不用。”

黄石榴连忙转过头，看她云淡风轻的样子，神秘兮兮地说：“行，不告诉我你的全盘计划是吧？”

沈殊淡淡一笑：“想着呢。”

黄石榴对沈殊再了解不过。

她这个人绝对不是会冲动行事的人。

黄石榴曾经看过一篇关于“天才病”的报道，好像叫阿斯伯格综合征，一些病例特征沈殊并不符合，她没有任何社交或语言障碍。

相反，她人缘好，嘴甜人美，性格真诚明朗。平时在学校里爬高擦窗户、倒垃圾的脏活儿也从不少干，各种活动、比赛、晚会缺人，她也从不挑活儿，缺人就顶上，默默演一棵树也行。

不仅暗恋她的男生多，喜欢跟她一起玩的女生更多。

但只有认识多年的黄石榴知道，沈殊的运动能力极差，除了通过拼命练习才能像正常人那样从容跑步外，她在某些方面有着近乎刻板、仪式化的行为模式。

比如，她只喝牛奶、温开水或者矿泉水。有独立意识以来，她一口其他饮料都不曾喝过。

比如，她早上六点起，晚上十一点睡，绝不耽误一秒钟。

比如，她入睡时喜欢拿纸巾、拿胳膊半遮住脸，只露出嘴唇呼吸。之前黄石榴睡她对床时，担心纸巾会影响她正常呼吸，替她拿开过几次，醒来便发现她脸上又重新盖了一张。

沈殊在交大附中度过了整个中学时代，无数次进出食堂，却永远只买两样早餐——水煮蛋和酸豆角肉末包子，永远只买一荤一素作为正餐，就连米饭都是按量买的。

最让人头疼的是，她有着超出常人的“强迫症”。

她不允许试卷上、教辅资料上有空着的题目，目之所及，没有她做不完的题。她严格遵循自己的每日计划，不浪费任何一个时间段。

黄石榴乏味地走神，回过头发现沈殊正在用手机看科目二的教程。她看得很仔细，拢着手心遮挡太阳光，嘴唇微微开合，像是在背记理解。

她们并肩坐在遮阳棚下，上身晒不着，双腿难免被太阳晒到。

沈殊坐着不动，睫毛微颤。黄石榴叹了口气说："有时候我也挺羡慕你的……"

"羡慕我什么？"沈殊随口接话。

"没什么……"黄石榴双手撑在自己的膝盖上，看向远处正在破口大骂的教练，声音也变得有气无力。

到傍晚，起了一阵风，可能还会下雨。

黄石榴一下午只上了两趟车，一次踩错油门被王师傅臭骂一顿，一次走神直接开过头无法靠自己掉头，直接被赶下车。

沈殊倒库已经练得差不多了，想继续练，王师傅说："心急吃不了热豆腐啊。"

她只好先下车，此时遮阳棚已经坐满了人。

不远处，黄石榴坐在树下，整个人凑在一排水龙头水池的阴影里，身后也挤满了背对着坐的人。她一见沈殊下车，就赶紧冲沈殊挥手："快过来，你快点过来！"

沈殊绕过遮阳棚，探出头，往天上看一眼，遥远的天边有一弯玫瑰色的云，像仰着头高傲游水的天鹅。

她说："好像要下雨了……"

刚一靠近，还没坐下，就听黄石榴神色紧张又兴奋地压低声音抱怨说："你怎么都不看手机的？"

"在车上看不了手机。"沈殊手掌心都是汗珠和泥灰，她本想伸手擦汗，却只能拿手背在额头上蹭了下，而后拿胳膊肘推了推黄石榴，"帮我拿下包里的纸巾。"

黄石榴声音越说越小："陈应钟。"

"……陈应钟什么？陈应钟在，我也得擦汗，快帮我拿。"

黄石榴吞吞吐吐地说："不是，陈应钟在我们……"

沈殊着急，不想用脏手拉开背包拉链，拿手背用力蹭了好几下，头也不抬地问："陈应钟怎么了？"

"我没事。"一声闷笑。

"嗯？"沈殊本能地抬头，陈应钟微微低着头站在她身后。

四目相对。

沈殊看清楚，他穿着白色短袖、牛仔长裤，太阳没能晒红他的皮肤，额前的发梢湿润，看起来干净又高大。

她没办法用"好看"来定义好看的人。

但如果真的要说到好看的男生，沈殊第一个想到的人，就是陈应钟。

陈应钟笑意客气，眼神几乎没在她们身上停留，像是完全不认识。

她就这么让他没有印象？

沈殊在仰头的几秒沉默里匆匆站起来，装作若无其事地想打开水龙头洗手，却没想到这一批水龙头早就生锈废弃了，在烈日油锅里定点滚了又滚，此刻烫得超乎想象。沈殊触电一般抽回手，痛到没办法开口。

陈应钟的目光停在沈殊的手指上："你好像有事。"

你才有事。

沈殊心里七上八下，只觉得此刻狼狈丢人。她灵机一动，微微扬起头试图跟他平视，白皙泛红的双手摊在他面前，说话却很平稳："陈同学，借瓶水？"

陈应钟顿了一下，把瓶盖拧开，将矿泉水握在手里停在空中，说："喝过的。"

沈殊眼中带笑："你喝过的吗？"

陈应钟神色平淡，不动声色地看着她，像是警告她这一题没有答案。

有风吹过。

沈殊拿手背快速蹭了一下脸上的碎发，笑意狡黠，把手举高一些，像隔开两个人的距离："我不介意的，你呢？"

陈应钟笑意客气，将水递过来："你不介意就行。"

沈殊盯着他，抬起掌心张了张手指，不动声色地示意他替自己倒水洗手，声音稚嫩且多少带一点赖皮的意味："谢啦。"

陈应钟顿了好一会儿，没有立即出声，只是眼神绕过沈殊，落在她身后侧的黄石榴身上，将手中喝剩的大半瓶矿泉水平移到她面前："有劳。"

黄石榴下意识地"啊"了一声。

沈殊无所觉地笑了一下，顺着他的意图，动作转向黄石榴，冲她伸手，眼神却丝毫不露怯地缓缓从他脸上移开。

黄石榴打量了她的神情几秒，是可有可无的样子，甚至完全忽视自己眼中征询是否接水的求助意图，立即说："我来，我来。"

等陈应钟上车练习，远离水池阴凉地带，黄石榴才敢出声说："我刚刚话都没敢大声说！陈应钟一直坐我们后面，我眼睛都快给你眨瞎了，你也看不见！”

“我练完车一身汗，哪顾得上别的……”沈殊洗完手，拿了一张湿纸巾贴在额头上，轻轻喘气，脸上全是夏天的余热。

黄石榴目光涣散，直直地盯着远处的教练车：“我本来也没注意，一回头发现是他，吓得我差点原地起跳……”

“这么紧张的吗？”

“我是在替你紧张好吧。”黄石榴故意拿话逗她，“告诉你一个情报，你在练车的半小时里，有三个女生给陈应钟送过水。”

“哦。”

“嗯？就这样？”黄石榴把头靠在沈殊肩上，被沈殊嫌弃说热，但沈殊没动手推开她，任由她枕着继续说，“不过他都没收，甚至离开了遮阳棚那边的女生堆，不拖泥带水，而且很有礼貌，一点被女孩子追捧的得意感都没有。”

沈殊点点头，目光也停在远处。陈应钟坐在驾驶座，看不清神情，但他握着方向盘的动作和他的坐姿一样端正。

沈殊说：“有礼貌才对啊。喜欢一个人，又不是欠他的。”

“得了吧，现在的男同学你又不是不知道，尾巴都能翘上天。”黄石榴突然想起来什么，话题一转，“不对！不对劲！我才发现，别人都是送水，你是跟他要水，剑走偏锋是吧？咱们就不按言情小说的套路来！”

提到这个，沈殊就开始犯愁。

“你没发现……他其实拒绝我了吗？”

黄石榴立即摇头：“没拒绝啊，他不是给你水了吗？”

但是他没帮她倒啊。

“能这么理解吗？”沈殊问。

黄石榴不明所以，认真鼓励她说：“当然了！他给了你他喝过的水哎！拜托，这跟他当着所有人的面接受你送的水一样拉风。”

“你要这么说……”

黄石榴绷不住笑：“就是这么说。”

沈殊并不气馁，树叶飒飒作响，她迎着一阵夏风伸开手指，一两滴水在她指尖闪着光。空气里有一点清新的味道，还有一点酸涩的樟木香。

到傍晚六点，驾校打铃下班，但几乎所有教练车都没闲着。

倒库、S 弯项目前都排满了人，王师傅喊了一整天，喉咙早已经冒烟，抽身去水房打了一壶水出来，一看学徒都没走，着急摆手一声令下：“都别等了！”

一群人异口同声不乐意地“啊”了一声。

“啊什么？”王师傅往额前抹了一把汗，走到车前拦人，“都下来！明天再来练，不差这一时半会儿的。练多了脑子也犯浑，现在都下来！把自己带来的零食、矿泉水瓶都收拾一下，各自带走啊！我们场地有垃圾我要扣钱的。”

王师傅刚说完，黄石榴就立刻站起来应声支援：“辛苦王哥！明天见！”

说完，她把用过的纸巾、喝完的空水瓶胡乱往包里一塞，扯着沈殊就想走，被沈殊使劲拉回到身边。沈殊弯着腰小声说：“等他们走了，我们才能加练。”

“王师傅都让走了。”

“……他又没给我们的报名费打折，不练白不练。”

“那你练。”黄石榴“嘿嘿”笑两声，“我等你，风里雨里我都等你。”

沈殊拿黄石榴没办法，交朋友也从不互相勉强。她看了一眼手机屏幕，已经过了二十分钟，大家都还在磨蹭，丝毫没有要走的意思。

沈殊的语气有点无辜：“这个王师傅到底承诺了多少人加练啊……”

“东西可以乱吃，话不能乱讲啦，Madam（女士）。”黄石榴跷着二郎腿，无聊地靠着水池发呆，“没想到我们尖沙咀古惑仔阅人无数，也有被骗的一天。”

沈殊笑出声，也扮作港剧里的飒爽女警官，做出赶时间的样子，瞥了黄石榴一眼：“做人嘛，最重要的是开心。走吧，我下碗面给你吃啊。”

黄石榴夸张地四处张望：“Thank you（谢谢你）！Madam！我真的能走了吗？”

“走。”

两个人说完，眼神对到一起，“扑哧”一声都笑了出来。

经过王师傅时，他正在跟刚把教练车开回原处的陈应钟闲聊。

听意思，陈应钟应该很快就可以去考科目二，王师傅对他很有信心：“看你几天没来，以为你打算直接去考了。”

陈应钟言简意赅地回他：“感冒了。”

“大小伙子怕什么，火气没地方发，睡两觉就什么病都好了。”

原是一句正常聊天说的话，被黄石榴听到耳朵里，转了八道弯，引申出了九个意思。她凑到沈殊耳边，用只能她听得见的声音小声说：“听见没？心病还需心药医，跟陈应钟睡两觉就什么都好了。”

沈殊保持笑容，神色岿然不动：“我谢谢你啊。”

“你们俩还没走啊？”王师傅根本没有戴手表，但还是胡乱抬了下手看时间，催促地说，“赶紧回去吧，回市里的公交车没几趟了。”

沈殊跟他说“好”。

王师傅问她：“你们俩家住哪里？太远就干脆拼个车，要下大雨了。”

“不远，到荞水巷下，能直达。”

“荞水巷……”王师傅嘴里念叨，突然这么一说，“在交大附中附近是吧？这还不远啊？不堵车都得五十多分钟。”

沈殊轻笑着不说话，眼神又在陈应钟面前停了几秒。

“那我先走了。”陈应钟这样说着，没有回看她。

“去吧。我再检查下垃圾，不然天天扣钱，工资都不够你们扣的。”王师傅摆摆手开始赶人。

黄石榴看向沈殊，偶尔脑子转得比谁都快，不管不顾地把话撂了就走：“我家直达不了，要下大雨了，我拼车吧，你们自己坐公交车啊！”

沈殊大方地转头，抬眼看向陈应钟，没给他留下任何机会。

“走吧。”她说。

两个人错开半步，沈殊感觉得到他还站在原地。

但她坚决不回头，当作同路是再正常不过的一件事。

公交站牌前排起了长队，沈殊等到第二辆才上车。

陈应钟等在她身后，耳朵里戴着有线耳机，黑色双肩包挎在单肩上，随意又轻松。只半步距离，沈殊仿佛能闻到他身上淡淡的湖蓝色的海盐味，但并不难闻，甚至不像是其他人练完车那样狼狈的气味，真奇怪。

没有人主动说话，只在沈殊被前面的乘客撞到时，她才挪后一步，手肘又不小心擦过陈应钟的胳膊。只几秒的肌肤触碰，却让她忘了开口道歉，像是走神不小心经过空调外机，被突如其来的热风吹醉一样，很惊慌，但又觉得没什么。

“小心。”陈应钟说话时后退了半步。

沈殊自然地说：“谢谢。”

可能心慌使人分神，等车开到他们面前，沈殊才好像真正看见。

“车来了。”沈殊边往前走边回头冲他说。

沈殊看见的，还是他那样平和的神色，他本能地露出绅士礼貌的笑容，转瞬即逝。

他们最后上车，可选的座位只剩沐浴在阳光里的最后一排。不用等坐下，沈殊已经能感觉到椅子在发烫。

但好在靠窗的位置空出一个，足够他们俩坐在一起。

沈殊走在前面，丧失了挑选他身边座位的主动权，于是故意错开一步，装作弯腰系紧鞋带，让陈应钟先过去。

都是阳光卡座，避无可避，陈应钟没多想，随便找了个空位坐下。

沈殊走过去，眼里没有其他座位，直奔陈应钟旁边那个。

她指着窗户说：“我晕车，能让我坐里面这个座位吗？”

陈应钟没说话，只是并拢长腿，往旁边靠了一下，留足空间过人。

“谢谢。”沈殊冲他投去一个感激又无辜的眼神。

“要用纸巾垫一下吗？”沈殊冲座椅挑了下眉，拿出纸巾递到陈应钟面前。

他摇摇头，甚至往更空的地方挪了一点。

不要拉倒。

沈殊替自己多垫了几张纸。

司机赶着交班，也坐在阳光那侧，没等沈殊坐稳便着急发动车辆，她整个人猛地往另一边一撞，额头直愣愣栽到旁边的陈应钟肩上。

他眼疾手快地捏紧手机，手机才免于落地。

但耳机线还是被沈殊不小心扯下来一根，外放的音乐只有一句，迅速被陈应钟按下暂停键，动作行云流水，他重新戴好耳机，恢复原样。

沈殊抱歉说：“……不好意思。”

沈殊来不及回神，额前和耳朵都在升温，比她的脸还要热。

陈应钟说：“没事。”

静默了几秒。

沈殊仅靠一句也能分辨出那首歌，是陈绮贞和五月天演唱会合作演唱的《私奔到月球》。她心里闪过一丝雀跃，转头问他："你也喜欢听她的歌啊？"

陈应钟闻声，特意拿下靠近沈殊的那只耳机，回答："嗯。"

"好巧，我也很喜欢。"沈殊自然而然地打开手机，上下翻通讯列表，"我给你转发另一首，是我最近最喜欢听的。"

陈应钟没有接话。

沈殊装作为难的样子，转头说："我好像加过你微信，要不然你给我发个消息？我有点找不到……可能没加备注。"

战术上主动倒追，但言行上还是以"吸引"和"引导"为执行方针。这是沈殊在天意之下加到陈应钟微信那晚认真想的。

要倒追，就得拿出克服一切困难的决心和行动。

所以第一句话，她必须要让陈应钟主动说。

陈应钟当然想不到这层，很迅速找到她的微信，发来两个字：沈殊。

沈殊下意识地惊讶："你知道我的名字啊？"

陈应钟再自然不过地反问说："我们不是同校吗？"

"是哦……"

一句话把彼此知晓这么重要的事情撇得干干净净。说的也是，他们同校三年，中考就是各自所在区的第一名，分列前两名进入交大附中后，虽然不在一个班，也都不是校园活动积极分子，大多数时候是给人凑数，没什么真正打照面的机会，但要说互相不认识，那也确实有点做作了。

他这样坦然的反应，反倒让沈殊有点心虚。

但她神色如常，继续转发了她临时想到的一首歌。

两秒发送。

陈应钟的手机还停留在跟沈殊的聊天界面上，信息直接弹出，不用点开也能完完整整看到歌曲名——《我喜欢上你时的内心活动》。

他刚一抬头就对上沈殊停留已久的眼神："这首。"

"对，就是这首。"沈殊冲他清甜地笑，"你喜欢吗？"

"可能听过，没什么印象。"

怎么会没印象？陈绮贞的歌怎么会没有印象？他不是说喜欢吗？

沈殊坐回座位，靠在椅背上，笑得无所觉："推荐给你，我觉得很好听，特别写实，特别符合一个人喜欢另一个人的心情。"

沈殊很想轻哼两句，但最终只能发出蚊子哼的声音。

窗外它，水管在开花，树叶有翅膀。
上海的街道，雪山在边上。
你靠着车窗，我心脏一旁。

树影穿梭在靠窗的座位上，阳光跳跃，歌词轻快舒缓地从陈应钟眼前划过。陈应钟忍不住侧过头看了一眼身边微微闭眼的沈殊。

她不特意笑，脸上却也带着温柔的笑意。

这是上帝的馈赠。

这首歌也是，巧到像量身定做。

当一道烈阳闪过，她突然睁开眼，陈应钟同时转过去。

沈殊脸色有点惨白，喉咙里有一些发热、酸涩的感觉，像是晕车，又像是中暑。她缓慢地开合眼皮，目不斜视才能保持生理上的舒适。

她突然问："好听吧？"

陈应钟淡淡一笑，把手机按灭，说："没听了，我喜欢的是五月天。"

"这样。"

没有失望的语气，也没有为他们不存在的默契丧气。沈殊没再找他搭话，只觉得一开口或一闻到车内的混合气味，她就会忍不住吐出来。

不到一小时的车程，沈殊在迷迷糊糊的睡意里度过。

她对到站很有警觉性。不知道这是不是阿斯伯格综合征带来的影响，她从小对站名和地点有着极其敏锐的记忆力，乘车从来不会坐过站，走路从来不会走反。

快到荞水站了。

一路上，她不是没有纠结，想借着晕车直接倒在陈应钟的肩头入睡，想必他不会刻意站起来让她难堪，但好像意义不大。

荞水站是倒数第二站，再往后就是汽车总站。

她想了一路，在等陈应钟下车，想知道距离他家最近的位置。

却没想到她闭眼靠在车窗帘后，一直感觉不到身边的人离开。

越来越近的到站提示音让沈殊有一种莫名的焦躁，动作体现在她越想紧闭双眼，就越容易睫毛颤动。她只好往窗边又蹭了蹭，依旧只露出半张脸在外。

陈应钟……他会不会是怕我一个人在车上？

这种念头一出现，沈殊的心跳就开始清晰可数。

“咯噔”响，像是一种倒计时。

过站会让人生理不适，这种烦躁像一种明知故犯的愚蠢。

“车辆即将到站，请坐稳扶好。前方到站荞水巷，乘客请从后门下车。”

广播突然响起。

身边的人明显一动，像是擦着沈殊的膝盖走过去了。

沈殊有点想睁开眼，感觉四周像是空荡荡的了，一下子有点失落。

该不会真的只剩她一个人了吧？

司机和公交广告的催促声让每一分、每一秒都变得更加急躁，沈殊闭着眼猛吸一口气，拧紧眉心，刚要抬手先把脸上的碎发撩开时——

头顶突然传来一声最好听的声音：“荞水巷到了，你是不是要下车？”

“下！下车的……”沈殊猛地睁开眼，却没看向陈应钟，担心露怯，她伸手揉了下眼睛往窗外看。路边的树荫间隔很远，热气肉眼可见还在升腾。

“下一站是终点站了啊——”司机师傅头也不回地冲他们喊了一声，以示催促。

在沈殊站起来，拎好包，忍不住回头检查座椅上是否有东西遗落时，陈应钟说：“有人下。”

到夏天，日照光像是流动的热水汽，冲走落在脸上的树叶、蜻蜓和粉末，卡在脸颊上，被一把抹走。

沈殊刚睡醒，整张脸闷得白里透红，只剩眼眶一圈格外泛白。她从小就是这样的肤质，越热越晒，皮肤的质感越白皙、越细腻，甚至不会晒伤，也不怎么脱皮，只是平时容易泛红过敏。

陈应钟不是刻意去想，脑海里却闪过动画片版的《西游记》，白龙马的尾巴是纵火烧了殿前明珠的霞光色，孙悟空的花脸是那道火光映在海底的红白。

想到这儿，他轻笑了一声。

沈殊“嗯”了一声，下意识地在下公交车时转头问他：“笑什么？”

陈应钟原本只是瞥见她的脸，突然被迫顿住脚步与她对视，几乎没来得及止住笑意：“没什么，看见猫了。”

沈殊点头，没觉得有什么不对：“哦……荞水巷是有几只可爱的流浪猫。”

“小花猫。”陈应钟突然这么说。

“……有花猫吗？”沈殊走路喜欢数步数，没仔细留意巷子里的猫，只记得瘦小精干特别爱扑人拖鞋乱窜的那只，花猫倒是没印象。

但是没见过不代表没有，沈殊习惯这样想。她开口说：“可能有的……”

下了车，傍晚的太阳已经晒不到头顶，但夏天离开空调像是一场噩梦，暖风熏得人自醉。走出去几步，沈殊才想起来问：“你来这边有事吗？”

陈应钟正低着头回卢亭郁放鞭炮似的微信消息，下意识地接话：“不在。”

“那你……”沈殊故意只问一半。

卢亭郁一天发八遍“打球吗”，不论陈应钟怎么明确拒绝，他就假装看不见，想起来就问——反正得等太阳落了山才到打球的时间，早着呢，多问几次，万一陈应钟就答应了呢？

好男就怕缠，卢亭郁经常死皮赖脸这么说。

把手机插回兜里，陈应钟才意识到自己刚刚回的话。

往交大附中的岔路口看了一眼，他说：“回学校。”

越不回避越像真的，毕竟刚高考完，连正式高中毕业都谈不上，学生又偏好在学校附近的KTV和餐馆聚会。

沈殊只好说：“这样……那明天驾校见。”

陈应钟说：“明天周末。”

沈殊纳闷，确认王师傅没有告诉她这样的信息。

“驾校周末休息的吗？”

陈应钟说得理所当然：“我休息。”

“……好吧。”沈殊语气很快地说，“那下周见。”

“下周考试。”

“下周你就能考科目二了？”沈殊难掩惊讶。她上车实操的时候，听王师傅闲聊，说陈应钟明明就来了不到一星期。难道聪明人学什么都比一般人快？

沈殊有点郁闷了。

这时候，陈应钟正好“嗯”了一声。

找不到此刻不说再见的理由，也找不到下次再见的原因。

沈殊有点不满地往天空看了一眼，刚巧一道不够响的雷电闪过。

别光打雷不下雨，倒是来一场那些年错过的大雨啊，瓢泼倾盆的那种。沈殊在心里翻了个白眼，甚至想埋怨，老天爷怎么不干脆好人做到底呢？

陈应钟没什么表情，视线也没顺着她看过去，先说：“再见。”

“……再见。”沈殊只好这么说。

分岔路口一左一右，陈应钟先走。

这时沈殊才发现，他背包一侧插着一把折叠好的雨伞。

她更绝望了。

她沉了口气，又瞟了天边一眼，放弃，老老实实地转身准备往家的方向走。

刚迈出左脚，一大滴甚至有点发凉的雨水就落在了她的鼻尖，饱满到能滴到鞋面还能溅出水花。紧接着，大颗大颗老天爷恩赐的“珍珠”降落。

终于知道为什么只有“及时雨”而没有“及时风”这种说法了，因为一场及时雨能留住喜欢的人，风却挡不住，只能吹起看不见的爱意。

感谢老天爷！

沈殊在心里感激地说，表情没有实际情绪雀跃，但她第一件事就是伸手往自己的背包两侧掏，确保雨伞好好地藏在包里，而不是露在外面。

“陈同学——”

在喊出他名字的同时，沈殊径直跑向深巷岔路口另一边的少年。突如其来的大雨砸在他的身上，他的耳郭、发梢、背影甚至呼吸都带着水迹。

他连拿伞也没有停下脚步，却因为一声遥远不清晰的喊声缓缓转过头。

沈殊跑到他身边时，伞已经撑起。她微微抬头，与他四目相对，彼此的眼睛是湿漉漉的，眼中的彼此也是湿漉漉的。

沈殊边喘气边笑：“下……下雨了。”

“我有伞。”陈应钟直接将伞遮到她头顶。

“太好了。”她说得理直气壮，“我没有。”

陈应钟见她没有完全遮在伞下，伞柄冲她那边倾斜，刚一动就被沈殊双手握住，连同他打伞的那只手。

“不用借给我，捎我一路就行，很近的。”

沈殊冲他无辜且认真地眨眼，保证说：“真的很近，只有1128步。”

她没有信口乱说，从交大附中到车站、到芝姐菜馆的距离她计算过上万次，这几年心理情况不严重，她能够接受步数上的差异。小时候几乎每天一步不错，连速度都能跟心跳一样保持稳定。

听过这种说法的人，都会问她为什么要这样、怎么做到的。

但陈应钟没有，他带着沈殊的双手一起把伞柄推向她，靠近一步，距离缩小到两个人都足够躲在一把伞下。太近了，沈殊的心跳有些不受控。

他的手指刚刚动过。

跟她的手指感觉不同，他的骨骼很硬，手指细直。沈殊双手一起都只能勉强握住他的手，让人忍不住幻想他摊开手掌反握住她双手的温度和感觉。

有莫名的禁欲感。

但沈殊几乎没有迟疑，在感觉到伞柄朝向自己、他手指使劲那一刻，便立刻松开了手。给他留下“轻浮”“太主动”的印象就不好了。

“那边？”陈应钟问。

“嗯？”沈殊反应过来，是在问她家的方向，“对，那边。”

沈殊还想跟他道谢，但见他神色如常地转身，领着她往另一个方向走。两个人模糊的影子映在路灯下，天色不配合，分不清你我和前后。

只能看见一高一矮一把伞。

沈殊盯着看了一眼影子，不易察觉地踮了下脚。有那么几秒他们看起来一样高，也有那么几秒他们俩的样子一起倒映在了积水中，雨滴落在微笑的唇边。

暴雨持续下到晚上，沈殊一回家就洗完澡吹干了头发。

如往常那般，到十点，她就会准时躺平在床上。

沈殊双手举着手机，平视在眼前，一边听偶然翻到听了几节、索性每晚当背景音乐的《浪漫速成班》。主创是一对国外兄弟，试图用大量的动画去解释看似无关又有关的无厘头联系，每节视频不超过十五分钟。

有时候讲群落生态，有时候讲氮磷周期，都是很浅显但是很有意思的生态学视频，跟沈殊保送的生命科学专业相关，随便听听，刚刚好。

趁这个时间，她跟黄石榴有一搭没一搭地聊天，说到她跟陈应钟两个人挤一把伞的事情。这令黄石榴兴冲冲地催促她：“你这不有正当话题了吗？快去感谢人家。”

沈殊本觉得可有可无，但一想到黄石榴说的，等陈应钟考完科目二，连在驾校都没有再次碰面的机会，沈殊就觉得，有些机会，也只能刻意一点去创造。

于是，沈殊斟酌了措辞。只道谢怕是会迎来一句“不客气”，得留一些接话的余地。

她想了想，给他发：谢谢你的伞，注意多喝热水哦。淋了雨，喉咙已经开始痛了。

这样足够明显了吧？也不过分亲昵。多少能接一句寻常关心？

隔了两分钟，微信消息弹出两个字：不谢。

沈殊看着科普视频，心思还能集中，她甚至能发现从YouTube（油管）上搬运过来的视频里有一句机器翻译错误，但还是忍不住眼神往状态栏上移。

视频过了大半，微信还没有任何其他消息提示。

就这样了？

这年头，谁会手机离身啊，尤其是高考过后。

不发就是没有后续。

“连这都不接你话……”

在沈殊说完没有其他回复后，黄石榴立刻打电话过来。沈殊把手机丢到枕头上，面朝天花板，看着吊扇缓慢转动，脖颈间开始流汗，像是吹走了空调风。

“他是不是讨厌我啊？”沈殊问归问，但明白，不至于。

“正常人不会讨厌你吧……”黄石榴认真地说，却像是在伤口上撒盐，“其实讨厌也是一种明确、强烈的情绪，就怕他对你毫无兴趣，就跟对待路人、普通同学一样。”

沈殊闭上眼：“……你这是安慰我吗？”

“我这是分析最坏情况呢。主要是陈应钟没有谈过恋爱，也没追过我们知道的人，我找不到他喜欢的类型做参考啊。”

“没有可靠情报，输了一半了。”

黄石榴那边还有点击鼠标声：“那不至于，你不知道的，别人更不知道。你们好歹还加了微信、打过一把伞呢，多浪漫啊。”

“那也架不住他不接我的话啊。”

这样就永远没有可开启的话题。

黄石榴正在付费占卜，噼里啪啦打字输入了沈殊的生辰八字，只问她最近的桃花运势，嘴里说得含糊不清：“要不然，我们换个风格，不追了！高冷起来。搞不好这种高岭之花就喜欢那种拒人于千里之外、有清冷感的漂亮女生。”

“我是吗？”沈殊问。

“你不是。”黄石榴接话更快，“你是小太阳，你是那种——只要你出现，所有星星和月亮都会消失，但是彼此反射光芒，是很美好的女孩子。”

沈殊顿了几秒，被这种质朴的描述感动，有一种很温暖的安全感。

她笑说：“那我不是没戏了？”

“不是啊，我们可以表演啊！在追到陈应钟之前，先投其所好，搞清楚他喜欢的类型！就像你喜欢他这种斯文儒雅的类型，我就不是，我喜欢阳光快乐笨蛋。”

沈殊笑得身体打战：“才不要，我管他喜欢什么类型。”

“做自己，做不被定义的你自己。”黄石榴也绷不住笑，“仙女都是这么任性的。”

“与其用不是真实的样子被喜欢，还不如用真实的样子被讨厌、被误解、被放弃。”沈殊一字一顿地说，伸手拿了一张纸巾贴在额头上，“忘记从哪里看来的了。”

“是——我的大诗人，你就做自己吧。你是天才病少女，没有你搞不定的事情。”黄石榴脱口而出，一时忘记“天才病”这三个字会让沈殊想起很多事。

她赶忙打岔说了几句，挂了电话。

沈殊胡乱伸手找手机，视频节目早已经播完。她找到手机，脸上的纸巾还来不及掀开，她就瞥见一抹绿色。

他回复了！原来他还有别的回复！

虽然点开发现只有一行，六个字：你也是，多休息。

但已经足够让沈殊从床上猛然坐起来。

哪怕关心只是礼貌的善意，好歹不是冷冰冰的客套了吧？

沈殊的视线停在书桌上，准确来说，是一把口琴上。

这是她唯一会的乐器，几乎靠自学，不用章昀芝给她额外出学费。不过她从小靠自学，也就是乐理基础不牢，熟练吹出多首曲子是没有困难的。

沈殊几乎不用想，就决定了要吹什么曲子发送给陈应钟。

就当是感谢好了，多正当的理由。

她看了眼时间，距离十一点入睡还有半小时，足够了。她立刻在网上找到理想曲目的简谱，担心扰民，大热天的，她整个人躲在了薄被底下。

担心还有声音，她又拿了一床更厚实的被子出来，紧紧压死在身上。

整个人蜷缩在里面，不出三分钟，已经闷了一身热汗。

学三句核心歌词的旋律只需要十分钟，练熟也很快，但按着微信的语音录制却频繁出错，一不小心就划到了“取消录制”，这次录完，沈殊又觉得好像不是很顺畅。

想了想，她找到文件传输助手，给自己录制了几遍。

反复点开，反复流汗，反复听。

快到十一点了，她对睡觉时间有着极其苛刻的遵守习惯，实在撑不住了，越接近，越容易焦躁。

在录制第 26 遍以后，沈殊在十点五十分准时发送出去。

“嗖”一声，发送成功。

她又迅速地发了句：录了个好听的口琴声给你，当作谢礼。

沈殊眼睛一闭，整个人裹紧被子，从盘着腿的姿势变为一头栽在了软绵绵的枕头或者被子上，闷闷一响，比她预想的还要痛一些。

半小时前，陈应钟一直待在客厅，被他妈妈缠住，非得让他在她出差之前把《怀玉公主》都下载进电脑里。实在是太久远的台湾古装剧，好不容易找到视频资源，但他妈妈又嫌弃不清晰，鼓捣了半天也不肯作罢。

陈应钟中途回了一次微信，被他妈妈瞥见粉色哆啦 A 梦头像，开玩笑说：“女孩子找你啊？”没得到陈应钟的回答。

等到他微信再亮起，立刻起身想往房间走的时候，才又被他妈妈扯住了胳膊：“是不是女孩子啊？说了就放过你。”

陈应钟无奈地看了她一眼。

“那就是喽？”

陈应钟在他妈妈高兴爽朗的笑声里，关上了自己的房门。

他把台灯打开，借着有限的橘黄色光晕，插上耳机。

空调吹着风，飒飒响着，窗外的树叶摇晃，像要长出翅膀。

陈应钟点开这条语音，只一秒就听出这几句的出处——《突然好想你》。

是五月天的，他最喜欢的歌。

几乎是下意识地又点击播放了一遍，他才回她：你吹的？

距离入睡时间越来越近，沈殊打字变得飞快：不是，我录的，可能是隔壁小妹妹在学口琴。

陈应钟回：那谢谢她。

什么啊！

虽然心里这么想，但沈殊整个人还是开心得像刚跃出水面的金鱼，呼吸到新鲜空气了。她把被子裹紧，只露出自己的头，大口呼吸。

紧张，心慌，很热，超级热。

“嘀嘀嘀——”手机闹铃一响，沈殊单手熟练地抽了一张纸巾，两眼一闭，几乎来不及看手机是否还有新消息，整个人就像被拔去了电池，直接入睡。

到第二天准时醒来时，她才发现还有一条新消息。

陈应钟：也谢谢你，很好听。

啊？

周末过得很快，等沈殊再见到陈应钟时，已经是周一傍晚。

沈殊依旧等在水池旁的树荫底下，按轮次排队上车实操。见到陈应钟露面，她立即从包里又抽了几张纸巾出来，迅速往自己的耳后、脖颈上铺。

他正在跟王师傅说话，其实也不一定会过来跟她打招呼。

距离太远，她听不见他们在说什么。不过光凭王师傅咧到耳根的笑容和手舞足蹈的拍背动作，就知道陈应钟的科目二肯定是顺利通过了。

至少可以跟他说个“恭喜”，沈殊这样想着，被人用力推了一把。

“发什么呆啊，你不上车，我们就先继续排了，别耽误大家时间。”

那个人抢着上车时，连着风带起一股不浓不淡的果木香。

这不是沈姝喜欢的味道，但也不陌生，在夏天气味好像会变浓郁。

沈姝盯着她不耐烦躲避阳光的背影走远，突然觉得她刚刚的粗鲁行为也不是那么惹人讨厌了，这大概就是令人觉得熟悉的生理性喜欢的气味。

就像陈应钟身上的味道，沈姝很难描绘，也很难想起，但她知道那是一种好闻的气味，像气泡破开时的清爽，也像海盐晒过睡莲的水生调香。

沈姝低着头仔细嗅了几下自己，被黄石榴察觉："干什么？那个人怎么推你？"

"没事……"沈姝没在意，问她，"你有香水吗？"

黄石榴摇头，说得很笃定："我有可乐。"

"……那你家里有吗？"沈姝从来没见章昀芝用过，家里气味比较明显的只有藿香正气水和花露水，都是难闻的气味。

黄石榴被问得不明所以，但回答得很认真："有消毒水。"

沈姝催促说："你认真想想。"

"真没有。我妈是胸外科手术医生，只用消毒水。"

"那我们找一天逛街去买吧，到淮海路那边看看。"

"就今天怎么样？"黄石榴觉得择日不如撞日，一时兴起且得到回应是最浪漫的事情了，她说话时眼睛都闪着光，"我们今天早点走，我实在是不想练了。"

沈姝做好决定，说："明天可以。"

"今天你有别的事情吗？"

"没有……"

沈姝转过头，直接给了黄石榴一个大大的拥抱，眼神显得心虚，很快被黄石榴看出来。黄石榴嘴里轻吐一句"野男人"，沈姝可怜兮兮地说："我得去堵陈应钟。"

"喃，女人。"黄石榴改口。

毕竟陈应钟去学科目三，他们就碰不到了，连场地都不连在一起。

黄石榴十分理解，先松开沈姝，让她收拾好东西。走之前，她还是忍不住凑到沈姝耳边跟她打趣说："去吧，得堵准，堵紧。"

听得沈姝没有立刻反应过来。

见她发愣没说话，黄石榴冲她慢动作似的伸出双手，继而握拳，做出日漫里面给闺密打气必胜的动作。

“好你个黄石榴。”等沈殊反应过来，热气直冲脑门。

黄石榴已经扯着背包跑出去几步，沈殊伸直了胳膊也没抓住她，只留下她爽朗清亮的声音在空旷的场地上回荡。

沈殊说的堵人，其实就是提前二十分钟去车站候着。

见陈应钟来，她的态度比之前自然更多，直接抬了下胳膊，说：“上一班刚走。”

陈应钟走近，阴影笼罩在沈殊头顶，能替她挡住脸上的日光。

“今天人不多。”

“嗯，练车还没结束，回市里的大部队还没来呢。”沈殊说。

陈应钟的表情看不出什么，问：“你提前走了？”

沈殊想，他大概是想问她为什么提前走，便主动说：“我不舒服先走了。”

陈应钟“哦”了一声，只往她脸上打量了几秒。

沈殊指了指自己的腿，低头去看：“……太疼了。”

她穿的是半身牛仔裙，长度不到膝盖，但并不紧身。水青色的雪纺上衣宽松地扎在里面，勾勒出整个人姣好的身材线条，视觉重心都在那双又细又直的腿上。

陈应钟没有顺着她的视线往下看，只问：“摔的吗？”

“没有……”沈殊按经验给自己下了判断，“晒伤了。脸怎么晒都没事，四肢不行，每年稍微晒一下就会又麻又痛，像要脱一层皮。”说得真诚又委屈，像是一种光明正大的撒娇。

沈殊意识到了，又解释说：“不过没事，不是第一次了，我回家吃点过敏药就行。”

“严重的话，还是遵医嘱。”

沈殊冲他轻松地笑：“好。”

沈殊观察到他没带背包，连矿泉水都没拿，想起他应该是轻装上阵直接来考试的。她盯着他的眼睛，说：“恭喜啊。”

陈应钟反应也很快，意识到她在说什么：“万一没过……”

“怎么可能啊？”

沈殊有意识地赞许不至于挑起陈应钟的虚荣心，但他至少也没有表现得毫不在意，是个人就爱听好听的话，何况那确实是真实的。

陈应钟没想就此大谈特谈，只说：“还有大路考。”

沈殊犹豫了一下才问，想和他建立一些关联：“有什么经验可以教我吗？”

几乎同一时刻，陈应钟问她：“你想吃冰棍吗？”

陈应钟的目光投在他们正对面的踏板摩托车上。隔了一整条路，他能辨认出这是在驾校卖冰水的附近居民，车后座还绑着白色泡沫箱，冰块晃动，底角滴着水。

陈应钟意识到刚刚沈殊对他说了话，没听清，转向她：“你说什么？”

“……没有。”沈殊欲盖弥彰地拿出自己的水杯，喝了一口，“我不吃啦。”

陈应钟没继续问，转头看路上的车。宽阔的大马路暴露在阳光之下，他像闯入幕布里的少年，对白无声，背影越来越远，影子越来越长。

等他跑回来时，额上渗出细密的汗珠。他笑得无所觉，露出整洁白皙的牙齿，手里攥着两瓶冰矿泉水，一起递给沈殊：“冰的。”

沈殊愣在原地，一时忘了去接。她喝不了这么多，问：“都是给我的？”

“拿着。”他催促说，看穿她的意思，“冰敷可能会舒服点。”

陈应钟的目光始终只停在她的脸上。见她还没意识到，陈应钟握紧一瓶冰矿泉水往她胳膊上轻贴了一下。冰刺一般，吓得沈殊后退半步。

“敷痛的地方。”他说。

“哦哦……”沈殊懊恼自己才反应过来，接过两瓶水。

她保持半弯腰的姿势小心地贴在自己的膝盖、大腿外侧和小腿后面，很快恢复斗志，与他对视一眼以后又看回自己的小腿，甚至动作幅度很小地踢了一下。

“痛的是这里，好像有点……冰敷不到哎。”

沈殊说得坦然，巴掌大的脸上又出现一些更深的被太阳晒后的痕迹。整张脸轮廓感并不重，鹅蛋脸，眼睛最大，却有着偏圆的下颌角。一旦她盯着人的眼睛慢慢说话时，就像是在恃靓行凶。

沈殊此刻只是动嘴，握紧矿泉水的手却有意识地在摩挲。每次换地方冰敷要直立起身体时，都有种随时要把水递过来请他帮忙冰敷的意味。

不难想象她再问一次“你介意吗”的无辜神态。

陈应钟突然这么试想。

“陈同学。”沈殊习惯这样喊他。她手上的矿泉水缓缓被抬起，递到他面前。

陈应钟觉得有一点头疼。

沈殊盯着他，只几秒就笑了起来，那是一种得逞的笑容。

“帮忙拧一下，太多水了，使不上劲……一起喝了吧，省得浪费。”

陈应钟一口气刚松下来，沈殊忽地凑近，微热的气息从他面前一闪而过：“你不介意的吧？”

又来了。

陈应钟没有做任何反应，只有呼吸不自觉地变轻，视线不与她平视，始终在她的眉眼上方，不用正视也能发现她始终带着胸有成竹的笑容。

下一秒，陈应钟退开一步，在接过水的时候转过身去，说：“车来了。”

沈殊跟黄石榴约好第二天练完车去逛街。

两个人在淮海路一带走了快三个小时，说是逛街，其实目标很明确。

但这只是对沈殊而言。

她们从一家店走进另一家店，再回到蒸汽升腾的马路地带。高大的建筑物几乎起不到遮阳的作用，更像是放学路上的减速带，让人潮更拥挤，让热浪更容易拂面，层层传递，连空气里都带着热呼吸声，蝉都不叫了。

黄石榴劝她：“什么香水味都不如女人味。”

意思是别找了。

不像歌曲可以自动识别歌词，寻人还能辨别外貌特征。寻香真的是很玄妙的一件事，何况连沈殊自己都觉得，那种好闻的气味可能来自陈应钟自身，或者只是一种令她心动的荷尔蒙气息。

总之，玄之又玄。

听了沈殊的描述，黄石榴更迷茫了，她说：“那不只得找香水，可能还得找沐浴露、洗发液，甚至有可能是他们家用过的熏香、买过的花束。”

黄石榴一说完，沈殊也更加迷茫了，甚至有点忘记寻香的出发点。

这跟她平常客观分析，明确目标，再清晰执行的习惯相悖。

两个人挽着胳膊往回走，沈殊淡淡地说：“我好像只是想离他近一点。”

拥有一样的气味，就像多一项共同点、多一个可聊的话题。她开始鬼使神差费劲寻找，其实也没有那么多考量。

这对从小看言情小说长大的黄石榴来说，一点都不难理解，她感怀至深地说：“你别想太多了。这有什么？又不是任何事情都能用科学来解释。跟喜欢的人喝同样的水、穿同样牌子的衣服、偷偷听同一首歌，都是喜欢的一部分啊。”

沈殊的挫败感只短暂存在了几分钟，她很快被黄石榴哄好，展露笑容说：“我发现，不管遇到多大的事情，多么困难，只要我们俩一合计，就好像充满了希望。”

黄石榴“嘿嘿”笑了两声，抓住沈殊的胳膊荡了两下，说得理所当然：“这不就是好姐妹的作用吗？”

就像二氧化硅在常温下独溶于氢氟酸。

不仅爱情是这样，友情也是这样。

黄石榴看了眼手机，原本两个人在逛街的时候就商量好晚上去吃一家新开的日料店，这家店对高中生和大学毕业生都有优惠，额外送她们都喜欢吃的香辣螺片。这家店最近爆满，她们提前一周预约，才抢到今天六点半的就餐机会。

沈殊见她拿手机，问：“到时间了吗？地铁过去，三站路。”

沈殊可以精确地报出路线：“不过得换站。”

黄石榴看完手机，明显情绪更高，神秘兮兮地说：“是到时候了。”

“嗯……”

“不过不是去日料店。”

沈殊不解地看了她一眼：“这家不是很难得吃上？”

“是，不过再难得也没有今天的机会难得。”黄石榴几乎按捺不住兴奋的表情，“我接到可靠消息，陈应钟今晚会去你家——芝姐菜馆吃饭。”

第二章

暧昧侵略

无尽夏的花语是，很多事情不是有了希望才坚持，而是坚持了才有希望。

在卢亭郁喊了八百遍以后，陈应钟终于在科目二考完后，跟他和梁宋一起回交大附中打了一场球。卢亭郁憋了两星期，大汗淋漓地打了一场。

三分球手感不够火热，但是身体对抗强度很重。

“不打了，你这架势感觉要去参加奥运会。”

梁宋一口气喝完一瓶水，说的是陈应钟。

梁宋跟他们俩是初中同班、高中隔壁班同学，高中跟沈殊和黄石榴同班。

他比同年级的人小两三岁，个子高，但长得白净文气，人小主意多，又跟陈应钟走得近，非常招女生喜欢。

不过是好闺密的那种喜欢。

梁宋跟黄石榴还是小学同班同学，不过他们经常拌嘴，互相谁也不让谁，因为只有梁宋单方面记得，黄石榴曾经在他牙齿松动时说帮忙看看，说好只是看看，在他正感动时，黄石榴就动手把他那颗摇摇欲坠的牙给拔了。

其实不怎么疼，就是流了好多血，一瞬间涌出来，吐了一嘴，他吓得当着众人的面大哭了一场。这种丢脸的记忆，让他忘记了自己到底多狼狈，只觉得黄石榴是故意的。

所以连带着跟黄石榴关系最好的沈殊，他也看不顺眼，和她们的关系像是楚河分界那样明显，基本互不搭理，偶尔吵几句。

卢亭郁今晚超水平发挥，花架子多，拿到球就出手，虽然命中率并不高，但是篮筐被投得“哐哐哐”一直响，气势到位了，帅哥的氛围感有了。

毕竟篮球馆里坐着不少装闲聊看球的女同学，还有打着羽毛球但是时不时往他们这边瞥一眼的女同学。

有了“观众”，“演员”就像打了鸡血。

只有陈应钟略显没劲，他喜欢看篮球比赛，也喜欢反复看、反复练。他喜欢加内特，偏好凶狠侵略性打法，这与他的外在无法联系在一起。

但面对卢亭郁这种不尽力的对手，他没有空间动真格的。

“没劲。”卢亭郁说，“不打了。走，吃饭去。”

梁宋知道他的德行，不留情面地戳穿他：“怎么，漂亮妹妹走了就没力气了？”

“你还说呢，不是说了各自喊几个班上的漂亮妹妹来。”

梁宋着急说：“我喊来的可比你多。”

卢亭郁跟他抬杠：“你少放屁，最漂亮的那个没喊来。”

“谁啊？”梁宋眯着眼“哦”了一声，反应过来，“沈殊是吧？”

卢亭郁用肯定语气反问：“还能有谁……”

听到“沈殊”的名字，正在收拾东西一言不发的陈应钟手上一顿，只几秒，他就扯出一条干净毛巾，随意擦了几下头发和后颈。

“她……”梁宋欲言又止，“我可没本事叫来。”

卢亭郁：“哟，还有你叫不来的人呢？漂亮妹妹不都是你的好姐姐吗？”

梁宋坐在球场上休息，抬腿踢了卢亭郁一脚，煞有介事地说：“我可提醒你，别把主意打到她身上，追不到的，玩死你。”

“瞧不起你哥是吧？对你哥该死的魅力一无所知是吧？”

卢亭郁就是爱打嘴炮，沈殊不是他喜欢的类型，他就是纯粹喜欢讨论漂亮女生。

梁宋却说得格外认真：“我说真的。听我们班女生说，沈殊在芝姐菜馆兼职，但她平时一身名牌，连个发夹都要两千多，还得是代购才能买得到。”

“什么发夹要两千多？”

“我哪知道……”

梁宋又拿了两瓶水，自己开了一瓶，递给陈应钟一瓶，被陈应钟拧着眉心拒绝了。陈应钟整个人看起来冷冷淡淡的，比平时话更少。

梁宋没当回事，将水直接往卢亭郁怀里一丢："赏给你喝。"

卢亭郁说："戴的假货吧？不然就是嫉妒她的人嚼舌根。"

"这谁知道？"梁宋纠正他，"不过你说错了，她人缘很好，几乎没有负面传闻，也不跟男同学搞暧昧，但是不影响很多人喜欢她，手段高明着呢。"

卢亭郁一边瞎聊，一边翻手机准备找吃饭的地方，想起来说："我在芝姐菜馆碰见过她，她妈亲口说的，沈殊是她女儿，还让我们没事多去吃饭捧场，她给送饮料。我看沈殊……长相和气质像有钱人，但家里看起来不像。"

"那还一身名牌？虚荣呗。"梁宋随口一接。

"砰砰砰"几声，篮球落地，篮筐被撞得直晃悠，吓了梁宋一大跳。

不知道什么时候，陈应钟已经站远了几步，又开始重新定点投篮。

"幸好我反应快，差点正中我脑门。"梁宋猛地从地上往旁边一倒，躲开了刚刚从篮筐里掉下来的球，没当回事，崇拜地跟陈应钟说，"哥，你可太猛了！"

陈应钟冷漠又无语地看了他一眼。

卢亭郁没心没肺地嘲笑他："让你背后说人坏话，球都看不过去了。"

梁宋瞪了他一眼："那我不是怕你被她骗了。"

卢亭郁嘲讽地笑了一下："哥岂是她能骗到手的……"

"你可拉倒吧，她都不用出手，当着所有人的面帮你解围，默默记住你随口一提的喜好，喜欢的歌、喜欢的电影这些，没事就向你求助请教。长着一张清纯明艳的脸，却时不时给你一点主动的撩人感，这叫什么？"

梁宋自问自答："这叫高级绿茶！这叫狩猎基因！这叫突袭心动！她让你觉得你在她眼中是不一样的，满足了你极大的虚荣心，开始幻想她该不会是喜欢我吧！然后……若即若离，连暧昧都不跟你搞，口碑自然好，不动声色地拿捏住了你们这些纯情帅哥。"

卢亭郁被梁宋说得一愣一愣的，赞扬似的一巴掌拍到他肩膀上："你可真是厉害啊——有什么破解的办法吗？恋爱成功学梁大师。"

"有啊，就一个窍门，得不到的永远在骚动，别招惹她，就是最好的拉扯。"

卢亭郁爆笑几声，笑声还没完，只见陈应钟在无人阻拦和对抗的情况下，三分投空，甚至是个三不沾的球，连篮筐都没碰到，像故意一般，这个球从空中直接抛物线下落，砸在了正因为拍掌而凑在一起的两个倒霉鬼头上。

陈应钟抖了抖胳膊，声音没有太大起伏。

“说完了吗，不用吃饭？”

“吃！吃！走，我们就去芝姐菜馆！”卢亭郁连滚带爬地站起来，觉察到陈应钟有些不爽，大概是他和梁宋聊太久了。他用手一把将梁宋也拉起来，“走了，快走。”

黄石榴和沈殊往回走到地铁站口，沈殊还在问：“真的假的？”

黄石榴打包票保证肯定是靠谱消息，是她一个熟悉的高二学妹在篮球馆亲耳听见的。不过现场人很多，毕竟其他年级的学生还没放暑假。

时间有限，机会难得。

沈殊听了黄石榴仿佛置身现场的描述，心动突袭。

但她仔细想了想，又冷静下来，觉得其实没什么可操作性。在众目睽睽之下她能做什么，撑死也就是顶住所有人好奇的眼光，跟他打个招呼。

关系再怎么扑朔迷离，但总归不能认为是她男朋友。

“至少说明你们是朋友。”黄石榴像是读懂了她的小心思，及时肯定她。

没错。

沈殊一口气把手上的牛奶喝干净，心思一定，抬手将牛奶盒丢进对外而不是对上开口的垃圾桶里，像此刻的心情，像是能拐八个弯，又急切又轻松。

等沈殊回到荠水巷时，天色已经开始昏黄。整条巷子临近交大附中，菜香不畏巷子深，刚到饭点，店铺早已经“丁零咣啷”响着热闹声，荠菜馄饨最诱人的不是清香，而是紫菜虾皮的一点腥咸，糖醋熏鱼要吃现炸的，糖浆偏稀，但是很湿。

每家店都是老式装修，卷闸门，玻璃窗，客人举杯谈笑，都是小桌，面对面坐着，谁也避不开谁喝脸红那一刻。

有几家已经忙着把大圆桌往店外抬，一左一右，给忙着上菜和进店的人让道，左躲右避，在烟火气里回荡着很多种气味和声音。

像《哈利·波特》中那只总是乱撞到玻璃门上的猫头鹰。那是沈殊最喜欢的电影，也是她最喜欢的电影画面。

走近巷子口，卢亭郁第一时间就发现了沈殊的身影。

换句话说，他的眼睛就没停止过往四周乱扫。

沈殊也发现他们坐在靠窗的位置，陈应钟和梁宋侧坐，卢亭郁正面朝向荞水巷，闷头扒了几口饭，是异常明显的不自然举动。

沈殊视若无睹，却不自觉地将腰身挺得更直一些，视线尽量平移到具体的人和事上：摇晃的蒲公英、一闪而过的猫、冰可乐罐上滴下来的水。这样才更自然。

但让她不自然的事情在下一秒就发生了。

陆砚池迎面而来。

他们的关系并不复杂，章昀芝曾在肿瘤医院当过几年护士，陆砚池的妈妈是当时的护士长，同住老城区，又体谅单亲妈妈不容易，经常交班时替她多顶一会儿。

后来章昀芝灵活就业开了一家小菜馆，陆砚池的妈妈忙不过来时，就嘱咐陆砚池去芝姐菜馆吃饭，陆砚池吃完就趴在收银台跟沈殊一起写作业。

不过这种“小饭桌”的时间没持续多久，谈不上建立了什么友谊。但沈殊对他的情感就有些说不清道不明了。

讨厌、排斥这种感受是完全不触及的，她甚至有一些欣赏他。他是打着灯笼也很难说出缺点的那类人，只是接触起来经常会让人感觉到有负担。

陆砚池是个再热情、再阳光、再主动不过的人。

用黄石榴的形容，陆砚池这种就叫快乐笨蛋帅哥，有什么事都写在脸上，有什么话都喜欢直说。哪怕小时候的沈殊几乎一整天不说话，对他没有任何反应，他也可以自言自语。

他自己要喝水时，总是会问沈殊喝不喝。

他妈妈给他做的爱心饭团，他也总会因为自己觉得好吃就让他妈妈多做一份，拿给沈殊的时候眼睛都亮闪闪的，就好像沈殊当场不尝一口都对不起他的期待。

他会在写作业偷懒时，跟沈殊偷偷笑说，他爸爸有一天对他妈妈说，夫妻当久了，感情果然是越来越纯粹的，比当兄弟都纯粹，为此被他妈妈一顿暴揍。

虽然是同龄人，但沈殊听不懂这些，也不想听懂。

因为她极其厌恶听到“爸爸”这个词。

这会让她不小心在写作业时按断刚削尖的铅笔头。

此刻也是这样，沈殊一瞬间蹲下，预备系紧鞋带再起身。

但沈殊不用抬头也知道陆砚池是径直朝着她走过来的，手上还捧着一束花。

果然，沈殊头几乎低到膝盖上，也还是很快看到眼前的一双运动鞋。

“好久不见啊，小殊。”他从小就跟着芝姐这样称呼她。

沈殊避无可避，只能勉强抬起头来跟他打招呼。站起来那一刻，她越过陆砚池，几乎能看清卢亭郁比陈应钟还难看的脸色，不过卢亭郁的脸更多的是因为兴奋而扭曲。

卢亭郁双手伸直，分别拍着两侧的人，看起来快速又用力。

沈殊不用企图分辨他在说什么，也能想象，他在让陈应钟和梁宋赶紧看好戏。

好戏当然指的就是她自己。

“听我妈说，你打算去交大啦？”陆砚池先开口问，表情不掩饰惋惜，“按你的平时成绩，不靠保送，正常发挥应该也足够冲一下清北了。”

沈殊也经常从章昀芝口中听到陆砚池的消息，但她都没记住。

只记得他的成绩在南洋模范也能排得上名次，只是他不参与学科竞赛，也没有那么拔尖。高考全看实际考出来的分数，相对没那么稳。

没等到沈殊回答，他也全然不尴尬：“不过留在上海也挺好的，你身体不好，又不爱说话，离家近也方便芝姐照顾你，回家多吃点好吃的也好。”

沈殊脸色沉了一下，闷闷地说了句：“我身体现在很好……”

“那是好事啊！你得多运动、多吃饭，看你瘦的。”

一阵风吹过来，淡淡花香从荠水巷杀出重围。

沈殊的视线下移到陆砚池怀中的那束花上。她从小就喜欢看生态学方面的资料，能辨别其中几枝。有反季的蔓穗草，六叶瓣，深紫色外衣，淡蓝色心蕊。余下五朵开得最灿盛的是月季，外浅里深，八分清白，一分霜。

陆砚池笑着开玩笑说：“店员说，这叫冰山美人，是月季。”

沈殊说：“很像。”

陆砚池说话太真诚，全然没有调情的意味：“是很像你，也像我们班主任。”

他见沈殊目光一直停留在上面，好像误会了他的意思，直接跟她解释：“这可不是送女同学的啊，我替全班同学买的，送给班主任，我们班晚上聚餐。”

南洋模范中学出了名的从不拖堂、从不占体育课、从不强制自习，但不谈任何人情，极其严格。

专带毕业生的那位老师名声在外。

沈殊也听说过。

更骇人的传闻是，只要是她参与数学卷出题那一年，学生们哀号遍野，将那一年称为“小年”，又叫“冰山年”，跟“火山年”相对。

顾名思义，“冰山年”分数一出来，学生们顿时心如冰山的意思。

但沈殊的注意力并不在这上面，也没有接他的话。

她的兴致明显高于相遇的几分钟前，她流露的欣喜情绪，触及她之前的疑问，转而变得熟悉。

“这里面是不是还有柠檬香？”

“应该有吧。”

“这个呢？”沈殊担心手上的温度会影响到花朵的新鲜度，隔着空气指了下其中一个不起眼、用来点缀的木片。她忍不住凑近，那味道像在夏天闻到积雪融化的味道。

是了，那也是陈应钟身上的味道。

陆砚池精确报出：“白松木，纸莎草。”

沈殊身体微微前倾，抬眼向他投递一个赞许又有点惊讶的目光，被陆砚池察觉。陆砚池觉得这不是他理所应当接受的无声夸赞，忙解释说：“店员知道我们是给老师送花，挑的时候每一朵都有仔细介绍，特意选的都是有好寓意的，本来我也不知道的，我对花花草草一窍不通。”

“那也帮了我大忙了……”

沈殊再往前深闻时，陆砚池索性将怀里的花束递过去，礼貌使然，甚至用了双手，像是要送给她一般。

“这么好闻？”

沈殊说得非常肯定：“嗯，真的很好闻。”

陆砚池也被她此刻的情绪传染，“下次送你”就在嘴边，但他这点分寸还是有的，只说：“就在荞水巷附近，新开的花店，叫‘钟摆’，没事你可以去看看。”

“太好了……谢谢。”

太好了，居然还有陈应钟的“钟”，天意降临，心动突袭，踏破铁鞋无觅处。

沈殊冲陆砚池感激地笑了一下，嘴角的弧度较之前明显变化。

说完，她跟陆砚池一进一出，互相道别。

刚错开身那一下，她就看见芝姐菜馆的玻璃窗边，卢亭郁看得入神，忘记转开眼，与她几乎有了下意识的对视。只一瞬间，他就端起了空玻璃杯，喊人干杯。

看高兴了，喝空气助兴？

卢亭郁：“她好像看见我了。”

梁宋的反应则坦然得多：“你看，开始产生幻觉了吧？”

卢亭郁瞪了他一眼。这种太过遥远的隔空对视，应该只是做贼心虚。

他忍不住说：“手段真高明。”

陈应钟自始至终没有转过头，也没有接过话，斯文如常地吃着饭。他甚至还在卢亭郁放下玻璃杯的那一刻，替卢亭郁倒上了大麦茶。

卢亭郁又“啧啧”两声：“真高啊。”

陈应钟始终没有回头看一眼，给他添上水：“别高了，喝完结账。”

卢亭郁反应真实，有一点惊讶：“原来你在听的啊。”

“真的高。”梁宋微微摇头，一副见不得人下火海的惋惜表情，“送花她不收，闻倒是没少闻，一个动作，八百个心眼儿，欲拒还迎。”

卢亭郁顺嘴接了一句：“欲擒故纵。”

梁宋给他比了个大拇指：“恭喜，你悟了。”

“走了。”陈应钟今天一整天都没什么耐心。

这一点卢亭郁在篮球馆就发现了，本还想继续跟他们坐着瞎聊一会儿，或者问问要不要去他家打游戏，张了张嘴，还是算了。

陈应钟抢先扫码买了单，霍然起身，随手把背包往肩膀上一挎，另一只手拿手机支付页面给章昀芝看。

他的手刚搭上门把手那一刻，沈殊在门外做着同样的动作。

两个人都没有向外用力推，只短暂地对视了一秒，陈应钟先往里拉开门，身体也侧到一边，示意让她先进。

“已经吃完了？”沈殊笑容和煦，先开口问。

“嗯。”

“好吃吧？”

陈应钟看了她一眼：“又不是你做的。”

得意什么？

沈殊不用想也知道他的言外之意，迅速接话：“替我妈得意。”

陈应钟动作幅度很小地耸了耸肩，讲过话算是打过招呼，没特意说再见就先往外走。

卢亭郁也赶紧跟上，但经过沈殊时，还是忍不住冲她挥手：“嗨，我是——”

“快滚！”卢亭郁话还没说完，就被梁宋猛地往门外一推，“好狗不挡道！”

三个人分道扬镳，梁宋坐地铁，往另一边走。

卢亭郁家离这儿最近，打算扫辆自行车骑回家，吹吹晚风。他不要脸地提议：“陈应钟，不然你打车捎我一段，反正你家离得远，绕不了多少路。”

“我坐公交车。”

“你坐什么公交车？我就没见你坐过公交车。”

陈应钟无语地看了他一眼：“你眼睛又不长我身上。”

“你身后可是有一双大眼睛……”卢亭郁说这话时，故意揽过陈应钟的肩膀，仗着身高没矮他几厘米，头凑过去小声说话，“她都快跟出巷子口了，你别回头啊。”

陈应钟用力抬肩，用眼神告诉卢亭郁把手拿开，人也别往他这边凑。

其实陈应钟早看见了，太阳西下，身后的人影都快赶超他们的步伐了。

快到巷子口，分岔路前，陈应钟顿住脚步，头也没回地问：“还跟着我？”

不只是沈殊愣了一下。

其实卢亭郁也愣了一下，以为在说自己。

卢亭郁回头看了眼沈殊，又指了下自己：“不会是说我吧？”

陈应钟没出声，也转身，看向沈殊，但她装作视而不见，对卢亭郁用力点头。

“……那我走。”卢亭郁不是不知趣的人，早猜到陈应钟磨蹭半天不打车是在等人，故意装傻看他能憋到什么时候，难得有这种折腾他的机会，人生头一次啊。

卢亭郁说走就走，但转身的时候还不忘又凑到陈应钟眼前，语速飞快："回家跟我展开说说啊。"

陈应钟还是那副不冷不热无事发生的神情，眼神落在沈殊身上："跟着我干什么？"

"当然是——等你发现我啊。"

"那现在发现了。"

陈应钟说完转过身，继续往分岔路的另一边走。

沈殊非常沉得住气，没有上去立刻拉扯他，只是又这样默默跟了几步。

"还跟？"陈应钟用余光瞥见沈殊在他身后，对着他的影子拳打脚踢，他无奈地笑了下。

……她自己玩得挺开心啊。

沈殊这才立刻往前用力跳了一大步，站到他身边："那不是看你不想搭理我。"

"到底有什么事？"

"送水行不行？"沈殊扬了扬手里的冰矿泉水。

"不用。"

"我妈说请你的，都是同学……"

陈应钟说："下次吧。"

"那……"沈殊又往前跳了一大步，转过身递到他面前，"当我还你的，先还一瓶。"

上次沈殊拿过陈应钟两瓶水，一瓶冰敷，一瓶喝了。

她打算分两次还。

但陈应钟说："更不用。"

他神色一点都不像在开玩笑的样子，显得她再说就是在胡搅蛮缠了。

沈殊抬眼有点委屈，又有点不解地看了他一眼，最终说："那好吧……"

"我先去坐车了。"

"哦……那再见。"

"再见。"陈应钟说。

什么叫更不用？

之前他不是还很温柔地说"谢谢""很好听""冰敷可能会舒服一些"吗？

沈殊拿着矿泉水发愣在原地，看着他慢慢走远，突然觉得天上的云有点像在打架，混乱地撞作一团。

高考出分前一天，按照不少媒体抢占新闻头条和流量的作风，已经连续好几年会提前对重点中学的高级教师和保送生进行专访。

沈殊和陈应钟作为应届保送生自然在列。

专访地点选在了操场阴凉处，上方是蓝天白云。

借助天然幕布，每一张随意的抓拍都像是青春纪念册。

沈殊这一届的年级组长姓张，从名字就可以看得出来他是个能带出状元郎的老师。举高话筒正在提问的记者来自地方电视台："张桃李老师，教龄二十年，曾经是本市三位高考理科状元的班主任，也是国家高级教师，专攻高中物理教学和竞赛……"

被问到取得如此傲人成绩的秘诀时，张桃李老师大手一挥，指向身旁正在当背景板的陈应钟和沈殊："秘诀谈不上，权当与老师、家长分析教学实践经验，我校平等看重每一位学生，不单独设重点班、竞赛班，只保留与国际教学接轨的国际部。"

镜头转向陈应钟和沈殊，张桃李老师一一介绍："这两位同学，沈殊、陈应钟，中考分别是各自所在区的第一名，但是他们两个人就不在一个班。进入交大附中以后，我们采取头尾相连的无差别分班法则，尽最大可能促使各班同学平均水平相当，通过系统、刻苦的三年学习，让任何一位同学与曾经的第一名、第二名都有一较高下的可能。"

记者客气地接话："也让每一位班主任都有更多的积极性和发挥空间。"

"没错。"张桃李老师欣慰地说，"成效也是显而易见的，我们也将持续采用这种更公正的分班方式，但也会同样重视单学科天赋型学生的挖掘和培养，支持他们完成课业的同时，兼顾全省乃至全国中学生竞赛，为祖国科研事业源源不断提供储备力量。"

记者："说得太好了，令人神往，我想这就是老牌名校的底蕴和格局……"

……

好不容易等张桃李老师自由发挥完，记者又张罗着让专业的摄影师多拍几张大合照，难得应届所有保送生都在场，不仅可以见报、发短视频，还能裱起来挂学校宣传栏。

总计十七人，七女十男，加上一些在场的老师，按性别前后两排分开站。

摄影师指挥着说：“老师都站中间，其次是个子最高的男女同学。”说完随便一扫，指着沈殊，“对，就你，就这位同学，你站在张老师旁边。”

沈殊净身高一米七一，手长脚长却丝毫没有不协调的姿态，加之脸上并非是轮廓感极强的风格，明艳又斯文，躲在最外侧也能被一眼抓住。

“最高的那个男生，你也站到第二排最中间，其他人按身高依次排列。”

原本张桃李老师推荐陈应钟做学生代表进行单人采访，但被他拒绝，所以镜头前的记者记得他的名字，帮忙喊他：“陈应钟同学，你动一动，站到沈殊身后。”

陈应钟根本没说话，没作犹豫，摆摆手。

他不喜欢这种场合。

明明没有声音，沈殊却一直回过头去看站在最外侧的他。眼神明明是充满期待、闪着光的，却又像是漏了风的棉絮，有点飘忽，有点失落。

摄影师还在“咔嚓”几声抓拍，见位置没调整，只说：“前排有人回头，我们再重新拍一张，大家一起笑。”

沈殊缓慢转过头，保持最标准的笑容，拍完了都没有放下嘴角。

摄影师正在反复调出刚刚的照片，抬了下胳膊示意：“劳烦大家继续排好，刚刚第二排又有人没看镜头，在看第一排，我们重新最后来一张！”

太阳倾斜，逐渐往人多的地方凑热闹，张桃李老师赶紧鼓励大家：“大家注意力集中！我们一、二、三一起喊‘茄子’，留下我们最珍贵的照片！”

“一、二、三！”

“茄子！”

所有人在欢呼和庆贺声中合照、拥抱、祝福、离散。

不是不再见了，但是从今天开始，他们绝大部分人都不再有成为彼此对手的机会。最公平、最善意、最无畏的对手，再也不是彼此了。

沈殊没往喜欢不喜欢这方面想，也不知道是不是因为一而再再而三地被冷淡对待，比起丧气，更像摸不着头脑的懊恼和迷茫。

她原本还想跟他说上几句话，甚至还能装一下同路。

结果他拍完就走。

沈殊看着陈应钟的背影走在学校里那棵梧桐树下，越走越远。连明明旺盛葱郁的梧桐叶都不合时宜地在夏天落下来，遮住她眼前一秒。

看都不让看了……这算不算老天爷的旨意啊？

沈殊发愣似的盯着正在收拾设备的摄影师，想起刚刚的合照，便去问他要了原片，被他叮嘱说："我们今晚发布，你们今天之内劳烦别外发啊，等我导出来传给你。"

沈殊礼貌地说："好。"

最近这几天她都没想明白这段时间陈应钟对待她的情绪变化，这比她做过的任何题目都难。明明能精准敏锐地感知到这种微妙的差别，但她始终不知道是哪个环节出了错。

晚上，沈殊躺在床上，看着窗外星星点点的夜空，一点风都没有。她按计划看完书、泡完脚、刷完科普小视频，又忍不住在琢磨这个问题了。

当她意识到这是个"问题"的时候，多半已经在困扰并且没有找到解决方法。

她翻了翻手机，找到黄石榴的号码，但又不知道从何说起，说多了像过度解读，说少了像没心没肺，像耳朵里被风吹进了蒲公英，其实也不知道蒲公英是不是还在耳朵里面，但就总是觉得痒痒的，耳朵到心里，都有点痒痒的。

拯救她的是摄影师发来的多张照片。

全是抓拍的照片，她一张一张地按顺序划过，像是小时候翻阅小人书，翻快了就会看到角色连起来像动起来一样，她似乎能看见什么。

整个聒噪的夏天，整个安静的世界，不是只有她偷看过陈应钟。

陈应钟也曾看向她。

沈殊抱紧手机，一瞬间倒在床上，张着嘴无声地呐喊。她忍不住蹬了几下腿，楼下菜馆恰好有人干杯庆祝，玻璃瓶热烈地碰在一起，像是她此刻心里燃起的烟花。

她冷静了几秒，选好她看向陈应钟的那一张，转发到他的微信，还不忘记故作轻松地加了一句：摄影师叮嘱，不要外发哦。

说完，她自己忍不住发了今年第二条朋友圈，纯文字。

文案借用她喜欢的西蒙娜·德·波伏娃在《越洋情书》里写的一句话，改了几个字，第一次设置了仅一人可见，认真地按下发布：只有当你想见我的时候，我们连错过都有意义。

只隔了几秒，没有任何回复。但沈殊把朋友圈拉到底，刚一刷新——

陈应钟点了一个赞。

高考出分那天，是星期五，晚上八点准时开启网络查分和高考热线。

沈殊拎着菜刀接在水龙头底下，从下至上沿着刀锋一把抹干净了残留在上面的豆芽菜。她没有为出分这件事心不在焉，案板上的葱段处理得规整又干净。

今天注定从早忙到晚。

沈殊白天赶着筹备两百份精品盒饭，是陆砚池的妈妈也就是章昀芝的老领导介绍来的生意，他们医院联合老干部局、妇联主办了特定人群体检活动。盒饭有专人运送，只需要赶在中午十一点之前做完装箱。

芝姐菜馆人手不够，章昀芝昨晚忙到凌晨三点才休息，凌晨五点由沈殊起床接班。炒菜快，主要就是采买和备菜需要大量时间。

店里一直没有人说话，只有砧板、热油和冲水的声音，都是单调的自然音。

撑到十一点准时将几大箱盒饭搬运上车，沈殊才松了口气，胳膊只有在放下来那一刻才发现酸痛不已。章昀芝把玻璃门关紧，挂上“午休”的牌子，把沈殊推上楼：“小殊，累坏了吧？你先去睡一觉，安心等查分，晚上我喊你姨婆来帮忙。”

今天是出分日，晚上有得忙。

沈殊正抓着椅子腿，一把将其翻过来倒摆在桌子上，无意间看到章昀芝的脸色。章昀芝的脸没有任何明显的痘印和粗大的毛孔，却不是白皙光洁的肤色，像拧不干净的拖把，无论怎么清洗、搓揉，都能挤出脏兮兮的水。

沈殊知道，衣服不会自己叠好，饭菜不会自己做好，孩子也不是风一吹就会自己长大。

这样蜡黄的脸色，是因为章昀芝多年来早起晚睡，为了节省成本，不愿意多招帮工。就算在没开店前，她其实也没有真正过上一天好日子。

沈殊听她的话，洗了手擦干净，走到章昀芝身后，用不重的力道替她捏了几下肩颈，对着她耳边说：“芝姐跟我一起睡。”

章昀芝笑起来，伸手盖在她手背上，说：“多大了还要妈妈跟你一起睡啊？”

“小时候没睡够。”

沈殊说的是字面意思，却让章昀芝心里“咯噔”一下，像是遇水结冰。她多想了一些，转头对沈殊说：“是芝姐对不住你，才让你那么小就……”

“说什么呢？就知道你会胡思乱想……”沈殊耐心地对她解释，“芝姐从来没有什么对不起我的，想跟你一起睡是想让你休息下，还有……”

“还有什么？”

“还有你身上香香的，特别好闻，是最好闻的女人香。”

章昀芝听得一乐：“女人香有没有我不知道，你芝姐身上的菜香反正是管够。”

沈殊也笑说：“哪有这回事……”

夏天午后，很容易睡得沉，睡久了还会有反效果，比如，头疼。

沈殊艰难地从床上爬起来，茫然地看了一眼，章昀芝已经不在她身边。

只有门外“咚咚咚”急促的上楼声传来，停顿几秒，甚至能听到拖鞋从楼梯上滚了一路的回响。

那是比她睡过了还让她觉得头疼的声音。

沈殊走到窗边，拉开窗帘一角，阳光照得她睁不开眼，晒得窗帘背面都发烫。她很快又给拉上，仰头一口气把玻璃杯里的水喝完，像刚露出水面呼吸到新鲜空气的金鱼，终于得救了。

章昀芝忘记敲门，快速推门进来，手里还紧攥着手机，兴奋得无法连词成句：“出来了！你们李老师的电话，让你不要难过，他依然为你骄傲！”

沈殊刚睡醒，看起来整个人懵懂发蒙，但是意识已经清醒。她自己捋了一下章昀芝话里的意思，大概率是考得比差强人意还要好一点，她其实心里有数。

“芝姐，人家姓张，叫张桃李。”沈殊笑得明媚。

“对，就是张老师的电话。”章昀芝一激动，已经记不清单科成绩，拿着手机的手都还在继续抖着，“李老师说你考了 535 分，全市第五名！全校最高分！”

“我最高。”沈殊说的是肯定句。

“是啊！你最高！”章昀芝手足无措。明明电脑就在桌上，她却四处在找，“你快查一下，看看每一门考多少分，李老师还担心你没冲击到状元会失望。”

“怎么会……”沈殊拉住章昀芝，让她冷静点，“芝姐，芝姐，八点才能正式查分，现在只有考试院和学校才知道前几名，一般这种会提前公布。”

沈殊爬回到床上，伸手够到压在枕头底下的手机。

原来已经晚上七点半了。

她居然睡了整整一下午……

还有已经变成不可数的未读信息。

沈殊下意识地拧紧眉心，这种微信消息爆炸的时刻最恐怖了，强迫症患者光把每一个红点都去掉就已经很吃力了，何况还夹杂着各种尘埃落定后愉快的邀约。

她这副苦恼的神情被章昀芝看见，章昀芝安慰她说：“你已经很棒啦，不要想太多。”

“嗯？”

“妈妈和老师都为你骄傲，你不要有压力，考不到状元也没有关系。”

“哦……”在说这个。沈殊笑着说，“你们想太多了，我没有这样的压力，也没有这样的期待，我对任何结果都很满意。”

因为只有她自己知道，她用完了多少根笔芯、写完了多少套堆在一起比桌子还高的试卷、跟黄石榴说了多少句垃圾话、在日记本里记下了多少次自我鼓励。

在操场、教室、图书馆、公交站、地铁、自习室、走廊、阳台、荞水巷、卧室、收银台，在秋天、在冬天，在晴天、在雪天，在每一个昼夜，她都没有停止过做一个努力的普通人，读书、生活，好好长大。

这些无人问津、闪闪发光的日子，不会因为成绩的好坏而明亮或暗淡。

那是属于自己日复一日的平常心。

当晚，半小时后——

八点一到，沈殊就掐准时间给黄石榴发去查分网站的网址，顺便告诉她，账号是准考证号，密码是身份证后六位。不用脑子想，也知道她不记得。

黄石榴仍在替她高兴，发了八百遍朋友圈吹嘘。看到沈殊发来的消息时，黄石榴只记得今天自己好像找到过准考证，这会儿在哪儿……有点迷茫。

“你等我找找，查到第一时间截图给你看！”黄石榴直接按住手机发来语音。

听到这句时，沈殊已经听从张老师安排，正在弯着腰穿鞋准备回学校。

本以为只是走个过场，由校长、班主任领头，正式在高考出分以后，对应届前几名高分同学进行表彰和现场合影，顺便赠送一些学校纪念品。

没想到学校里的同学摩肩接踵，远比沈殊预想的多。

学校里灯火通明，自习室、教室亮着灯。

从楼下遥遥看上去，每个窗户上都有讲课老师的身影，投影仪上的光落在他们的身上，每个窗口色彩都不同，拼凑成今夜的万花筒。

张老师一边掌心向下压着示意学生们安静，一边在送花时叮嘱其中几位学生：“你们拍完照就抓紧时间到阶梯教室来，我有重要事情宣布。”

沈殊无心拿花，几乎下意识地递给站在旁边的同学，礼貌地与那位同学拥抱，互相祝福，眼神却越过所有人在找陈应钟，没可能这样的场合他不在。

她从拥挤的人群里走过，推着手向前说“抱歉”，穿过风，又绕个弯，走下还有点发烫的台阶，目光停在图书馆喷泉前那棵最葱郁、最庞大的香樟树下。

陈应钟背对而立，正在打电话。

她几乎下意识地提起裙子，踩着星星点点的树影奔跑起来。

她停在远处，调整好呼吸和胡乱飞舞的头发，一步一步走向他。

等陈应钟打完电话回头时，他手上还拿着一束花，猝不及防地撞上沈殊的目光。他不知道这是蓄谋已久的观望，只是再正常不过地跟她说：“恭喜。”

沈殊盯着他，觉得此刻很静、很美，忘记开口。

陈应钟却补了一句：“我妈送的。”

沈殊没想问这个，听他说她才发现这一束小而美的绣球跟学校安排的那一大捧完全不同，但沈殊从看见他背影的那一刻，想说的也只有一句：“也恭喜你。”

“谢谢。”陈应钟说。

沈殊故意跟上："也谢谢你。"

陈应钟轻轻一笑。

沈殊也跟着笑，谁也没有躲开对视。

"对成绩……还满意吗？"沈殊问。

"嗯，很满意。"陈应钟很认真地问她，"你呢？"

沈殊冲他点头，像一种彼此理解、彼此尽力的默契："我也是，很满意。"

沈殊想到他的分数，听张老师说，他是全市第七名，语气甚是可惜。

张老师还说，今年附中没有人进入前三甲，但前十名占了三位同学，这令他满意。

但这让沈殊有点为难，她知道陈应钟跟她一样都有学科竞赛一等奖加身，但不同的是，他最终没有敲定保送学校，选择了多校自主招生录取的机会，给自己预留了充足的选择余地。

"你想好填什么志愿了吗？"沈殊问。

"嗯，想学医。"

沈殊想问的不是这个。

"那会……去北京的吧？"沈殊眼神下移，挪到他手上的蓝紫色绣球上，心里想着，他的分数应该是足够了。

陈应钟冲她抬手，双手握紧，停在她眼前更近的地方。

"……嗯？"沈殊下意识地抬头看他。

是要送……

对视的那一刻，陈应钟却催促说："走吧，张老师在阶梯教室等着我们。"

"哦……好。"沈殊为自己胡乱的猜测感到不好意思。

原来他只是把单肩包背好，换个姿势，把花拿到身前。

张老师说的要紧事，其实更像是一种通知。

他简明扼要地讲了一下留下各位同学的原因：国家重点实验室和制药巨头公司卓然集团强强联合，为上海学子定向设立了"竞赛青训计划"。

这个计划只针对医学、生命科学相关专业的同学，根据全市各校竞赛生选报和高考实际录取情况，最终预录取七人，两女五男。

主办方将邀请学术大牛参与指导和授课，更有优秀学子回归，以线下见面形式分享研究心得。除此以外，还会有卓然集团的负责人到场，亲身讲述从一线科研工作者到行业巨头创始人的经历，为即将踏入大学的年轻人提供人生更多的可能。

张老师重点强调，此次封闭培训食宿由卓然集团负责，并且包含多次考查，不一定以书面测试形式进行，最终综合选择一位同学，奖励十万元研究基金。

最重要的是，这次青训地点设在法国东南部的城市尼斯，临海迎风，一定有娱乐放松的时间。权当是毕业旅行，光想想就令现场同学兴奋起来。

张老师比大家显得更加兴奋，他提醒说："所需要的材料和签证的流程，你们都需要仔细、认真对待，也需要跟你们的家长协商决定。我现在把材料都发下去，大家不要着急走，有什么疑问，就趁现在多问问我，没有疑问也可以听听其他同学的想法。"

张老师默认没有人会拒绝这样的机会。

所有同学陆续走上台，将张老师围在中间，七嘴八舌地问着。

只有沈殊一个字没写，抓起桌上的材料纸就往外走。

多待一秒都会想吐。

这不是一种形容，是她在听到那个好久没听过的名字时，本能地又出现了想要干呕的反应，但距离她吃完饭已经太久了，她喉咙发干、发酸。跑出阶梯教室，离开人群，她也没有得救。她站在垃圾桶旁边，干呕几下。

有点反应……但是吐不出来。

手上的材料纸被她抓皱了，她索性撕成碎片，发出猛烈的声响。她心里有一团怒火，身体不断流着汗，冰火两重天，她很想将这堆碎屑撒向天空。

但是她没有，还能控制。

那种想吐又吐不出来的感受，是一种心理上的折磨，走几步好像撑不住，站在这里，身体依然无动于衷地拧巴着。

沈殊把手上的碎纸丢了，往垃圾桶里一塞。垃圾桶比她预想的要满，导致很多纸屑飘到地上。她打算等下再捡干净，先用老办法，拿出矿泉水，先喝几口，再往喉咙口送。

"呕——"

霎时，一大口还没入胃的矿泉水喷了出来。太久没用过这种方法，有点控制不好力道，一些水甚至冲上了鼻腔，但幸好没有流出来。

舒服了一些……

大概是心理上舒服了一些，沈殊擦干净嘴角，用剩下的水漱干净口，然后蹲下去，准备收拾这一大片令人讨厌的纸屑。

陈应钟的声音响起："毕业了也值日啊？"

沈殊"扑哧"笑出声，没见过他这样："你也会开玩笑啊……"

她倏地松了一口气。听他的意思，应该是没有看到她刚刚催吐的画面。她在想他怎么也出来了时，陈应钟蹲在了她旁边，伸手想去帮她捡垃圾。

沈殊情不自禁地抓住他的手，只一秒就松开："还是我来吧。"

陈应钟没听她的，只问："为什么把报名表撕了？"

沈殊忍不住看了他一眼："能不说原因吗？"

"嗯。"

两个人收拾起来，很快就清理干净，按原路回到图书馆喷泉前，见是清澈得能映出两个人影的样子，同时伸手舀水。

凉水没过手指，沈殊冷静许多。

她洗完手抖了抖，在只剩一点水的时候冲陈应钟弹了弹。

他也不躲，像没想到，只是闭上眼，睁开时就看见沈殊冲他耍赖地笑着。

"也算是做了三年的对手啦。"沈殊语气随意，但这些话她这段时间睡前经常盘算，"最后一次考完，纪念一下，我们去看电影怎么样？"

陈应钟怔了怔，没想到她会这么直接。

但沈殊不理会，见他没有立刻拒绝，立刻解释说："听说很好看的，是讲少年之间的怦然心动，电影画面也很唯美。"

陈应钟沉默了一会儿，才开口说："换个方式纪念。"

沈殊有了活力："什么方式？"

"一起参加这次青训，还能当一回对手。"

"我参不参加有什么要紧？我不去，你还少一个竞争对手呢。"

"以后没机会了。"

沈殊有点委屈地瞪了他一眼："我们就非得当对手吗……其实这个世界上有很多身份的，像朋友啦，好朋友啦……女、朋、友、啦。"

陈应钟闻言，顿住脚步，余光发现她正看向自己。他也转过头，借着月光看清她的脸，认真地问："就说，要不要一起去？"

沈殊不作犹豫，就算是陈应钟的邀请，她也克服不了，刚刚已经尝试过了，只会伤害自己的身体，再想去也不行。

"不去，不想去。"

陈应钟没再继续说。

欲擒故纵？

不像，完全不像。

她甚至出现极少见的不耐烦的情绪，至少他是第一次见。

出校门时，陈应钟说："那就这样。"

是他们就这样了？还是这件事就这样了？还是要各自回家……

沈殊不知道他指什么，只能问："什么？"

陈应钟："没什么。"

见气氛低沉下来，陈应钟又没有停住脚步要打车的动作，沈殊就装傻也不问他，只跟着他一起并肩往荞水巷走。

两个人都没说话。

沈殊的注意力又移到陈应钟的影子上，这次她没有拳打脚踢，只是趁他不注意，手指贴着裙边，偷偷比了个"耶"，两根手指有节奏地弯了弯，落在陈应钟的头上。

等自己心情好起来了，沈殊又问："你真不去啊？那个电影很好看的。"

陈应钟也学着她的语气："你真不去啊？那个青训很好玩的。"

"耍、赖。"沈殊特意咬字很重。

陈应钟笑了笑，看向荞水巷："回家吧，我看你进去。"

"哦……"

沈殊恋恋不舍地道别，这次以后，如果不去青训，好像就真的是很难再见了。她很想迅速编出一个理由来，多扯淡都行，这样她就能立刻回头再跟陈应钟说几句。

沈殊睡前想过好多话题、想过好多场景，就是没有想到有一天他会送自己回家。

惊喜都是突然降临的……

"沈殊。"

"在——"沈殊原地转身，甚至想举手示意。

陈应钟喊住她，走近一步，见她眼里星星闪闪，把花递给她。

"送……我吗？"

"嗯，看你盯了一路。"

"哪有这么明显……"沈殊觉得自己没有，"不过真好看，谢谢。”

她再次转身。

两人又都走了几步，沈殊觉得理由从天而降。她把双手罩在嘴边，喊住已经背对她走远的陈应钟：“陈同学。”

陈应钟停住脚步，没等他回头，沈殊已经按捺不住兴奋的心情，冲他喊：“你要是改变主意，想一起看那部电影了，随时都可以。”

等陈应钟转身时，沈殊一瞬间转身。她举起陈应钟送她的花，在空气中轻轻摇了摇。

她对着已经跑到自己身前的陈应钟的影子，勾起右腿，绷直手掌往身后一摆，弯腰却不低头，行了一个完完整整的公主礼。

她真可爱，相比漂亮，更可爱。

沈殊洗脸、刷牙的时候，喜欢扎个低丸子头，耳边一些碎刘海就用最普通的黑色小夹子抓起来，她习惯先用电动牙刷，再用手动的刷一遍。

牙膏泡沫沾在嘴角，趁她走神时滴进洗脸池，化成云。她双手向脸上扑水，抬头凑近镜子，素面朝天，少即是多，没什么比鲜活的镜中人更明艳得不可方物。

她恍然想到自己今晚要发什么朋友圈。

手捧着插着牙刷的透明玻璃杯，水中一束蓝紫渐变绣球花，她低头，眉眼浸在橙光色的洗手间灯光里，嘴角在水光里变得朦胧。

还有一枝娇小完整的重瓣盘在脑后，借着光差，落在耳垂。

无尽夏的花语是，很多事情不是有了希望才坚持，而是坚持了才有希望。

但沈殊不想发这句，太直白就丧失了暧昧的美感。

她隔着窗户望向楼下，夏天的啤酒花让人沉醉。

她选好照片，文字自然跳出指尖——对着月亮许愿，从今以后，苹果长在地上，玻璃会变成钻石，我会变成头上长满无尽夏的长发公主，将热带雨林里的水果送到企鹅身边。

没有人在意她发的内容，朋友圈清一色都在夸“好美”“好仙”，点赞不断，沈殊只能一个一个拉下去找，找她想要看到的名字。

沈殊几乎下意识地笑出声。

陈应钟给她评论——最后在 -26℃的海底发现珊瑚礁群。

等了等，想了想，沈殊索性不回复了。

她放下手机，开始上网查找旅行攻略。

她之前跟黄石榴约好，等出分后就正式开启毕业旅行。黄石榴不负众望，分数比预估的要高，不出意外可以考上华政。

运气好，还可以遇见“何以琛”。

这令黄石榴兴奋异常。

黄石榴今晚不打算入睡，做什么都行，最好是去通宵唱歌，但她知道沈殊十一点一定要准时入睡，打消了念头，打电话来求表扬：“改成明天晚上通宵唱歌！但是允许你先回家！我一定要跟你对唱情歌！”

沈殊无语地摇头，说：“你饶了我吧，我去KTV只能给你们当观众。”

“怕什么？我又不是没听过你唱歌，你明明声音超好听。”

“人一多，我就不敢唱了……”沈殊想起来明天的安排，“对了，我傍晚才能到，下午得去考科目二，还不知道几点结束。”

“没问题！但是你一定要来，会有惊喜的哦。”

“什么惊喜啊？”沈殊顺口一问。

“陈应钟……”黄石榴语气迟疑。

“什么陈应钟……”沈殊说着，一边浏览泸沽湖的民宿实景图。

黄石榴：“他回的这是什么意思啊？你们对我有小秘密了，我看不懂！”

“哪有……”

“给你甜的！”黄石榴装作酸溜溜的样子数落，“你们在说什么啊？全世界就你们俩知道是吧？姐妹大了，翅膀硬了。”

沈殊故意逗她说：“才、不、告、诉、你。”

黄石榴也笑了，用夸张的语气不管不顾地尖叫：“不是吧，阿Sir。”

沈殊说完才想起来问她：“你怎么也能看得见？”

“我可没有偷偷加你的心上人，管这么严呢。”

“我不是这个意思。”沈殊没这样想，纯粹顺口一问。

黄石榴笑话她说：“我在好几个群都看到陈应钟回复你的截图了，好不容易毕业了，官配总得成几对吧，给那些年我们这些无人问津的普通女孩发发糖。”

“你还普通啊？”沈殊发自内心地说着，“我先找攻略去了，明天见面说。”

“行，明天我给你唱歌。”黄石榴紧接着说，“不行，你快今天就告诉我这回复是什么意思，不然我要睡不着了。”

“本来你也不想睡，别赖我啊……”沈殊说，“就……珊瑚礁不可能在零下存活，最佳水深为20米以浅，生长在盐度为27‰到40‰的海水中，27℃最适宜。”

“没啦？”

“没了。”

黄石榴长叹一声：“你们学霸都是这样谈恋爱的吗？都看不懂……”

“有人看得懂就行啦。”

“就得意吧你！”

沈殊高兴地躺平到床上。灯光映在她脸上，心绪乱到分不清东南西北，明明想好要去云南，聊了几句又胡乱开始搜索大堡礁、热带鱼。

夜晚完全降临，陈应钟送的花还浮在玻璃杯里，颜色像少女心事，又淡又浅，苹果长在天上，玻璃会变成水钻，珊瑚礁群会在零上27℃的海底摇晃。

就像我会一直一直喜欢你。

沈殊的科目二考得很顺利。

她用的方法跟王师傅教的不同，只要身高、座椅、车辆启动位置不同，王师傅看点、踩线那一套就容易有偏差。

但沈殊非常通人情，通过以后找到王师傅，当着所有学员的面感谢了他，令王师傅虚荣心大涨，竟就顺着她的话又把自己标榜了一通。

这让沈殊觉得有点懊恼，有时候吧，人也不能太懂礼貌……

等沈殊坐公交车回到市里，树上勤劳的“小蜜蜂”都已经下了班，叫不动了。天色阴沉，隔了几天没下雨。烧烤摊前冒着白烟，为今晚的聚餐提前庆贺。

沈殊认路，对着纸质地图都能分得清东南西北，这让黄石榴很放心。黄石榴给她发了KTV包厢号，说就不派男同学下去接她了。

说得像个山大王，沈殊在找到入口时笑了下。

灯光亮闪，走廊像时光隧道，这是KTV最普遍的装饰。沈殊顺着包厢号一路看过去，很容易找到。一推开门，所有人七倒八歪地正在合唱周杰伦的《七里香》，不知道的还以为结束了……

黄石榴兴奋地冲她挥手，招呼她挨着自己身边坐下。

但黄石榴整晚都忙着招呼和起哄，几乎没有空闲下来的时候。

沈殊也不无聊，跟旁边的同学时不时聊几句，吃着果盘里的水果，使劲鼓掌当好一个观众。有人给她递话筒，有人抢着给她点歌，但她都是微笑着拒绝。

一整晚都没唱过歌的人不在少数，很快就各自又闹起来。

即便如此，黄石榴还是趁沈殊正准备回家时，偷偷去隔得不远的包厢里把梁宋揪了出来，用“揪”是因为喊他唱歌他拒绝，跑去跟陈应钟他们班一起玩。

自知理亏，梁宋挣扎地说：“你想干什么？我喊了，他不来。”

“我不是让你跟他透露沈殊今晚会来吗？”

梁宋把包厢门遮得严严实实：“我透露了啊，不管用。”

“你放屁！”黄石榴的视线敏锐地往他身后的玻璃窗口上钻，“你让我进去看看。”

“别啊，真没来。”

“我看了才知道。”

黄石榴刚过一米六，梁宋比她高大半个头，但几乎拦不住她。黄石榴从他胳膊下一抬手，门就被推开了。状况跟他们班无差，啤酒瓶、鸡尾酒、矿泉水、果盘都有，胡乱摆了一桌，开封的、没开封的全挨着放。

黄石榴一眼就看见角落里坐着的陈应钟。

被梁宋横在身前，她用力瞪了他一眼，对着混乱哄闹的包厢大喊一声：“沈殊！要回家啦——”说完就跑，连正脸都没露出来。

谢谢梁宋，谢谢我的叛逆小狗，让你挡道。

黄石榴躲回自己班的包厢，拉住沈殊的胳膊，往怀里一扯，用撞在一起的姿势深深拥抱。她像喝多了一样，说：“沈殊，我最好的姐妹，恭喜你！也恭喜我！恭喜我们终于毕业了，我们终于可以光明正大地恋爱，我们终于可以不用每天写作业啦！”

沈殊扶着她坐回到软沙发上，让她等会儿到家告诉自己一声。

她抱着沈殊的腰不让人走，看到有人从他们包厢前经过时，她才松手，抹了把没有眼泪的脸：“去吧，惊喜到了！没有条件，姐妹也要创造条件让你和他在一起！”

沈殊一把捂紧黄石榴的嘴，赶紧说：“我先走了！”

KTV 距离芝姐菜馆不算近，坐公交车半小时直达。沈殊不紧不慢地走出 KTV，又看了一眼手机，十点不到，完全来得及。

夜风吹过，正对着的立交桥上堵满了车辆，头尾开着灯，连成一道红边。

去公交车站只有一条路，过了马路，站牌下站着她熟悉的人。

沈殊发现，他正看向自己，可能在等她？

……也可能是在等车。

沈殊走向他时，眼睛不知道往哪里看，索性与他对视。

“你们班也聚餐啊？”沈殊主动打招呼。

“嗯。”

“哦……”沈殊停在他面前，抬头看了下站牌，“你搭几路车？”

“28 路，荞水巷方向。”

沈殊的目光停在他脸上许久，才有点藏不住笑，装作不知情：“送我啊？”

“顺路。”

沈殊双手往后背靠了靠：“哦……”说话时她身体前倾，凑到他眼前，也凑到灯源下，好让他看清楚她此刻得逞的笑容，“其实晚上送女同学回家，很绅士来着。”

陈应钟也放松地冲她笑了一下：“当你夸我了。”

“那就当你特意送我回家了。”

陈应钟没正面回应她的话，只是笑，继而转头看向缓慢靠边停车的公交车的车灯。他目光亮了几分，冲沈殊伸出手。

……想干什么？

沈殊的目光下移到他的掌心上，有那么一秒的冲动想把自己的手放上去。他的手指又长又直，看起来很有安全感。

见他一直不说话，沈殊屏住呼吸，忍不住问出口：“干什么？”

陈应钟朝她投去一个坦然的眼神，手臂方向一转，停在进站的公交车上：“苹果长在地上，公交车飘在天上。”

“什么啊？”

陈应钟说：“该回家了，这位长发公主。”

“别说出来！”沈殊阻止他，虽然他语气再正常不过，丝毫没有嘲笑的意思，但沈殊还是觉得有点羞耻，“听起来好中二啊……”

“是你写得中二。”

沈殊说：“是你说得中二。”

两个人对视着笑了一下。

上了车，人不多，他们俩不约而同地走到最后一排，沈殊靠窗坐下，跟那天一样，各自把耳机戴上。

两人并肩而坐，都没有开启新话题。沈殊在听陈绮贞，不知道陈应钟是不是在听五月天。她看着窗外，一家一家的店铺缓缓掠过，闪着不同的光。

她觉得安静又犯困。

她侧过头，看见陈应钟正在闭目养神。光影穿过街道和树影，时不时跳跃在他的脸上，他比平时看起来更柔和、更安静、更斯文。

就好像他是月光偏爱的人，连倾泻在脸上，都像是算好的弧度。

沈殊盯着他有点久，坐回身，眼皮有点沉。这次，今晚，她放松了许多，不再惊呼“你也喜欢听她的歌啊”，不再装睡祈祷他快点喊住自己。

沈殊想着，想着，脑袋一沉，偏在陈应钟身上。

陈应钟顿时睁开眼，僵直着身体，极小幅度地低头，看到她浓密的睫毛，听着她轻轻的呼吸声，在她不知道的夜晚，小声哼唱——

你是窗外另外一片风景。
在你眼里我是什么关系。
你的呼吸藏在我的爱情里。
何时能诚实面对自己。

这几天，沈殊照常早起去驾校练车，计划在七月内考完所有科目。

她每天早出晚归，坐公交车回到荞水巷时，都是生意最好的饭点。章昀芝忙着掌勺，一般五点不到就会先吃饭，晚点再补一顿。

闻了一整天的饭菜味、油烟味，章昀芝对正餐没有胃口。想到这儿，沈殊没按平时走路的习惯，提前转道去了马路对面，准备在网红咖啡馆排队买些布丁蛋糕。

拎着糕点转身时，电视机上放着《明天见》的电影预告片，是沈殊想看的那部。

电视机对面是面包柜台，穿着校服的女孩子掀开玻璃罩，由她身边的男孩子接住，她伸手去拿，眼角弯弯地举在手上跟他说话，像是在问，就吃这个好不好。

一个面包，一张透明塑料纸，书架上几本书，他们能聊好久。

沈殊恍然记起一件事，她跟黄石榴放学回家，出地铁站时，见到拥抱着不舍分别的情侣，黄石榴经常说，恋爱真没劲，他们哪儿来那么多话题啊，每天无非就是发一些吃了吗、睡了吗、对不起、宝贝、我爱你。

沈殊笑说："你管人家呢？"

最近一连几天晚上，沈殊都在苦恼着如何跟陈应钟自然地开启一个新话题，又如何自然地接上下一段，直到看见《明天见》的预告片。

朦胧清新的白绿色调里，男主角在弹着旧旧的钢琴，女主角冒雨淋湿赶到琴房门口，他们安静地对视，雨声落进琴声里，心跳落入眼神中。女主角手上捏紧的曲谱上歪歪扭扭写着：既然太阳每天有新旧的交替，我的爱也永远能把旧话重提。

"感谢莎翁，希望明天能见面。"沈殊在心里说。

将刚出炉的布丁蛋糕提在手里，沈殊转身准备过马路。荞水巷就在对面，狭窄闭塞的巷口青石板路跟宽敞亮黑的现代轿车格格不入。

哪怕只看到那人的侧脸，也能令她呼吸停滞。

沈殊愣在原地，绿灯转红灯，她停在人流中，被司机"嘀嘀嘀"地鸣笛警告。

"横穿马路找死啊？"

"对……对不起……"她立即转过身，背对荞水巷，依然挡在车前，对着空气极小幅度地鞠躬。她很想快点冲过斑马线，却只能靠提醒自己才能正常迈步。

将布丁蛋糕抱紧在怀中，寻求一点香甜熟悉的安全感。她下意识地推门回到咖啡馆，找到墙垛后面的空位，她只要稍微侧过脸就能看清窗外和对街。

他来干什么？他为什么还不死？

这是第一个念头。

沈殊眼神涣散地拆开包装袋，一口接一口地往嘴里塞布丁蛋糕。她吃得很斯文，但前一口还没咽下去，嘴上就又咬了一大口，她不允许自己再犯恶心。

第二个念头，是她又没缘由地想起年轻时候的章昀芝。

那时章昀芝美丽、明艳、热情，她总是在大笑，但是她不快乐，她有很多个失眠的夜晚。

穿着白色制服、咖啡色围裙的店员见沈殊脸色惨白，给她倒了一杯温水搁在木桌上，友善地对她说："给您将头顶这个出风口调高了温度……您慢用。"

沈殊回过神说"谢谢"时，才发现后背发凉，大颗的汗珠已经滴在了手背上。

那个人脚不沾地，绝不会去他认为的“肮脏地方”，只要沈殊不出现，他就绝不会进去面见章昀芝。要知道，有些人生来就想做风流的君子、斯文的败类。

在他们三个人简单又复杂的关系里，只有章昀芝沉不住气。

她发信息问沈殊怎么还没回家。

沈殊觉得干耗不是问题，但如果可以，她希望荞水巷保持干净的空气，于是斟酌着给章昀芝回复：跟黄石榴约了看电影，晚点回家，不用担心我哦。

车辆启动的胎噪声几乎在沈殊抬头那一刻响起，沈殊强行吞下最后一口蛋糕，手臂渐渐僵硬，连同面色也像白纸。

他没有一丝耐心，他是个极致功利且冷漠的人。

他应该早点死。

翌日，赶上星期六，不止驾校不休息，连张桃李老师也不放假。

张老师为的是卓然集团“青训竞赛计划”这件事。

报名材料的截止日期快到了，其他入选同学早已提交，只有两个学生磨磨蹭蹭，害张老师一催再催。张老师实在等不住了，才打电话通知说：“明天是最后一天，我在办公室等你们，今天晚上九点截止，再不交，我明天就要跟你们家长面谈了。”

沈殊挂了电话，情绪一点都没受影响。

做好决定的事情，不值得烦神，她甚至希望早点结束。

但架不住张桃李老师的坚持，这就是人民教师的韧劲。

说好到晚上九点，实际上张老师下午三点就开始给章昀芝打电话，请她务必来校一趟，并且深有所感地说，有任何困难他们一起解决，但绝不能耽误孩子的前途。

根本不是这么一回事。

只是沈殊懒得说，也没法说，谁没点秘密呢……

章昀芝很快到学校了。

沈殊只是跟章昀芝说：“芝姐，你加油，我在外面等着你。”

章昀芝叹了口气，讲大实话：“我这个人哪怕当了妈，哪怕女儿学习特别好，我还是害怕见老师。我可算是发现了，老鼠见到吃素的猫，该跑还得跑啊。”

沈殊有那么一点开心，又很快拧起眉心：“别贫了，赶紧进去忽悠他。”

“你真想好了？”

沈殊微微瞪了她一眼：“芝姐，你别在关键时刻掉链子，我不可能去的。”

章昀芝心痛地说：“那可是十万块钱！”

“我去了也不一定拿得到啊。”

“你去了当然拿得到啊！不是说是卓……”章昀芝一时口快，幸好她一直看着沈殊的脸色，赶紧改口，“不是大集团赞助的吗？你肯定行！”

沈殊半开玩笑地说：“这样，我给你写一张十万块钱的欠条，以后还你。”

“说什么呢，你芝姐是这样的人吗？”

章昀芝吸了口气，推门进去。

她想好了，无论张老师怎么劝，她都坚持说“我尊重孩子的意愿”，不听就行了，没文化、没素质这事，一点儿也不难办。

沈殊简直可以脑补章昀芝跟张桃李各自的神态和语气，一个苦口婆心，一个油盐不进，都是本色出演。

但僵持的时间比她预计的要久，整栋楼不像往日那样开足冷气，哪里都热，她索性坐在台阶上等。

见葱郁又空旷的校园里有车驶过，她觉得惊讶。除了本校老师，极少有人能把车开进学校，要进也得在车前挂上显眼的暂入证。

沈殊很快平静下来，那个人总有让她刹那间跌入冰窟窿的本事。

她很快想起来，他一闪而过的瞬间，好像坐在驾驶位。

没有司机，只可能是不便对外透露行程的私事。

当然也有可能是不便对他的家庭交代。

管他呢。

沈殊不关心这个，情绪随风起，她只在想，如何快速打开走廊上的消防栓。

她特意看了眼走廊上的摄像头，确认只是摆设以后，独自一人走到消防栓前，轻巧便捷地打开了玻璃门，取出放在最角落、卡得很紧的小号铁锤。

幸好她有随身带双肩包的习惯。

车停在校史馆前的空地上，附近是樱花林，正在翻修，空地上堆着两摊已经凝固的水泥，这里暂时用作停车场。她不确定附近是否有监控，所幸空地上一排一排停放着很多车辆，有些拿防水布遮住，有些在车胎上靠着一块木块当作长久停放的标志。

沈殊从树林中穿过，拿包遮脸，半蹲到最近的汽车旁边。

她全程靠半蹲着挪步，坚决不冲外露头，缓慢挪到她看准的那辆黑色轿车后。

四处无人，阴沉诡谲的天气，连月亮都打算成人之美。

沈殊的额头上已经渗出密密层层的汗珠。她换了一条腿蹲下，小心地掏出铁锤，手举过头顶，朝玻璃四个角摸了摸，简单判断了一下，是钢化玻璃夹层塑料贴膜，就算是玻璃被砸破也不会变成粉碎状，她低着头迅速跑开应该不会被玻璃渣溅伤。

还没凝神，手臂已经猛然使力，头埋在膝盖间，单手捂住头，正要等到一声“撕心裂肺”的撞击，却被人用更大的力道紧紧握住了手腕。

铁锤惯性下落，他又用另一只手的掌心接住。

沈殊惊讶之余还不忘压低声音冲他喊：“陈应钟，你在这里干什么？”

“你说呢。”

第三章

最佳对手

只要你一直记得，Coco就永远不会消失。

他应该是送材料给张老师。

沈殊眼神往四处张望：“你赶紧走。”

陈应钟也猛地蹲到她身边，沈殊下意识地往后退一步，他的气息几乎贴在她的鼻尖。近，也太近了。沈殊拿眼神威胁他：“让你快走！”

“应该我问，你在干什么。”

沈殊没空也不打算跟他解释，又想动握紧铁锤的手。

她说的是肯定句，跟他一样：“你说呢。”

陈应钟没继续问，只说：“走。”

沈殊的手腕被他捏得紧紧的，他想把铁锤拿下来，沈殊却死死不肯放手。

不合时宜地响起一声雷，要下雨了。

沈殊压低声音，这次是真的急了：“我让你走！”见他皱着眉，不怒自威，不开口也让人一秒钟意识到他不会走，沈殊努力挤出一个敷衍又紧张的笑容，“好吧……我投降，你先松手，我们一起走。”

陈应钟拿眼神警告她不要这样笑，也不要有什么小心思。

沈殊意会：“我保证，我现在就走。”

陈应钟试探着松开她，只一秒，沈殊就猛地一使劲，陈应钟根本来不及反应，一锤下去，玻璃上瞬间变成蜘蛛网，摇摇欲坠。

比这更让人心惊的是，报警器不间断响起，连同车灯，越闪越快。

沈殊心如擂鼓，只是心虚，却不认错。

“走！”

“快走！”

两个人几乎是同时开口。不知道是谁先抓住对方的手，像握住救命稻草一般，两个人互相使劲，同时借力起身，沈殊的肩膀撞在他的胸口上，陈应钟直视前方，带着她一起向着风和远方狂奔。

两个人冲出学校后门好远好远，穿梭进不知道多少条巷子，哪里没有灯就往哪里跑，下起雨来时，沈殊止不住地笑起来。

像是一种鸟儿出笼的畅快。

陈应钟停下脚步，手还没有松开，喘着气转头去看她：“还笑得出来？”

沈殊仰起头，挑衅似的说：“为什么笑不出来？我是正义的美少女战士。”

这回轮到陈应钟笑出声，明明一样汗流浃背，仓皇逃跑，他却没有狼狈的样子，他笑得依然很干净，依然很好看。

最后往前走几步，两个人不再奔跑，停在黑灯瞎火的一家店铺前。

陈应钟不知道具体位置，准备拿手机查一下。灯光一亮，他才发现他们停在一家看起来像倒闭了的寿衣店门前。

他立刻转过身，挡在沈殊面前，低头看手机时用余光打量了一下沈殊的反应。

沈殊凑到他身边，脸上映着光，压低声音说：“我能用意念开门，你信不信？”

“别在这种地方、这种时刻，说这种话。”

“像绕口令。”

沈殊神色自若，甚至有些藏不住笑意，拿肩膀撞了撞陈应钟的胳膊：“我说真的，我带你进去逛逛，我熟门熟路。”

陈应钟也不露怯，拿手机光照在自己脸上，问她：“黄泉路？”

她还能笑得出来，挑着眉问：“走不走？”

她分不清是今天砸车玻璃荒唐，还是此刻她背对着陈应钟，一边笑着，一边找U型锁的孔眼进寿衣店更令人觉得谬妄。

“咯噔”一声，锁芯落地，玻璃门被沈殊推开。

她倒着往里走，被陈应钟拉住手腕，往身边一拉，两个人一起面向店内。

“这会儿知道害怕啦？”她挑衅说。

陈应钟把停在半空中的卷帘门往上推了一把，很明显不想跟她幼稚地争辩谁胆子更大："等会儿砸下来，我怕我脑袋开花。"

担心她就直说好了。

沈殊用了然的眼神看向他，并不戳穿，学着他之前的动作只用手指握住他的手腕，拉他走进寿衣店，催促地说："寿衣店都不怕了，还怕什么卷闸门。"

刚进去两步，没有拉到最顶上的卷帘门"哐"一声砸到地面。

突然的声音刺激让沈殊吓得缩了一下肩膀，陈应钟下意识地伸手挡在她身后，并没触碰到，也并没借题发挥，拿话数落她。反倒是沈殊松开眉心，冲他吐了下舌头。

店内的陈设跟陈应钟预想的不同。

不到二十平方米，入口处是竖着放的牌匾，甚至没写名字。地方也不宽阔，是长条形的空间，几个大小不一的收纳盒、几排木桌椅和一些元宝，以及被白色防尘布罩住的花圈。地上胡乱放着很多朵塑料花，墙角还有几把竹条和几个干涸的糨糊碗，应该是扎纸人用的。

他转过身，眼神又落到最中间的长桌上，像个工作台，有黄纸、红布条、蜡烛、水杯、纸巾和一排型号不同的刀具——15°角巩膜穿刺刀（A）、环刃刀片（环钻 E）、Bearer 刀柄、15 号圆刀（F）、11 号尖刀（G）、线状刀（I），甚至没有落灰，刀锋光洁。

……这样看，是有点瘆人。

"那是手术刀。"

陈应钟"嗯"了一声，就是能分辨这是手术刀，才更觉得诡异。

"是我的生日礼物，我十岁就会解剖青蛙了，肝、胆、胰这些我都认识。"

陈应钟很难不露出惊讶的神情。

"害怕啦？"沈殊执着地问他这一点，可能觉得正常人到这里都该害怕。

陈应钟却话题一转，问她："那你打算学医？"

沈殊转过身，语气冷淡下来："那倒不是，不打算，我不喜欢医院。"

陈应钟也没再继续问。

他转身看向对面，墙壁下半面贴满深灰色瓷砖，上方挂满了方形、圆形的相片框。他想用手机照明看一下，想到是照片，很快觉得不妥当、不尊敬。

沈殊在他旁边说："可惜这里不营业很久了，灯泡坏了一直没换，不然可以让你看看我的珍藏。”

“这些照片？”

“对啊，勇敢、自由、善良就是我将来的墓志铭。”沈殊拿起手机，替他从左向右依次拿手机光扫过去，如数家珍。

“这是 Jack，但不是《猫和老鼠》里那只。”

戴着红帽子、穿着红袍子、连圆鼻子都是酒红色的一只小老鼠，但它有一个巨大的招风耳，是粉色的，爱吃、爱笑、爱给仙度瑞拉出主意，出自《仙履奇缘》。

沈殊往旁边一指：“这个，豌豆三兄弟！”

像小时候用的布艺铅笔袋，翠绿色的豆荚上有一道整齐但又粗糙的拉链，每次一拉开，就能看见三颗圆圆的豌豆粒，只有脑袋，可可爱爱，出自《玩具总动员 3》。

甚至还有《西游记》动画版的孙悟空和白龙马。

陈应钟听得很专注，但眼神很快从墙上挪到沈殊的侧脸上。

她很有兴致地继续分享，没有注意到陈应钟的眼神。

换作任何人在漆黑一片的寿衣店给他介绍这些被大众忽略的动画角色，他都会觉得匪夷所思，但偏偏他此刻的心情相反，甚至心底有了一丝踏实感。

她不再是隔壁班美好得不可方物的第一名。

她是幼稚、中二、冲动、勇敢又让人摸不着头脑的朋友。

是朋友吧？

有福同享不一定会成为朋友，有难同当一定是。

“你在发什么呆？”沈殊伸出手指在他眼前晃了晃。

“没有。”陈应钟说，“挂这些……不影响做生意吗？”

“不影响啊，来办丧事的人，哪有心情看这些？”

“哦。”

陈应钟听她讲完，发现她漏了一个，只此一张照片是黑白的。

于是，陈应钟主动问她：“这个呢？”

“他啊。”沈殊漫不经心地说，“忘了，一个反派吧。”

哈迪斯，《大力士》里的反派，保持着黑色幽默，有很多人觉得可爱，但只有沈殊知道，他邪恶、功利、暴力、狡猾，他不能控制情绪，他只想摘取胜利的果实，他不肯放过一个婴儿，他是最危险的敌人。

陈应钟沉吟片刻，联想到刚刚她砸车玻璃的奇怪举动：“像刚刚那个车主？”

“不像。”沈殊坦然说，“就是。”

“不怕他找你算账？”

沈殊直勾勾地盯着他，踮起脚凑过去，幸灾乐祸道：“他可能只会找你。”

陈应钟失笑：“为什么？”

“可以不说吗？”她问。

陈应钟微微点头，并没有一丝勉强她的态度：“当然。”

沈殊沉默了几秒，言简意赅地答复了他：“其实也没什么，家丑不可外扬。”

虽然他应该只听到了拒绝。

沈殊站回原地，抱着胳膊，长叹：“把你拖下水都不解释一句，好像很不厚道。”

陈应钟看向沈殊，她神情自如得仿佛回到家。

“也算不上是你的错。”

“那你也是好心想帮我。”

见她拧着眉，陈应钟拿话逗她：“你不是正义的美少女战士吗？怕什么？”

“那倒是，要是你真有麻烦，我就变身去救你。”

陈应钟轻笑出声，忍不住说：“幼稚。”

沈殊冲他挑眉，故意压低声音，神秘兮兮地说：“还有更幼稚的。”

陈应钟拿眼神问她：什么？

“我今夜不是美少女战士，也不是长发公主，是——”

“是什么？”陈应钟很配合地问。

沈殊凑得更近，踮着脚也凑不到他耳边，他下意识地侧过头去听：“是聂小倩，深山老林里专吸清秀书生的精气。”

陈应钟非但没有表现出无语，反而突然笑了下。

吓得沈殊立刻跳开一步，恢复正常音量：“你别突然笑，怪吓人的。”

陈应钟反问：“现在知道怕了？”

“有我让你害怕吗？”

比如，砸车玻璃；比如，喜欢手术刀。

陈应钟只是看向她，微微低头。在黑暗之中，他的眼神格外清亮，这让三百度近视眼的沈殊有点羡慕，上帝创造他时真的不太公平。

他说：“只是有点好奇。”

沈殊很快接话，嘴角扯起的幅度带着得逞的意味：“别太好奇哦，很危险。”

……因为好奇是深陷的前兆。

卷帘门被风吹动，“哗啦”一响，室内没有一丝光亮，让人分不清时间。

沈殊突然想到，楼上有一面镜子，在晚上突然看见镜中的自己时最吓人。

她并不是故意捉弄陈应钟，只是很难想象，居然有人跟她一样对这里没有一丝恐惧，他甚至饶有兴致地听着她的讲解，轻松得像在参观。

领着陈应钟往上走，她还不忘回头说道：“楼上是我的秘密基地。”

老式铁楼梯，贴着墙，用很陡峭的角度立着，一次只够一个人通过，踩上去会有一种“吱吱呀呀”的悬空感。沈殊走在前面带路，踩上去后故意没开灯。

等陈应钟也踩上地面，她才往左侧一闪，卧室里的穿衣镜正对着他。不似楼下那样漆黑不透风，楼上只有两间房间，均开着门，月光洒在阳台上。

穿衣镜斜斜摆着，正好映出沈殊期待看向他的眼神，像动画片里调皮的小地鼠，也像踩着水晶鞋偷跑出来的公主。他一笑，她就泄了气。

“啪嗒”一声，灯亮起，随即是空调打开的提示音。

“你胆子真大。”沈殊说。

室内房顶不高，陈应钟需要微微低下头，进去以后发现一张米黄色的床挨着一排飘窗，有好多个抱枕。陈应钟不难想象，应该都是同学送的。

几盆花草随意放在木地板上。桌上也很混乱，打印纸叠了好几层，有教辅资料，也有小说，还有几支钢笔，墨水是彩金渐变的。一面墙刚好一张投影仪幕布那么大，柜子嵌入在墙壁上，是老式但不乏温馨的装修，放满了卡通手办和那些陈应钟叫不出名字但是闪亮的装饰品。

跟楼下的风格截然不同。

陈应钟承认，他又好奇了。

尤其当沈殊关窗时，他觉得楼上才像长发公主的卧室。

“看电影吗？”沈殊佯装丧气，“想跟你看个电影也太难了。”

不等他回答，沈殊已经把投影仪打开，却将遥控器递给他。

“你想看什么？”

大概是受到楼下照片墙的影响，他随便选了一部看过且算最喜欢的动画电影《寻梦环游记》。音乐一响起，沈殊觉得狭窄的空间自带暧昧气息。

她故意问陈应钟：“要不然……我们把灯关了？”

“嗯。”关了灯，才像是真正在看电影。

沈殊也看过这部电影，她用力先吸了一下鼻子，认真地说：“我可能会哭。”

说完，她提前把抽纸拿到自己身边。

两个人心照不宣，都没有坐在床上，而是靠着飘窗坐在地上。

沈殊又小声问，眼神却是无比清澈：“我哭了你会安慰我吗？”

“你想我怎么安慰？”

陈应钟光看着她，就觉得她又想动什么小心思。

沈殊转过头，离他越来越近，近到鼻尖似有若无地像是触碰了一下，她不怕死地继续冲他笑：“你信不信我能猜到你在想什么。”

陈应钟神色如常，反问她：“那你猜我敢吗？”

“我猜……”沈殊的声音在《寻梦环游记》的背景配乐里，像绵云撞进棉花糖，极有勾人心魄的意味，“我猜你不敢。”

陈应钟淡淡一笑，身体往后倾：“嗯。”

沈殊没了之前的神气，恹恹地看了他一眼：“我就知道。”

整个空间乍然安静。

隔了许久，只有沈殊尽力克制但还是出现的小声啜泣。

戳人的不止“死亡不是终点，遗忘才是”，还有主人公的家人对他说：“小格，我们将祝福送给你，没有任何条件。”

要不是我怪异、孤僻，也许他也会对我诸多在意。

家人是比梦想更重要的事情，可是沈殊没有拥有过完整的家。

她一直以为爱的反义词是恨，原来不是，是遗忘。

可是她做不到遗忘。

其实她并不需要陈应钟的安慰，也没有真的多么难过，她只是会因为这部电影想起外婆——这家寿衣店的主人，这个世界上唯一无条件爱护她的人。

沈殊用力吸了一下鼻子，伸手去拿地上放着的遥控器，想将背景声音调大，好让她全神贯注投入到看电影中，好掩盖她此刻一顿一顿不自然的呼吸声。

在她低头看按键的一瞬间，一直注视着她的人手撑在地上，往前了一步。

一大滴眼泪滑到她的脸颊上。

沈殊屏住呼吸，不敢转头，甚至不需要用余光也能看清他的眼睫和鼻尖，低下眼甚至可以看见他用力时手背上微微凸起的淡青色血管。

他的眼神很轻、很柔，没有挑衅或是恶作剧得逞的意味。

他甚至没有在笑，认真得像是在观摩艺术品。

当他再往前一步，渐渐低下头时，他们的距离近到连最轻的呼吸都能飘到对方脸上。

沈殊紧张地闭起眼，根根分明的睫毛忍不住颤动，眼前的人影却慢慢退后。

他并没有亲她。

沈殊睁开眼，稍稍有点茫然，很快完全转过身。面向临近结束的电影，心思再也没办法集中，像是竹竿敲落的冬枣，从天而降，滚落一地，四处乱飞。

整颗心都揪在了一起。

陈应钟沉声说："电影放完了。"

他不提刚刚的举动，让沈殊松了口气。

很快，她又觉得有一点说不上来的不乐意，在心里主动圆这件事——她说了会松手不砸车玻璃，陈应钟也说了他不敢，但他明明又……

就当一人欺骗一次，扯平了。

陈应钟淡淡地说："我外婆也去世了，以前我每年都会去苏州过暑假。"

他也是跟电影主人公比。

沈殊深有所感，看了他一眼，语气却故意轻松："我也是。这里就是我外婆生前经营的店面，她常年跟死者打交道，但她活得比任何人都热烈。"

他们突然一起回头，看向对方，同时缄默，都不再提任何关于外婆的细节。

那是一些独家记忆，只够自己在冬天点燃取暖。

六月过完，零志愿保送生批次的学生已经收到了第一批录取通知书。

沈殊顺利被上海交通大学生命科学技术学院录取，即将就读的生物科学专业也入选教育部首批强基计划招生，如愿以偿。

黄石榴以捡漏的好运被华东政法大学社会发展学院录取，虽然她对社会学一无所知，但她是这么想的，人活在社会上，她学好社会学，总归饿不死。

她妈妈也这么想，连去烧香还愿好几天。

只有张老师一边夸她运气好，一边感怀至深地劝说："还有机会，不要气馁，大一好好努力，看看能不能调换到法学专业去。"

黄石榴嘴上说"好"，等陪着沈殊拿完录取通知书，在路上跟她吐槽说："要让我名列前茅换专业，这不是比我高考还难？"

沈殊想了想，肯定地说："跟买彩票中大奖差不多。"

"就是！"黄石榴觉得不对劲，笑着说，"不是，小心我等下发朋友圈不给你修图。"

沈殊听得一乐："谢谢您，别给我修了，我想自然点。"

"我拍完发给你，你也记得发到朋友圈，不然你们家陈应钟可看不见。"

"……什么我家，还没谱儿呢。"沈殊惆怅地往学校看了一眼，"以后也不知道有没有机会再见，搞不好等寒假回来，他早脱单了。异地，我就是想努力也没辙啊。"

"什么寒假回来？"黄石榴听得云里雾里，"什么异地啊，医学院和你们那个什么生命科学院不在一个校区吗？学校内有穿梭巴士的吧。"

沈殊稍稍一愣，惊讶地说："他不是去北京吗？"

以他的高考排名，去北大医学院应该是没有疑问的。

"没有啊，他不是交大医学院吗？你们还是校友。"

"啊？"沈殊声音越说越小，"没理由啊……"

"怎么没理由，就不能允许男孩子恋家啦？人家就不想离开上海呢？"

"是这样吗？"沈殊问。

"别想了，每个人都有自己的考量和秘密，在你身边才是最重要的。"

沈殊眼里又燃起了一点希望："你说得对，出走半生，归来还是我校友。"

"可不是……"

天意，一定是天意。

两个人边走边谈笑，见到低年级的学妹眼神里带着温柔的善意。

交大附中低年级的学生也陆续放假，学校里迎来一年中最热闹的时节。

宣传栏里有近两米长的高考录取喜报，图书馆前的槐花和樱花粉白相互辉映，来取通知书的毕业生到各处不起眼的角落合影留念，在学校附近的奶茶店里最后一次写上便利贴，贴在墙上最高处。

黄石榴写：姐妹，预备备，今晚好机会！微醺，状态，加倍！

预示着她读大学要大干一场，不能转去法学院没关系，到时候把法学院的帅哥都认识一遍。

沈殊正经地写下：风物长宜放眼量。

因为字迹清晰，像小学生的字，所以一般如无必要，她不留签名。

拿到录取通知书那周，沈殊顺利考完了科目三。科目四自不用说，沈殊打算留到跟黄石榴一起毕业旅行后再考。原本她们计划去云南，但双方家长都不放心两个女孩子单独出行，她们就不断缩小范围，最后变成苏杭一带。

但苏杭一带黄石榴基本都去过，莫干山、千岛湖、安吉的度假村更是暑假去完春节去，春去秋来，什么景色和温泉都吸引不到她了。

黄石榴提议，一起加入班级多人旅游团。这样可以选择多一些，长白山、大理、港澳游都有了。

在各个班级群里蹲了半天，最终她们跟相对熟悉的隔壁班拼了团，放弃了大理洱海，选择了港澳游。证件办理顺畅，学生报团还有巨大优惠，行程四天三夜，便捷，还适合代购。

七月七日出发，跟青训计划启程是同一天。

坐上旅游大巴集体去机场的那一刻，沈殊在前排好像听到陈应钟的名字。她看向窗外，绿树荫浓夏日长，每一朵茉莉开放时，都有日出的余香。

七点不到的廉价但折腾人的早班机，肯定与卓然集团提供飞往尼斯的飞机不同。不知道陈应钟在做什么，他到尼斯了吗？青训班会不会有漂亮的女同学？

想到这儿，沈殊有些烦闷地闭上眼。

她容易晕车，黄石榴给她抢到了第一排的座位。原本一直坐在她身边，一见陆砚池上车，黄石榴立即冲他挥手，跟着他坐到沈殊斜后方第二排。

他拿包遮脸，不敢见人。

沈殊也冲陆砚池礼貌地笑了一下。之前团购报名时少一个人，黄石榴立即说她弟弟可以一起，没想到原来是拿陆砚池凑数。

没等三秒钟，黄石榴给她发了一条微信消息：我真不是给陆砚池助攻！有人临时反悔，我都卑躬屈膝去找梁宋那个狗东西凑数了，才抢到今天最便宜的团票！

沈殊笑了笑，自己怎么可能真生气，迅速给她回复：睡了……到了吃港式早茶。

正好司机喊了一声准备出发，启动车辆，车身随之摇晃了一下。

车厢内学生们的吵闹声和各种各样的早餐、零食气味混合在一起，还没出发，沈殊已经开始有点头疼，到机场还需要一个小时的车程。

沈殊紧闭双眼，分不清昼夜，头顶传来一道低沉但熟悉的声音：“早。”

来人甚至没问这个座位有没有人，沈殊睁开眼时，陈应钟已经抱着双肩包落座。

他耳朵里塞着耳机，发梢还有一些湿，迎面而来的是清晨舒爽的洗发露的味道。沈殊觉得好闻，抿了抿嘴唇问他：“……你怎么在这里？”

“我应该在哪里？”

“不是去尼斯了吗？”

陈应钟没接她的话，显而易见，他在这里怎么去尼斯？

“你为什么不去？”沈殊不明白。

他说：“没有了最好的对手，为什么还要去？”

陈应钟游刃有余地笑了一下，不问她为什么不去，他想沈殊应该不愿意别人窥探她的家事和秘密，把一句较量的狠话说得像动人的情话。

沈殊还在侧着身发愣，他伸手越过她的后颈，把车窗帘拉好。

沈殊突然咽了咽口水，他手背轻轻擦过的地方，像是有一种又痒又热的感觉。

她赶紧转过身坐好。车辆已经启动，窗外树荫满地，石榴开遍，她重新轻轻闭上眼，手继续往包里找，翻不到想要的东西，她不自觉地拧紧眉心。

陆砚池知道她晕车，拿着开水、白色颗粒晕车药，一步就走到他们面前。不等陆砚池开口，陈应钟低着眼，把自己的一只耳机塞进了沈殊的耳中。

大巴车还没有开出市区，开五步就会碰到红绿灯和减速带，人类的活动促成了食物的相聚，气味的离合类似湖水波动，清新有之，腥咸和酸刺亦有之。

沈殊睁开眼，她没有睡着，感觉到耳朵里多了一只耳机，迷迷糊糊地问他：“怎么了？”

“有人给你送药。”陈应钟如实转达，补了一句，“可能是晕车药。”

沈殊微张着嘴巴，蚊子哼一般“嗯”了一声，说着：“出发前吃过了。”

陈应钟低头检查歌单。他爱好很杂，古典乐喜欢听大提琴曲子，对摇滚没有偏好，但喜欢一支叫H.I.M的芬兰摇滚乐队，流行歌曲就是通常大家都喜欢的那些，有快有慢，不过他担心突然播放快节奏、高情绪的歌，会惊扰到正在入睡的人。

难得安静下来。

没过多久，大巴车驶上高架桥，机场就在不远处。

车内开始躁动，同学们提前互相喊醒。

有同学在后排突然提议弄个面对面建群，大家都加进来，把备注都改成自己的真实姓名和班级，旅途中遇到任何事情就在群里说。

霎时，车厢内全是“嘀嘀嘀”的消息提示音。

坐在沈殊身后的男同学兴奋地站起来，俯视角没发现沈殊刚进入熟睡，亮着手机屏幕问她：“沈殊，这个是你吗？我加你好友啊。”

沈殊顷刻间被惊醒，控制不住地下沉着眼皮，下意识地吞咽喉咙，好像还没分清她人在车上不在家里，茫然回过头，声音稚嫩又无辜：“那个，不是。”

陈应钟不知道什么时候戴上了黑色鸭舌帽，一道光从车窗玻璃的缝隙忽闪而过。他不耐烦地飞快闭眼闪躲，头也不抬地说：“她没进群，我来拉。”

陈应钟拿出手机，找了一下面对面进群。他微信里只有认识的同班同学，没多少人，也没用过这个功能，新进入时，群里全是在用表情包打招呼。

沈殊的头像是粉色底、朝左伸出圆手的哆啦A梦，微信名就叫Special SQ，一眼就能辨认出。

刚进群一秒，她就收到好多条添加好友申请的提醒。

“我拉你了。”陈应钟说。

“嗯，看到了。”

沈殊的关注点不在这里，她盯着“Miguel”邀请她进群的字样很久。

她记得最早添加陈应钟时，他的微信名叫“No.5CYZ”，头像是科比。沈殊不怎么看篮球，顺着这个方向搜索，几乎把NBA所有球队现役、经典比赛、规则和名人堂都了解清楚了，才发现No.5是加内特在森林狼的球衣号。

也是她第一次收到陈应钟送的无尽夏、她对着他的影子行公主礼那晚，沈殊偷偷把名字改成了Special SQ，像一种不易被人察觉的般配。

结果他就这样悄无声息地改掉了。

也幸好改了，不然微信群里就会显示“No.5CYZ”邀请“Special SQ”进群。

“他可能早就发现了吧。”沈殊这样对自己说。

下车时，陈应钟问她好点了没有。

沈殊扯着嘴角笑了下，说：“没关系。”

陈应钟想问她行李是哪个，他在第一排，最靠近车门，他先下去拿。

但沈殊没有给他这样的机会，刚一停稳就检查好座位上的东西，然后经过他眼前，直接走向第二排的黄石榴和陆砚池。

像是等了一路，期待已久，终于到了，终于可以不用跟他坐一起。

陈应钟沉了下眼，自己先下了车。

拿行李，过安检，办好托运，所有人有序地排队，持续无序地叽叽喳喳。队伍里只有两个人在沉默，面无表情地一头一尾站好，不知道耳机里放着谁的歌。

卢亭郁家离得近，没赶大巴一起出发，提前拿好了票等人齐。他找到了队伍末尾的陈应钟，眼睛却往前瞟个不停：“你不去跟着取票？这你怎么跟人家坐一起？”

“提前在网上选了座位。”

“那你怎么跟人家坐一起……”卢亭郁又嘟囔了一遍。

陈应钟视线转回远处，不想搭理他。

“你居然进群了？”卢亭郁不在车上，是后来被同行的同学拉进群的，他看不见陈应钟邀请沈殊进群的消息，本以为按陈应钟不排斥但也绝不会主动社交的性格，是不可能加这种无聊群的，“色令智昏啊。”

“你还知道‘色令智昏’？”

卢亭郁骄傲地说：“瞧不起兄弟是吧？马上学哲学去了，不止学成语，以后我讲话你就得仔细听了，不然很难听得懂，哲学——多么深奥，多么高深莫测。等我登台，马老师都得给我三分薄面，演讲就按分钟计费，重新定义成功学，懂吗？”

陈应钟无语地看了卢亭郁一眼，想起他压线考上了华师大哲学系。如同他所说，学什么不重要，就想去女生堆里跳水。

但陈应钟今天兴致缺缺，没跟这人继续贫嘴。

只是想到他爸有一回喝高兴了，以为还在协助撤侨，碰到急诊，说自己拿杀猪刀给人做了台手术。跟“马老师都得给三分薄面”比，有异曲同工的好笑之处。

卢亭郁的眼珠子在他脸上打转了一圈，见他心情好像非常一般，也消停下来，在群里加了一些漂亮头像的女同学，只安静了几秒，大惊小怪的声音又响起：“Mi——你微信名怎么变了？这什么东西？你的英文名不是 Jack 吗？”

陈应钟拿眼神警告他，别提这么幼稚的事情。

初中上外教课第一天，每个人都需要取一个名字，由于不允许写名字的拼音，陈应钟就随手写了个 Jack，结果外教老师上课点名，一起站起来了八个男生。

哄堂大笑，令他们八个人同时觉得丢人。

飞机落地深圳宝安国际机场，他们下午经深圳湾关口入香港。

旅行社安排了小巴将他们送至天水围地铁站，在这里旅行团会分成两拨走，行程内容和价位有所差别，在报名时都已经提前说明和确认。

整体安排差不多，只有沈殊在内的几个少数同学不打算去长洲岛。

预计自由活动时间只有今天下午和晚上。

虽说香港寸土寸金，但荃湾的酒店设施与豪华程度都远超沈殊的想象，哪怕旅行社不负责所有行程的餐食，她也觉得这趟旅程值回了票价。

香港的小吃闻名遐迩，中午第一顿饭由旅行社安排，但由于沈殊没有报名去长洲岛，从此刻开始就是自由活动时间，她没有下楼就餐，放好行李，快速洗了个澡，准备下午乘地铁去香港大学找一位师姐见面，顺带四处逛逛。

黄石榴坚持要陪沈殊吃完午饭再去长洲岛，陆砚池也在。

他们需要等待旅行社集合，不便走远，就近找了一条小吃街，买了多样甜食和小吃，最后在一家茶餐厅坐下。

点上招牌的深井烧鹅、菠萝油、云吞面、虾饺、风沙鸡、牛筋牛腩，还有他们手上提着的碗仔翅、烧卖鱼蛋、铁板鱿鱼，桌面很快满满当当。店铺人多，上菜快，冷气超足，沈殊还想点个蛋挞，被黄石榴提醒说，蛋挞得去澳门吃。

见对面甜品店人少，沈殊出门去拿雪糕，回来时，陈应钟已经坐在了她座位那侧的最里面，卢亭郁识趣地坐在了对面，将黄石榴夹在他和陆砚池之间。

“我们也是按推荐榜来的，这家好像是网红店。”卢亭郁主动说。

黄石榴惊叹地接话：“是吗？我们随便一找，没想到眼光这么好。”

沈殊在陈应钟身边坐下。

卢亭郁跟黄石榴一样，对下午开始的长洲岛半日游非常期待。准确来说，是对踏浪、玩水和穿泳装、吊带长裙的美女辣妹无比期待。

他想在爱情海里游泳。

黄石榴与他一致，甚至更加雀跃，因为她不仅可以看美女，还可以看帅哥。

沈殊很喜欢吃烧卖，不管是糯米鲜菇的做法，还是港式鲜肉鱼籽这种，她都喜欢。但她有个习惯，不管吃小笼包还是烧卖，都喜欢加醋。甚至连吃麻辣烫、给火锅调蘸料，她都喜欢加很多的醋。

她夹起来一个，刚浸满醋，卢亭郁眼睛都看直了，酸得牙疼，咽了一大口唾沫。

陈应钟夹了一个烧卖丢到他碗里：“你想吃就吃。”

盯着人家碗里的干什么……

卢亭郁实在忍不住，又咽了一口，真心地问：“不……不酸吗？”

“……还好。”沈殊说。

卢亭郁想了想，还是不尝试了，他喝奶茶都恨不得全糖。他给陈应钟递了个眼神：“还是给我拿个酱油或者沙茶酱吧。”

在陈应钟递给他的时候，卢亭郁发现沈殊一直在吃烧卖，小口小口地吃。越脑补越觉得酸，卢亭郁说：“要吃点别的吗？怕你夹不到……虾饺？鱿鱼？”

沈殊刚咬了一口，嘴里不方便说话。

陈应钟拿眼神警告卢亭郁，老实吃饭。

“小殊不吃虾，也不吃鱿鱼。”陆砚池主动说，为了避免卢亭郁尴尬，非常客气地用双手举起碗，接过他手里夹了半天的虾饺。

卢亭郁自说自话："啊，那不好意思，最怕朋友突然的关心了我这是。"

陈应钟抬眸看了他一眼，等反应过来，发现自己往碗里倒了大半瓶醋。

……小殊。

卢亭郁猛喝一口水，实在忍受不了，叫嚣着问："你什么时候也这么能吃醋？"

陈应钟狠狠瞪了他一眼："吃你的。"少管我。

一顿饭吃得有滋有味，醋味熏天。

在酒店分头走，只留沈殊和陈应钟进电梯，两个人都没开口，从电梯金属门的反光上，他们发现对方都侧过头偷瞟过自己一次。

这会儿，沈殊才反应过来："你也不去长洲岛吗？"

"嗯，梁宋没报这项，他临时有事，担心不能拼成团，找了我。"陈应钟语速变快，"旅行社那边说不能加项。"

"这样……"沈殊以为他想去不能去太可惜，安慰他说，"维港也是海。"

"嗯。"

沈殊觉得他好像有点冷淡，两个人将茶餐厅的味道也带进了电梯，弄得狭窄的空间酸涩潮湿。沈殊在九楼，先到，她缓慢走出去。转过身见电梯门缓缓合上时，陈应钟客气的笑容也没继续保持。

笑容消失的时候，不知道他在想什么。

沈殊有点着急，又有点不明所以，下意识"啪"一下按下按键，又让电梯门打开。

"那个……下午要不要一起出去逛逛？"

陈应钟稍稍发愣，一步迈过来，沈殊眼里重新燃起期待，皮肤刚流过汗，微微紧绷。

与她不同，陈应钟则恢复不冷不淡的表情，光从表情上看，像是一种带着距离的温和。他伸手重新按了开门按钮："不了，回房间补觉。"

"哦，那好吧。"不去就不去。

沈殊在金属门的发光里看见自己的神情，从有点失落，到渐渐不解。

"那我自己出去逛逛好了。"沈殊的声音偏软不腻，不想把邀约被拒这样寻常的事情在情绪上加以放大，尽力让语调如常轻松，"上去吧，不耽误你午睡啦。"

陈应钟沉静地看了她一眼，嘴角已经没有了笑意，耳机线露在裤子外面一截，他随意往里一塞，单手就抄在口袋里：“你按着门我上不去。”

沈殊觉得好笑，对这种拿不准的情绪突然有一点郁闷：“你不也按着。”

两人同时松手，只有电梯启动跟着晃了晃，两人站得笔直，谁也没有挪开眼，跟凝固的时间比，像是在无声对峙。

直到电梯门缓缓合上。

陈应钟才发现他没按电梯楼层，电梯直接往下，没给他补救的机会，层层停，成双成对进入。他从口袋里把耳机线扯出来，任两根线缠在一起，低头去找打结的源头，不想听见任何有来有往的谈笑。

“叮”的一声，像电影放慢一般，对侧的电梯门同时打开。

沈殊在空荡荡的电梯里垂手站立，她一眼看见，陈应钟贴着电梯壁被挤在最中心。

……不是要睡午觉吗？

只是不想跟她一起出去逛逛而已。

解不开缠绕在一起的两根耳机线，陈应钟往耳朵里塞了一只耳机，另一只连同耳机线就随意搭在自己的肩上，抬眼时，刚好看见沈殊匆匆而过、带着生硬表情的侧脸。

明明才七月天，香港的暑气已经蔓延到枝头。很奇怪，跟上海不同，香港的蝉鸣声几乎听不见，可能是城市景观和人口太密集，沈殊这样想着。

声音和思绪太杂时，人居然会想念吵死人的蝉声。

一整个下午一点风都没有，连带着情绪都被吹干燥，失去了活力。

沈殊坐地铁到达香港大学，从地铁 C1 口上去能看见百周年纪念的红墙 LOGO（标志）。按照约定，沈殊在附近逸夫楼十一层的音乐图书馆入口处，等待陈子夜。

陈子夜曾是一位小有名气的昆曲演员，暂时停戏后，重新考学申请了香港大学戏剧文学相关的研究生。她比沈殊年长几岁，两人幼年便相识。

沈殊的外婆是慕城人，不忙的时候经常带着她回老家过暑假，就住在范家戏院附近。老城区没什么新潮的玩意儿，她就爱在热闹里听戏，在安静的小巷子里骑车。

戏院里除了门卫和老板是男性，其他全是十来岁的小姑娘，外婆放心，就从来不阻止沈殊往戏院跑。沈殊几乎不说话，就闷闷跟着帮忙，有时候搬桌子，有时候帮忙添茶，一来二去，戏院就没有人不认识她了。

再偶尔得空，还有人给她也涂上油彩，扮上妆面，送她一两颗珠花。

陈子夜在一众女孩子里也是话少的那个，戏份又轻，候场时间都比登台时间多，经常趁乱去买巷口的冰汤圆，一碗给沈殊，一碗给自己，什么话都不说，两个人就安静地吃。

到沈殊读高中，有了自己的手机，她才跟陈子夜又联系上。再相见，发现彼此都开朗了不少，还是跟小时候一样投缘。

沈殊先到音乐图书馆入口处，等待的间隙，陆砚池给她打来电话。

她原本想挂了用文字聊，但手机在图书馆刚一响，她就下意识接通了，压低着声音走到门外没有人的地方。

陆砚池问她："看到我给你发的视频了吗？"他说的是长洲岛的海浪视频，以及他和黄石榴一起在沙滩上写下了她的名字、旁边还有一个小爱心的视频。

"嗯，看到你们玩得很开心。"

陆砚池不展开讲自己，一连串问她，她下午过得怎么样、人是否在酒店。

"我也出来玩了，约了一位师姐，她正好在香港读书。"

陆砚池可能意识不到他说话时每个尾音都在上扬，跟沈殊所在的冷空气环境截然不同："我们八点多的船票，我就不跟他们自由活动去了，回去还能陪你吃夜宵。"

沈殊含糊地说，不确认自己这边几点结束。

草草挂了电话，她担心自己随意答复会伤害陆砚池的心，毕竟谁都不喜欢被拒绝，哪怕是临时起意的邀约，先开口的人总是需要更多勇气。

但陆砚池显然并不受影响，继续给她发了几张海边闪闪发光的贝壳的照片。

等沈殊转过身来时，陈子夜已经张开掌心贴了下她的脸颊。这是只属于女孩子温柔的打招呼方式，哪怕轻轻触碰，也能捕捉芍药的香味。

陈子夜轻车熟路地带她去了三楼的空中花园，一路走上去，绝佳海景一览无余，沈殊心想，她也算是看过香港的海了。

找地方坐下，沈殊不忘跟她说“恭喜”和“新婚快乐”。

陈子夜并拢手指，扬了扬手上的钻戒，笑着说：“我都结婚好久了。”

光从表情上看，沈殊都能感受到她自由又圆满的人生状态，她结了婚，却仿佛不沾尘世，读书、听戏、养花、谈天、看海。她的先生还友善地替学生推开玻璃门，示意对方先过，然后替她们端来冒着凉气的咖啡和冻柠茶。

搁在桌上，由陈子夜简单介绍，他淡淡笑着离开，说不打扰女孩子叙旧，临走还要伸手在陈子夜的头上轻抚一下。

沈殊羡慕地说：“真浪漫。”

陈子夜单手托着下巴，听沈殊说着自己的少女心事。

当然，陆砚池那部分沈殊没提，她不会自恋到认为陆砚池已经喜欢上她了。沈殊说得很坚决：“倒追可以，但是我再也不要跟他表白了。”

必须他来。

想到那封无人回应的表白信，还有今天突然的冷淡和拒绝，她心里的感觉就像嘴里的冻柠茶那样，又酸又甜。

“要是谁向他表白他都联系，不得忙死啦？”陈子夜说的她都理解，“你想，你写表白信是想认识他，是一个起点，但在他看来，你需要的是接受或者不接受，是答案，是终点。一开始就产生了误解，芍药种下去，再努力也不会变成绣球呀。”

人长了嘴就要把误会说清楚，只有少年的情绪才会显得惊心动魄。

不得不说，这句话对沈殊来说是奏效的。

至少到跟陈子夜分开，她漫无目的走到地铁站那一刻，她脑海里还在飘这句话。

一时走神，没见到二楼的咖啡厅前有人正在浇水，沈殊抬起头那一刻，光线穿过水泡熠熠发光，像是能折射花瓣的颜色，形成一道虹彩。

上面有人冲她大声道歉，浇花的水都淋到了她的额前、耳后和肩上。

沈殊摇摇头。她喜欢这样不期而遇的惊喜，立刻掏出手机拍了张照片，发给陈应钟：让你不出来逛逛，送你，一场彩虹雨。

只一瞬，取代微信回复的是直接响起的电话。

有些事情，与其说是误会，不如说是情愫，先主动的人没有输，只要另一个人一直在等一个台阶下。

陈应钟的声音清冽，像有颗粒感的薄荷糖：“你在哪里？”

“香港大学。”

“一个人？”他问。

“嗯。”沈殊很快回他，下楼梯，继续往地铁站里走。

陈应钟笑着说：“晚上有想去的地方吗？”

“没有……”

沈殊穿梭在人群中，反应过来，顷刻松开精神：“有！我想去维多利亚港！我不知道有什么标志地点可以见面，或者我现在就回酒店找你。”

“不用，你等我去找你。”陈应钟说。

从荃湾到香港大学，再转去维港，几乎绕了地铁线一大圈。

陈应钟戴着上午的鸭舌帽到达香港大学地铁站。

出C1口时，陈应钟一眼就看见了手捧粉白马蹄莲的沈殊。这是一种很玄妙的感觉，哪怕这里聚集着各种各样的游客和高度相似的学生，他也能一瞬间在人海中找到她，是漂亮，是熟悉，可能也是某种荷尔蒙刺激着神经。

“送你——”沈殊见面的第一句话就是。

陈应钟立即伸手去接，下意识地微微挑眉，露出“你送我花”的诧异表情。

“你又不是没收过女生的花……”干吗这种反应？

“我没收过。”陈应钟很严谨地补了一句，“除了我妈。”

小心思被点破，沈殊冲他“嘿嘿”一笑，拉他的胳膊，避开过路的人群。

“这样啊，我还以为你在学校收过很多花啊、巧克力啊、表白信啊……这种。”

过路人看了沈殊一眼，客气地避让，却让沈殊忍不住低头打量自己，转而去看陈应钟的眼睛，准确来说，是凑近想看清楚自己的脸：“……我的头发很糟糕吗？”

陈应钟没有在开玩笑，认真地说：“也许只是想看你。”

“怎么可能……”沈殊自知清秀不可方物，但远不至于成为人群焦点。

可能是刚刚淋了一场彩虹雨。

沈殊有点懊恼地说：“可能是淋了水，好像有点狼狈……有很湿吗？”

应该早就吹干了啊。

靠得太近，她的鼻尖不经意地擦过他的下巴。

问出这句话的时候，陈应钟刻意后倾身体躲了一下，迅速拿下自己的鸭舌帽，精准地扣到她头顶，用不重的力道将帽檐压低到看不见她的脸：“现在不湿了。”

沈姝扶好遮挡眼睛的帽子，双手绕到脑后去调松紧，下楼梯时被陈应钟用力握住手腕，提醒她“小心”，牵引她往维多利亚港更浪漫的夜晚里走。

晚霞早褪去，月亮不知道自己恬静皎柔，像一枚淡淡的吻痕。

地铁通道里有人唱：

“暧昧让人变得贪心，找不到相爱的证据。”

也许今晚……她化身贪心的绿巨人，可以找到。

港岛属于亚热带季风气候，雨热同期，此刻潮水欲落。

明明已经是夜晚，离岸的晚风却仍带着扑面而来的湿热。

摩天大楼鳞次栉比，相互辉映，反射玻璃虹光。远处的星光摩天轮缓缓下落，斑斓闪烁，像是落日沉溺于橘色的海。

这弥补了今天没有见到的日落和海边焰火的色彩。

两人漫无目的地游走。沈姝抬高帽檐，用余光看见灯光扫过时他会微微眯起眼。他上半身穿着纯色短袖，下半身是纯棉质感的灰色长裤。他将宽松和贴身的尺度拿捏得很精准，不用多加打量，也能看清他胳膊上不夸张的精瘦的肌肉线条。

沈姝的声音像焰火燃尽后飘起的白烟，她随口说：“维港不是港。”

“嗯，是海。”

“死海，其实是活水。”沈姝说着，看向他。

陈应钟没有露出任何“你在说什么？”的表情，轻轻呼吸了下空气，身影在月光里移动到沈姝的脸上：“珊瑚礁也不是植物，是动物。”

沈姝连脚步都变得轻盈，干脆倒着走，跟陈应钟面对面说话：“猜一下。”

“猜什么？”

“猜……海葵是什么。”

陈应钟笑，他其实知道答案：“有什么奖励？”

“无奖竞猜。”

陈应钟立即回答说：“那……动物。”

沈姝顿住脚步，往他面前跳了小步，仰头问他：“那要是有奖励呢？”

“看奖励是什么了。”

沈殊指了指自己，冲他明艳大方地笑着。

但她想好了，就算他答对了，也只是说“自己的礼物”，而非“自己”。表白这样正式严肃的事情，往往容易夹杂着不经意和不在意。

虽然都是装的。

陈应钟停在明晃晃的路灯下，发色比干燥时更淡，今晚就连维港这样的著名景点也安静得不像话。大概是意识到自己的眼神停留太久，他的视线越过沈殊的头顶，像是自然地被远处唱着英文歌的乐队吸引。

但沈殊知道不是，他没有看起来那样冷静，上下滚动的喉结泄露了一切。

沈殊的嘴角还留有好看的弧度，垂下眼帘，眼神落到他的喉结上。

陈应钟伸手，轻轻按住她的肩膀，将她转向自己视线前方：“好好走路。”

沈殊轻笑出声。

“笑什么？”

“笑你。”沈殊重新往前迈步，侧过头冲他微微挑眉。

陈应钟沉声问：“笑我什么？”

“笑你错失大奖。”以陈应钟内敛斯文的性格，沈殊也没指望他会接话，助她将一句撩人的玩笑话变成情话，故作惋惜地说，“海葵是送分题，这你都不知道啊。”

“海葵是无脊椎捕食性动物，科学家从海葵的基因编码上发现了动物体内不曾出现的‘HYL-1’，但转录后基因调控类似于植物。”陈应钟说，“算动植物吧。”

沈殊深吸了一口气，他不回答还好，一开口说得这么具体，令她一瞬间产生无关事情本身的较真情绪。她语气重了点：“你知道的啊？”

原来他只是不想要奖品。

陈应钟不难察觉她的小情绪，笑了笑：“现在不是猜对了？”

被沈殊看见，像是一种欲擒故纵，她一字一顿地拒绝：“现在、过期不候。”

她说完，扭头冲他假笑，笑容一秒钟消失，转而拿出手机，开始专注于拍夜景。

沈殊在沿街拍照，这里多是自然景观，好似刚刚的对话并不能影响她的好心情，也不影响此刻的好天气。漫步到巨型玫瑰雕塑前，沈殊伸手举到头顶企图丈量。

陈应钟介绍说，这是德国当代一位女艺术家的作品，但他已经不记得艺术家的全名怎么读。这朵巨型玫瑰的样式是最传统的玫瑰样式，8.5米高，由钢、铝及漆材制作而成，名叫 *Rose II*，多年前在纽约 New Museum（纽约新当代艺术博物馆）也曾向公众展出。

沈殊原本是想问“这你也知道”，话到了嘴边却变成：“你来过这里吗？”

“来过香港。”

“那你为什么这次还来？”

陈应钟答非所问：“上次来还没有 *Rose II*。”

沈殊仰头才能看见绽开的花苞，它临海而立，面朝蓝天，和繁华的城市天际线相互辉映，像是在摩天大楼林立的腐草里，飞出了透明翅膀的浪漫。

沈殊忍不住拿出手机，拍下这朵自由又孤独的金色玫瑰。视角不全，她举着手机缓慢后退一步，再一步。

她找到外婆的微信，等终于挑选到满意的照片发出时，低头，目光落在她和陈应钟重合的影子上。

他们错位站开，身影却像是依偎在一起。那朵玫瑰像是刚冲上天的星云。

沈殊用余光快速瞟了陈应钟一眼，发现他也在看手机，就放心地又把相机打开，确认是静音模式后，对着他们的影子拍下一张照片。

“照片发给我。”陈应钟冲她扬了下手机。

“……不发，我又没拍你。”

陈应钟说的是肯定句：“没拍吗。”

沈殊说得比他更确认：“没拍。”

陈应钟“哦”了一声，沈殊没明白他接下来要做什么，还是继续往前走，索性又把手机摄像机打开，对着叶片、题字又拍了两张。

她微微弯下腰，身体前倾，顾不上晚风将她的碎发在脸颊边吹起。

她拍着孤独的玫瑰。

她和玫瑰装饰着少年难以捉摸的心意。

“咔嚓”一声，陈应钟手机上出现了一张沈殊的侧颜照。玫瑰底座的灯泡散发黄绿色的光，捧着沈殊的侧脸，她像误入凡尘、找寻受伤玫瑰的精灵。

沈殊猛然抬起头，正好看见他微微滚动的喉结，他的神色却还是镇定。

这大概就是以后要做医生的人独有的天赋。

“你发给我！”沈殊说。

“不发。”

沈殊重新站起来，伸手扑向前，装作要抢夺他手机的样子：“你拍我了。”

陈应钟连躲也不躲，只是举高手机让沈殊踮起脚也够不着，他笑着低头看向她：“再抢要掉海里去了。”

沈殊停止动作，甚至有点想笑。

……他们这是在干什么啊？

她忽然往后一步，站稳以后冲他举起拳头，吓唬说：“我看见你拍我了。”

陈应钟不置可否，没有丝毫想解释的意味。

“小心我化身灰原哀，用 APTX4869 把你变成小学生。”

沈殊冲着空气挥拳，或者说，只是弹了一下。

她的手还没落下去的那一刻，就被陈应钟的手握住，准确来说，是这双沈殊留意许久、早就想知道温度的手。指甲修剪得干净又规整，掌心明明是细腻的感觉，指腹却像分明的骨节给人的印象一样，有一些粗粝和偏硬。

他不用力握也好像能给到人安全感。

他接住沈殊的拳头，牵引她，往自己的肩头上捶了一下，然后松开手。

陈应钟顿了顿说：“那还能变成同班同学，甚至……同桌。”

沈殊下意识去接：“柯南和小哀还当过同桌吗？”她从小看到大，她可以接受新兰党最终取得胜利，但她不能接受有人说到她没印象的玻璃糖细节。

陈应钟无语地看她一眼，学着她的口吻说：“小哀还说过小学生不能熬夜。”

“有吗……”沈殊不确认这么细的剧情，有点疑惑。

“嗯，会长不高。”

……信不信我真的打你了。

沈殊想说这句，眼神刚瞪过去，就发现自己的手心还在握紧，出了一些汗，分不清是他手上的温度，还是因为亚热带季风气候四季分明，让人心动。

沿着风走，一路上鲜有游客。

碰到一个热情的台湾阿姨求助，她跟沈殊说，她是一位退休的护士，一个人来香港旅游，她还在自学德语，下一站是布达佩斯，再下一站不定。她笑起来有一种精明的好看，像是走在俗世中，吃的却是文字和浪漫，喝的是石榴酒和电影。

沈殊很有耐心地替她多拍了一些照片，负责到底，问她是否满意、需不需要重新拍。台湾阿姨再三感谢，每翻一张照片就会忍不住夸赞。

她感慨地说："我二十几岁、三十几岁时过得非常不快乐，工作、生活、家庭常常脱离我的控制，除了年轻，一无所有。现在虽然老了，有了皱纹……"说着，她冲沈殊笑起来，指着自己的眼角示意，"全是皱纹，但全都是我过好人生的勇气和信心！"

沈殊突然觉得很感动，她发自肺腑地会为自由而开阔的女性感动和骄傲："真好，我妈妈以前也是护士，我一直很希望她跟你一样快乐。"

这是一种很微妙的平凡人的力量。

有这样的人存在，哪怕只是萍水相逢，也会让人觉得这个世界好像更好了一点，距离真正意义上的属于自我、忠于自我更近了一点。

所以其实这是有可能的。

她想，这是一定会的。

沈殊看着台湾阿姨离开的背影，冲她微微挥手。这种鼓舞像是梅子熟时栀子香，它是一种没有任何附加感情，也不做任何解读的无条件的祝福。

相应地，台湾阿姨也转过身，她拿起自己的渔夫帽，冲更远的天空扬了扬。

远处的钟声回荡在耳边，凌晨将至。没有观众的乐队开始唱起自己爱听的歌，弹了一晚上电子琴的乐手背上了吉他。

Mama, life had just begun（妈妈，生活才刚刚开始）

But now I’ve gone and thrown it all away（然而如今我却远走并抛之脑后）

Mama, ooh, didn’t mean to make you cry（妈妈，我并不想让你流泪）

……

他在抒情，又像念白，最终走向摇滚。

在最安静的时刻，沈殊觉得有点耳熟，但确认这不是她自己听过的风格。

陈应钟淡淡地说："*Bohemian Rhapsody*，皇后乐队的歌。"

沈殊开玩笑似的夸赞："你怎么什么都知道？"玫瑰、歌曲。

他说："凑巧。"

……想起来了，好像是在车上陈应钟耳机里放过。

沈殊拿出手机，录了一段，照旧发给外婆的微信。

被陈应钟不小心扫到。

他先道歉，然后问她："你一直这样吗？"

沈殊猜想，陈应钟是在问，她是不是一直这样发没有回应的消息。

"嗯，消失的昨天、流动的水、回不来的亲人，全都在此刻了。"沈殊说话时，语气并不沮丧或是惆怅，像在说一句再正常不过的台词。

陈应钟没有回答，取而代之的是他小跑到乐队前的举动。

陈应钟背对而立，她看不见他的表情，也听不清他们的对话，只有他扫码支付的动作，让她自然联想，大概是在付费点歌。

果然，没到一分钟，乐手便停下所有的伴奏音乐，扯紧吉他背带，随意拨动了几下试音，然后以深沉又专注的声音对着沈殊所在的方向清唱——

"Remember me, Don't let it make you cry（请记住我，不要为我哭泣）……"

只一句就停止，沈殊以为他会像之前那样，说出这是谁点的歌。幸好这次没有，乐手按陈应钟的要求来介绍："这首歌代表Miguel送给Coco。"

沈殊对Coco非常敏锐，这是《寻梦环游记》的英语版本叫法，Miguel有一种很陌生的熟悉感，她只需要想一下，就不难知道是主人公米格。

是永远想念太奶奶的米格。

沈殊发愣走神的几十秒，陈应钟重新回到她身边。两人都没有开口说话，听乐手安静地唱歌，听最简单的心意。结束时，陈应钟又说："发我。"

"什么……"

"照片。"

"……你怎么还没忘记这件事？"沈殊轻轻瞪了他一眼，她还在听歌的情绪里，思绪像是睡觉前，她眼前刚刚闪过很多种意象。

蓝，是宝石蓝，是蓝宝石妄想少女，在旧旧的主机电脑上闪烁着光标，忘记了当时谋杀案的凶手，只记得为此哭了几次。好像是游戏，也好像是现实。

紫，是茄花紫，是范家戏院里的葡萄架，开花那天唱的是《墙头马上》，敲敲打打，哭哭啼啼去送葬，葡萄落地变成酒，每一滴却不能长回树上。

像红，是红莲灰，像恋人的吻痕也像被扭曲的藤条打过的血痕。鸡鸣寺的樱花，再也见不到的亲人，一时间她们好像都变得年轻和鲜活。

……

“沈殊。”陈应钟轻轻喊她的名字。

沈殊忘记了之前的对话，慌乱地说：“哦！我发给你。”

连同海景、光影、摩天轮和玫瑰，她一次性发了过去，连同那张他们影子的合照。

等她从混乱的思绪里抽离出来，才反应过来发多了照片。

撤回已经来不及了，沈殊直白地说：“小学生的相册都是存表情包的。”

陈应钟发现每次跟她见面，她都会给自己一个“身份”。

是绿巨人，是长发公主，是美少女战士，是今天的灰原哀，换作是其他人，他大概率会冷眼抗拒，甚至会说“正常点”。

但沈殊说得太过自然，让人无法拒绝，所以他总是入局陪她表演。

陈应钟说：“小学生也有不一样的。”

“比如，你这种偷图的小学生。”沈殊闷哼一声。

“还有偷图发到朋友圈的小学生。”

“你还发朋友圈动态？”

沈殊觉得诧异，主要是他的朋友圈全年可见，几年下来一共也没几条，最遥远的第一条是 2017 年 7 月 5 日：《！开打法魔用能只章文篇这》。

点进去以后发现显示“纪念哈利·波特 20 周年”，无数条像弹幕一样的字条左躲右闪，写明了无数个关于《哈利·波特》的记忆。

陈应钟配合地说：“小学生还偷图发到朋友圈。”

沈殊重新刷新朋友圈，果然看到陈应钟发了一条新的动态，是四张图。

一张海景，一朵玫瑰，一张影子合照，一张放在电子琴上的手机正在播放 *Remember me* 的歌词。

他第一次在朋友圈配了文案：

> 消失的昨天、流动的水、回不来的亲人，全都在此刻。
> 只要你一直记得，Coco 就永远不会消失。

第四章

寻梦环游

这个夏天的回忆像是摊开在她眼前的水幕电影。

沈殊鼻子其实有点酸，但是她基本上不会在人前哭。她深深吸了几口气，看似抱怨，声音却温柔得不像话：“讨厌小学生，不只偷图，还偷文案。”

“Miguel 本来就是小学生。”

“Miguel……”沈殊默念了一下，米格，她那天在寿衣店跟陈应钟看的是普通话版，但比这个更有说服力的是，两个人在黑暗中并肩而坐，气氛只有暧昧和更暧昧，她连呼吸都会小声，根本没有注意 Miguel 就是米格。

糟糕……

她明明早就看见了，却有种盲目的自信，总认为这个词就是个名字，没有任何其他含义。

也许，他也最喜欢这部电影，跟她一样。

也许，他是跟自己一样想念去世的外婆。

也许，他有一点喜欢自己。

“陈同学！”沈殊在歌曲的最后一句里，喊住他。

“怎么了？”

沈殊忽然笑起来，靠近他一步，改口说：“秘密。”

陈应钟也低下头，呼吸散乱在她脸上：“你的还是我的？”

“不告诉你，谁有秘密谁知道。”

沈殊不是故作高深，但笑容带有一些这样的意思。

如果要说那晚和第一次看的电影，那就是他们共同的秘密。

如果要说是陈应钟突然改成Miguel的微信名，被沈殊发现，那就是她的秘密。

如果说他为什么要改微信名、为什么点这首歌，那可能是陈应钟的秘密。

心动的秘密。

她不说，陈应钟就不继续问，只是两个人一起给唱完歌的乐手鼓掌。

在空无一人的维港边，乐手问他们还想听什么、要不要一起参与，他主唱也行，他伴奏也行，免费送给今晚最后一对情侣。

沈殊闻言，抬头冲陈应钟眨眨眼："他说我们是情侣哎！"

"听见了。"陈应钟眼皮子都不抬，好像料到她会是这种反应，继续低头摸了摸乐手靠在一边的大提琴，"他还说，可以给你伴奏。"

"那我不行，我没在人前唱过歌，乐器我也不会，没办法伴奏。小时候学小提琴，一边学乐理，被老师说笨，回家还被……"沈殊说完给自己补了一句，把参与的可能性都堵死，"反正就是不再学了，只会看简谱。"

陈应钟沉默了几秒，引导似的问："哪种简谱？"

"就是1～7用数字标注的那种。"

"曲谱都在网上找？"

"嗯，会有好心人提供，偶尔也付费购买。"沈殊不明所以，权当他闲聊，一时松懈地说出，"五月天的歌就有很多曲谱版本，口琴和吉他算是比较好找的。"

毕竟有很多成年新手在学。

"哦——"陈应钟尾音拉长，沈殊这才想起她给陈应钟发过《突然好想你》的口琴曲，是她大热天闷在被子里录了几十遍才发送的。

"你'哦'什么？"

陈应钟也学她的样子，凑近一步说："秘密。"

不用多问，光看陈应钟在得到乐手允许后低头认真调琴的样子，沈殊就知道，陈应钟一定是个擅长乐器的人，无论是民谣还是古典乐，都很符合他的气质。

其实他也没说他要演奏，但沈殊已经开始有一些期待。

沈殊对上他的目光，小声问："你要弹什么？"

陈应钟的睫毛颤动了几下："没说要表演。"他笑得讳莫如深，好像很爱看沈殊拧着眉想揍他的样子，"不是我要弹，是你。"

"……我不会。"

他说："我教你。"

沈姝有一点犹豫，但身体很诚实地靠前一步，手忍不住摸上电子琴键盘。要说没有幻想过站在舞台中央独奏西洋乐，那是不真实的，沈姝想过。长大了反而能够以平常心去欣赏各种类型的音乐，在小时候，音乐因为父母的期待而变得很功利。

她弹不好，她可以说她不喜欢。

即使她喜欢，她也会告诉自己，喜欢的是弹得好的样子，因为大人们觉得很优雅。

"还是不要了。"沈姝想走，被陈应钟一把拉住胳膊。

她被陈应钟往自己面前一带，直接坐在了塑料椅子上，陈应钟也随之坐在她身后。她整个人被圈在陈应钟的怀里，背对呼吸，她觉得脖颈的皮肤在发烫。

沈姝以为他要教自己弹钢琴。

没想到他一只手就能把靠在一边的大提琴拿到她身前，他握住她的双手，动作远比她的心跳频率慢，他的手可以完整地包裹住她的："拿弓，放轻松。"

"哦……哦……"

沈姝的眼神被他微微泛起青筋的手背吸引，声音明明是从耳边传来的，却像是在颅内回响。陈应钟握着她的那只手只拉弓，他自己用另一只手去控制和演奏。

"要开始了。"

沈姝不自觉地吸了一口气，肩膀上耸，被陈应钟的下巴按下去："开始。"

他说完，开始拉弓。在维港的夜晚，不湍急的潮水里，断续出现大提琴低沉优雅的声音，没有歌词也知道，这首曲子叫《慢慢喜欢你》。

沈姝没有一刻分神。

她除了紧张，还有新奇。这是她第一次演奏完整的、属于自己的曲子。她知道，此刻没有评判，没有审视，结束时，她会得到玫瑰与掌声。

但她也有一些无法完全集中注意力。

陈应钟的呼吸在她耳边，下颌线会轻擦过她的额头，动情时甚至能感受到那可能是他的下唇，多了一些柔软，多了一些令人浮想联翩的心痒。

一曲完毕，沈姝还沉浸在一种心脏和脉搏同时乱跳的水深火热里。

她很少这样的幅度向内弯着手腕，陈应钟松开时，在她的手腕轻揉了一下，让她放松，却有一种按准她生命线、大动脉的感觉。

“谢谢。”沈殊说。

“谢什么？”

沈殊分不清他说的是肯定句还是疑问句，侧过头看向身后的他：“都谢谢。”

今晚的一切，都谢谢。

陈应钟的手还搭在琴弦上，沈殊转过身时，发现她人其实还在陈应钟的怀里。她仅有的反应时间里，陈应钟却一直凝视着她，以为她要开口说些什么。

维港今夜不熄灯，月光比眼眸黯淡，两人的呼吸突然同频。她发现陈应钟认真的时候比他笑起来更好看、更成熟，不像她这样藏不住小心思。

他眼眸落下，看她的眼神更加温柔，然后看她红透了的耳垂，最后停在唇上。

沈殊的眼光也随他而动，她几乎能感觉到左耳朵在发热，这比双耳发热还令人受折磨。她微微扬起头，咽了咽口水，直直地盯着陈应钟的下嘴唇，用快到他可能听不清的语速说：“我要给你送个回礼。”

我要，而不是我想。

说完，她眼睛一闭，几乎是亲上去的距离凑到他耳边：“反正我们的秘密很多，不差今晚这一个。”

耳边的呼吸还在散乱。

沈殊的脸颊似有若无地擦过他的下颌线，在避无可避的视线交错之前，陈应钟一只手探过来，按在她的后脑勺上，带向自己的怀中、颈间。

她鼻尖从他的喉结上以一种不轻不重的力道划过，落在微微滚动之处，印下一个猝不及防的吻，她第一次距离一个男生这么近。

近到她听见对岸树上哪一只蝉在孤掌难鸣。

陈应钟亦是。

喉结上温软的触感，带来更加前所未有的神经挑衅。

他伸手捞住她的后腰时，呼吸微微一滞，心脏也骤停半拍，转而紧紧握拳，仅用手腕触碰。他想起了薄荷糖和甘草片，想让清凉的气味冲上头顶。

沈殊看不见陈应钟此刻的神情，只好将头埋得更深，额头贴在他微微发凉的锁骨上。隔着衣服，她也能清晰感觉到他骨架的宽直，常年规律运动带来的有韧劲的线条感。

沈殊的手垂在腿上，不易察觉地握紧。

她甚至分不清自己的后腰上是风吹向衣衫带来的湿热，还是手掌的温度。

陈应钟的声音像零下两度的椰子水，淡而不冷："……这算秘密吗？"

在说今晚他手把手教她大提琴，还是指这个晦涩又禁欲的吻？

当意识到讲悄悄话有第三个人在场时，沈殊说得更加小声："算……吗？"说完她松开手指，有一瞬间得救的得意。

她又将掌握主场。

她故意不舒适地动了动，任由自己的鼻尖、上嘴唇薄薄轻轻地在他细腻的领口肌肤上划过："这是你的秘密吗？"

"什么？"

"这里。"沈殊的鼻尖停在他的喉结上，"你好像……很怕痒。"

隔着舒适的棉质衣服，她腰上的力道一重，从触碰变成被包裹。

沈殊几乎是本能地提了口气，绷起自己的腰身。

陈应钟低哑着声音，认真地问她："你不怕吗？"

说完，他微微抬起头，下巴无意拂开沈殊额头上黏湿的发丝。

夜风趁机从两人的缝隙中灌入，让沈殊有一种金鱼跳出水面、阴雨"轰隆"一阵降落的轻松感。她慢慢往后退开一步，离开这个湿热暧昧的怀抱。

"那我再告诉你一个秘密。"沈殊的眼神潋滟如今晚的水色，睫毛扑闪，用只有陈应钟能够听清的声音说，"我不仅怕痒，肌肤还很敏感……"

陈应钟吞咽空气。

"你知道的。"沈殊冲他灵动一笑，见他很好看地皱了皱眉头，顿了下才说，"在驾校外的车站，你不是看过我皮肤过敏，还给我送矿泉水冰敷来着？"

陈应钟见她又开始招惹自己，反而冷静了许多。刚刚的气氛里，他几乎无法再多与她对视一秒。他的手抽离温软的那一刻，盖到她头顶，一瞬间将她的帽檐压低。

"走了，小学生。"陈应钟说。

沈殊"嘁"了一声，按亮手机屏幕，提醒说："看……都超过十二点了，我已经变身，灰原哀已经是昨天的我了。"

陈应钟拉着她的胳膊帮她站起来，客气地冲乐手点头道谢，然后领着沈殊往回走。时间太晚了，他低头叫车，方便直接回到荃湾的酒店。

但是也没让沈殊的话落空，他好笑似的问她："那你今天是什么？"

"今天啊。"沈殊其实没想好答案，也没预料到他会接话，随手往逐渐熄灭的灯光一指，"今天是睡美人，只有……王子深情的吻，才能唤醒我。"

陈应钟笑而不语，等车来了，替她打开车门，两个人一起坐在后排。

出租车里放着旧旧的粤语歌，陈应钟没有听过，司机用蹩脚的普通话告诉他，这首歌叫《岁月的童话》，低沉温柔的男声唱着："那夕照仍然很漂亮，跟你看着同一方向。"

穿过隧道，斑驳的光影落在他们的脸上，忽明忽暗，陈应钟看向身边那一侧，微微启唇，发觉沈殊已经睡熟。副旋律一直在车内回响："好想知你可会快乐。"

在口哨的舒缓尾音里，她沉沉地呼吸着。

陈应钟想，她应该是今天玩累了。

希望她是快乐的。

眼看着快到荃湾酒店，车辆平稳地减速。陈应钟担心司机突然的下车提醒会惊醒沈殊，便先扶正自己肩上的脑袋，轻声喊她的名字，说"到了"。

见她没有反应，肩膀却动了一下，陈应钟像是了然她的小伎俩，伸手又去扶她的肩膀，柔声说："睡美人，回酒店再睡。"

空气安静。

"……走了，再不走要耽误司机师傅送人。"说这话时，陈应钟已经结完车费，冲着车内后视镜与司机师傅礼貌抱歉地微笑。

司机师傅再理解不过，帮腔地数落他："是惹女朋友不高兴了吧？回去买份糖水，好好哄哄啊。"

陈应钟不易察觉地"嗯"了一声。

当沈殊慌张地睁大眼睛醒来时，陈应钟才意识到，她没有在跟自己开玩笑。她没有开口说话，似是找不到车门，动作很快从僵硬变成烦躁。虽然动作幅度不大，却在下车时，几乎站不稳脚步。

他安慰说："就快到了。"回去再好好睡下。

陈应钟低头看向她时，才发现她还在似梦非梦的状态中。

她的眼神此刻很空洞，几乎没有焦点，像是一直回不过神，神色平静，声音却像是香炉里的青烟，缥缈不带任何情绪，她连说了好几遍："……超时了。"

她双手交叉在身前，朝上遮挡着手背。像是没有人领着，就无法走回到自己的酒店房间。

浮萍沉没，连汪洋上随波的扁舟都算不上，像是随时要沉陷水底。

陈应钟一下顿住。

本想让她拿一下房卡，话停在嘴边，他迅速拿出手机想翻找为了此次旅游而建立的群，却发现他不知道什么时候将其删除。上下胡乱翻找的动作暴露了他的懊恼和急躁，只能立刻拨通卢亭郁的电话，让其在群里发消息。

卢亭郁不明所以，尝试问他为什么，以及人在哪里、怎么还不回酒店。

被陈应钟语气很重地打断："我让你照做！"

搞什么……

卢亭郁倒也不生气，只是嫌弃又不解地看了一眼已经挂断的电话。但他从未听过陈应钟这样慌乱而不耐烦的语气，还是立即听从要求，在群里随便发了个表情包。

群被顶上来了，陈应钟通过群内备注找到了黄石榴。

当黄石榴湿着头发、踩着两只一边的拖鞋跑出房门时，陈应钟正拉着沈殊的胳膊，将她从电梯里带出来。从表面上看，一切如常。

在黄石榴的脑海里，甚至只有"登对"这两个字浮现。

但她看向沈殊时，发现沈殊并没有反应，她就立刻明白了陈应钟加她微信的用意。几乎只用了一秒，她就冲到沈殊身边，似是故意，她把陈应钟挤到了一边。

"谢谢你啊，陈应钟，沈殊困了，我们就先回房间了。"

黄石榴手绕到沈殊背后，几乎是用力推着她走。

沈殊顿了顿才迈步，看了黄石榴一眼，黄石榴也停下来，背对陈应钟睁圆了眼睛回看沈殊，却还是只听见她小声说："超时了……"

"啊，对，我洗澡超时了，不然我早就下来接你了。"黄石榴一边接话，一边扯着嘴角回头跟陈应钟无缘无故地解释，"她太困了，早上五点多就起来赶飞机。"

"超时了。"沈殊又说。

陈应钟的眼神自始至终都停留在她身上。

这句话像是玻璃落地的清脆、混乱、无序、破碎的信号，陈应钟几乎在心里认定了一些他犹疑的想法："同学，劳烦把房间门打开。"

陈应钟说着，已经退了半步，手掌猛地往沈殊的腰际一扣，几乎不犹豫，半蹲下身，倾身将沈殊打横抱在臂弯里，丝毫不显吃力。

黄石榴微微张大嘴巴，难以控制此刻自己的表情，相比惊讶，更多的是兴奋。

"开门啊。"陈应钟则比她着急得多。

"哦！我来……我立刻开门。"陈应钟的声音并不大，却还是让黄石榴感觉到了瞬时的压迫感，她"哒哒哒"地快速跑回房间前，走到最边缘，将门开好。

陈应钟三步并作两步走到床边，轻轻将沈殊放下。

她几乎是一秒钟就合上了眼睛。

陈应钟的后背已经湿透，沈殊脸上的一层浮汗清晰可见。

他胡乱抽了几张床边的纸巾擦了擦手和脸，没有黏稠感了才动手去撕湿纸巾，拿出来那一刻才想起房间里还有其他人。

"辛苦你帮她擦一下。"

陈应钟转过身那一刻，黄石榴才看清他手上拿的是湿纸巾，吓得脸色发白，双手乱摆："不……不……不能用湿纸巾，她……她皮肤很容易过敏！"说完腿一松，门自动轻轻往回关。

黄石榴跑到床边，再次挡在陈应钟面前。

"让她先睡吧，今天太累了，早上好像还晕车了，下午……下午也说是有一点水土不服，都是因为香港太湿热了，明天就好了。"

陈应钟的目光越过她，神色看不出异常，认真得却像是正在看显微镜、找准下刀处的肝胆胰外科医生。他淡淡地说："劳烦还是拿一条毛巾来。"

"啊？"黄石榴反应过来，"哦，哦，好的。"

"热毛巾。"陈应钟提醒说。

黄石榴走去洗手间，拧毛巾时才发现镜中的自己头发吹了跟没吹一样，水从肩膀滴到后背。她让水龙头先放着水，扯过干毛巾把自己的头发盘上去。

沈殊平稳地睡下，拧着眉心拿胳膊遮脸。

明明房间里只开了远离床头的几盏灯，她却像是被日光直刺。

陈应钟尽可能轻柔地握住沈殊的手，手指在她的手背上摩挲，越来越轻，哄人似的将她的手带离额头，取而代之的是他抽出来的干净纸巾，盖在她的半张脸上，只露出微微开合用以呼吸的嘴唇。

像是她每晚习惯的那样。

陈应钟回头看了一眼洗手间的人影，水声没断，影子前倾像在照镜子。

他伸手用一种仔细描摹的姿态，从沈殊的鼻尖划到她的额头，轻轻点了一下，希望她此刻回到熟悉的环境，可以舒展眉心。

拧毛巾的水声像是一种他即将离开的倒计时。

墙上的人影缓缓对睡着的人低下头，陈应钟闭上眼睛，在伸手关掉门口那盏灯的同时，一个干净、纯粹又带着虔诚的吻，落在沈殊的唇上。

她的呼吸不易察觉地重了一秒。

如果今天她是睡美人，那陈应钟希望她——

早一点醒过来。

如果他早一点知道她的秘密。

今晚，他希望她早一点睡。

陈应钟和卢亭郁住在一间房。

在酒店的高层，面朝高架地铁，能看见城市以外最近距离的海面。窗户比家里的要窄一些，白框玻璃，不是左右推开，而是上下推拉那种。

陈应钟看着深色窗帘外，还有一层白纱被空调风吹起。

他坐在一张矮椅子上，手随意搭在透明圆桌面上。他想起怀斯，想起今晚的夜色像蛋彩画，满眼闪烁的光影连在一起像*Christina's World*（克里斯蒂娜的世界）。

她穿着浅色的衣裙匍匐在枯黄色的山坡上，灰褐色的原野像要吞没苍白的天空，远处的房屋荒凉飘摇，像是随时要坍塌，晒衣架上其实有几件衣服，但只有绝望的飞鸟一闪而过。怀斯说，这是他的邻居，是患有小儿麻痹症的克里斯蒂娜。

怀斯也说，这是他自己，同时因为车祸失去儿子和父亲的自己。

人和家之间丧失了安全感，好像构筑了一道名叫“死亡”的永恒高墙。

“你怎么还不睡？”卢亭郁半夜睡醒，看了眼时间，已经是凌晨三点五十分。香港的天色分不清昼夜，也不辨热闹与孤独。

“吵到你了？”陈应钟声音很低沉。

“那倒不是，我起来上厕所。”卢亭郁踩着拖鞋，不想开灯刺眼，见陈应钟坐在黑暗里，他身前只有玻璃茶几和喝光的啤酒瓶反射着月光，“你喝酒了？”

陈应钟不否认。

卢亭郁反而语塞，他从没见过陈应钟喝酒，他确定陈应钟从不喝酒。

“你不是说，当医生不能喝酒，不然以后影响神经拿手术刀会不够稳……”

手术刀，冷白光。伤口，却由红变紫。

陈应钟想到他手上的温度，想到沈殊的手背在他眼前摊开的那一刻，他几乎无法自控地沮丧。她在车上，在他没有察觉的时间里，不断掐着自己的手背和掌心，指甲印深深浅浅交错着，掐到破皮，痛到不吱声。

陈应钟哑声问他，更像自言自语：“你知道阿斯伯格吗……”

“斯皮尔伯格？”卢亭郁在洗手间里怕他听不见，提高音量说，“知道啊，拍《侏罗纪公园》那个，不是奥斯卡最佳导演吗？”

陈应钟笑不出来，也不想再开口说话。

他把见底的啤酒瓶轻轻放入椅子边的垃圾桶，回看了跟沈殊仅有的几次微信对话，深深吸了口气，给自己设了一个晚上十一点的闹钟。

循环每一天。

港澳游给人一种很虚无的充实感，城市景观居多，景点集中，尤其是在旅程的最后一天，对澳门所有的印象压缩成一条街，囊括了美食与牌坊。

葡式蛋挞和猫山王冰激凌是必吃的甜品。

沈殊头上还戴着陈应钟的黑色鸭舌帽，他没问，她就没还给他。

陈应钟见到她时，她已经恢复如初，甚至更有力气。站在她身后，陈应钟听她灵巧活泼地说，她喜欢澳门多过香港，澳门有一种慢热的浪漫。

就好像，香港像热恋，澳门是初恋，初初相恋。

在清平直街前，众人分散行动。沈殊跟着黄石榴先去猫山王冰激凌店前排队。陈应钟低头看时间，似是随意不过的闲聊：“这几天睡得怎么样？”

“很好啊。”沈殊脸色明媚，手指着菜单在作比较，余光却在打量陈应钟，幸好他神色平和，完全是随口一问的神态，如果有事，他应该反而是不会问了才对。

加上今天醒来后，她第一件事就是问黄石榴她昨晚的情况。黄石榴拿梁宋的性命再三保证，她昨晚只是像困蒙了，倒床就睡，没有任何异样。

至少陈应钟看起来也很正常，送进房间，人就走了，都没等她拧干净毛巾——黄石榴事无巨细向沈殊汇报了一遍。

沈殊放心了许多。

"就是冷气太足了，早上醒来的时候居然有点冷……"

"那就好。"

"嗯，是会比很热好。"沈殊说。

还没轮到他们点单，陈应钟主动发微信问：回去的航班值机了吗？

手机屏幕亮起，沈殊回头瞟了他一眼，又迅速转回去好好排队，飞快地打字回复他：没呢，我每次都是现场取票，随机的。

"这次提前选吧。"陈应钟直接在她身后说，不像是在建议。

沈殊不作多想，但也立刻明白了陈应钟的意思，趁其他人不注意时冲他微微挑眉，然后把手机软件打开，留在选座位的值机界面，头也不回递到陈应钟面前。

指尖从她脸颊边穿过，看着他将自己的座位锁定在他身边。

"我这是榴梿味道的，说是招牌，我们尝尝跟在上海吃的是不是一样。"黄石榴在前，已经拿到了冰激凌，舀了一大口喂给后面的沈殊。

"还行。"

"还是这里地道一点。"黄石榴说得认真，"味道好像更浓。"

沈殊笑她心理作用，到自己时，要了一份其他人都没点的木糠布丁。老板娘说，木糠就是饼干碎的意思，相比榴梿冰激凌味道会更淡一点。

沈殊第一口就舀给了黄石榴吃，然后自己也吃了几口。软软糯糯，不甜不淡，是她喜欢的绵稠口感。

大家尽量点了多种口味，互相尝味道，都用自己的勺子去别人的碗里挖冰激凌，很快滴到手指和手背上。陆砚池见状，将包里的湿纸巾拆出来，逐个递到他们面前，让他们自己动手去拿，没到沈殊眼前，就被陈应钟直接整包拿走。

"她不用湿纸巾。"陈应钟直勾勾地盯着陆砚池说。

陆砚池"哦"了一声，丝毫没觉得哪里有问题，自己给圆上了："这次买的好像是有点香精味，太冲了，拿干纸巾也是一样的。"

沈殊还在跟黄石榴互相抢着吃对方纸碗里的冰激凌。

"你要吃再自己买一份。"沈殊说完就跳到陈应钟这边。陆砚池正好去给其他人送纸，挡住了追过来的黄石榴。

"给你尝一口，我觉得比招牌榴梿要好吃。"沈殊把自己的纸碗递到他面前，却不跟之前互相品尝那样把自己的木勺拿走，反而把木勺对着陈应钟的方向，“尝一下呀。”

陈应钟顿了一下，垂下眼眸，从她的眼睛，看到她的唇上，只几秒就迅速挪开，拿过她的勺子尝了一口。

沈殊睫毛扑闪，舔了舔嘴角，眼睛看向勺子：“甜吗？”

陈应钟抬起眼眸，凝神看着她的脸说：“甜。”

等沈殊再看向他时，她的笑容已经从静谧的欢愉变成了光明正大的得逞。

“甜——就好。”

日暮西下，远处一人撑伞两人行，到街角再分开走。沈殊想到这次的毕业旅行即将结束，他们是今晚的航班转机飞回上海，一下子觉得时间好快。

不止此刻。

好像毕业旅行结束，中学时代也真正结束了。

沈殊低下头，盯着自己的布丁冰激凌看，看它因为融化坍塌成彩色的水。

就像浮云吹作雪，人生百味能煮作茶。少年的青春就像手中的冰激凌，酸酸甜甜，回味淡淡透着甜，但是吃晚了会化掉，吃快了就又再没有了。

沈殊感慨：“真快，旅行要结束了，夏天也快结束了。”

曾经在一间教室里上课的同学们，即将奔赴四海，如同浪花归海，互相拍打着走向更深的海域，这种伤感竟不在毕业那一刻，而是这样不经意想起的时刻。

其他人依然在夕阳里笑着、闹着。

沈殊的眼前却像是一组青春定格的慢镜头，陈应钟好似能懂她在想什么，与她并肩看夕阳、看人群，在熙熙攘攘里看向她：“开学了不是还有我吗……”

高三毕业的夏天结束得很从容。

年年有风，慢慢即漫漫，日日无事，忙忙亦茫茫。跟陈应钟送过她的那一小束精致的无尽夏一样，蓝紫渐变，簇拥盛放，恰好是十八岁风华正茂的少年。

距离大学报到只剩一天，章昀芝将全新的床褥三件套放入洗衣机，担心沈殊过敏，想提前泡水消杀一遍细菌，便于明天带去大学宿舍使用。

章昀芝动作麻利，跟沈殊再次确认：“你们生命科学专业是在闵行校区报到吧？”

“嗯。”

“东西都收拾好了吗？”章昀芝把洗衣液量好，倒入洗衣机内，又抬头看了眼还在晾晒的干净衣裙，后悔地说，“我还是应该去买一条新裙子，不然明天送你去报到都没衣服穿。这几件都太素了，我平时在巷子里穿穿还行，穿学校去不合适。”

沈殊完全能理解她担心自己不够得体、怕给女儿丢人的心理，一边检查摊开在地上的两个行李箱，一边用轻松的语气跟她开玩笑：“芝姐，你披个麻袋都好看。”

“少跟我贫嘴，我还得去跟隔壁老王借一辆好车，不能被人瞧不起，毕竟我们是本地人。”章昀芝往窗外探头，想看看隔壁开宾馆的老王是不是坐在收银台前斗地主。

沈殊忍不住笑出声：“本地人也不都是有钱人……”

章昀芝说：“那也不能让他们知道你妈是个开小餐馆的，说起来总归是没有教授、医生好听。读大学可不比高中，同学都是来自五湖四海，什么样的人都有。”

要不是芝姐菜馆离交大附中太近，章昀芝也不愿意让沈殊告诉同学。

“哪儿丢人了？我可骄傲了好不好？”

说完沈殊拍了拍手，把行李箱盖上，走到章昀芝身边，揽住她的肩膀安慰说：“别在意那些虚荣的东西，明天我们坐地铁去！在东川路地铁站下，学校有安排接驳车送新生到宿舍楼，门前就能办理入住和报到注册。”

章昀芝还在犹豫。

沈殊用很轻的力道揉了揉她的肩头：“这样多方便啊。”

章昀芝知道沈殊是个有主意的孩子，自由意识已经形成，不太需要自己操心，便把目光投到她整理得井井有条的行李箱上，问她：“都整理好了吗？”

“嗯，差不多了，缺了什么周末也方便回家拿。”

“行。不过刚开学，还是多跟同学接触，不着急往家跑。”章昀芝提醒说。

沈殊乖巧地说“好”，她知道。

章昀芝下楼继续备菜，今天菜馆正常营业。

沈殊坐在床边，面对着一台小电风扇，风簌簌地吹起她的发丝。她凝神看了几秒自己的书桌抽屉，轻轻拉开半截以后见到熟悉的药盒，又迅速停住手。

她手心微微发热，从桌面抽了一张干燥的纸巾。随即，整个人倒在床上，盯着天花板乏味地神游。

她记得在蝉鸣吵死人的驾校，陈应钟曾给过她用来冰敷小腿的矿泉水。幸好是矿泉水，因为她从有记忆以来，从未尝过除了牛奶和白开水、矿泉水之外的饮品味道。

她记得第一次跟陈应钟相邻而坐的那辆 14 路公交车，她喜欢陈绮贞，陈应钟喜欢五月天，他们都很喜欢《私奔到月球》这首歌，她装睡时，他喊她下车。

她第一次觉得这段路又短暂，又漫长。

可能所有人都以为她拿纸巾遮住脸是为了挡住太阳，只有她自己知道，她只有在这种怪异的行为和无光环境里，才能微微睡着。

在荞水巷，她曾跟陈应钟躲在一把伞下，连雨水都知道成人之美。

在那一天，她告诉陈应钟从荞水巷送她回家需要 1128 步，她没有告诉陈应钟那首《突然好想你》的口琴是她吹的，蒙着被子满身大汗录了 26 遍，用了 5 分 20 秒。

在拍毕业照那天，他们一前一后，一左一右，相隔银河。

她却能闭着眼睛回想起照片中每一个人的站位、姓名和陈应钟当时看向她的神情。

她跟着陈应钟放肆狂奔，带他去自己唯一的秘密基地，向他介绍自己最喜欢的手术刀甚至是每一个具体的型号，跟他并肩看最喜欢的电影，在流泪时差点被他亲吻。

她很想念外婆，他也是，甚至为此将微信名改成了 Miguel。

……

她可以每天吃一样的饭菜、固定量的米饭，可以永远走熟悉的路线，坚持晚上十一点入睡，她也可以熟练地通过心理暗示甚至是催吐的方式来应对记忆里那些令她恐惧的人和事，但她却没有办法告诉陈应钟她的秘密——

她曾是一位重度阿斯伯格综合征患者。

当所有人不吝给予“天才病”的赞许时，她也被不合群、封闭、躁郁侵蚀着身心。她的世界里非黑即白，所有斑斓奇幻的色彩都挤在狭窄的甬道中。

沈殊的嘴唇微微开合，如果是旁人看到她此刻的神情，只会觉得她是沉浸在怦然心动的暧昧中，保留少女的理性，更多是情不自禁的欢愉。

沈殊想到这些时，她以为她会很沮丧，但却意外地没有。

相反，这个夏天的回忆像是摊开在她眼前的水幕电影。

模糊时生动，清晰时心动。

她想，她只是讨厌吃药，但再熟悉不过的卡马西平、丙戊酸钠缓释片和五羟色胺再摄取抑制剂（SSRI）却带来一种刺激的安全感，能短暂抚平焦躁、恶心。

沈殊深深吸了一口气，从床上缓缓坐起来，重新拉开抽屉，把叠在一起的几盒药品拿起来。她盯着看了几秒，转而抬腿用脚背将行李箱翻开，抬手投篮，笑了下给自己鼓劲，然后干脆地把手上的药品全丢了进去。

这一晚，开学报到前，黄石榴在黄浦江边弹着吉他，完成了人生第一场直播。

也算是弥补了当年她因为太小无法参加《超级女声》的遗憾。

沈殊返校协助张桃李老师，整理好所有交大附中刚毕业这一届优秀学子的复习资料、手写笔记以及私人捐赠的图书，在学校操场和附近书店展出和售卖，所筹善款将会全部以交大附中的名义捐献给贫困山区的希望小学。

慕名而来的几乎都是本校的低年级同学，教辅资料被一抢而空。

到结束时，张桃李老师忙着跟学生一起将课桌从操场搬回教室，嘱咐沈殊清点好剩下的图书，按照前几年的习惯，将书送至二手书店进行长期代售。

沈殊对这家书店再熟悉不过。

她很细致地记录每一本书的捐赠者姓名，以及书目具体信息、作者、题材分类等，列成清单，便于这些爱心图书更好地融入二手书店。

盘点清楚后，在铁皮小推车上堆叠好，整整三摞。担心书在运送过程中倒向一边，沈殊步伐缓慢，时不时回头看一眼，走几步就停下来把掉出来的书推上去一点。

人影笼罩在她身上时，手背被还沾着水的掌心覆盖。

沈殊一瞬回头：“你怎么在这里？刚刚没看见你啊。”

陈应钟逆光而立，发梢上还在滴水，月光给他有棱有角的轮廓描边，睫毛因为像是刚洗过澡而根根分明：“我在篮球馆。”

“这样。”

“嗯。”

沈殊松开手，换他用力去拉小推车，她换到后面去照顾这些书不被抖落下地。

过于自然地交接，沈殊看了眼四周：“你一个人吗？”

“还有卢亭郁。”

“那他人呢？”沈殊随口一问。

“知道自己是电灯泡就先走了。”

沈殊轻笑一声，重色轻友啊。

走在路上，往校外方向，陈应钟顿住脚步，回头问她：“送去哪里？”

“Serendipity。”

陈应钟想了几秒：“红楼后面那家没有人去的书店？”

沈殊微微扬起头，反驳说：“谁说没有人去了？”

“你去啊？”

“嗯。”沈殊咬字更重。

在陈应钟的印象里，这是一家无人正式经营和管理的二手书店，文艺、慢热、废旧，在繁华街道的尽头，挨着不出名的法式公馆，不招学生青睐。

“就你去。”

“反正是我的秘密基地。”

陈应钟的眼神里有一些探寻的意味，好像在说“又一个秘密基地”。

上次是外婆的寿衣店。

“今天我可是日暮戈薇，再问……”沈殊踮起脚尖，双手撑在推车扶手上，凑到陈应钟眼前，“再问——你的命可就是我的了！犬夜叉！”

陈应钟承认，她有时候真的很可爱，但也让人头疼。

Serendipity的门前挂着两盏吊灯，灯泡形状，还插着几根草，分不清是盆栽还是装饰品。如同陈应钟所说，九点不到，里面空无一人。

但从玻璃窗外看，像是一个魔法萦绕的玫瑰盒子。

沈殊替他打开门，整个空间非常拥挤，二手书店里的书都来自捐赠。沈殊介绍说，这家店是交大附中的不知名校友开的，但他基本不会插手正经打理，一切浪漫和条理都可以自由生长，如同书店的名称Serendipity：不期而遇的美好。

书店随处是书，地上、书架上、桌上，还有掉在楼梯上的。不过这段拐弯的木质楼梯只是装饰，供人坐下读书用的。如果坐在上层，就像进入了爱丽丝的梦游仙境，无论是楼下还是店外，都无法看到上面发生了什么。

登记本挂在进门右手边的墙上，还有付款二维码，自觉付款，随心捐赠，是否留名也可以随意，看沈殊轻车熟路、忙前忙后的样子，就知道她是打理这里的小精灵。

在沈殊登记今晚的捐赠图书时，陈应钟去附近便利店买回了冰矿泉水。

两人坐在楼梯上休息，陈应钟替她打开，她猛喝了一口，是沁人心脾的满足感。沈殊随意闲聊："我很喜欢来这里，像不像《哈利·波特》里的魔药课教室？"

她指的是吊顶上那些高高低低挂着的许多个透明玻璃球，里面装着不知名的植物。

陈应钟轻笑着问她："你平时喜欢看什么书？"

沈殊回答得很快："什么都看，最近最喜欢的是一篇文章。"

陈应钟露出"请说"的眼神。

但沈殊迟疑了一下，才开口说："叫《仿造西洋火车无利多害折》。"

陈应钟没读过，问："刘锡鸿先生写的？"

沈殊眼睛一亮，睫毛忽闪："对，一位外交官先生。"

刘锡鸿曾出使西洋，言事之条分缕析，雄辩四方，当世无双。既能谈古今滔滔历史，又可从热能、水利工程着手，言之有物，将时间沉淀的温柔融入理性的科学。

这是沈殊喜欢且想追求的。

沈殊并非夸大其词，也不想赋予一些更高级的价值，她说得很向往："虽然听起来很幼稚，但我选择学生物工程专业，就是因为我想了解生命的现象和本质。我觉得基因和细胞的排列组合很浪漫，我想更努力一点，让这个世界变得更好一点。"

陈应钟闻声抬头，目光落在她脸上，有一种惊心的美感。

她是真正的精灵。

或者说，按她的说法，她今天是戈薇，勇敢又坚定的戈薇。

"你呢？"沈殊问。

陈应钟淡淡说："《哈利·波特》翻得最多。"

"你最喜欢哪一部？"

他说："《火焰杯》。"

沈殊好奇问："为什么？"

陈应钟看向她，无奈地笑了一下：“我喜欢塞德里克。”

沈殊沉吟，尝试着说出自己的理解：“你喜欢完美、平等、悲壮的美感。”

“他让人觉得遗憾。”陈应钟声音变沉，问她，“你呢？”

“我觉得你猜得到。”

陈应钟觉得她也会喜欢塞德里克，跟他一样，是一种潜意识里的契合。

却在相视一笑后——

“罗恩。”

“罗恩。”

他们同时说出答案。

“为什么？”陈应钟问。

沈殊微微摇头，没有明确的答案，只有无数个细节，当下进入脑海里的被她先说出来：“大概是因为罗恩在殊死一战时，不忘记解救家养小精灵吧，他平等地爱每一个人。”

陈应钟轻轻呼吸，沈殊看向他，想起其实她也很喜欢塞德里克。她觉得陈应钟有一种与其近似的美感，都有英气分明的脸庞和柔情潋滟的双眼。

陈应钟说，他让人觉得遗憾。

沈殊想轻松点，抬着眼问他：“你有什么遗憾吗？整个高中。”

陈应钟回答得很快，像是记了这件事很久：“遗憾没有邀请喜欢的女生跳舞。”

人生第一支双人舞。

沈殊不易察觉地撇撇嘴：“你说……学校迎新舞会强制要求搭档那次？”

“嗯。”

沈殊回忆了一下，那是高中刚入学第一个月的事情，学校按照传统举行了新生舞会。说是舞会，其实就是手脚规矩得体的双人友谊舞，强制双人参与，好达到破冰和正确对待性别差异的效果。跟小说、电影里的舞会不同，少年没有肆意，只有拘束。

沈殊已经忘记她当时的搭档是谁了。

她只记得邀请她的人太多，什么忸怩、敞亮的邀请都有，最终她选择了一位落单的、比她看起来更瘦小的男同学。

那时候她还不认识陈应钟，只听过他的名字，自然也不会在意他邀请了哪个有故事的女同学。

……为什么不邀请他心仪的女同学？

沈殊安静地打量他一眼，怕太高调？确实，陈应钟不是高调行事的性格。

“为什么不邀请她？”沈殊忍不住问，装作不在意的样子。

陈应钟拿话逗她：“担心被拒绝。”

“怎么可能……”沈殊不信，“才没有人会拒绝你吧？不说算了。”

陈应钟稍显犹疑：“……其实就是说晚了，因为不是同班。”

沈殊视线转移到远处一棵摇摇晃晃的小草上：“那你也应该争取一下，万一那个女生就选你了呢？你看哈利虽然没能邀请到秋·张当女伴，但是好歹后来追到了……”

“那其他人会怎么看待她？”陈应钟笑着提醒，“无聊的生活里就差这些八卦。”

他为这个女生考虑得还挺周到……

沈殊从牛仔裙的口袋里掏出一颗薄荷糖，是读书时候的习惯，担心自己犯困，便用清凉微苦的薄荷糖提神。现在还没含进嘴里，沈殊就感觉到一种酸溜溜的气味。

透明塑料纸发出一些类似烟火棒炸开的“哗啦”响。剥开这层透明纸，沈殊微微低头，将椭圆形水蓝色薄荷糖吃进嘴里，凉气冲上头顶，她几乎想问，陈应钟到毕业、到此刻都觉得遗憾的女同学是谁。

……她是不是有可能还认识？

“沈殊。”

陈应钟喊她的名字，她却以一种直勾勾盯着眼前人的方式在走神。

或者说是，胡思乱想。

一只温柔宽大的手扣住她的后颈，人影渐近，陈应钟不笑时让人猜不到在想什么，轻易就让气氛变得紧张又暧昧，沈殊觉得自己的呼吸都微微停滞。

之前都是她有意识、动心思地撩拨，却都没有得逞过。

自从毕业旅行结束以后，陈应钟看向她的眼神似乎比之前更多，也更多了一些她看不懂的、轻到无声的爱护，他想亲自己。

……陈应钟竟然主动想亲她？

沈殊几乎能觉察自己睁圆了的眼睛，和忘记颤动的睫毛。

以及漏了无数拍的呼吸。

他快吻上来时，沈殊显而易见地无法专注，这让他的动作轻到宛如只是情不自禁的一瞬沉陷，又像没有发生过，这只是不足以称为“吻”的不能说的秘密而已。

十一点将至，陈应钟转过头坐回到远处，好似深深叹了一口气，嘴里、鼻息似有若无带着薄荷的味道。

“送你回家，明天去报到。”他这样说着。

沈殊心悸着，用余光打量他，语气还是再自然不过：“明天应该很忙。”

进入大学，校园扩大不止一倍。

不知道还能不能经常见面，沈殊这样想着。

陈应钟答非所问，凌乱地说出心里话：“明天见。”

九月七号，上海交通大学的本科新生报到日。

天气不够凉爽，很干燥。上海的季节过渡是一个有迹可循的过程，路边的梧桐叶一定会最先脱落，微雨狂风是常有的事情。建筑物的人造光在夜晚竞相争辉，分割这座城市的色彩，将打扮稚气又高度雷同的少年隔离在喧嚣以外。

校内接驳车频繁穿梭，沈殊乘坐的这一辆放着 Twins 的老歌：“树梢的枝丫开满凤凰花，问你知道吗？成长要代价。”

朗朗上口的轻松旋律，好似每个人应景的心情。

沈殊看向车窗外，自己的面容影影绰绰在玻璃上一闪而过。

心情舒畅时走神，时间往往过得更快。接驳车停在操场前是第一站，拿好录取通知书去往无差别、紧挨着的蓝色迎新遮阳棚，可以排队完成新生报到。

第二站是宿舍楼，楼前也设有学生新学期注册和宿舍入住办理点。

但入学新生一般是选择集中在操场上办理。

见没什么家长下车，章昀芝也带着行李先去宿舍楼。

沈殊今天没有刻意打扮，上身穿着印有哆啦 A 梦全身可爱图案的白 T 恤，配浅蓝色牛仔裤、白球鞋，但鞋带她换过，是一双深绿色的宽版鞋带。她见陈应钟穿过，在搜索篮球比赛和球星时，也见加内特和森林狼队员用过。

T 恤宽松随意地扎在腰间，牛仔裤上窄下松，在不掩藏姣好曲致身材的同时，更多了几分大方和自在。她只画了眉毛，松散地披着长发，没有用其他任何化妆品。

冷白皮，黑长发，淡眼眸，因为炎热而染上的“腮红”，得天独厚形成“伪素颜”的妆容，引得在场挂着工牌的学生将单反镜头对准，连连抓拍。

学校公众号、官博每年阅读量最高的文章推送，就全靠入学和毕业了！

就在今天！

要想阅读点击做得好，就得跟着学妹身后跑！

负责新生签到的学长大老远就瞟见了沈殊。

准确来说，在他们提前拿到含照片的新生信息表时，系内活跃分子之间就已经传遍了即将有“女神学妹”入学的消息，只是装作对此毫不关注的样子。

坐在他身边的女生低头对着信息，一项一项勾选。

很快轮到沈殊，那女生在一摞信息表里随意翻找了一下，像是料定她走错了地方，胡乱地往前一指：“艺术系、外语系在那边。”

沈殊有礼貌地解释说：“学姐好，我是生命科学学院的。”

“研究生？”年纪看着完全不像，学姐说完自己都拧起了眉心，没忍住尾音上扬，转而又打量了她一眼，很难理解她的样子，“你是自己报的志愿吗？”

“……是啊。”

“生化环材的传说，现在学生之间是不是不流传了？”学姐拿手扇风，然后继续翻找沈殊的信息表，这话是对她身边突然正襟危坐、眼神却乱飘的学弟说的。

学弟不走心地接话：“谁说不是呢？”

学姐好不容易找到信息表，调转方向，往前一推，让沈殊签字。

不是都说生化环材是天坑专业，毕业就等于失业。当然了，能不能毕业也不好说。

在沈殊按流程领完新生入学礼品走远后，学姐才想到什么，灵机一动：“你想办法把她拉进学生会啊，有她在，不愁没有人给我们院的活动捧场。”

学弟脸上的粉底因为出汗有一些不服帖，扭头去拿身后的矿泉水时，不痛不痒地抱怨：“长得这么漂亮，又是本地人，大概是不缺钱吧？进了我们这座小破和尚庙，不得被捧上天啊。再说了，按照国际惯例，明年还在不在我们系都难说……”

“这倒是。”学姐露出十分理解的表情。

沈殊赶上第二班接驳车，到达女生宿舍楼前。

章昀芝此刻正在跟兼职卖床垫的学生还价，从 480 元软磨硬泡到 320 元，僵持不下，最终以多给她发六张芝姐菜馆的 7.5 折午餐券达成交易。

见沈殊走过来，章昀芝眼神迎上去，好似担心她过来问，赶紧喊她过来搭把手：“你宿舍我都收拾好了，挺干净的，其他人还没来过。”

担心横着抬上楼会耽误其他行人通过，两个人一左一右将1.2米的床垫直立起来，拿胳膊夹紧扶正，没走出去两步，便有其他学生家长主动上前帮忙。

经过宿舍楼管房间时，阿姨提醒尽快办理宿舍入住，趁人多又单独强调了一遍，每个房间都有单独配置空调，但需要学生携带身份证、校园卡去学生服务中心 楼实名办理租赁手续，电费自理，还需要准备200元的押金，可现金可线上支付。

沈殊听得非常清楚，对整个报到的流程也很明确，按照录取通知书中的报到指南，已经提前下载了掌上校园App（软件），便于缴纳电费和查看明细。

沈殊去办空调租赁的时间，章昀芝也没闲着，把宿舍四人间的桌子和床边的楼梯都用纸巾和湿抹布又擦了一遍，拉窗帘时落了一头灰，看不下去也给拆卸下来，泡在塑料脸盆里，她才想起，她还得再下楼一趟。

多买一个塑料盆备着，用来不定时消毒、平常装一下换洗衣物也行。

一忙就是一下午。

沈殊回到宿舍时，看着拖得干干净净还冒着水光的瓷砖地面时，对着章昀芝比了个大拇指：“感谢金牌章师傅，干净到我想给你一个五星好评。”

“好评还要给你返券，可别了吧，你妈的羊毛能给你薅着？”

沈殊被她的话逗笑，让她别忙活了，就这样吧，人多住久了就又要乱的。

章昀芝看时间也不早了，想问沈殊要不要回家住，也不知道其他人今天来不来。

沈殊嫌麻烦：“没事，明天肯定得来，下午有新生班会。”

说完，她已经坐到自己的椅子上，把背包里带的水杯、护手霜、护肤品先拿出来放好。章昀芝也不勉强她，走过去把宿舍门带上。

“这个，在楼下买的锁，你先备着，看看其他人用不用。”章昀芝把插着指甲盖那么大钥匙的柜子锁搁在她面前，“有备无患，别吊儿郎当的，到处放你的手机和平板。”

沈殊神色看起来并不情愿，但她还是收到抽屉里，催促章昀芝说：“行啦。”

回去吧。

章昀芝说她“小没良心”，不理会沈殊怎么说，走到床边把枕头取下来，连声音都压低：“枕套我都换好了，这里面……”

她指了指，不说出具体地方：“我放了两千块钱现金，你留着防身用。”

沈殊微微摇头：“真不用。”

“怎么不用，又不碍事，我试过了，不会影响你睡觉。”章昀芝把枕头放回去，几下拍平，“毕竟现在要住在外面，跟去外地读书的同学是一样的呀。”

沈殊完全理解章昀芝的心情，走心地敷衍她：“好……我都记下啦。”

“还有……”章昀芝顿了顿，一下子想不起来了，伸手轻轻拍了下沈殊的后脑勺，“让你别打岔，我昨晚想了好些事情要做，这会儿全给忘了。”

沈殊听得一乐：“那您慢慢想，我打算洗澡躺下了。”

“想起来了。”洗澡，对，洗澡。

章昀芝指给她看：“买了几个塑料盆，你看着用，还有洗发精、沐浴露这些，你别在学校买了，你用完了就从家里拿，我这次给你带了三大瓶，够你用了。”

章昀芝想到哪里说哪里，最后在沈殊拿好浴盆真的打算去公共浴室洗澡时，她才跟着一起下楼，最后提醒最重要的一点：务必跟宿舍同学处理好人际关系。

沈殊重重点头，表示自己一定会跟其他人融洽相处。

尤其是当她被章昀芝半推到宿舍衣柜前，让她试试金属锁是不是买小了时，她才发现有一位叫“李书芸”的室友留了一张便利贴。

李书芸写：今晚陪父母住酒店，明天回宿舍。垃圾已经清理，小礼物放在你们桌上啦（颜色可以互相换），期待明天跟大家见面，啵啵所有人！

她字迹圆润但清晰，甚至还在空白地方画了四个涂满的小爱心。

她说的礼物，是同款不同色的四双毛绒蝴蝶结拖鞋。

李书芸一定是很可爱的女孩子，沈殊看完时，都能脑补出她充满活力的声音。

另一个室友叫贺嘉礼，她用一种干脆利落的方式在便利贴末尾回应。

就是换了一种颜色的笔，写下：+1，今晚送爸妈，明天见。

沈殊想，她们两个应该都是外地同学。还缺一个室友，没有留字，她的桌子和床铺上也没有收拾整理过的痕迹，两天时间报到，她应该是明天才来。

沈殊虽然人已经在这儿了，但目光投在这张黄色的便贴纸上，有一种熟悉又兴奋的心情。就算尚未见面，她也能感受到每个人的可爱之处。

她也从包里拿出笔，换了一张新的粉色便利贴，认真、工整地写上：已经成功入住，亲测空气质量良好，未有噪声，冷气充足，期待明天见面。

也期待未来的每一天。

第五章

可乐气泡

明天见里一定有明天。

到晚上，女生宿舍楼变得异常热闹，每一种声音都变得非常鲜活。

自由活动时间，沈殊找了部电影看，偶尔刷手机，也只是跟黄石榴有一搭没一搭地聊今天报到的情况。听她抱怨说，一整天没见着一个帅哥。

两个人都频繁、快速地回复起来，是源于张桃李老师的几条微信转发。

张老师发了几个龇牙笑的表情，在交大附中毕业生群里说：我们有好几位同学都登上了各自学校的“入学头条”，成绩好，颜值高，老师替你们骄傲。

不仅如此，张老师还连续转发同样的文案到朋友圈里。

群里找不到对应的同学，张老师转发的时候直接带上了真实姓名和录取院校。

沈殊特意找了下，发现没有陈应钟的照片，只有她自己的名字尴尬又显眼。

不过，交大生命科学院发的照片水平极佳。用黄石榴的话说，她这张侧颜抬头、微笑着跟学姐说话的照片，随便放在网络上，就是一夜涨粉百万的水平。

黄石榴感怀至深地劝说：“流量当道，你快去开个微博，随便发发照片和鸡汤，保证能吸引很多粉丝，到时候你就能接广告，甚至开直播、带货。”她说得真诚又羡慕，“当个漂亮又有钱的兼职小网红，简直是我的人生理想。”

沈殊本来还在跟她拌嘴谈笑，让她少喝点，吃点花生米。

直到往下刷朋友圈时，沈殊看见陈应钟点赞了张老师其中一条转发推文。她脸色沉了沉，点开图片，不用放大也能看清这是他们同届的文科班学霸——

叶新璇。

她想了想，才记起她添加叶新璇为好友比添加陈应钟久多了。因为叶新璇每年都喊她参加学校表演活动，只是她没去过。

相比她和陈应钟的低调作风，叶新璇在交大附中可以算得上是德智体美劳全面发展的风云人物。校园文化节由她主办，十佳歌手比赛由她主持，就连迎新晚会也是由她开启第一支舞……想到这儿，沈殊不自然地眨了下眼睛。

迎新晚会。

迟到的邀约。

人生第一支双人舞。

隔壁班的女同学。

遗憾与她有关。

陈应钟的点赞。

几乎不用费劲连词成句，她也能脑补出几十万字的剧情。沈殊忘了自己还在跟黄石榴保持通话，突然开口说：“浑蛋，贪心鬼，坏男人。”

“你该不会……是在说陈应钟吧？”黄石榴说得疑惑。

“就是他。”

沈殊没有跟她分享二手书店里的聊天内容，只是说：“陈应钟给叶新璇点赞了。”

“那不是很正常吗？你发朋友圈他也点啊，这就是漂亮女生的专属待遇。”

“才不是。”

他明明从来不在朋友圈跟其他人互动。

明明他的朋友圈还有沈殊的照片。

总之，沈殊执拗地觉得，他跟其他男同学不一样。

“哪里不一样？”黄石榴笑话她一边生闷气，一边又在维护陈应钟，拿她打趣说，“没有人不喜欢漂亮的女生啊，何况你们性格又好，又聪明，这是一种正常审美。”

沈殊没有反驳这种说法，但此刻她的心情就像狗尾巴草摇啊摇、飘啊飘，怕被风吹散，握紧又觉得发毛和心痒，只好说：“算了，有什么了不起？”

“就是，叶新璇喜欢陈应钟又不是第一天了，让她去呗，要追早追到了。”

“叶新璇喜欢陈应钟？”沈殊惊诧地问。

“是啊，不是都这么说吗？”黄石榴想了想，又说，“也不一定，我看叶新璇跟二班那个经常参加辩论赛的男生也挺熟的，好几次看到他们放学一起回家。”

沈殊闷哼一声：“搞不好是陈应钟喜欢她呢……”

“那你怎么办？”黄石榴是真心在问，甚至一激动把脸上的面膜给撕了。

“什么怎么办？喜欢是自由意志的沉沦，我又不是站在岸边、随时等待着他的救生员。”沈殊像是在说给自己听，无所谓的语气里多少带着一些丧气。

黄石榴也很想正经安慰她，却绷不住笑出声：“不愧是未来的科学家、现在的大诗人，我给你翻译一下，就是——你不会给陈应钟当备胎，也绝不会搞什么雌竞。”

其实换作是任何人她都不可以，既不想，也不屑。

感情是有且只有彼此的事情，是互相识别的唯一性编码。

在解决问题之前，必须先明确和修正关系，沈殊这样想着。

虽然不浪漫，但是科学可解释、可计算，让人很有安全感。

被人理解是一种很受鼓舞的事情，听黄石榴这么一说，沈殊松开眉心，恢复了点精神，又开始笑着拿话逗她：“……你怎么不去当翻译？”

“想当翻译有更好的选择。”

“……是什么？”

黄石榴说：“给人算命。这是我将来的梦想工作。”

晚上九点半，沈殊又看了眼朋友圈，依然没有关联好友的点赞提醒。

……真行。

沈殊躺在床上做一些简单的抬腿动作时，仔细梳理了一下自己的情绪。

倒不是她小气，真的在意一个平平无奇的点赞。她只是在意同样的入学照，张老师就能同等对待，字里行间都是一样的骄傲，陈应钟却只点赞叶新璇。

谁稀罕啊？沈殊摇摇头，禁止再想。

她既不喜欢红玫瑰，也不喜欢白玫瑰。

正当沈殊生闷气的时候，陈应钟给她发来微信，问她：今天报到顺利吗？

她迅速打字，也迅速停止，故意过了十分钟才回复：顺利。

他突然问：在宿舍？

沈殊打字时自动关联“嗯”的可爱表情，但她没选，只回了文字。

陈应钟这次没有秒回。

过了几分钟，他才问：室友们怎么样？

沈殊回复他：还没见过。

只一秒，陈应钟的电话就打过来了。

沈殊稍稍愣了一下，想不出有什么事情，轻轻吸着气接通了。

陈应钟先开口，声音清爽像刚洗过澡：“现在就你一个人在宿舍？”

“嗯。”

“会不适应吗？”

沈殊精确地拆分问题：“你是问一个人害怕还是认床？”

陈应钟被她的问法逗笑，柔声问道：“你会害怕吗？”明明是肯定句。

“不会。”沈殊猜他想说，连寿衣店都不害怕，怎么会怕一个人在宿舍？她顺着他的话挤对他，“不害怕，我带了手术刀，很锋利，能解剖一个成年人。”

陈应钟意识到她今晚的情绪不对，尽管还是那样清清甜甜像砂糖橘的声音，语气里却隐隐带着一种不想搭理他的意味。

陈应钟在说话时，已经拿了钥匙，准备出门：“你半小时后下楼吧。”

“你找我有事？”

“嗯。”

沈殊沉默了片刻，才说：“……你找我有什么事。”

不是问句，她想问的其实是，你能找我有什么事？

陈应钟突然被问，加上出门穿鞋时，他妈妈堵在门口一副想听八卦的神情，屡次用无声的口型说着“去约会呀”，他捂住手机听筒：“我出去一下。”

“哎呀，你什么时候对你妈妈——我，说话也能这么温柔呀？”

“……走了。”

“我听不清，你说找我干什么……”沈殊又问。

陈应钟被他妈妈讳莫如深的笑容看穿，只好快速地说：“我帽子在你那儿。”

哦，找她还鸭舌帽。

沈殊无语地叹了口气，从生闷气变成了有点郁闷，语气还是保持着平稳，绝不能输：“哦，幸好我带了，正打算明天还给你。”

陈应钟手上关门的动作一顿，沉声问她：“你这么着急？”

“能有你着急吗？”沈殊像较劲一样，说话速度比他更快，“点完赞就来找我要回帽子。”

什么点赞？

陈应钟从家里出来，打车回学校。本来他整理好宿舍、见过室友以后也打算直接住在宿舍，只是赶上他爸爸出差回家，毕竟隔了大半年没见，在他妈妈的强烈要求下，他才回家一起吃了个团圆饭，并且如他所料，他爸爸买了十几件大大小小的礼物给他妈妈，给他随手丢了一个银壶，刻着不知道是什么的动物，像是长着翅膀的鲤鱼。

他掀开盖子，发现里面有一张纸条，打开一看——

15 元。

……

他本来吃完饭回到房间就想问沈殊今天过得怎么样、报到顺不顺利，看她也不似其他同学那样发着一整天的朋友圈动态，但一想到她今天这个时间点，应该会跟室友待在一起，搞不好在做一些女孩子之间习惯的破冰活动。

他不方便打扰。

好不容易在张老师朋友圈看到交大生命科学院发布的迎新图片，他刚一保存他妈妈就敲门冲进他的房间，指着张老师发的朋友圈问：“我看了你们李老师发的这条！”

“张桃李老师姓张。”陈应钟纠正说。

“哎呀，不重要，你看见了吗？这图拍得是真漂亮啊！”

陈应钟舒展眉心，“嗯”了一声。

“我都没说是哪张，你‘嗯’什么？我以前怎么没发现她变这么漂亮了。”

“……什么以前，你又没见过。”

“就这个师虹老师啊。”陈妈妈举着 iPad，将屏幕转向他，“我不是带你跟她吃过饭吗？她是我大学同班同学，神经外科的，留校教书好多年了，这张图是她在迎新讲话吧？”

“哦……”

“你以为我说谁？”

陈妈妈没多想，低着头从头点赞到尾，夸赞他们这一届同学颜值真高，又问怎么没有他的照片。说完一想，就她儿子这个性格，八成是报到完就走了，根本就不在热闹的地方待着，估计看到摄像机都会绕道走。

“你也点一个赞啊。你师虹阿姨知道你入学，还说要约我们吃饭，我让她加了你微信，她能看得见的，以后你搞不好还要读她的研究生。”

“你也说得太早了。”

“学医肯定是要读到博士的呀，你快点，我们要有礼貌。”

陈应钟“嗯”了一声，为了让他妈妈赶紧回到自己的房间，顺手将张老师那条文案里其实是叶新璇的朋友圈点了赞。

等陈应钟下了车，快步走到女生宿舍楼前时，他看见其他学长送女朋友回宿舍的画面，心情一瞬间像是整个人在疲倦时、倒着躺在红丝绒蛋糕上。

沈殊掐准了半小时下楼，见她空着手下来，陈应钟好似并不奇怪。

她不提还帽子的事情，他更不会去问。

沈殊也没有刻意跟他打招呼，只是拿手扇风：“好热啊，你找我干什么？”

她语气较电话里已经温柔了许多，话果然还是要当面说。

陈应钟没有回答她，只是领着她先去最近的自动贩卖机前买饮料。他知道沈殊只喜欢喝矿泉水，至少在他目之所及的时刻，她都没有喝过其他饮料。

他给沈殊先买好，然后才到自己。

沈殊站在玻璃门旁边，低头扫了眼他在按的可乐，抢在他前面帮他换成了柠檬茶：“喝这个吧，很酸，超级酸。”

陈应钟笑着说：“那得给你来一瓶。”

“我才不要。”沈殊把眼光从他身上挪开，“咕咚”喝了一大口水下去，很快鼓了下脸颊说，“你不是很忙吗？找我干什么……”

话音未落，掉落下来的柠檬茶“咯噔”一声做自由落体运动，却卡在了出货口。

陈应钟无语地看了一眼，连伸手去掏的尝试都不想做。

沈殊却轻轻笑出声，神情也柔和了许多，像是看到他倒霉她就开心了。

“活该。”沈殊坦率地说。

让他惹她生气。

明知道出货口已经堵死，陈应钟却看着沈殊的眼睛，笑着伸手又按了一次，支付完毕后，“咚咚”两声，这次更响，又卡住了。

沈殊不解地看了他一眼：“……你干吗？钱多啊？”

“让你开心。”

沈殊别开眼，说他“有病吧”，却在转身要走的那一刻忍不住笑了一下。

走过思源湖，从情人坡的草坪上穿过去，脚底是细软温柔的感觉。

他们没有互相看彼此此刻的神情，但从路过的同学脸上不难看出，对他们并肩走在安静的星光下，有着一种很羡慕的感觉。

两人停在医学院教学楼前。

沈殊微微挑眉，抱着胳膊问他：“带我来你们医学楼干什么？”

“带你认路。”

“……我又不用来这里上课。”沈殊说着，“没理由也没机会来啊。”

陈应钟冲她低下头，两个人的影子看起来像在动情地接吻，谁稍微偏一下头，谁就更像主动方。他游刃有余地笑了一下，问她：“我不能成为那个理由吗？”

他不能成为那个理由吗？

这是什么意思……

谁都想贪心不厌旧，但人永远都是一边看一边走。

就连这条看得到尽头的林荫路，都难以用言语描绘远近各异的景色。

陈应钟看见沈殊脸上顿时露出惊喜的神色，但很快，一种不明冷热的笑意停在她嘴边：“不能……反正至少今天不能。”

“那就明天。”

明天是哪一天？下次又是哪一次？

教学楼外墙上挂着LED显示屏，正在轮播各学院教授祝福、新生报到流程及军训安排，偶尔还穿插着一些舞台、讲台的视频片段。青春是一丝一丝、一段一段的回忆，教所有人的千言万语最终以“再会”作为新生序章。

沈殊冲医学楼扬一扬下巴，然后看着陈应钟笑了：“葡萄糖里没有葡萄。”

陈应钟勾了一下嘴角，看向沈殊，像在看一只奓毛又沮丧的绒毛兔子，几乎需要强力抑制自己伸手去揉她头发、安抚她情绪的冲动。

又听她说："菠萝包里没有菠萝。"

陈应钟甚至不用怀疑，就可以判断她还在为点赞的事情不满，不管是否到了怄气这种程度，他都抢先一步肯定说："明天见里一定有明天。"

沈殊知道他能听懂，她说任何看起来不搭边的话，陈应钟好像都能接收到信号，像 -27℃的珊瑚礁群，像他此刻正在念的。

树与树之间，挂着一些看似是欢迎其实让人尴尬的社团招新广告词。

"你是氨基酸，而我是密码子，有且仅有你一个选择。"

沈殊有一种无语又轻松的嫌弃："……别说这种冷笑话。"

陈应钟突然继续念："一种酶仅能作用于一种物质，就像你之于我。"

在暗指酶的专一性。

不是冷笑话，是想说寓言故事是吧？

沈殊先发制人，心情像坐上起伏不大的旋转木马，甚至有胜利的回响："你想说，酶对所作用的底物有严格的选择性，一种酶仅能作用于一种物质。"

"嗯。"

沈殊冲他微微挑眉，笑得稀奇古怪："可是你知道的，不止一种物质，一类分子结构高度相似的物质酶也可以起作用。"白色衣服衬得她面色更红润，手臂互相交缠在胸前，胜券在握地在提醒他，"所以说，这段话可不能完全体现专一性，言情小说里的替身梗，大概某种程度上也可以用这个原理解释……"

陈应钟神色依旧平静，不落下风："那你承认有专一性？"

"相对专一。"

"有绝对专一。"

沈殊不反驳这个，几乎是下意识地笑了下："我只知道可解释的一项。"

陈应钟眉心微微一皱，猜到她要说什么，还是被她抢了先："脲酶，它只能催化尿素水解成氨和二氧化碳，对尿素的任何衍生物都不起作用。"

只对尿素这种东西具有绝对专一性。

沉默良久，陈应钟说："一定还有别的。"

其实平时沈殊不会这么较真，尤其理解这几年用各学科专业定义爱情这种营销手段，但陈应钟想借此来暗示或是解释，则会引起新的战局。

不过沈殊也没有从这里得到什么胜利的快感。

反而是在陈应钟脸色沉下来那一刻，她有一种“得理不饶人”的懊恼，陈应钟点赞关她什么事？又不需要得到她同意，她算是他的谁？

沈殊觉得再说下去显得自己既不敞亮又不解风情，一点都不可爱。

她轻“啊”一声，把之前的情绪都给撂了，轻笑着说：“没什么，生活里也不用凡事讲究科学。”一句标语而已。

“嗯。”

“不然要被说是学傻了……”沈殊轻松地说。

不然那些一生一世一双人的情话统统都变成假的了，这个世界上所有的美景和诗意也都丧失了色彩。

陈应钟把就在嘴边的那句“我不认识叶新璇”吞了回去，不在电话里直接说清楚，是想看她吃醋的小心思，是终于找到理由见她一面的等待已久。

到刚刚这样骤降的气氛里，他才明确意识到，对点赞这件事，沈殊不是不满，而是懊恼、生气，是一种更浓重的情绪。

这样是不是说明……

她替同学递给自己情书、转头又来撩拨他，跟她真的喜欢自己，并没有冲突。

那晚，送沈殊回到宿舍，陈应钟回到家躺在床上失眠。

耗尽电量听歌，一时之间分不清陈奕迅唱“你在想谁想到睡不着，你应该觉得骄傲，很多人想失恋也没有目标”，是苦恼的失恋，还是真正动心的情歌。

第二天，是新生报到的最后一天，也是第一次开新生年级会的日子。

地点是药学楼二楼。

阶梯教室的桌子上放好了新生入学手册，随意落座。沈殊和两位刚认识的室友相伴赶到，对视一眼，纷纷选择了倒数靠窗的不显眼位置坐下。

相比其他人，她们像是一铁锹砸穿了冰窟窿，冰水依然在流淌，但极大地减少了融化和捕鱼的障碍。在等待辅导员正式开始开会的时间里，三个人甚至聊起了星座。

如同一小时前。

沈殊在食堂吃了午饭，回宿舍趴在桌上眯了半小时。

推门进来的是一个高个子、戴黑框眼镜的女生，她对上沈殊睡眼惺忪的眼神，连忙说“抱歉，把你吵醒了”，整个人局促得不知道手往哪里放。反而是沈殊先帮她指了下床位，按照昨晚便利贴上的文字风格，猜测地问：“你是……贺嘉礼？”

“啊，不是，我是李书芸。”

她走到床边，拿起自己书桌上的新拖鞋说：“这个……这个是我给宿舍同学买的，昨天的便利贴也是我写的。我昨晚去酒店陪我爸妈，他们今天的火车回老家。”

说完，她眼里蒙上了一层水汽，感觉下一秒就会哭出来。

沈殊一瞬间有点不好意思，在心里责怪自己陷入“字如其人”的刻板印象。

打过招呼，李书芸先忙着收拾东西。

沈殊在她背后时不时聊上几句，得知她是广西玉林人。沈殊没去过玉林，李书芸担心她不知道，补充说：“玉林荔枝狗肉节。”

“啊……”沈殊没忍住，眼神略带抱歉。

李书芸则比她更加慌张，吓得双手紧握在胸前，像在祈祷：“我……我不吃的。”说完赶紧补了句，“我……我从来没吃过。”

沈殊也被感染：“我……也没……”

两个人相视一笑，都没有当回事。等贺嘉礼拖着另外更大的两个行李箱赶到时，沈殊才知道她“以貌取人”的毛病有多严重。

贺嘉礼的书桌前已经堆了三个小号行李箱，像是要把家搬空，见到便利贴上言简意赅的冷清感简洁回复，沈殊原本以为她是个偏高冷严肃的人，没想到完全不是。

她跟沈殊一样，是上海本地人，但由于父母工作调动，她读高中以前一直在新疆读书。一米六的个子，身材匀称，露腰背心配灰色运动裤，马甲线明显，让她看起来又甜又辣，且是一种非常健康、阳光的气质。

她跟紧张的李书芸不同，整个人散发着自来熟的气息。

在有限的午休时间里，她丝毫没有整理行李的欲望，直接把其中一个行李箱打开，摊在地上，掏出了几个化妆包，问她们：“你们想化妆吗？美甲也行。”

并且她骄傲地告诉她们，有她贺嘉礼在，宿舍所有人的穿搭都会有质变。经过了初高中很多女生的认可，她负责从头到尾改变大家。

李书芸没说拒绝，但脸色看起来也不像是乐意，只敢偷偷观察沈殊的反应。

反倒是沈殊像进入了万花筒，她新奇地说：“你这个也太齐全了，还有水钻、贴纸这些。”沈殊极少做美甲，指甲修得规整又干净，她忍不住对着贺嘉礼伸直手指，好让其寻找自由创作的灵感，“我想要一点渐变感觉的。”

贺嘉礼高兴得想跳起来，揽着沈殊说：“没问题！看我的！我是专业的。”

……

等到系主任、辅导员正式开始介绍生命科学院的具体情况，贺嘉礼东张西望了一圈，小声贴在沈殊耳边说：“我们宿舍少了人，不知道她坐哪里。”

沈殊对待这种无聊聒噪的会议如同对待上课。

她闻言稍微发愣，不知道姓名，辨别不了任何信息。

贺嘉礼说：“该不会是退学了吧？也有很多人放弃录取回去复读了。”

“有可能，昨天好像也没来过。”

李书芸坐在沈殊另一侧，没参与她们俩的闲聊，眼神时不时往前排一个穿黑色吊带背心的同学身上瞟。她一个人单独坐在第二排，后颈有一处文身。趁辅导员让他们阅读新生手册的时间，李书芸低着头小声凑近她们说：“希望不是那个女生。”

“哪个？”贺嘉礼问，说话时做出寻找的动作。

李书芸几乎是用弹跳的速度坐回到位置上，偏离她们一些：“别看……别看。”她的脖子、耳朵一瞬间红了起来，提醒说，“坐最前面那个。”

“感觉是个大美女啊。”贺嘉礼不理解她说的“希望不是那个女生”，随意地抱住沈殊的胳膊，枕在下巴底下，“我猜她是水瓶座，跟沈殊一样，天马行空又浪漫明艳，这个星座最容易出有个性的大美女了。”

沈殊随意翻着新生手册，没看进去，还不如贺嘉礼给她做的芋泥淡紫色指甲好看，笑着岔开话题：“谢谢您，自从有了美甲，我就忍不住往上看。”

贺嘉礼欣然接受，无比诚恳地承诺：“谢谢您，下次时间充足，我让你更美。”

全系所有新生都在的会议，几乎没有什么有效信息。

几位专业课教授老师轮着做了自我介绍，讲了一些寄语。

连辅导员自己都说，这次会议最重要的事情就是登录、激活学生 jAccount 账号，这是学生和教职工在交大校园网上的重要身份标识，有且只有一个，据此开通交大邮箱、无线网络、交大 VPN、交大云盘 jBox 等服务，包括进入最为关键的选课系统。

除此以外，请同学们务必添加黑板上的班级群，以及辅导员、学生代理班长的联系方式。辅导员严肃表达，以后在校有任何事情，为他们冲锋陷阵的只有这些人。

好不容易撑到结束，乌泱泱全是往食堂走去的人。

不止一个学院，绝大部分新生都在今天下午召开第一次见面会。

贺嘉礼提议出去吃，正好逛逛南京路。

李书芸用眼神问沈殊，沈殊却低头盯着手机。李书芸有点不适应这种没有人说话的气氛，轻轻拉扯了一下沈殊的胳膊："沈殊，你说呢？"

"哦，今天算了吧，明天人应该也到齐了，我现在得去找师兄拿二手自行车。"沈殊想到这里，问她们，"我有个高中的校友群，经常卖东西，像考研资料、二手车这种，电瓶车也有，你们要不要也看看？"

贺嘉礼摆摆手："我蹭你的车就行了。"

"行，没问题，到时候你带我……你呢？"沈殊转向李书芸。

李书芸点点头，眼神往走去食堂的人潮看："我也买了自行车，就在昨天下午……我是看宿舍楼下有学姐在卖，想着上课方便一点，就先买了。"

沈殊是下午在开年级大会时无意扫到群信息的，是黄石榴拉她进的群，说是交大校友群，其实也不全是，几百号人就变成了大学城二手交流群。

沈殊随便看了下，有不少熟悉的微信名，应该大多数是她这届的新生。

还有人陆续发其他群的进入链接，有拼车群，也有桌游群。

考虑到大学校园里必备单品自行车是畅销货，沈殊看到一辆八成新的蓝色女款，就立刻在群里第一个接话说"想购入"。

学姐看她头像，本想添加好友私聊，但卖过二手东西的人都知道也都经历过，数次被人放鸽子、屡次被人砍价实在是费劲又糟心，故而她这次直接将收款码都放在了群内图文里，让有事直接群里说。

沈殊也有过几分钟的犹豫，担心是诈骗，但支付时需要填入对方完整姓名，她稍稍放心了一些，痛快支付。学姐也接近秒回，把面交的时间和地点信息发在了群里。

校内面交，彼此安心。

时间定在晚上六点半，菁菁堂前，这是校内有名的建筑物景点。

礼堂内可容纳近三千人。这里是日本昭和女子大学和上海交通大学共同捐赠、出资而建成的中日文化交流中心。“菁菁”之名也是当时由两校校长取自《诗经》中《菁菁者莪》一诗，寓友谊与事业并茂之意。平时一些校内大型文艺晚会、表彰大会都在此举行。

附近是菁菁广场，过往学生较多，是非常安全的面交地带。

学姐骑车先到，沈殊按时到达，几乎没有做任何客套的寒暄，学姐让她检查一下，没问题自己就先回去了，还不忘叮嘱她，车记得锁上，别太信任学校环境。

沈殊目送学姐离开，把U形锁拿在手里，准备先把钥匙拿下来，装饰上她专属的哆啦A梦挂件，结果发现拔不下来：“奇怪了……”

“先锁上。”

“嗯？”沈殊已经听出声音是谁，但回头时还是惊讶出声。

陈应钟沉声说：“先锁上，钥匙才能拔下来。”

“这样吗？”

沈殊试了试，确实如此，很神奇的设计。

“你怎么在这里？”沈殊打量了他一眼。他周身干净，背着双肩包，今天穿的是深蓝色系扣短袖外套，配米色长裤，利落地进入秋天的颜色。

见他推着一辆自行车，沈殊恍然：“哦，你也买自行车是吧？”……但他这辆对比她的，看起来也太新了。

陈应钟轻轻“嗯”了一声，沈殊不确定，有点没听清，只听他说：“吃了吗？”

“没呢，结束新生见面会就赶紧来这里了。”

“想吃什么？”

沈殊沉吟片刻，笑着问他：“你要请我吃饭啊？”

陈应钟给她投去一个“当然了，不然呢？”的眼神。

他先坐上了山地车，等待沈殊一起出发，结果她只是将车把手扶稳，理直气壮地用非常快的语速说：“我不会骑车的啊。”

陈应钟好笑地眨了眨眼，看着她。

他倒不是觉得不会骑车很奇怪，但是不会骑车先抢着买就很奇怪。

“干什么？你没见过不会骑自行车的人吗？我可没骗你，也不是要诓你载我，我是真不会。”沈殊回瞪他一眼，找补说，“不过这个我学一下就会了，我以前读书学校都离家很近，就没怎么骑过自行车。”

准确来说，是没骑过。

“没什么。”陈应钟一步跨下车，推到一边把车锁好，很快回到沈殊旁边，眼神落到她握紧的车把手上，出声提醒，“松手，车给我。”

“你不是有车吗？”

“你不是没有吗？”陈应钟伸手把车接过去，眼神往后座一抬，“坐后面。”

沈殊犹豫地站在原地。之前她盼着陈应钟主动一点，因为潜意识里少女骄傲的自尊心告诉她，谁更主动，谁就是喜欢的更多的那个人。

但是一旦陈应钟真的主动……她又会仔细琢磨、找寻他情绪的变化。

总之，她没办法自恋地认为只是不到两个月的时间，交大附中没有人能搞得定的天之骄子就这样喜欢上她了。何况，他也没有明确告诉她。

“我们要不然就近吃一顿，我也不是很饿。”而且她是个吃饭很单调的人，总是差不多的样式，吃来吃去都是她熟悉的几道菜，最适合的就是吃食堂。

“上来。”

当他用一种正常的语气，但到了沈殊耳朵里就变成了“机不可失”的意思时，沈殊觉得这一局她还是先让一步，毕竟是陈应钟自行车的后座。

光想一想都觉得心跳会加快……

沈殊坐上去那一刻一直在想，她要不要仿照偶像剧女主角甜美做作地问：“我可以搂住你的腰吗？我有一点害怕哎。”

今天演一下《那些年，我们一起追的女孩》里的沈佳宜好了。

反正她正好也姓沈。

沈殊清了清嗓子，开口说：“柯景腾，你不开车在等什么东西啊？”

陈应钟明显歪了下头，带着笑意的声音传到后座：“沈佳宜，你先坐好。”

“……我坐好了啊。”

“确定吗？”

其实没有，她还想搂住他的腰。

沈殊盯着陈应钟的后背看，宽直的肩膀让人很有安全感。喜欢一个人大概就是最不科学的事情，她甚至在想象他后背肌肤的细腻和会因为用力而绷紧的线条感。

“我、没想。”她轻轻摇头，差一点捂住自己的嘴。

陈应钟轻声呼吸，没有转过身，凭感觉抓住她的一只手，掌心留有一些细微的汗，用力带到自己腰上，紧紧扣住：“我想。”

好像是柯景腾先喜欢沈佳宜的哦。

沈殊轻笑一声，像喝了一杯清新的、酸甜的百香果饮料，冰的，今天的晚风里面好像都散发着热带雨林柠檬椰子的气味，湿漉漉的。

她侧着坐，小心却用力地双手环上陈应钟的腰身，发呆时、减速时，她的额头会轻轻撞到他的后背，衣服朝后飘起，遮到她的眼睛，却挡不住她神采奕奕的笑容。她说：“柯景腾同学，晚上也要麻烦你送我回来哦。”

陈应钟也笑了下。

如果是电影里带着后视镜的小电瓶车，他此刻的笑容可以被后座的人看到，那他可能会收敛一点，至少不像此刻这样明显。

沈殊又说，甜而不腻的撒娇语调拿捏得很到位：“如果晚回来，女生宿舍可就进不去了哎。”

陈应钟选了闵行校区附近的一家老店，他来这边考试时偶然吃过一次。其貌不扬的店面窝在巷子里几十年，没有隔间，受窄道影响也不能在外支起摊位，店内只有圆桌交错放置，但老板娘柔声招呼，从不怠慢。

两个人只能拼桌，但所幸今天是周一，一个普通的工作日，除了学生开学有小范围的纪念意义外，几乎没有体现在店铺的客流量上。

陈应钟选了最靠窗户的位置，让沈殊坐在最里面。

这家菜品属于简单出新意的类型，招牌软糯的牛筋煲，不知道是什么的宴肉煲，配外酥里嫩的炸猪排、荠菜鲜肉馄饨，看手写菜单像是寻常口味。

陈应钟问：“有什么忌口吗？”

“没有。”

“饮料还是……”陈应钟话说到一半，直接转头对老板娘说，

“冰矿泉水和可乐，各一瓶。”

老板娘应声，让他们不够自己去冰柜拿，吃完一起结算。

“牛筋煲里加了蔬菜、粉丝。”说完，陈应钟从菜单里抬起目光，把菜单放到沈殊面前，“可以单点菜，也可以往煲里加，你看看你想吃什么。”

沈殊微微摇头，示意足够了：“有青菜、牛肉就满足人体需要的能量了。”

陈应钟一边把菜单递给老板娘，一边笑说：“吃饭是享受。”

不只是为了活着。

沈殊理解他的言外之意，她无法准确判断是从小饮食习惯如此，还是跟阿斯伯格综合征的影响有关系，拿筷子蘸了蘸已经倒好的一小碟醋。

“不要把人生的乐趣都寄托在这些物欲上。”沈殊嘬了一下筷子头，将其并拢放好，胳膊也放端正，“我们全国知名的物理老师张桃李说的。”

“你这么听他的话？”

“嗯。”

“那你之前怎么不去青训？”陈应钟接过先上的冰可乐，“他眼巴巴盼着你去。”

“你不也没去……”大哥笑二哥。

沈殊不愿意提跟“卓然集团”相关的事情，看着他把可乐打开，插上蓝色吸管，想起他那句“没有了最好的对手，为什么还要去”，霎时脸上微微发热。

陈应钟大概也想到一起，只是笑了下，没继续说。

她也不擅长制造多余的心事，转头问他：“怎么突然想请我吃饭……”

宴肉煲先上，吸引了沈殊的目光，看起来就是甜咸口的红烧狮子头。

灯泡在头顶发黄、发焦，陈应钟说：“不突然。”

沈殊眼睛微微睁大，目光从碗里抬起来，想问他为什么。

陈应钟又吸了一口可乐：“某人不是生闷气了吗？给她赔礼。”

“哪有生气……”沈殊想了下，大概是在说“点赞叶新璇”的事情，但她不乐意承认，装作恍然大悟又无所谓的样子问他，“哦——你是在说叶新璇的事情啊？”

陈应钟没料到她会这么直接，反将一军，一边给她盛汤，一边解释：“我点赞的是一位出现在推文里的医学院教授，跟叶新璇没关系，我不认识她。”

“不认识吗？”

陈应钟说：“嗯。”

沈殊面上带笑，拿话逗他：“可是我们不是校友吗？”

她眼神里有一丝游刃有余的挑衅，好像在说：居然不认识吗？好奇怪哦。

就像那日在公交车上，沈殊意外陈应钟知道她的名字那样，陈应钟回答得那样明确又坦然，仿佛不掺杂任何私人情绪，看样子也不全然如此？

快乐总是短暂的，小心思败露的预感，往往十有八九很准。

沈殊反应过来，瞪了他一眼，语气却是轻松的：“你是不是早就知道我生错气了……”故意不早说？什么谦谦君子？她看是，欠欠儿的君子。

说话时，她咬了一口陈应钟放进她碗里的狮子头。

没想到里面是有馅的鱼肉丸，一口热汤汁正好烫到舌尖上，刺痛得她一瞬间憋出眼泪，眼眶红了一大半：“烫……好烫。”

她微微伸出舌头，拿手扇风，甚至胡乱又用筷子头蘸醋往舌尖上点了点。

陈应钟伸出手去，把冰可乐的吸管用手指捏稳，拿到沈殊嘴边。她顾不上思考，身体已经朝陈应钟前倾过去，猛地吸了一大口。

陈应钟眼神关切：“好点了吗？”

“嗯？”

沈殊还咬着吸管，眼神从陈应钟握住吸管的手指，微微抬头挪到他的鼻子、眼睛上，想到跟他用了同一根吸管，此刻她心思已经全乱了。

沈殊赶紧说：“哦……没事的……好多了。”

“那就好。”陈应钟替她把鱼丸重新舀到碗里，叮嘱她凉一些再吃，“里面是鱼丸，外面是一层炸过的猪皮，高汤炖煮的，忘了提醒你。”

沈殊没有说话，筷子在奶白色的高汤里搅拌，眼神忍不住往冰可乐上瞟。水珠一颗一颗沿着铁皮往下滑，好像在浅蓝色棉花糖上胡乱撒上了巧克力豆。

他又拿起来，再自然不过地喝了一口。

正式开学的第三天，沈殊所在的408宿舍依然没能全员到齐。

学院刚发布了军训具体安排，为期十五天，包括列队训练、消防演习、实弹射击、十公里拉练和军训晚会这些，跟高中阶段的军训内容基本一致。辅导员为此专门找了一天晚上，将全系新生聚集在一起，说好是短会，却解释了两个小时。

辅导员将“夺旗”目标形容得十分重要且宏大。

简而言之，就是希望本院同学在内务、政工、军纪各方面多加努力，争取在积分榜上看到生命科学院的名字。这目标，确实挺宏伟的。

除了几位临时选的班干部应声分活，其他人在台下听得昏昏欲睡。

唯一令沈殊印象深刻的事情是新来的学生辅导员进来以后自我介绍：“大家好，我叫石不言，食不言、寝不语那个——石不言。”

台下鸦雀无声。

大概是第一次经历讲完名字却没有反应的场面，辅导员不解地往下扫了一眼，用比眼神更加疑惑的语气问：“……不好笑吗？”

台下更安静了，甚至连空气都有点冷。

新生第一次班会时，辅导员介绍说，大学四年他们会为学生冲锋陷阵。

在开学第三天晚上就应验，辅导员带着沈殊一起上了“战场”。

宿舍门一关，石不言人如其名，这次不是刻板印象，至少沈殊洗完澡端着自己的洗脸盆推门进来时，他依然一言不发。

由于一时之间没有反应过来来人是谁，在女生宿舍见到男生入室，沈殊情不自禁惊讶地“啊”了一声。见三个人脸色都不太好，沈殊索性又把门给打开了。

“你们自己内部再消化一下，学校会充分尊重学生的意见和感受，但也希望你们体谅学校尽量按同系同班进行无差别分配的原则。”石不言回头意味深长地看了沈殊一眼，“你就是沈殊，是吧？”

“对。”沈殊说。

石不言说：“你也抓紧时间搬东西，你的位置很快也有新同学入住。”

“我？”沈殊拿手指了下自己，“老师，你是不是搞错了……”

石不言露出一种憨厚又看穿一切的笑容：“沈同学，这个你应该跟父母协商，学校根据你的身体情况进行了客观评估，按流程给你批复了单人宿舍的申请，具体的费用调整和入住手续你查看下学生邮箱。按照指引进行操作，有问题再联系我。”

“我没——”

沈殊还没说完，石不言就抢先看了一眼时间。差不多了，他不能留很久，他特意说："新学期调整宿舍是很正常的事情，我让新同学明天再搬进来。"

石不言走后，沈殊立刻把宿舍门关上，锁紧。

室内气氛更糟，简直冷到极点，沈殊先问贺嘉礼是怎么一回事。

贺嘉礼也是第一次听说沈殊要搬去单人间的消息，她反应比沈殊更激烈，几乎是用受伤的眼神在质问她："你要搬去单人间？你不愿意跟我们住吗？"

沈殊着急摇头："没有！怎么可能……"

贺嘉礼也觉得不像，虽然满打满算她们几个也就认识了三天，但是沈殊帮她充饭卡、占座，跟"表里不一"或者"口不对心"这种词一点都不沾边。她想起来似的："辅导员好像说……是你身体不好，你父母替你申请的。"

父母。

她只有寡母，哪里凭空跳出来干涉她生活的父亲？

沈殊大概猜到这是谁的"杰作"，她冷静地说："没事，我今晚会解决的，我要跟你们住一起。"

她说得很坚决，令倒坐在桌上的贺嘉礼欣慰得跳下来，一把搂住她的脖子，连说好几遍"我就知道你不会这样的"。

反倒是李书芸，整个人像是受了莫大的委屈，还没有人开口跟沈殊解释辅导员的来意和起因，她已经坐在自己椅子上，背对她们，无声地伸手抹着眼泪。

"你哭什么？"贺嘉礼看了来气，转过脸跟沈殊证明，"我也没说什么。"

李书芸也赶紧回头，哭得声音含糊不清："我没怪你……"

沈殊拉着贺嘉礼的胳膊，把她一起拉到李书芸座位后，安慰似的拍了拍李书芸的肩膀，柔声问怎么回事。贺嘉礼也心软，抽了几张干净纸巾递过去。

"下午班干部开会，辅导员说到宿舍空缺的问题，问我们愿不愿意让那个有文身的女生加入，我说，得回来商量，我没说不行。"李书芸越说越委屈，"到了晚上，那个女生就直接带行李进来了，我才知道辅导员通知她了，说我们宿舍愿意。"

李书芸带着问题回来商量，辅导员那边已经下了通知，与其说是征询意见，不如说是体面地通知一声。等新同学到了，李书芸思虑重，担心沈殊、贺嘉礼误以为是她自作主张，便对新同学说"需要跟辅导员确认一下"。

谁知道贺嘉礼不是个心思细腻的人，非但没注意到李书芸情绪敏感，还当着她的面先欢迎了新同学，问新同学身材怎么保持得这么好、今天用的什么口红色号。

甚至趁新同学出去接辅导员电话时，想到昨天新生班会，李书芸也在祈祷新同学千万别来她们宿舍，贺嘉礼便开玩笑对她说："你不要对人家有偏见啦。"

言外之意，除了"有文身怎么了"，更想表达的是，她们三个不是更熟吗？怕什么？让那个女生来呗！但后一层的偏爱意味，在短时间里，李书芸是全然感受不到的。

反而就这样一句欢迎、一句玩笑话，瞬间击溃了李书芸的情绪。

她仿佛才像是这个宿舍多出来的人。

这种"多余感"像是料峭的寒意，鞭笞着她的自尊心。

沈殊大致理解了错过的情况，理顺前后，替贺嘉礼的行为做了更还原真实的解读，很轻松地哄好了李书芸，跟辅导员确认了新同学入住的信息。

新同学的名字跟她的长相一样有个性，她叫夏雪宜。金庸武侠小说《碧血剑》里的夏雪宜，取自《礼记·曲礼篇（上）》"凡为人子之礼，冬温而夏清，昏定而晨省"，将"夏"和"雪"这两个截然相反的意象放在一起，形成了一位"冷美人"。

虽然已经提前拿到了宿舍钥匙，但夏雪宜还是选择了晚上人都在的时候入住。

贺嘉礼张罗着互相介绍。

夏雪宜话很少，但一直善意听着，只说了自己是苏州人，气质淡而不冷。

沈殊想起昨晚开军训动员会上的点名，好像没有夏雪宜的名字，不然自己一定有印象。联想到她分宿舍落单，沈殊主动问："你不是我们学院的吗？"

"不是。"

"那你是学什么的？"贺嘉礼抢着说，"金融？还是法律？"她觉得气质像。

夏雪宜淡淡地说："核工程。"

什么工程？

三个人几乎同时沉默，一时不知道怎么接下去问。

贺嘉礼说："该说不说，这专业听起来真有气势，要不然我还是给你做个美甲。"

夏雪宜点点头，主动问李书芸要不要一起，还说："我很会贴假睫毛。”

这话让李书芸一怔，小声说：“你们……都是高中就会化妆了吗？”

贺嘉礼这回知道多想两秒钟，替夏雪宜一起回复：“就这个暑假现学的。”夏雪宜也不置可否，对着李书芸真诚地打量，发现她皮肤真细腻，一点毛孔都看不见。

这样赞而不知的眼神让李书芸心里一热，把预备拿去公共浴室的塑料盆放下，轻轻把自己的椅子也挪过去，凑到贺嘉礼的书桌边，看她把瓶瓶罐罐的指甲油摆好。

她们说话时，沈殊正在打电话，打了又挂，挂了又打，反复好几次。她变动的位置也能看出焦虑，最后她干脆停在了阳台上，以防立刻接通。

贺嘉礼头也不抬地问：“你在给谁打电话？”

沈殊没有正面回复，只说：“我在问调去单人宿舍的事情。”

贺嘉礼用不打扰的语气说：“你快打，这事不能拖。”

其实沈殊从初中开始就没有再拨过这个手机号，已经差不多有六年时间了。当然，这个号码也从来没有给她打过电话。

只有不接通的忙音，让人知道，这个号码在使用。

她本来还想给章昀芝打个电话。

但耳中“嘟嘟嘟”的白噪音提醒她，快乐可以传递，烦躁也可以，与其让章昀芝放心不下，不如她自己去解决这件事。

沈殊尽力控制自己的情绪，站在阳台，背靠窗户，心不在焉地跟室友们聊着天。每个人在做美甲时都有一种强迫症得到放松的快感，看着指甲油被平整又光泽地涂抹，沈殊又再次情不自禁看了一眼根本没有任何声响和光亮的手机。

她想起从家里带来的几盒药，盯着自己床边的柜子看了一眼，又很快遏制住自己吃药的念头。

还不到时候，还不至于，她这样对自己说。

手机铃声突然一响，沈殊下意识轻声“啊”了一下，连是微信电话都没有看清就按下了接通，声音冷淡得出奇：“您终于有空接我电话了？”

电话那头用见怪不怪的平静语气问：“今天是什么剧本？”

沈殊把手机从脸颊旁边拿开。

她首先看到了熟悉的头像，其次是确认全名，听到他在电话那边轻笑，她不由得心情松弛了一点：“今天是……俗说义妻衣化状，书称傲吏梦彰名。”

指的是梁祝化蝶的典故。

陈应钟不难解读她语气里非常一般甚至偏低沉的情绪，换了更温柔的语气哄她说：“换个高兴点的剧本，人逢役鹊飞乌夜，桥渡牵牛织女星。”

“这哪有高兴……”沈殊也笑了一下，“牛郎织女，天上地下，一年才能见一次。”

还不如她这个梁祝化蝶的剧本呢，好歹一生一世一双蝶。

“你低头看看。”

沈殊听他这么说，倏地转过身。她住四层，很容易就能看见宿舍楼下的人。

陈应钟抬头看向她，对着手机说：“天上地下，也没隔多远。”

“你怎么来了？”

“你先下楼。”陈应钟说。

第六章

甜酒初吻

要说多少次明天见，你和你的未来才会属于我。

沈殊几乎是跑着下的楼梯。她胸口起伏，在初秋季节脸上却很快浮现夏日的余温，她想了想，这样不行，在快跑出宿舍楼时刹住了脚步。

她停下来，猛地咽了几下口水，小声高频地呼吸着，拿手背轻轻擦了擦额头的薄汗，借着手机屏幕的反光看了下自己此刻的面容状态，才以正常速度往外走，看见陈应钟已经放下了手机，目视着她一步一步走过来。

眼神几乎无处可躲，“怦怦怦”的心跳让期待变得无从抵赖。

“你怎么来了？”沈殊先问。

陈应钟把一管蓝白色的药膏递给她：“过敏药，军训可以用。”

沈殊接过去说“谢谢”，然后自然而然地与他并肩，往前走了几步，用余光打量了他一眼，故意说：“怎么，怕其他同学给我送冰矿泉水啊？”

“冰敷没有药物治疗有效。”

“那可不一定，物理治疗也很重要的……”

陈应钟停下脚步，看她一眼，言语里带着笑：“我好像是学医的。”

“那我还是研究生命体的呢。”

陈应钟四两拨千斤地说：“那你听不听医生的话呢？”

沈殊冲他眨了眨眼睛，见好就收，快速举了下手说：“当然要听啦。”

沈殊重新迈开脚步，往校内超市方向走。

陈应钟买了饮料，沈殊买好东西提前去结了账。陈应钟看到了她手上攥紧的黑色塑料袋，不易察觉地皱了下眉，按亮手机，把日期记住。

刚一出来，沈殊就偷偷把塑料袋塞进他手里。

陈应钟没有拒绝，握紧以后，拿眼神问她“干什么”。

沈殊拿手遮挡在嘴边，装作见不得人的样子，跟他说：“王母娘娘下了命令，不允许我们见面。你拿着这个，烈日当空的时候可以救你一命。”

陈应钟很快反应她说“救你一命”，如同他精心挑选的适合沈殊这种敏感肤质的药膏，沈殊给他的卫生棉是初高中生时代流传下来对付军训黄胶鞋的好办法。

陈应钟说“无聊”，一个不留神她又演上了，却在超过她那一步、她看不见的时刻勾起了嘴角，催促说：“走吧，这位不会骑自行车的织女。”

别提这个行吗?

“只是没来得及学！”沈殊抗议，“你下次见我，我肯定已经会了。”

陈应钟笑着戳穿她：“下次就是明天。”

“……那我今晚不睡了，明天直接骑着车去上课。”沈殊小心思又起，趁陈应钟不注意，又给了他影子一拳。等他转过来抓包看着自己时，沈殊忽闪着眼睛装作无辜，“这位牛郎医生，我要是不睡觉会不会对身体不好啊？”

“我教你。”他突然这么说。

“骑车吗？”

“嗯。”陈应钟看了眼时间，才八点多。

沈殊没反对，只问他：“包教包会吗？”

陈应钟几乎不用侧过头也知道她在想什么，配合着问她：“想要什么奖励？”

“什么都行吗？”

陈应钟看她越走越慢，手掌伸到她背后，隔着衣服轻轻推了下：“边走边想。”

陈应钟没教过人骑自行车，他也想不起来他是怎么学会的。

他只记得最早他骑的那辆儿童车，后车轮两边还多了两个小车轮，到他长大一点腿可以伸到地上时，他爸爸就把后面那俩轱辘拆了，他几乎一蹬腿就学会了。

以至于他潜意识里认为，学会骑自行车只需要三秒。

直到沈殊第八百次在他刚一松手就立刻放下腿时，他开始有点藏不住笑。

“我不是嘲笑你。”

沈殊微微瞪了他一眼，但也没有要放弃的样子：“你就是。”

陈应钟盯着她一会儿，发现按她的身高骑在这辆女式自行车上是完全不会有摔倒危险的，随便一伸腿就能立刻叫停，按她左右脑的反应速度，也不像平衡性很差。

陈应钟思忖了一会儿，提议说：“我这次不扶车把手，你自己控制。”

“……我试试。”

陈应钟换了个位置，在沈殊慢慢踩上去那一刻走到她身侧，在她背后展开双臂保护着她。当车把手又开始左右乱摆的时刻，他立刻伸手握住她的手，声音几乎贴着她耳边：“扶稳，看着前面，慢慢踩……”

“你不要松手啊。”沈殊看他一眼，又迅速瞥到前方。

“嗯。”

沈殊慢慢蹬腿，总觉得扣在她腰上的手已经离开，又对他喊：“你别松手啊！”

“……你看着前面。”

等沈殊集中注意力，将方向慢慢掌握在自己手中时，陈应钟开始逐渐松开握紧在她手背上的手。陈应钟刚离开没到一厘米，沈殊就感觉自己像芦苇荡里的蒲草，随风摇摆。

沈殊又开始不安地喊住他：“别松手！我会摔倒的！”

他们路过了学校操场，有人弹着吉他唱着歌，林荫路上有一些零落的树叶，秋天把飞花揉碎，学校里的恋人像九月的江水、十月的山茶、十二月离岸的船，操场变成旷野，音乐、电影、学术像高飞的鹰，诗的序章是所有年轻人的名字。

经过的情侣说着“明天见”。

这让陈应钟突然想到沈殊行公主礼那晚，沈殊问他要不要看《明天见》。他其实特意去搜索过，知道这是一部唯美心动的剧情电影。

预告片清新又伤感，让人分不清是不是好的结局。

他已经记不起所有蓄谋已久的相遇画面，他只记得预告片的最后，暗恋十年的男主角打着伞，跟女主角挥手说“明天见”，她转身的那一刻，内心的念白响起——

“要说多少次明天见，你和你的未来才会属于我。”

“沈殊。”陈应钟加大手上的力道，稳住自行车的方向，让她在歪歪扭扭的歧途上，永远朝向自己。

“干什么？”沈殊还盯着前方，不敢侧过头看他。

“明天晚上，要不要一起看电影？”

“啊？”

沈殊没反应过来。怎么突然沉默了一阵以后，话题转到了这里？

“看什么电影？”

“《明天见》。”他说。

好熟悉……那不就是她之前想约陈应钟看的电影？

沈殊只是在回想《明天见》的预告片，没想到短暂的沉默，让陈应钟逐渐又松开了手，但这次沈殊明显感觉到，她后背还有安全的一道防护，像是故意卸了力道。

“不是，你问归问，手别松开啊……”

陈应钟又重新把手覆盖上她的手，再问一遍：“要不要跟我看电影？”

沈殊没有任何拒绝的念头，但还是忍不住气鼓鼓地说：“你这是奖励还是威胁啊？”

“你又没学会。”

“那就是威胁……”沈殊睁圆了眼睛，迅速把车头往左一拐，想吓唬陈应钟一下，却被他稳稳接住，沈殊整个脑袋和肩膀撞在他的胸口上。

即使只短暂接触几秒，他也能感受到她脸颊、额头的温热。

陈应钟很快地轻笑了一声：“当你答应了。”

跟我看电影。

带着期待约会的心情，沈殊跟陈应钟聊到凌晨三点才勉强入睡，但第二天先见到的却不是他。比辅导员自我介绍说“大家好，我是石不言，食不言、寝不语那个——石不言”更让人觉得尴尬的是，当沈殊赶最早上班时间到达办公室门口时，石不言因沈殊礼貌但突然的敲门声而手一抖画歪了眉毛。

还是尤为明显的一高一低。

辅导员拿起桌边的豆浆喝了一口，让她有事进来说。

沈殊把办公室门推到最大，确认不会自动往回关上以后，才走到石不言眼前，简明扼要地陈述来意，甚至拿出身份证：“我已经成年了，可以为自己的行为负责。”

换宿舍这事，不管是因为人际关系还是特殊情况，都令大部分辅导员头疼。

一听沈殊的来意，辅导员的脸色便沉了几分：“沈殊同学，我十分理解你的诉求，但学校有明确的规章制度和评审标准。既然你的父母通过正常流程，已经为你申请到了单人宿舍，那么就希望你尊重家长的心意和相关老师的安排。”

沈殊着急地解释：“但我对调换宿舍的事情并不知情。”

辅导员的语气相对缓和了一些，退一步说：“就算学校接受你们这样出尔反尔的申请决定，你的父母也不一定答应。归根结底，问题不出在学校和我这里。”

见沈殊一直盯着自己，拧紧的眉心不藏任何心事。辅导员顿时觉得有点心理压力，说得有气无力：“当然了，如果你和父母有意见不一致的地方，我也愿意协助你们一起解决问题，不过最好还是先跟父母好好沟通。”

知道再说下去也不会有什么结果，沈殊挤出一个笑容，装作受启发的样子点点头，尽量不将气氛从一大早就变得很僵硬。

离开办公室前，她还不忘说了一句“谢谢老师”。

新同学随时入住，像一颗不定时炸弹，让沈殊没有办法就此搁置。她走下楼时还在拨电话，一遍又一遍，依然是打通但不接通的电话忙音。

如此反复，情绪明灭，宛如灰烬上的烈火，从下至上，由浅至深。

一段阶梯因为有心事而变得无比漫长。

垃圾推销电话不合时宜地打过来，沈殊提到嗓子眼的心跳又重新落下去，垂下眼帘凭感觉在楼梯口转弯，阴影飞速掠过，她睁圆了眼睛抬起头时——

先感受到的是胳膊撞击到下颌骨，连带着用力刮到耳后，迅速触及疼痛的神经，然后被满满当当的一杯冰美式从脖子泼到下半身，整件白色 T 恤一瞬间被染上了不均匀的深黄色。

一颗冰块从她紧致好看的锁骨上滑下，顺着皮肤受惊的肌理，正好掉在了聚拢的胸衣之间。沈殊有一种难以言喻的羞耻感，立即缩起肩膀不易察觉地抖了一下。

沈殊抬起头看清来人时，才发现他戴着金丝边眼镜，穿着光靠看都能显出矜贵质感的白衬衫和熨烫服帖的深灰色西装裤，让他看起来既有一种严谨细致的学术气息，又像是不易近人、冷而不傲的疏离气质。

他的工牌没有挂在脖子上，而是绕着带子攥在手里。

沈殊飞快地扫了一眼，看清他的名字——叶朝陵。

“不好意思……”沈殊先道歉，她能感觉到是她突然从楼梯口转向，而不是对方用力先撞上她。她抬起眼才发现，咖啡不止让她狼狈，也淋在了他随意挽起的袖口上，“实在不好意思，是我走神了。”

他手上拿紧已经泼了大半的透明咖啡杯，另一只手拿着电脑，没有余力拿纸巾，拿眼神往楼梯上一瞥：“有劳帮我开一下门。”

“哦，好。”

沈殊猜想他是一位老师，赶紧先走在前面，“哒哒哒”上了楼，往两边迟疑地指了一下，几乎不敢与他对视，总觉得他这样的人看不得别人“犯蠢”。

“请问是哪一间？”

“右边第一间。”

“嗯。”

沈殊往右转，想也没想就伸手用力按下门把手。

防盗门动也没动，只有落锁失败的“咯噔”一声响。

沈殊背对着，眼睛猛地一闭，有点懊恼自己这种不过脑子的行为。她转过身还没开口，已经听见他淡淡地说：“帮我拿一下。”

沈殊轻声“啊”了一下，视线始终保持在他眉心，避免对视的尴尬。

她手指不自然地动了一下，始终下不了决心似的。

“……老师。”沈殊声音犹豫，连用余光瞥一眼他的西装裤口袋都感觉心如擂鼓。

“有劳。”电脑伸到她眼前。

哦……原来是在说帮他拿一下电脑。

沈殊倏地抬起头，赶紧应声，用双手接过：“哦，谢谢。”

叶朝陵扫了她一眼，没有笑话她的神色，伸手从口袋里掏出一把钥匙，将门打开。沈殊这才发现，这是一间实验器材室，而非普通办公室。

叶朝陵拔下钥匙，下一秒就是将电脑重新接过去："谢谢。"说完他将门打开，自己先迈进去。沈殊难住了，一时之间不知道适不适合跟上他。

叶朝陵只是走出去两步，将手中的咖啡扔了，看了她一眼，说："稍等。"

幸好没跟着进去，沈殊规矩地应下，眼神却投到灰暗的地上："好的。"

他将一整盒抽纸递过来："纸巾。"

"谢谢老师。"

等沈殊费劲抽了一张软趴趴的纸巾出来，才发现是那种湿纸巾。这种又软又湿的触感令沈殊非常慌张，几乎不敢用力去捏。不远处实验台上的实验器材整齐地摆放着，不似沈殊此刻为难又想尽力冷静的神色，宛若复杂的少女心事。

"卸妆，进来换衣服。"叶朝陵说话时，看着她，抬手轻拍了下防盗门。

脱胶的白纸随风掀起，写明了"不准化妆进入"的实验室安全规章细则。

沈殊突然松了口气："不用麻烦了，谢谢老师。"

"学院自印的文化衫，男士均码，够你穿了。"

叶朝陵淡淡看了她一眼，在实验台洗了手，擦干净以后又将工牌和笔记本拿起来，平声说："实验室有换衣间，走的时候直接把门带上。"

沈殊视线轻晃，在叶朝陵从她眼前经过时，突然有点紧张。等他已经走出门，消失在楼梯转角时，她才回神用只够自己听见的声音说了一句："谢谢叶老师。"

撞上叶朝陵的事情，打乱了沈殊的思绪。

当她穿上印有"凯原法学院"字样的文化衫时，她好似一点都不惊讶，先联想与叶朝陵严肃与冷静的气质相符合，又忍不住想他怎么会对实验室这样轻车熟路，直到章昀芝打电话来，问她宿舍同学人怎么样，她才恍然醒过来。

留给她解决问题的时间已经不多了。

出校门，坐上开往陆家嘴的地铁，站在拥挤的人群里继续一遍又一遍地打着固定的电话，逃避问题并非君子作为，可耻但有效，持续无人接听。

片刻后，沈殊出了站，招手打车，调转方向，一路顺畅到达映知律师事务所。

中午时分，摩天办公楼在大白天散发着刺眼夺目的白光。

碰上饭点，沈殊轻易在没有工卡的情况下找到了二十八楼。

电梯一开，玻璃门和律所名字正对着出现在沈殊的眼中。她深深吸了一口气，预备推门进去，才发现正门需要刷门禁卡，幸好眼尖的前台行政站起来替她远程打开。

沈殊说："您好，我找叶映知女士。"

行政小姐姐保持着客气定式微笑："请问您有提前跟叶律师预约吗？"

"没有。"

"那我可能帮不了您。叶律师是我们的创始合伙人，有专门的工作行程，如果没有预约，我也无法判断她此刻是否在律所内。"

沈殊问："那您方便联系她一下吗？听到我的名字，她应该愿意见我。"

行政小姐姐露出见怪不怪的神色，仿佛在说每一个来寻求合作的客户都是这样单方面认为的："小姐，我这边无法联系。您可以根据官网上叶律师留下的邮箱、公用电话进行联系，会有专门的助理律师或秘书跟您接洽。"

"我很着急。"沈殊虽然这样说着，语气却异常冷静。

行政小姐姐回答说："我理解，但是每一位客户都很着急。"

"那我就在这里等她。"

"小姐，您可以去茶水间等，不过我不建议您这样做。如果影响到律所的正常工作，我这边可能会请求保安或警察协助，请您谅解。"

行政小姐姐将"威胁"讲得清新脱俗，一点都不让人觉得反感。

沈殊游刃有余地周旋，坚持说："我先坐着等待，相信您有办法联系到叶女士，辛苦您帮我转达一句话，就说——沈卓然的女儿找她。"

……

沈殊从映知律师事务所走出来时，才到午后，天已经黑透了，像是马上要下一场秋雨，企图利落地结束这个令人想念却又留不住的夏天。

她依然选择坐地铁回学校。

出地铁站，人还没有走到宿舍楼前，辅导员已经打来了电话，说是跟她的父母再次协商过了，校方也尽最大可能尊重学生的意愿。

一通废话，简而言之，不到一小时的时间里，调去单人间的事情作罢。

就这么简单。

这周还没有正式上课，沈殊独自去食堂吃了饭。按照辅导员往班级群里发的要求，准时三点半去操场集合，找到生命科学院的队伍，排队领取军训服饰和军理手册。

室友们也很快到齐。

听到沈殊说解决了换宿舍的问题，贺嘉礼兴奋得就差抱着她就地转圈。女孩子的友情真奇怪，明明就只认识三天，要好起来比认识了三年还情深。

李书芸嫌她夸张，但也藏不住轻松的心情，一直挽着沈殊的胳膊没松开过。

等领完军训物资，几个人并排走在回宿舍的路上，甚至在想，要不要干脆吃个晚饭，但是很奇怪，每次只要是跟着人群往回走，就总觉得人太多不如出去吃。

贺嘉礼提议如此。

沈殊接话说："出去吃吧，之前就说我和嘉礼请你们吃饭。"

贺嘉礼想起来她是说过："对哦！我们是本地人，必须请你们吃一顿的。"

说走就走，没商量好吃什么的情况下，几个人就立即掉头往校外走。

李书芸觉得过意不去，挽着沈殊的手往怀里紧了紧："还是AA吧……"

刚过五点，周五的夜晚已经开始热闹起来，每一个坏心情的句号，都是先融入热闹，再短暂忘却烦恼。沈殊一路上没说话，跟着贺嘉礼走，吃了一顿上海菜。

还没吃完，暴雨倾盆，汽车连成一片堵塞街道，像河流涨水涌入城市，屋檐下、窗外连一只走过躲雨的猫都没有，乱糟糟闪过的红绿灯下，还有人拿着花四处走。

沈殊心口很闷，今晚的红烧肉偏甜，小笼包偏咸，竹笋腊肠不是上海菜。

面朝大雨，贺嘉礼随机应变："我们去唱歌吧，唱几个小时雨就停了，上海的秋天下不了一整夜的雨。再不行，我们还能包夜，反正明天是周六。”

李书芸唯唯诺诺地看向沈殊，根据她这几天的观察，提醒说：“小殊睡得很早。”

贺嘉礼说：“没事，那就今天晚点睡，年轻人哪有不熬夜的。”

“我们先订几个小时再看？”夏雪宜搜索了附近一家 KTV，就在这条街一百米多米处，接受沈殊先结了饭钱，“那晚上我们请唱歌。”

夏雪宜用的是“我们”，立即说服了李书芸，她连忙点头：“这样好。”

沈殊今晚有一点沉默，但又始终带着笑容，好像在认真听她们说话，一直没有落下话题，也跟着说：“唱歌可以，现在就去吧。”

推开门，贺嘉礼大声地喊“一、二、三！冲啊——”，明明嫌她幼稚又无聊，但几个女生还是以想牵住对方手、拉扯对方胳膊、不小心手背撞在一起这样兵荒马乱又井井有条的节奏，在雨中奔跑着，跑向周末和音乐，跑向一扫而空的心事。

晚上七点到十点，她们先在 KTV 购入了三小时的欢唱券。

这是宿舍全员到齐后第一次唱歌，应验了“团结紧张”的宿舍标语，一开始的紧张换宿舍，到此刻的团结，都化作一起唱的歌。

“我们一个像夏天一个像秋天，却总能把冬天变成了春天。”

直到包厢内的屏幕上弹出“只剩 15 分钟”的提示时，齐齐商量是否续费。

李书芸说：“在这里也不知道外面是不是还在下雨……”

贺嘉礼张嘴就来：“下着呢，现在出去就是淋雨。”说着说着她又唱起来，“淋雨一直走，是道阳光就该暖和，人都应该有梦。”

引得她们一起大笑。

沈殊看了下时间，不是没有纠结。

她担心自己到点没有入睡会产生焦躁情绪，最坏情况可能会做出异常举动，但一想到今天跟叶映知对峙的画面，一想到这两天她反反复复、一次又一次拨打着无人接听的电话，情绪就像从玻璃桌面上倒下又滚动的可乐瓶，跌跌撞撞，清脆一声落到地面，却没有任何破碎和撕裂。

她的思绪、她的人生不应该被拴定在这些短暂、卑劣的人和事上。因为布拉格的白鸽飞过科罗拉多河，在发现哈里发种族完全灭绝以后，还会继续越过爱琴海。

那个无人接听的电话，那个企图干涉她人生的人，都是这场战役的号角。

沈殊捡起地上的可乐瓶，在桌上重新放好，说："再续几个小时吧。"

"好耶——"贺嘉礼抢着去续费，说这样干脆就包夜吧，更划算一点。担心她顺手买单，夏雪宜也跟出去，回来时，两个人怀里塞满了饮料和十几度的易拉罐果酒。

管它多少度、会不会醉，几个人混乱地喝着彼此的饮料。

等唱累了，沈殊才发现陈应钟在十点半的时候给她发了几条微信消息，问她明天晚上是否有空，没问题他就先买《明天见》的票了，如果没有想吃的，那就还是他定。

周到得让沈殊觉得好像能治愈一整天的垃圾情绪。

"我去上个洗手间……"沈殊找理由出去打电话。

李书芸问她要不要陪，沈殊赶紧摆手说："我认识路，很快回来。"

陈应钟接通电话只用了一秒，迅速到都不够沈殊穿过KTV走廊。她加快步伐，走到KTV外，呼吸了一口带着水汽的空气："我、我在听。"

陈应钟顿了一秒："……你还没睡吗？"

"嗯，今天跟室友出来唱歌了。"

陈应钟把手机拿开，确认了下此刻的时间，已经超过了晚上十一点。他拧着眉从床上坐起来，问她："地址在哪里？"

"啊，就在学校附近，很近的那种。"沈殊以为他在担心安全问题，解释说，"宿舍四个人都在，我们走回去就只需要十分钟，很安全的。"

"带伞了吗？"

"……没有，出来的时候没下雨。"

陈应钟说："我拿伞给你。"

沈殊吸了几口新鲜空气，反倒开始感觉眼神轻晃，是一种十几度酒精混合叠加带来的微醺感觉："宿舍有门禁哎，你现在出不来了。"

陈应钟听她声音迷糊又软糯，问她："……喝酒了？"

沈殊胡说八道着，拿话逗他："嗯，喝了白酒，五十度，也就一整瓶吧。"

“地址发给我。”

“你真要来啊？”沈殊傻兮兮地笑了两声，“小心宿管阿姨罚你写检讨……”

陈应钟无语地说：“行，那我登报道歉。”

陈应钟来得很快，沈殊半躺在包厢沙发上，她思绪乱飞，觉得陈应钟走路也太快了，一定是他腿长，步伐大，转而又自己笑起来，不对，是因为他有自行车。

他的衣服会被风吹起。

他好像也可以飞。

沈殊无法按时入睡，思绪失控的时候，她就会用力去想陈应钟的衣服颜色、他手上的温度、落到他头上的树叶，还有一些世界颠倒的画面。

等他来了，沈殊又得出去一趟，这次她没找任何理由，以为自己说得再正常不过，却有一点藏不住的混乱：“出去，我现在得去……我有伞了。”

贺嘉礼“啧啧”两声，自动校正语义：“谁啊？男朋友送伞啊？还是追求者？”

沈殊伸出食指，摇了摇，能看见重影，但脑子明明是清醒的，她觉得大概是坏情绪还没有完全被赶走：“不是，现在还不是。”

沈殊步伐稳健，旁人看起来一点都不像是有点喝醉的样子。

她走到陈应钟旁边，躲到他伞下，跟他往外走了几步。陈应钟就拄着伞跟着她的方向走，她像是踩水玩的调皮兔子，左边跳，右边蹦。

伞也跟着动来动去，甩了两个人一身水。

陈应钟陪她闹够了，牵住她的胳膊，让她站好。

沈殊仰起头，“嘿嘿”冲他笑了一下，然后并拢腿猛地跳到街边的绿化带台阶上，踮起脚，伸手跟他比身高：“看，我们……高度……是不是一样的？”

陈应钟不用抬眼也能看清她的头顶、眼睑和期待惺忪的眼神，轻声哄她说：“嗯。”这让沈殊很开心，又踮着脚跳了一下。

沈殊回头看那些含苞的绿植，她像是自言自语：“茶花，还是月季……”

“应该是月季。”

“我想倒下，倒在童话里，在这里。”沈殊随手往开花的地方一指，“那里。”

说完，她展开双臂，凝视着陈应钟直愣愣地准备朝后倒下去。

倒在那片孱弱的花瓣上，倒在空无一人的大马路上，倒在无止境的大雨中。

积水像镜面，像反射光的白炽灯，跟叶映知办公室里的颜色一样刺眼。

沈殊不可抑制地又想起中午在律所的那些画面和对话，这些其实已经在她脑海里不停止、无间歇地放映了一整天，像这个世界上没有鬼，却有无数部令人害怕的鬼片。

陈应钟丢了伞，伸手一把将她捞回到怀里。沈殊像是在沉入海底的那一刻，被人抓住了手，拉她冲出水面，呼吸了一口新鲜的氧气。她猛地撞到陈应钟身上。

她紧紧地抱住他的脖子，头埋在他的颈间，贪婪地汲取一种叫“安全感”的东西。

就这样安静地拥抱着，沈殊问：“我疯了吧……”她极力地控制和调整着自己的语言，再问了一遍，“你会觉得我是疯了吧？”

“没有。”

雨滴会让眼角的泪水加速下落，融在一起看不出是谁的。

沈殊声音哽咽，混合着雨滴的混响：“我没疯，我只是有病，我生病了……”

陈应钟搂紧她，一只手扣到她的后脑勺上，用力地给她安全感，用温柔得不像话的声音哄她说：“会好的，医生最喜欢生病的小朋友了。”

沈殊吸了吸鼻子，恍恍惚惚地拉扯开一点距离，人还被他抱在怀里。

对视时，雨水是洁净的，但眼泪会发光。沈殊说得很用力：“你是我的医生，但我不是你的病人，陈应钟……你能不能只喜欢我啊？”

陈应钟听见她这么说，有一种头重脚轻刚睡过午觉的昏沉感，一时分不清究竟是谁此刻醉着酒。他收敛起笑意，很正式地对她说：“嗯。”

沈殊稍微顿了一下，摇了摇头：“你想了好久。”

陈应钟放任她嗔怪的语气，不着急解释，只是扶着她的腰：“站好。”

“你不开心。”陈应钟语气虽轻，说的却是肯定句，“发生什么事情了吗？”

沈殊没有出声，将目光投到他身后的一摊积水上，明明是干净的雨水，却像是黑幽幽的陷阱，只是以倒映着的皎洁月光做诱饵。

“没有。”沈殊说。

她不用刻意去想，叶映知的脸也会浮现在她脑海中，或者像以轮播的形式放映无声的电影。

要是认真说起来，她确实没事。

找到叶映知并不是一件难事，当沈殊对律所的行政小姐姐点明“自己是沈卓然的女儿”时，叶映知赶到的速度几乎容不下她等一杯热水变凉。

她对沈殊的到来丝毫不意外。

又或者说，这个世界上有一类人，他们生而孤独，拥有一种决绝的冷漠，在群体中他们吃掉众人，在独处时，甚至可以分离和解构自己。他们不想拯救世界，只是想改变它。如果不能，那就控制它。

叶映知是，沈卓然也是。

沈殊说明用意，她不用想也知道住单人间是沈卓然的安排，这次听从，还有无数的下次。

叶映知年过四十却保养得很好，皮肤有光泽到几乎看不到毛孔。她还是跟沈殊记忆中一样，穿高跟鞋、浅色西装外套配黑色长裙。腰间收窄，四肢细长，没有一丝可产生赘肉的地方。她还是戴着冷翡翠项链，以一颗成色极佳的银灰珍珠打结，不戴任何其他首饰。

就像她和沈卓然结婚后，她们第一次见面那样，时间不败美丽的有钱人。

沈殊站在她办公桌前，对扫视环境没有任何意图，只是笃定地说：“您会帮我的。”

“你的自信很像你父亲。”

“毕竟您也不希望我见到您先生，并且与他产生任何不必要的关联。”

“那我倒不在意，这点自信，我还是有。”

沈殊语气平稳：“您不用跟我避重就轻。敞亮一点，我跟沈卓然见面，他所承受的痛苦也未必就比我少。我的死活不重要，不过是贱命一条，但他不是，伟大的科学家不是。”

叶映知笑着警告她：“把嘴巴闭上。”

沈殊微微挑眉，猜到当一个知名律所创始合伙人用情绪代替逻辑时，大概率是蔑视这种对话。沈姝说：“所以请您务必今天内帮我解决宿舍问题。”

不等她回答，沈姝已经转身准备离开。

叶映知用一种通知的语气喊住她：“沈姝。”

沈姝没打算回头，以顿住脚步表示在听。

“就算我替你解决了眼下的问题，你也很清楚，没有人能真正左右你父亲的决定。”

早晚，鸟雀都是要回到笼子里的。

不以它的珍稀与否来判定生死，其貌不扬的纯黑色鸦雀，经过科学家的研究，或许会变成传说已经灭绝的南岛垂耳鸦。

没有人见过它的羽毛，没有人听过它温柔圆润的歌唱，不还是叫它风琴鸟？

就像每个人都有自己的宿命。

叶映知说这句话时，沈姝本能地大口吸气，一种翻涌在食管、鼻腔里的恶心和互斥感袭来。

她想起多年前的除夕。

砂糖橘甜得发齁，落地灯通明，家里来了好多客人，都是沈卓然的好友和同事，他们说着章昀芝听不懂的话题，什么阿斯伯格综合征，什么心脑管倒流，什么脑电实验。

章昀芝被困在厨房里，没有人在意她吃没吃。

沈姝乖觉地坐在客厅地毯上，看着其他比她个子高的小朋友肆意瓜分和霸占她的玩具。如果她此刻哭闹，只会让章昀芝更忙不过来。

她只能装作无动于衷的样子，告诉自己，她不喜欢洋娃娃，它们睁大了圆眼睛真可怕。

沈卓然也说，她应该喜欢计算，她应该记住所有手术刀的型号，应该闭着眼复原魔方。

觥筹交错时，将理智摆渡给最原始的人性。沈卓然肆意地笑着，说着沈姝听不懂的话，他说，他很喜欢罗大佑的一句歌词——“孤独的孩子，你是造物的恩宠”。

多年后沈姝才明白，这不是父亲的骄傲。

而是科学家的试验田。

……

思及此，一晃入神，额前已是汗涔涔。

叶映知已经走到沈姝身后，沈姝回头时看见的是她那双藏了很多情绪的眼睛。叶映知说："没有人可以帮你，自然也没有人可以强迫你。"

"别老说这种看起来很哲学的话。"沈殊不甘示弱，对视时几乎可以平和又稍带敌意地笑起来，"不是帮我，是帮您先生，和您自己。"

"Fine（好吧），随你怎么想。"叶映知松开手，以一种利落的、双手交叉在胸前的姿势，结束对话。

沈殊却冷下笑意，盯着她看了几十秒，才说："这句'闭嘴'也还给您，不要借这些言行不一的恩赐，来对我的人生指指点点。"

……

"沈殊。"

心跳如同雨伞上的雨滴，密密匝匝，陈应钟温柔的叫喊和一声猝不及防的喷嚏，让沈殊回了神，像是端起了孟婆汤，差点入了口。

"……嗯。"沈殊嘴里咕哝，"我想起了好多事……我真是喝多了。"

沈殊抱紧他的脖子，手指交叉在一起，就连陈应钟侧身弯腰捡起雨伞时，她也不肯松手，看向他的神情比以往都要认真许多。

雨滴和时间都像在镜头下那样缓慢倒放，沈殊突然问他："你为什么叫陈应钟？"

"我十月出生。"

沈殊像个认真在听课的学生，用稚嫩的声音说："我听不懂。"

"古乐分十二律，阴、阳各六，与十二月相对应，应钟就是十月。"

"这样吗？"

"嗯。"陈应钟接下去话题，问她，"你呢？"

沈殊的神色淡了一些，卡壳一般沉吟着："可能想让我做个特殊的人……"

她像是在自言自语，语气也不冷不淡，没有一点伤感，反而有点蒙蒙地在摩挲着陈应钟的短发，比她想象的要软。"特殊是不是就是异类的意思？"

想到他可能听不懂自己在说什么，沈殊心情异样："好的不灵坏的灵，是吗？"

沈殊不给他回答的机会，弄得陈应钟又错过了一秒钟肯定她的机会，陈应钟苦笑着说："我该先回答你哪一个问题？"

沈殊冲他笑了一下，答非所问："好听吗？"

“好听。”

“好看吗？”

陈应钟不声不响地看了她一眼，不想问她指的是什么，名字还是人。

“好看。”

“那你为什么不喜欢我？”

陈应钟听见她又把话题转回来，才觉得她是真的喝醉了，爱说车轱辘话，但仍然用温柔的声音应答：“没有不喜欢你。”

“你看——”沈殊定定地看着他，得到了想要的答案，却还是说，“你又想了好久。”

陈应钟不跟她争辩，他只是握紧伞柄朝她更近一步，鼻尖已经似有若无地碰到一起，呼吸近到几乎可以区别伞外的冷空气。

沈殊站直了腰身，目光却神游着无法聚焦。在感受到一丝的暧昧贴近时，她忍不住忽闪了两下眼睫，嘴唇却忍不住轻动了一下。

有一种默许暧昧进攻的情动。

时间静止到她能看见陈应钟湿漉漉的眉尾，空间安静到她能听清心跳比伞面的雨滴落得更快。他问：“你明天醒来会记得今晚吗？”

沈殊用几乎淹没在雨中的声音“嗯”了一下，说：“……我只是喝醉，又不是失忆。”

“沈殊。”

她疑惑地轻轻应答：“怎么了？”

“其实不重要。”

陈应钟突然勾了下嘴角，以无法拒绝的姿态和再温柔不过的力道猛然亲吻着沈殊。与毕业旅行那晚蜻蜓点水一般的吻不同，此刻他轻轻吻着她的下嘴唇，从唇角推到正中，将她的呼吸牢牢盘踞着。沈殊微微仰起头，被他扣在掌心，用力地推向自己。

那是一种虚无、混乱又纵情的专注感。

偶尔唇舌之间有一些栀子花的清香，冷空气打雨，呼吸一起一落，勾着陈应钟脖子的手滑到他的喉结上，她摸一下，他便轻咬回去。

纵情专注的氛围不像一个普通的吻。

等回过神，沈殊目光还是恍惚的，她看不见她唇上的盈亮和饱满，声音压低，带着一些撩拨的意味：“这是我的初吻。”

陈应钟想说，他也是。

但客观来说，他们在香港毕业旅行那次的晚安吻才是，只是没有这次热烈。

沈殊不经意地摸了摸嘴唇，眼睛弯出好看的弧度，手指还在陈应钟的喉结上轻轻摸着，小声抱怨道："你亲我……却不跟我表白。"

陈应钟的目光一直停留在她的脸上，轻笑了一声："表白是很正式的事情，我不希望别的女生都有玫瑰、亲吻和礼物，而你什么都没有。"

"我才不在意这些。"

陈应钟眼眸明亮，像是一种会散发酸甜的琥珀色浆果汁："你应该拥有更多。"

沈殊不会抹杀浪漫，素白的手指伸到他眼前，勾起小拇指："明天醒来你还记得今晚吧？"原句引用他们深吻前，陈应钟问她的话。

陈应钟顿了顿，转而露出笑容，拿冰凉的金属伞柄贴了贴沈殊的额头："只有你喝醉了。"

"对哦——"沈殊笑得明朗，认真望着他的眼睛说，"我也会记得今晚，还有你欠我的表白，还有你要陪我看的电影……"

陈应钟一一应声，放任她数落自己。

"你好难搞啊……"

陈应钟轻声问："有吗？"

沈殊又开始有醉酒的可爱症状，不用他真的接话，自己可以把话说个不停。

"给你送水你不要，约你看电影被拒绝，还嘲笑我不会骑自行车，也没有给我写过情书……也不喊我看球赛，不是说男孩子的梦想就是打篮球的时候有女朋友给送水和加油……"

沈殊越想越气，情绪一起一伏，突然闷哼一声："你快说，你以后都会赔给我。"

"嗯。"陈应钟这次没犹豫，他看着沈殊很容易满足地笑起来，把那句"我会给你更多"收了回去，他不擅长先说再做。

就像沈殊刚刚问他，为什么不表白。

除了不希望别的女孩子都有玫瑰、亲吻和告白时，她没有。

更是在心里对沈殊说——

我想让你知道，少年时说过的那句"喜欢你"不是一句玩笑话，是可以坚持一辈子的事情。

沈殊忘记宿醉起床后该做些什么。

宿舍窗帘紧闭，不分日夜，她坐在上铺一动也没动。好半天才恍惚地看了下手机，发现手机早已经没电自动关机，始终黑屏。

沈殊听到有人起床的动静。

李书芸先放下手机，转身面朝沈殊，小声提醒说：“你的手机好像响过。”

沈殊沉沉地“嗯”了一声，做了个“谢谢”的口型。

往前后看了一眼，发现贺嘉礼和夏雪宜都在玩手机，她才好笑地发出声音：“原来只有我还没睡醒……我还担心下床吵到你们。”

贺嘉礼像是憋了好大一口气，字头喑哑，句尾就已经清亮许多：“你可算醒了，我都不敢下去拿水喝，生怕吵醒你们！”

李书芸也从床上坐起来：“我们真能睡，现在都已经下午三点半了，睡了快十个小时……”

说到这里，沈殊才记清她们昨晚在KTV从小时消费续到了包夜，凌晨六点才出来。

贺嘉礼让沈殊给她接点白开水递给她，沈殊照做，顺便问李书芸和夏雪宜。

不知怎的，夏雪宜提到陈应钟：“昨晚给你送伞那个男生，声音有点好听。”

李书芸小心地接话：“人也很有礼貌，就是客观来说，没有别的意思……”

“那是声音有点好听吗？”贺嘉礼笑得夸张，“我从初中到现在，就没见过比他好看的男同学。要不是他喜欢沈殊，我可就要去抢了！”

沈殊拿了面盆和牙刷去洗手间。

交大宿舍每层有公共的洗浴间，宿舍保留其他方便单独使用的设施，听见外面在聊天，她关闭了洗漱池的水龙头。

李书芸默默补了一句：“你别开玩笑了。”

贺嘉礼继续说：“我又不是真要去抢！这种男生一看就不差人追，没有万儿八千，也有七八百。再说了，你没听他昨晚说什么，这不比表白甜多了……”

沈殊一边刷牙，一边问：“他说什么了？”

她只记得她当时又出现思觉失调的反应，记住的都是颠倒的梧桐树、旖旎的路牌，还有软绵湿热的触感，像在吃没有芥末的生鱼片。她分不清哪些是臆想，哪些是现实。

沈殊出洗手间时，换李书芸进去。

贺嘉礼从床上探出头，说得很是羡慕："他送你回包厢，拿了几把伞给我们，还说注意安全，我们就问他是谁，他说——"

沈殊给自己手机充上电，按了几下，一时还开不了机，只能先等着。

她眼也不抬地笑着说："别卖关子。"

"他说……他是你男朋友！"

不用等其他人突然一笑，沈殊也知道这不是陈应钟会说的话。

她故意逗贺嘉礼说："你信吗？"

"我才不信。"

贺嘉礼尽力往外凑，想贴在沈殊耳边悄悄说，被她往床上推了推："小心掉下来。"

夏雪宜先问的为什么。

贺嘉礼讳莫如深地笑着说："要是男朋友……不得半路就先走了吗？想想隔壁。"

学校附近，一排酒店。

沈殊很快理解她的意思，刚喝了一口水差点呛到，转而无语地笑了起来。

夏雪宜也跟着笑出声，让贺嘉礼别闹了，爬下床给自己倒水，背对着沈殊说："他没说是你男朋友，说的是——追求者。"

"没错。"贺嘉礼说，"欲擒故纵是吧？这种极品大帅哥你还让人家一直追。"

"……哪有？"

贺嘉礼压低声音，凑到她们俩头顶："不只是脸好看，看起来身材也很好，跟他谈恋爱不吃亏……到时候记得跟我们分享一下恋爱心得。"

还以为她要说什么悄悄话……

沈殊不理她了，夏雪宜也倒好水又爬上床。等李书芸从洗手间端着盆出来时，刚刚热火朝天的谈笑声突然停了，她脸色也顿时跟着沉了下来。

手机充进一些电量后，自动重新开机了，轻微振动了一下，沈殊才看清她竟然有六通未接电话，来自章昀芝和没保存姓名的陌生号码。

给章昀芝报完平安以后，她才顾得上看微信，只有陈应钟问她：睡醒了吗？

她往前翻了翻聊天记录，将昨晚的记忆串联在一起，只记得他来给自己送伞，还说他被宿管阿姨抓住可能还要写检讨，他说，还得登报道歉。

他还问她今晚看《明天见》八点的场次行不行，没有想吃的就他来安排。

超过十一点发生的事情，在阿斯伯格综合征的催化之下，像灰姑娘的水晶鞋一起消失了。沈殊仔细回想，突然想到，他问的那句——“醒来你会记得今晚吗？”

记得什么？

她想不起来了。

沈殊疑惑地抬头问了下夏雪宜：“我昨晚喝醉了吗？”

“应该没有。”夏雪宜认真地说，“你看起来不像喝醉了，很正常。”

“这样……”

沈殊犹豫片刻，见未知号码给自己打了三个，猜测打错电话的可能性比较低，她想了想还是回拨过去。

很久，才有人接通：“你好。”

“您好……”沈殊先开口问，“请问您打我的电话是有什么事情吗？”

“同学你好，我是校企合作部门的老师，是从你们辅导员那边拿到的联系名单。有一个校企合作的项目需要新生同学协助和参与，上午一直没打通电话。”

“哦……不好意思，老师，我上午手机一直没电。”

“嗯，那你记一下，晚上七点到遗传发育与精神神经疾病实验室，B702。”

“好的。”

“找得到吧？”老师提醒说，“跟你们辅导员暂用的办公室在一栋楼。”

沈殊说“知道”，跟老师道过谢以后，挂了电话。

沈殊坐在位置上发愣，看了下时间确认是周六。突然想到，可能大学就应该是这样，不再是严格遵守周一到周五的上下课时间，随时为自己的前程奔忙。

晚上六点五十分，沈殊习惯提前，她没有迟到的习惯，如果天气糟糕，或者交通拥挤，她出行前也会提前考虑估量这些耗时。

上着楼梯，沈殊的步子越迈越小，心情越来越疑惑。

这不是上次她撞到叶朝陵被泼了一身咖啡的地方吗？

沈殊不由得紧张了一下，但还是安慰自己，实验室又不是只有一位老师使用。她安静地等在门边，窗玻璃上都有天蓝色窗帘遮掩，只能看出里面开着灯，偶尔传出几声玻璃瓶碰撞的清脆声响，好像沈殊此刻的心跳。

七点整，门一打开，沈殊就脱口而出：“叶老师晚上好。”

叶朝陵的声音是再寻常不过：“嗯，校企合作部的老师都介绍过了？”

沈殊反应过来，在叶朝陵的视角里，她并不应该认识他。她眼神往他身后移，小心呼吸着：“没……没有说很详细。”

“进来。”

沈殊跟在他身后，只是第二次进室内，每一次她都不敢仔细打量。

沈殊的目光停在叶朝陵的后背上，他今天穿得还是很正式，白色衬衫上落着实验室独有的白光，像是模糊了勾边，袖口挽起，折叠得一丝不苟。下身的灰色西装裤比上次要浅，多了不易察觉的细线样式，像是能反射暗金色的光。

其实那天她碰见叶朝陵以后，就上网搜索过。

关于他的消息并不太多，显而易见他不是热衷营销自我的人。

但个人学术经历斐然可观，本硕均为生命工程专业，并且为了更好地研究交叉学科，对法学、心理学也有一定积累，博士阶段致力于分子生物和遗传学研究，出身“名门”，国内外导师均属于享誉全球的知名生物学家。

再往后信息有限，只知道他刚回国任职，二十八岁已经是行业崭露头角的科研人员。

“项目资料我会给你。”

“……好的。”沈殊不明所以，没想到他连最基础的信息都不愿意再介绍，“那我能做什么吗？我其实不太理解，接到电话就来了。”

叶朝陵双手撑在桌子上，身体前倾着看她一眼，好似有一点疑惑。

沈殊别开眼，看到他凸起淡淡青筋的手背，主动说：“我其实也很疑惑……”

“你父亲没有告诉你吗？”叶朝陵补充说，“沈卓然，是我的恩师。”

沈殊几乎是一瞬间转过眼。与他对视时，需要微微控制才能让瞳孔快速收缩。

她淡淡地说：“我不知道，不过我觉得我应该参与不了这个项目。”

“当然。”

沈殊更加不解地看他一眼，像是在问“那为什么找我来”。

叶朝陵坦然地说：“这个脑机接口相关的项目，跟卓然集团、多个三甲医院、生命科学院乃至心理学院都有高度合作，不是本科生能参与的项目，你父亲的人情我不会拒绝，但按我的性格，会很有限，如果你不行，我还是会请你离开。”

“那就现在吧。”沈殊接着说，“我什么都不会，帮不了项目。”

叶朝陵比她神色淡然许多，嘴角却没有笑意，以一种严肃的口吻在告诉她：“那就学会大学的第一课，不是所有知识都来自课本和老师。”

沈殊想到之前沈卓然擅自安排她进单人宿舍的事情，又想到开学不过短短一周，他已经开始想要全面干涉她的生活。

觉察到叶朝陵一直在注视着她，目光没有一丝偏离，像是在等她的解释。沈殊开口：“……我的意思是，我会去解决沈卓然那边的问题，不需要您破例。”

“你好像没听懂我的意思。”

“……是什么意思？”

叶朝陵朝她笑了一下：“你已经被录取了，什么时候走，是我决定。”

言下之意，这里面已经没有沈卓然可以插手的事情了。

沈殊心里一悬，好像没有什么能跟他对视和谈判的底气。面对着叶朝陵，她总有一种需要得到认可的压迫感。

“那我什么时候来？需要做什么？”

叶朝陵没有理会她的问题，收回目光，将笔记本翻到空页推到沈殊面前：“你的联系方式，资料看完以后再有效提问。”

“好……”

沈殊纠结了一下，想到资料可能用邮箱发更为安全和正式，故而写下自己的邮箱。刚写到一半就看见一只细长又骨节分明的手指在她的面前点了点："微信。"

"邮箱不行吗？"

"你看邮箱跟微信一样勤？"

沈殊划掉那一行，重新开始写，忍不住小声咕哝："我又不是在质疑……"

等写完递回去，叶朝陵已经重新坐下，目光投在电脑双屏上。

密密麻麻蓝白色的数据和黑白图案，像医院里看见的心电图和脑电图，又像是在炒股软件上看见的各种红绿曲线。她觉得很新奇，甚至会对此产生一种幻想，不知道自己未来会不会也像他这样，儒雅又认真。

"看得懂吗？"叶朝陵淡淡一笑。

沈殊赶紧摇头："看不懂……"

"看不懂就对了。"

"……我还没学过。"

叶朝陵低头，把他那副金丝边的眼镜拿下来："你学过也看不懂。"

沈殊撇嘴，想说那可不一定，但她觉得此刻还是闭嘴比较好。

叶朝陵用自嘲的语气说："因为我写得很乱。"

"真的吗？"

"嗯。"

沈殊打量了他的脸一下，又看回电脑桌面："……您看起来不像会乱的人。"

"我看起来像什么样？"

"严谨、认真、冷静……讲究，总之，跟混乱、虚无这些毫不相关。"

叶朝陵轻松笑了一下："看人不太准，马屁不到位。"

沈殊小声说："我认真说的……"

"松弛一点。"叶朝陵起身，像是要领着她去里侧的器材室，"以后除了上课，在这里待着的时间最多，不能松弛下来，就待不住。"

"您不在我就可以……"

声音小到隔了两步都听不清，叶朝陵回头问："什么？"

"没有，我说，我应该可以。"

"那就先去洗被试戴帽。"叶朝陵解释，"里面打了导电膏，每一个都要拆开清洗。"

沈殊惊讶地说："……现在吗？"

叶朝陵低下眼望向她："有什么问题？"

"没……那倒没。"

令沈殊惊讶的不是从今晚开始给叶朝陵"打工"，而是她需要单独拆开清洗的被试戴帽数量高达上千个，这些是这周用作脑电实验的工具。拆卸夹子、清理搅在里面的头发、将黏稠的导电膏冲干净，最后再将这些塑料帽和导电夹完整叠好放置，比在后厨给芝姐切一天菜都累，在九月天，手泡在水里三个多小时，连骨头都觉得可以掰开。

等完成以后，沈殊换好衣服，甩着手从实验室走出来。

灯已经关了，只剩电脑前还有人影。

沈殊尝试着喊："叶老师？"

"嗯。"

沈殊走过去："您怎么在这里？"

叶朝陵舒展眉心，已经把挽起的袖子放下，规整系好袖扣，像是面对沈殊时他能有一种游离于学术之外的轻松感："我不在这里在哪里？"

"都这么晚了……"还是周六。

叶朝陵看了眼时间："送你回去。"

沈殊微微摇头，随便往外一指："不用麻烦您，我自己回去就行。"

叶朝陵已经站起来，西装外套折叠在胳膊上，电脑按快捷键关闭，没有给她拒绝的机会。出门之前还去里面实验室看了一眼，没有评价沈殊完成得怎么样，但在对上她期待的眼神时，叶朝陵替她把办公室的门打开，等她先走："洗得干净以后就多洗。"

……那也不用吧。

叶朝陵开车，沈殊在副驾和后座的选择上犹豫了几秒，被叶朝陵直接探过身在车内替她打开了副驾驶那侧的门，她只好弯着腰先道谢，后上车。

经过减速带，走大路，开到女生宿舍不到十分钟。

沈殊觉得她应该说点什么，随便什么都行，不然会听到自己心跳的声音。但当她侧过脸看向叶朝陵时，他则是一副很轻松的下班神态，又让她稍微安定几秒。

叶朝陵打开车载音乐，问她："有想听的吗？"

沈殊以为他会喜欢听古典乐之类，微微抿唇：“我都听的。”

“躁的行不行？”

“哪种？”其实沈殊没有什么概念，觉得他大概是在说摇滚这类。

叶朝陵用行动代替回答，Pink Floyd，一支老牌英国摇滚乐队，在躁动的音符里散发哀伤和反叛。

沈殊没听过，反而仔细在听着歌词。

叶朝陵说：“他们是艺术摇滚和迷幻摇滚的旗帜。”

沈殊看了他一眼，很快挪到窗外。连成光斑的绿化灯跟光芒四射的舞台格格不入，就像她没有经历此刻，也无法想象叶朝陵这样的人会喜欢摇滚。

迷幻、前卫、离经，这些词连在一起，不一定能解读叶朝陵，但是很容易吸引人的注意。

等到了女生宿舍前，沈殊才反应过来，她跟叶朝陵道谢。

下了车，见他把车窗摇下来，以为他要说什么，她弯着腰又跟他说了一遍“谢谢”。

叶朝陵往她背后使了个眼色：“好像有人在等你。”

沈殊缓慢地回身，在看见陈应钟的那一刻，“明天见”一秒钟冲破她的心墙。

糟糕了……她应该先给陈应钟发个微信说一声的……

叶朝陵把目光投到她身后，保持着似有若无的笑意，提醒沈殊：“回去看资料。”

“好。”

叶朝陵开车离开。

沈殊吸了一口气，急忙转身“哒哒哒”跑到陈应钟跟前，双手握住他的胳膊抢先解释：“你不要骂我！我是被抓去给老师干活了，当了一晚上清洁小妹……”

陈应钟把胳膊从她的手里抽出来，沉声说：“你手机打不通。”

“……嗯，我在实验室换了衣服，手机在包里，不让带进去。”

陈应钟声音很轻：“没有人能找到你。”

“对不起……”

沈殊赶紧从包里把手机翻出来。刚刚跟叶朝陵在一起，总有一种老师检阅学生的心理状态，她总是不自然地紧张，根本没想到要看手机。

她点亮屏幕，就已经看见二十几通未接电话的显示。

"陈、同、学。"沈殊刻意示好，她知道从七点等到现在十一点半的心情，一定是由热到冷，现在都快结冰了，"我真的没有看手机，住宿舍以后一直就设置静音。"

"电影可以不看，但是不要突然消失。"

"电影也要看的……"沈殊强调说，"我真的很想跟你一起看电影，没有不在意。"

他永远在讲冷静的话，有稳定的情绪，这一点沈殊也很喜欢。

她觉得如果硬要用一个物件来形容陈应钟，跟他的名字相似，是编钟——沉稳、古典、规律，有着浑厚儒雅的底蕴，也有种新潮的不落窠臼的品性。

他突然这么说："高考你会忘记时间吗？"

"……不要这么类比。"沈殊顿了一下，抬头看他，第一次觉得他不低头时其实真的比自己高很多，又抓着他的胳膊摇了摇，"那看午夜场行不行？"

"下次吧。"

第七章

漫长暗恋

因为所有物是人非的风景里，我最最最喜欢你。

“今天吧，下次就是今天。”沈殊觉得道歉这种事不要讲什么脸面，她自己、家人或者是朋友都是，不要带着闷气过夜，“我跟你道歉。”

“我好像没办法不接受。”陈应钟淡淡扯了扯嘴角。

听到他这么说，沈殊误以为他在暗指——不接受，就是小气。

沈殊的脸色也微微沉了下来，说：“我不是在给你道德压力，我也不喜欢争吵，我知道今天失约害你等了我一晚上是我不对，但是我真的没有不重视。”

“我没有这个意思。”

“你有……”沈殊委屈地看了他一眼。

他拿出高考对比，她无法用其他例子去进行解释和反驳。

没有人出声的时候，路灯与行人比任何时刻都安静，只剩陈应钟重新低下头，深深呼了一口气：“我喜欢你。”

沈殊倏地抬头，差点撞到他的下巴：“嗯？”

“喜欢你的心情、担心你的心情，远比被放鸽子的情绪多。”陈应钟双手搭在她的肩膀上，认真地望着她，“这样说你可以理解吗？”

沈殊顿了一下，一字一顿地问他：“你、说、你、喜、欢、我？”

听到和知道，带来的欣喜感完全不同。

陈应钟不知道她是真不懂还是想听他再表白一次：“如果我不喜欢你……”

呼吸声被打断，带着一些急切的少年气：“如果我不喜欢你，我不会让你靠在我肩上睡着，不会在意你皮肤过敏，不会送你花。如果我不喜欢你，我不会想参与你的毕业旅行，不会教你拉大提琴，不会随叫随到，更不会把你规划进我的未来里。”

大概是第一次看见陈应钟说这么多的话、情绪会有这样的起伏，沈殊屏住呼吸，很快藏不住心情，笑了起来：“你在……表白啊？”

陈应钟微微张口，不愿意承认这是他人生第一次表白，这完全不符合他的性格，没有精心筹备，甚至连宿舍楼到十一点都没有了光亮，像是被心动女嘉宾灭灯。

“你就不能像我一样把话正着说！我喜欢你，所以我装作隔壁邻居给你吹奏口琴，我对着你的影子行公主礼，我连拍毕业照都会看向你，我带你去我的秘密基地，告诉你我最喜欢的人是外婆，跟你看我最喜欢的电影，有任何的话题我都想跟你分享。”沈殊飞快地说，“因为所有物是人非的风景里，我最最最喜欢你。”

陈应钟先是惊讶，很快别开眼笑了一下。

“你看吧——最后还是我表白的。”

陈应钟双手从她的肩膀上滑落，顺着心动引力紧紧落到她手上：“我……”

“哪有。”

陈应钟说：“我喜欢你，我先表白。”这次再肯定不过。

这让沈殊的心脏一下子像漏了一拍，两个人突然只会对视笑着。

宿舍楼的女孩子们亮起自己的小台灯，走廊的声控灯也忽明忽暗，像是在放烟火。

风从灯和夜色里吹过，沈殊小声说：“我冷……秋天了。”

陈应钟抱紧她，手掌扣到她的后脑，她的嘴唇又正好落在他的喉结上。

轻轻的笑声。

沈殊微微用力挣开一点距离，仰起头用鼻尖蹭了下他的下巴，眼神比以往任何时候都莹亮：“……我是不是该闭上眼睛了？”

“你想吗？”

沈殊微微挑眉，笑得更带意味，像在问是闭眼，还是接吻。

她也不从正面回答：“不想。”

“不想吗？”

“你一定是故意的……”

沈殊闷哼，踮起脚，稳稳亲在他的唇上。刚要脚落地地离开的那一刻，被陈应钟捞起腰，紧紧往自己怀里一带，他只要热烈的吻。

女生宿舍楼前逐渐安静，只有宿管阿姨在喊要熄灯了。

沈殊从陈应钟的怀抱里离开，飞快地留下一句“晚安”，转身往宿舍楼跑去。

跑到楼梯口，她又忍不住回头看，见陈应钟还在原地看着她，目光一刻也没有离开的意思。她挥了挥手，很快指了下手机，给他发：快回去吧，明天见。

陈应钟也扬起手，示意她先进去。

沈殊推门而入，整个人脸上的笑容还不自知地没有收住，引得已经爬上床的三个室友探头去看。贺嘉礼说：“你干什么去了？发微信都不回。”

沈殊没想隐瞒叶朝陵喊她去实验室帮忙的事情，但又觉得唐突，她们并不认识叶朝陵，她也觉得有失公允，毕竟是沈卓然安排的这一切。

正当犹豫着的时候，贺嘉礼给她圆上了话，一副了然的神色：“约会去了吧？”

沈殊大大方方地给她比了个大拇指，宣布：“我有男朋友了，就在今天。”

贺嘉礼刚躺下，又探出床沿，叫嚣着：“让他赶紧请宿舍吃饭啊。”

李书芸想了想，有点发愣，问：“是那天给我们送伞的那个男生吗？”

贺嘉礼快速肯定她，还说：“当然了，有了陈应钟这样的，还要什么摩托车。”

夏雪宜也难得凑热闹，趴在床沿问：“你们是之前就认识吗？”

沈殊一次性把话讲全，满足她们的八卦欲望：“嗯，我们高中同校，隔壁班。”

夏雪宜露出羡慕的神情，感慨地说：“我都不知道喜欢一个人是什么感觉。”

李书芸还是有点蒙，想起自己短暂暗恋过的男生，但是想不起当时为什么注意到他。贺嘉礼抢着解惑：“喜欢是没有定义的，比如我第一个喜欢的男生，小学的时候老师总是检查我们书包，他是第一个站出来说‘老师，你不可以乱翻我们的书包’。”

沈殊很理解她说的“英雄主义”，但是忍不住笑着说：“小学啊……”

贺嘉礼闷哼：“是啊，还是个曾经扯过我头发的小胖子，但是那一刻觉得他真帅啊！”

画面感太强，所有人突然一起笑出声。

夏雪宜喜欢朱茵，喜欢她演的紫霞仙子，也喜欢她现实中跟吉他手的爱情：“感觉喜欢一个人，就是喜欢自己灵魂的另一半，躁动的、叛逆的，是自己喜欢但是成为不了的样子投映到了另一个人身上，无关性别。”

趁闲聊的时间，沈殊在洗手间简单快速地冲了个凉水澡，才九月天也还是冷得有点想跺脚。她推门出来，刚好听见夏雪宜的形容。

她下意识地想起了叶朝陵。

他在车里问她喜欢听什么音乐，躁的行吗？

沈殊不得不承认，这种反差感带了强烈的吸引力。

但她很快理解和接纳这些情绪，换作在场任何一个人，都会欣赏这样的人。

李书芸提炼关键词：“得有灵魂上的吸引力。”

贺嘉礼把睡衣拉下肩膀，露出锁骨，撩了下绸缎般的长发夹着嗓音说：“肉体也不是不行。”说完她还凑到沈殊头顶，捂着嘴大声说，“注、意、安、全。”

说到这个，气氛又热闹起来，但没有人再接话。

沈殊把她从床沿推回去，灯恰好关上：“熄灯了，赶紧睡觉。”说完自己也跟着爬上来。

躺好以后才突然想起来，她忘记关灯了。她们约定好最后一个爬上床的人关。不然明天六点一通电，灯就会自动打开，四个人都没有单独装床帘，只有白色蚊帐还支着，开着灯明晃晃照在头顶没法安心睡觉。

“……我忘记关灯了。”沈殊借着手机光慢慢爬下去，“咔嗒”一声把开关弄好后，爬回到床上，又开始左右找手机，嘴里念着，“手机又掉到哪里去了……”

夏雪宜轻声笑：“智者不入爱河啊。”

贺嘉礼替她翻译了一下：“恋爱中的女人啊，脑子都不见了呀。”

终于在枕头底下找到发光的手机，沈殊躺下，将薄被子拉到胸前。按照正常作息，她现在应该闭眼立即入睡。十一点，她准时收到陈应钟的短信：晚安。

沈殊故意没回“晚安”，只说先去洗澡了。

这样无论谁先发什么、回什么，都能继续再聊一会儿。

一分钟过去，陈应钟还没回复。

她不想刻意去看，手机搁在枕头边，合眼找一些事情去想，却像是在无声地等待。

沈殊已经把118个化学元素在心里正着背了一遍，又按照数独填字那样，在每个格子里倒着填了一遍，手机屏幕都没有亮过。

感觉时间已经过去了好久。

……怎么他还没到宿舍？都不知道先发个信息来。

沈殊实在忍不住了，拿起手机看了一眼，才过去七分钟。

她被自己这种奇怪的小情绪逗笑，默默鼓了下嘴，又缩回去，反复好多次，像在朝空气吐泡泡。她发誓，再也不笑话金鱼只有七秒记忆了。

等了等，想了想，她甚至开始有点生气，之前每次对话都是以他发的消息结尾。

她立刻抓起枕头边的手机，在置顶的位置找到陈应钟，给他发：到宿舍了没有！

发完她才开始想，他该不会是周末回家住了吧？

只两秒，她就收到陈应钟的回复：还没，在宿管阿姨这里写检讨。

沈殊怔了一秒，下意识地回他三个问号，很快又收到陈应钟发来的一张照片，只露出光看到也能心动的手指和检讨书的几行字——因追到暗恋多年的女同学，不想跟她分开而耽误回宿舍，请求宿管阿姨原谅。

沈殊止不住地笑出声，边对着室友们说“不好意思，在看电视剧，男主角有点可爱”，边打字回复他：胡说八道，谁暗恋谁啊，登报道歉！

军训很快结束，没有沈殊预期那样严格，标兵和流动红旗的争夺甚至还不如选课激烈。李书芸提前做好功课，提议大家一起去学校机房选课，网速不见得快，至少系统稳定。所有人一致同意，周二下午集体赶到机房占位置、选课。

夏雪宜长了一张学霸脸，实际对学术兴趣不大。她跟贺嘉礼一起翻了下学校论坛，找到最容易通过的几门课，迅速敲定，能满足学分要求即可。

李书芸和沈殊则纠结许多。

李书芸既想兼顾兴趣，又想不耽误拿分，最终只能以多选几节课、预备付出更多努力来解决这个问题。沈殊倒不是这种困扰，她得避开叶朝陵给她发来的实验室值班时间，还想跟室友和陈应钟一起，保底有一节能一起上的课。

贺嘉礼拉着所有人一起抢一门叫“遗传心理学”的课。

李书芸为难：“我实在没空了，这节课还是在周五晚上。”

“这可不是每一届都有的。”贺嘉礼极力推销，“我在其他群里看见的信息，教这门课的叶老师颜值巨高，年轻学者，一看就是出身极高，最重要的是——他单身。”

李书芸的父母都是高中教师，她对老师早已经免疫，每年最痛苦的就是寒暑假跟父母朝夕相对，什么样的帅哥她都不感兴趣，开始收拾东西说先去银行网点换卡。

夏雪宜没意见，跟着贺嘉礼报，只要能抢到。贺嘉礼懊恼地说：“早知道我应该找个黄牛帮忙，听说很火爆。”

沈殊顿了顿，想到叶朝陵让她洗的几千个被试戴帽，还有他那句“洗得干净就多洗”，突然感慨：“搞不好去了我得垫底……”

贺嘉礼转头瞧她：“怎么可能？真要垫底，还能跟叶老师单独套套近乎呢。”

“……可别了。”沈殊脸上就写着“饶了我吧”这几个字。

刚到下午三点，选课系统立即开放，沈殊只是轻轻一点，就显示选课成功。

沈殊不解地拿胳膊撞了下旁边的贺嘉礼，疑惑地问：“真的有这么热门吗？”

“你就这样抢到了？”贺嘉礼震惊地晃动她的鼠标，不可置信地又点了点已经灰掉的按钮，“你居然抢到了？一定是你抢了我的网速……”

沈殊愣了愣，同时看向夏雪宜，她摊了下手，摇头说：“跟春运抢票似的。”

沈殊说得轻轻松松：“那要不然我取消吧，反正你们也不去。”

“哎！别别别，你取消了我们也不一定抢得到，别便宜别人，不行我们可以替你去上课，轮流去垂涎一下叶老师的绝世容颜。”

贺嘉礼赶紧拦下她，抱住她的胳膊劝说，“我保证，你不想去的时候我一定替你顶上，我拿肖剑的性命发誓。”

沈殊没绷住笑，拿她打趣说：“你可别害我挂科……”

“那不能，搞不好——”贺嘉礼也收拾好东西，三个人一起往外走，走出机房，她才放声对着沈殊说，“搞不好学期末就看我心情给你改分了。”

沈殊配合地冲她抱拳：“那就先谢谢贺老师了。”

贺嘉礼秒入戏：“谢什么？都是一家人，师母不得优待一下你啊？”

沈殊和夏雪宜沉默三秒，两个人几乎同时对贺嘉礼一左一右地说：“你可真敢想。”

三人并肩走在学校小路上，日光偏移，穿过树荫，明暗交替。行人来来往往，沈殊大老远就看见停在图书馆前的陈应钟。

九月底，夜里下雨，白天闷热，到傍晚又有凉风起，陈应钟已经穿上了黑色薄卫衣，胳膊露在外面，胸前的细绳长短随意，落日余晖很会挑地方，恰好落在他的头顶。

沈殊在他看向自己那一刻低下了眼睑，扭过头跟贺嘉礼说：“吃饭吗？”

贺嘉礼嗔怪似的看了她一眼：“才几点，又吃饭？”

“前面。”说这话时，夏雪宜已经保持了最大嘴角弧度的微笑，几个字像从牙缝里面挤出来的一样，“前面……好几个男生。”

贺嘉礼看过去，自然而然地问：“是不是都是陈应钟他们宿舍的啊？”

“不知道……”沈殊头也不转。

“那你看看啊——”沈殊肩膀是被贺嘉礼直接揽住的，用力让她转向。

沈殊心情其实只有紧张，但是到嘴上，语气就变得着急：“我不认识他们宿舍的同学。”

“陈应钟你总认识吧？”贺嘉礼扬起手，冲前方挥了下，夏雪宜也跟着这样做，但像是上了发条的招财猫，一直保持着挥手的动作，她双手被沈殊握住，放了下来。

沈殊也挤出一个再正经不过的证件照笑容，迅速挥了下手，转而撇过脸，把还想上前说话的贺嘉礼用力扯向另一个方向：“吃饭，吃饭。”

陈应钟冲着她的方向走了两步，手刚微微抬起，刚想过去牵住她的手。却看见她扭头拉扯，或者说，推搡着室友往另一个方向走，表情有几秒无精打采的黯淡，很快头又偏向另一个方向笑了一下。

陈应钟室友郭叙停好自行车过来找他，看他在笑，往到处都有的行人看了一眼，发觉没什么不寻常的事情，凑到他跟前，顺着他的眼光看过去，问他："笑什么？"

陈应钟拿手轻轻推开他，示意离远一点："看见我女朋友了。"

"……你有女朋友？"郭叙不是多事且八卦的人，但还是下意识地惊讶。

"嗯。"

郭叙说："没听你提过。"

陈应钟不置可否，轻声"嗯"了一下。

"那我一定替你保密。"

郭叙想得多，也知道从入学那一天开始，陈应钟就是女生集中讨论的对象，还恰好在他们宿舍，担心以后这事传出去自己会被误以为是信息源，也寻思着，陈应钟不说可能是不想说。

"你放心，虽然我没这种体验，但是我理解帅哥总不可能只喜欢一个人的。"

陈应钟突然顿住脚步，没想到他是往这方面想，觉得头疼。

他拍了拍郭叙的肩膀，像是理解这种情商滞后发育、不通人情的人，声音沉闷但坚决地说："不用保密，辛苦多传播。"

陈应钟还没找到图书馆里的位置坐下，沈殊在微信上发来的消息已经暴露了她的心虚。

沈殊发给他：我赶着回宿舍先走了，下次一定跟你同学打招呼！

见陈应钟两分钟没回，沈殊手指又飞速敲上手机，思考了一下才按发送：我绝对没有隐藏恋爱关系的想法！如果有需要，我们今晚就可以先约黄石榴和卢亭郁摊牌！

毕竟他们才是中学时代关系最好的同学。

陈应钟刚找到空位，轻手轻脚地把书包放下，连捏住矿泉水瓶的力气都在控制，生怕引发一些塑料响声。他喝了一口水，眼睑一低，看见沈殊又发来一条：你快点回我！

他差点因为想笑而呛到水，赶紧把矿泉水放下，顾不上拧紧瓶盖，先拿起手机，眼皮稍微往下压一点，好似笑了，拿话逗她：

那就今晚？

沈殊没想到他这样接话，有点骑虎难下，立即表忠心回复他：能商量一下吗？

陈应钟轻笑一声，飞快地点击屏幕：看你拿什么商量了。

拿什么？

沈殊知道他在坦荡荡地调情，有一种突然就落了下风的感觉。

但不顺着问又显得刚上任的女朋友很不解风情，于是沉默了几秒以后，沈殊还是发送消息，问他：你想要什么？

几秒后，陈应钟只回了一个字，像响鼓重槌：你。

想要你。

沈殊明明看清楚了回复，却又忍不住重新刷新聊天界面，手指飞快地点开这个App、关掉那个进程，耳朵到脸都微微发热，最终莫名其妙地笑着说："什么啊。"

刚开学，教室里座无虚席，无机化学作为专业课更是不用说。虽然说话声并不大，但毕竟教室内安静到连根针落地都能听见回音。不止贺嘉礼坐在隔壁怔着眼看向她，连授课老师也一瞬间投来目光。

沈殊的脸色因为双重刺激而呈现显而易见的绯红。她低下头，就差趴到桌上，用几乎蚊子哼的声音说："不好意思，我觉得……太难了。"

老师恢复神色，温柔地安慰说："难是一定的，难才需要你们去攻克呀。"

老师太温柔了，甚至以女性科研工作者的视角，解读家庭与科研是无法达成平衡的现状，她说每个人都想构建一个自洽又自省的世界，但终究只能掌握每一件事情的优先级。能够有所选择，能够留有余地，已经是一种难以达到的平衡。

一些简洁的话语，却十分有力量地鼓舞着沈殊，让她一下子忘记了刚刚的窘迫情境。

她垂下眼，手肘撑在桌上挡住自己的半边脸，在桌子底下重新解锁手机，给陈应钟没头没尾发了一句：都怪你！害我在课堂上出糗！不回你了！

陈应钟看完后，把脸撇到一边，对着图书馆的窗外不易察觉地笑了一下。他低着眼睑，欲盖弥彰地将椅子拉近，让自己在更狭窄的空间里独享恋爱的气息。

陈应钟照单全收，也没问前后因果，只说：好好上课。

沈殊坐直身体，抓了一把低头散在脸颊的头发，又忍不住回了一句：最后一句！你不在上课吗？怎么也在玩手机……

陈应钟秒回：我在图书馆。

沈殊笑了一下，却发现他反将一军又发来一条消息：到底是谁在上课玩手机？

沈殊刚想说“你怎么知道我的课表”，但是这没什么威慑力，趁老师播放视频的时候，灯光一暗，她又立刻低下头，快速反问他：到底是谁在图书馆玩手机？

陈应钟笑：没有。

沈殊闷哼，嘴角却弯起好看的弧度：那你在干什么？

陈应钟说：想你。

沈殊连续三个周末都被叶朝陵喊去实验室帮忙。原本值班表写的只有周六下午和晚上的时间，最近因为项目拨款到位，招募了更多满足脑电实验条件的志愿者。

沈殊的工作也从洗被试戴帽变成了下午协助实验室学姐打导电膏，晚上协助叶朝陵整理数据，偶尔还需要帮助志愿者重新洗头。

一天，全天实验结束，打电话跟黄石榴吐槽时，沈殊说：“今天得到了一个很特别的夸赞——一位退休阿姨夸我洗头洗得很舒服，尤其是能帮她精准抓到头皮痒的地方。”

黄石榴听完爆笑起来，声音大到甚至要跟经过的行人说“不好意思”。

沈殊声音略带委屈：“有那么好笑吗？”

“不好笑吗？”那头黄石榴止不住地笑着，但还算她有点良心，记得问沈殊，“手指怎么样？就算是热水，连泡几个小时消毒水也吃不消啊，骨头都该溶解了。”

“……别说了，手指掉皮倒没有，就是有种随时要裂开的痛。”

“啊？”又一声惊响。

沈殊刚想劝她冷静点，别影响路人，自己这说法只是一种形容。结果叶朝陵的声音比他的身影更超前抵达：“这个夸赞有什么问题吗？”

沈殊急忙转身，吓得直接说了声“再见”就挂断了。

“没……没问题啊。”

叶朝陵问完，眼神落到她已经泡得涨红的手指上，沉声说道：“跟我过来。”

沈殊什么都没多想，以为他又要继续布置下一次实验需要提前准备的事项，已经洗干净手，拿好纸笔，恭敬地等候在叶朝陵的办公桌前，一副“有事您说话”的神态莫名逗笑了叶朝陵，他开口说：“拿把椅子坐下。”

“哦。”

沈殊走到旁边，轻轻拿起一张比她预期要沉的椅子，坐在叶朝陵对面。

叶朝陵看了她一眼，把手里的笔放下，抱着胳膊踢了踢自己的桌角：“到这里。”

沈殊下意识地出声：“啊？”

“啊什么？”

“哦，没有。”沈殊轻轻松松地站起来，“我这就过来。”

等沈殊抱着笔记本坐到指定位置时，她才发现叶朝陵已经打开了一个小圆盒，没有包装，里面是乳白色膏状质地的药膏。他伸手在身后的玻璃柜里取来棉签。

他拧着眉心，眼神停在棉签上，吩咐说：“手。”

“我的手吗？”

叶朝陵掀起眼皮，无语地看了她一眼：“不然是我的手？”

“好吧……”

沈殊犹疑了几秒，还是伸出一只手，掌心朝上。

叶朝陵吸了口气，有点不耐烦的神色：“我没有算命的爱好。”

沈殊这会儿要是再不理解，大概就真的要被叶朝陵嫌弃到脸上了。她又迅速把手缩了回去，忙说：“我的手没什么事，我回去涂点护手霜就好了。”

“独家配方。”

“那……分给其他学姐……还有学长用吧。”沈殊不敢享受这样区别的对待。

叶朝陵敞亮地点明：“除了你谁还要洗被试戴帽？”

沈殊忍不住感慨：“那我也太惨了。”

“你知道就好。”

见到沈殊真实在为这点小事痛苦的表情，叶朝陵忍不住笑了一下，直接取一根棉签蘸上药膏，用眼神催促她。直到沈殊沉浸在洗被试帽的悲伤里不可自拔时，他一边轻柔而仔细地替她涂在指尖一边说：“我也是这么过来的。”

沈殊“哦”了一声，想到他说的“独家秘方”，可能都是久炼成钢吧。

“那你要不然给我分享一下做法吧？我好像闻到了白酒味。”沈殊吸了吸鼻子。

很快被叶朝陵笑着拒绝：“教你还能叫独家秘方吗？”

“……好吧。”沈殊也不企图回赠什么了，想到他这样的人应该什么都不缺，再加上实验室有她的存在，不添乱就是帮忙了，干脆认真地说了一句，“谢谢叶老师。”

“就这样？”

“那怎么办？”沈殊问得理所当然。

叶朝陵看向她，直接把心里想的话说出来：“你这人挺有意思，紧张的时候特别紧张，松弛的时候又特别松弛，适合做很多大事。”

这回沈殊真的不是在呛他，她是真觉得好奇，才问了一句：“比如？”

“抢银行。”

实际上叶朝陵当然说的不是这一点，而是让她寒假匀一周出来，跟他去一趟贵州，他有一个肝癌转移相关的线粒体定位微肽研究案例，需要实地尽调。

当然了，需要她的地方并不多，连做会议纪要都用不上。

她作为实验室唯二的上海人，需要配合一位只会说上海话和英文的外籍华人教授，跟当地尽调居民进行沟通翻译。

沈殊没有拒绝的合理理由，只能点头说：“好。”

答应去看陈应钟打篮球的那一晚，沈殊刚下叶朝陵的选修课，讲的是遗传学的内容，但大多是研究实例，比起纯讲理论，这种真实病患案例会更容易吸引学生的注意力。

但更吸引人注意的当然还是教室里满满当当的女同学。

下课时，叶朝陵双手撑在讲台上，说每节课都是结束再点名，第一节课欢迎所有同学试听，但为了不影响本节课需要考试和学分的同学的正常听讲，从下节课开始，没有选到本节课的同学，将不可以进入教室。

叶朝陵没有留任何情面，他明确地说：“我现在点名，我可以记住每个同学的脸。”

台下连连响起哀号：“啊——”

点到沈殊时，他顿了下，突然宣布说：“沈殊以后是这节课的课代表，负责收作业。论文类一律提交到我的邮箱，涉及生物结构的部分劳烦大家都给我手绘。”

等所有人都走完，沈殊才能走，因为她又被喊到讲台前。

叶朝陵提醒她：“没有交作业的同学，不需要去催，你只负责按时去收。”

“好。”

见叶朝陵一直没说话，还盯着学生的名单看，沈殊问：“还有吗？”

“你很着急？”叶朝陵往教室外看了一眼，等人的男同学还不少。

“有点急。”

叶朝陵几乎笑出声，她虔诚的表情让人觉得，她是尿急。

等出了教室，陈应钟正在树下等她，她蹑手蹑脚地跳过去，先踩他的影子，后伸手抱住他的腰，委屈兮兮地说：“我被‘羊村长’留下来了，其他小朋友都走光了。”

陈应钟其实没看过《喜羊羊与灰太狼》，下巴抵在她脑袋上说：“你是哪只羊？”

“懒羊羊。”

头顶没有了声音，沈殊忍不住笑了一下，猜想他可能无法辨别是哪只，转而双手在自己的额头两边比“耶”，弯了弯手指说：“反正就是最可爱的那只。”

陈应钟松开她，盯着她的脸仔细看了下，像是随时对视就想吻住她。

沈殊微微挑眉，跟他一起往外走：“怎么了？质疑我的说法……”

陈应钟说：“没有，我看看最可爱的那只是哪只。”

沈殊“嘿嘿”笑了一下，拿手指转向自己：“这只。”

“这只。”

“嗯。”

陈应钟牵住她的手，用力握了握，茫茫然脱口而出：“我的。”

沈殊没有开口说话，用余光打量着他的反应，欲盖弥彰地撩了一下脸颊上的碎发。跟陈应钟在一起，心情永远像白砂糖颗粒那样晶莹，她别过脸，藏不住笑。

陈应钟领着她往篮球场方向走，先问她：“饿不饿？”

沈殊摇摇头，对看他打篮球这件事特别向往：“不饿，我要看你打球。”

“走，饿了等结束了再陪你吃夜宵。”

“好耶。”沈殊开心时连脚步都会变轻盈。

走在路上，夜风已经沾了湿和凉，梧桐还没开始落叶，有情人的眼神像是可以贿赂夏天多留一晚，因为夏天是延长的圣诞节，流行着热烈的爱情。

沈殊在不易察觉的眼神里，眼眸被分割成另个部分，一部分里是与光同尘的陈应钟，一部分是冒着白烟从森林深处冒出来的自己。

她发现，就算两个人只是并肩散着步，陈应钟接上她，送她到宿舍门口，偶尔她撒个娇说时间还早，再走回到图书馆，每次最终都以狂奔才能再次回到宿舍前。这样日复一日发生的剧情，也像麦芽糖自有其延展性，即便拉成一条，也还是甜的。

她觉得，幸福和自由这两件事，可能是以最微小的单位来拥有的。

在到达篮球场之前，穿过松叶林，空无一人的世界里，陈应钟突然停下脚步，将惯性持续向前的沈殊拉回到自己怀里，亲着她的耳朵说：“让我抱一会儿。”

沈殊的双手被他握紧，反扣在背后，直接扑进他的怀中。

等她能够自如地呼吸他身上好闻又清新的味道，她才挣开手，环抱住他的腰，拿耳朵贴在他的胸口，仿佛能听见他此刻的心跳声。

得到她的回应，陈应钟把她搂得更紧，手掌心贴在她的后背上，就算是隔着衣服也能感受到温热。沈殊用撒娇似的语气说：“等下我就悄悄坐在观众席。”

陈应钟笑了笑：“又不想让人看见？”

“当然了，我要看看到底有多少人会给你送水，突击检查懂不懂？”

陈应钟低着头轻轻亲了下她的脸颊，滑到嘴角，波澜不惊地说：“尽管检查。”

说完，两人一起笑起来，重新牵手往篮球场走。

下了课已经九点半，像是约定好的秘密，今晚谁都不提准时回宿舍的事情。

晚上九点半，室外篮球场上没剩多少打球的人，观众比球员还多。

球场上是青色内圈塑胶材质，嵌在台阶下三层，石阶上坐人，肉红色的外圈禁止线以白色横条作为结尾，将观众都拦在外面，唯恐挡住界内球。

沈殊随便找了个位置坐下，陈应钟手上提着运动包，装着一套干净的换洗衣服和柠檬味运动饮料。平时他都习惯性往篮球架下放，今天见沈殊在，正欲抬手丢到她脚边，她却抢先一步往人多的地方挪了一个位置。

陈应钟微微挑眉看向她，她只顾着跟隔壁座位的女生点头客气地打招呼。

见到有人过来，已经换好球衣的男生喊了一声："师弟，这里，等你半天了。"

陈应钟朝身后扬了下手，示意马上就来，目光还停在沈殊脸上。她刚好回过头，很自觉地双手握拳，对着空气做"加油"的动作，冲他忽闪着眼睫装无辜。

短暂但有效的动作安抚了陈应钟，他笑了下，拿她没办法，只好拎上运动包往球场那边走。很快，有人一左一右搭着肩膀迎接他，头聚在一起急着说话。

"今天就靠兄弟几个了。"穿着詹姆斯 23 号球衣的学长先开口说话，顺便往旁边一指，不逐一介绍，"这些都是我的同学，你们的师兄。"

郭叙也在场，指挥说："师兄，你就正常虚晃体前变向，今晚你是最佳男主角。我跟陈应钟打个配合，都往左抢断，抱头撞一地就杀青了。"

陈应钟双眸垂着，边走边拍球找手感，听清楚安排："都往左。"

学长提醒说："对，就按身体对抗的正常强度来，注意安全，但是也别太假了。"

郭叙说着又往观众席瞟了一眼，见有人看过来，立刻转身对着空气投篮，异常兴奋地说："师兄放心，我跟陈应钟打过球，他是真有技术，假不了，贼强。"

"靠你们了！回头我跟你嫂子请你们吃饭，吃顿好的。"学长想起来似的，抬脚轻轻踹了下郭叙，着急问他，"花呢？表白录音呢？"

郭叙憨憨地挠了下头，一五一十地说："你订的那束花太大了，实在找不着合适的地方藏，我让室友躲在二教门前那个自动售货机后面，我们这边一撞上，他立刻就趁乱冲过来。音乐交给嫂子室友放，她们之前跳健美操特意买了个大喇叭，都坐场边了。”

学长默默给他竖了个大拇指：“办事还得是你们山东人靠谱。”

“那可不，大喇叭电池我都给换了，生怕关键时刻掉链子。”

连陈应钟听了都一乐，忍不住说：“真行，下次我也找你。”

郭叙被夸得不好意思，转头小声对陈应钟拍胸脯保证：“尽管找我。”

学长再次靠近，张开双臂又将陈应钟和郭叙拉到一起，其他人也围过来，做最后球队上场前加油助威的姿势，一点都不像剑拔弩张分两队比赛的样子。

按计划，23 号后卫先上演一个蝴蝶穿花的球技，连过两人，在虚晃突破时，预备从内线勾手上篮，郭叙正准备给陈应钟使个眼色，却发现他正在往观众席看。

“陈应钟！小心点！”郭叙大喊一声，等陈应钟回头，凭借身体惯性一起猛烈地往左相撞，让“詹姆斯”完美上篮，二人顿时一起撞倒在地。

郭叙双手抱头保护着自己撞在外线。队员们都知道这是怎么一回事，在进攻时间内都特意没有掺和，给三人留足飙戏空间，反而是在上篮命中以后才一起围过来，欢呼庆贺时，陈应钟被撞出内线，小腿刚好刮在了篮球架的铁皮底座上。

划痕不长，却很深，看不到伤口的情况下，血几乎是凝滞几秒后喷发而出的。

霎时，沈殊和隔壁座的女生一起冲向篮球场内。

女生奔向她的“詹姆斯”，沈殊奔向她的“加内特”。

学长抱起女生欢呼转圈，沈殊冲劲太大几乎刹不出车，勾着腰单膝跪地时往前擦了几步。她顾不上这些，伸着手不知道该怎么对待陈应钟：“怎么样？”

“没事的。”陈应钟看她随时会哭的样子，想伸手摸摸她的头，但一摊开掌心，全是灰尘和泥土混合物，无奈地说，“真没事，小口子。”

“还不知道有没有生锈，不然要打破伤风针的……”沈殊没想太多，先挽住陈应钟的胳膊，想扶他站起来，又着急看手机时间，“都这个点了，得去挂急诊。”

陈应钟勉勉强强站起来，弯着腰拿纸巾按住伤口。陆续也围上来几个人，问他怎么样，他都摆摆手表示没事。沈殊睁圆了眼睛，有点生气地看着他：“怎么没事了？”

“真没事，就是看着夸张。”陈应钟转了转膝盖，小幅度地甩了下腿。

沈殊已经在地上随便捡了一瓶矿泉水，拿在一边准备给陈应钟洗手。她刚准备开口说话，身边一群人除了欢呼雀跃，又开始放起了浪漫的 *City of Stars*（星光之城），浪漫静谧的大小调切换，再有一对拥抱和亲吻的情侣映入她的眼帘时——

沈殊突然喊了出来：“撞到人不能先道个歉？赢个球有这么高兴吗？”

突兀的声音就像碗面的冰裂纹，也像路边被吵醒了闹脾气的小花猫。

“那个，同学你可能有点误会了……”

学长有点不解地眨眨眼，往郭叙那边看了看，又往自己怀里的女生脸上望了下。确认不是家属以后，刚要开口解释，大喇叭里开始真情流露——

“刘璐同学，今天是我们正式恋爱的 1000 天，进入交大以后，我们互相看不顺眼，你是标准的好学生，从大一就开始考虑读研，而我只想窝在宿舍打游戏……

“你说有我这种插科打诨的人存在，简直是破坏你从小天道酬勤的认知体系，你说我就像对浪漫过敏，总是把惊喜变成惊吓，你说我总是不低调、爱显摆，偏偏又不高级，像个不会恋爱的小学生，却一次又一次配合我的愚蠢和幼稚……”

沈殊发愣了几秒，站在原地松开本来垂在身侧握紧的拳头，再听到这些，连脸颊的温度都攀升了一点，回头茫茫然问陈应钟：“这什么？”

学长也同时在问：“这是哪儿冒出来的一出？”没安排这戏份啊。

郭叙很不合时宜地接了句：“戏中戏——但这不是我安排的。”

陈应钟已经擦干净手，停下动作，声音温柔得不像话，手掌直接搭在了沈殊的头顶，对着所有人介绍：“不好意思，我女朋友。”

“啊——”这一声异口同声的惊叹，比之前表白的欢欣鼓舞声还响亮。

啊什么？

沈殊觉得此刻自己必须保持最佳状态，立即调整笑容，挺直腰身，有点后悔没有涂个口红。

郭叙最先点头认证："是，对，没错，这个我知道。"

从二教躲了半小时，两百米冲刺赶到，赶着喘口气，没空说话的郭叙室友直接把花举起来，感觉气氛不太对劲，一时间不知道该递给谁。他犹疑的目光扫到沈殊脸上时，只是因为他刚刚才听见陈应钟说她是女朋友，却被沈殊误解，赶紧摆手说："不是我。"

陈应钟此刻只能看到沈殊头顶。

郭叙只能看到冲刺而来的室友的背影。

学长只能看到陈应钟倏地沉下去的脸色。

"哦——"沈殊最先反应过来，往后走了一步，立即紧紧挽住陈应钟的胳膊，"我是他女朋友！我是的，我真的是，但这花不是我的。"

突然在场的很多人都松了一口气。

气氛一时从突如其来的紧张又变成了莫名其妙的搞笑。

陈应钟松开眉头，不动声色地握住挽在他胳膊上的手，言简意赅："我们刚刚是演的，配合师兄表白，真没事。"转头又对着所有人说，"我女朋友当真了。"

沈殊低头看了一眼还在渗血的伤口，别开眼，又露出委屈的神情，伸手指了指："……都流血了，还没事呢。"

这时才陆续有人注意到，忙着关心。郭叙也吓了一跳，赶紧过来问他怎么样，又认真解释地说："我刚刚喊你了，你一个劲儿往台下看。"

说完，郭叙又对着沈殊解释："我真不是狡辩啊。"

"我听见你喊我了。"陈应钟拍了拍郭叙的肩膀，以示安慰，"确实是我走神。"

郭叙的语气恨铁不成钢，他知道陈应钟有入选大学生男篮的水平，高中就曾经接到过国家级教练的邀请，问："你看什么看得这么入神？"

陈应钟不接话了，低头看了一眼沈殊。她神色已经比之前平和太多，几乎恢复随时伸爪子撩他的状态，甚至已经能看见她眼神在问"看我是吧"。

在拒绝了郭叙送他去医务室以后，陈应钟很头疼地看了沈殊一眼，她还像只树懒一样死死趴在自己胳膊上，脑袋也埋进去，整个人像是被他拖着走。

陈应钟轻笑："这会儿觉得不好意思了……"

沈殊把他的胳膊抬起来，随意搭在自己肩上，脸钻出来说："我越想越丢人。"

"不丢人。"陈应钟捏了捏她的肩头，安慰说，"你是正义的美少女战士。"

"今天不是了。"

陈应钟睫毛颤动了几下："那今天是什么？"

"今天——"沈殊从他另一手和胯骨之间抢下篮球，小跑一步手脚并用地拍了一下，然后抱紧，转身对着陈应钟说，"今大当然是赤木晴子啦。"

"那我是樱木花道。"

"为什么？"沈殊讶然，她想当然以为陈应钟会代入流川枫。

"不是樱木花道更喜欢赤木晴子吗？"

"可能只是流川枫不会表达，喜欢得不一定比樱木花道少。"

陈应钟卡顿了几秒，觉得她可能没听懂对比对象，他只是想说——他要做那个最喜欢赤木晴子的人。他语气有点无奈："没流川枫什么事……"

沈殊沉吟片刻，比对了一下陈应钟的五官——轮廓分明的脸，不爱笑的时候显得难以亲近，但眉眼却不是淡漠的类型。她纠正说："不要，你还是更像流川枫。"

操场上接触不良的路灯亮得杂乱无章，陈应钟卡壳了几秒，想不出个结果，才问："那赤木晴子是跟流川枫在一起了吗？"

"当然啦……"沈殊的笑声都变得轻快许多，故意拿话逗他，"毕竟樱木花道对赤木晴子一见钟情，流川枫就不一样了，那是赤木晴子有恃无恐的偏爱啊，哪怕球馆里人山人海，也能一眼认出喜欢的人。为他摇旗呐喊的感觉，简直不要太心动。"

陈应钟不说话了，低下眼帘，看了下自己小腿上的伤口。确认没有流血了，他把纸巾揉成一团，塞进运动包最外侧装垃圾的地方。

只有沈殊着急凑到他眼前，踮起脚拿手指点了点他的鼻尖。

"陈同学，听出我在表白了吗？"

陈应钟笑得几乎不明显。

见他没有明确的反应，沈殊着急给自己找补："我又没有表白经验，我是不是也应该跟那个学长一样，买束花？或者给你唱首歌？"

陈应钟伸手捏了一下她的脸颊，眼中含笑："我也没经验，凑合收吧。”

沈殊愣了一下，双手一摊，空空如也，只有篮球落下：“我哪有花。”

“借你几朵。”

“真的假的……”

陈应钟点点头，不露笑的时候比任何人都显得认真，像沈殊幻想中专注手术的医生该有的凝神状态。他的眼眸始终倒映着沈殊的期待，伸手无知觉地拿出一小束花。

“居然有花？”沈殊立即接过去，微微惊讶，鼻子凑上去闻了闻，还是新鲜的味道，没有一丝香精味。这次她能辨别，这一小束是香槟玫瑰。

沈殊数了数：“九朵。”

“嗯。”

“长长久久啊？”沈殊问。

陈应钟又“嗯”了一声。

沈殊“扑哧”一下笑出来：“好土啊你。”

陈应钟也笑，没有出声说话。

沈殊重新演绎剧本，双手举起黄玫瑰，在陈应钟垂下眼眸的那一刻差点抬手递到他脸上，笑得明艳甚至有点撩人：“流川枫同学，我表白呢。”

“已经收了。”

沈殊声音一扬：“就这样？”

“那不然呢？”

沈殊又把玫瑰花往自己怀里一带，紧紧搂住，不给他，本来想问“怎么好好的要送花”，但转念一想，送花好像是陈应钟会做的事情，有些人天生就是好命又浪漫。

看见陈应钟宠溺又无奈的笑容时，她又不经意想起，他们互相表白的那一晚，陈应钟对她说过，他不希望别的女孩子都有玫瑰、亲吻和表白收的时候，她没有。

想到这儿，沈殊心里悸动，有一种温水没过冰可乐瞬间溶解的感觉。

她用谁也拒绝不了的撒娇语气说：“好没劲哦，那我撤回好了。”

陈应钟快被她气笑了。

见她倒着走，陈应钟冲她伸出手，想重新牵住她：“小心点。”

却被沈殊躲过去，她像个不听话踩水玩的小朋友，一边学三步上篮的样子，一边同手同脚。

走到篮球场另一侧，等人都散得差不多了，沈殊跳起来投了一个球。

三不沾，连篮筐的边都没摸着，陈应钟小跑了好远才给她把球捡回来。

又投了几个，沈殊见他总是跑来跑去给自己捡球，说："不投了，再跑两趟你的小腿又要流血了。"她瞟了一眼篮球架底座，还是担心有铁锈，"不然我们还是去医院看看吧？"

"不用。"陈应钟说，"我打球经常受伤，小问题。"

"确定啊？"沈殊不自觉地撇嘴。

"确定。"

转而又趁他说话，她从陈应钟怀里把篮球抢回来："那我再投一下。"

"哐哐哐"几声，连续砸中篮筐，但始终没有命中。

沈殊扬起脸，扯着嘴角："好难啊，就想进一球，怎么这么难？"

陈应钟拿到球，想往她因为跑起来而飞扬的头发上放，被沈殊一躲，说："脏的。"

"就这么想投进？"

沈殊委屈地点点头："真的，很想体验一下绝杀的感觉。"

"拿好。"陈应钟把篮球递给她，转过身背对着，半蹲下去的同时指了下自己的脖子，"你骑上来。"

"啊？"沈殊略微吃惊，稍微发愣，"我骑……骑上去？"

"嗯。"

"可以吗？"

陈应钟扭过头望向她："嗯，我会抓紧你。"

沈殊完全没有在担心安全问题，她只是很难想象真的会有这种偶像剧的情节在生活里发生，或者说，她只幻想过跟男朋友一起去图书馆、一起看《哈利·波特》，但从来没有幻想过男朋友会让她骑在自己的脖子上，像对待一个小朋友一样。

"那我……真上来了……"

他说："嗯。"

等沈殊动作轻而慢地骑上去，甚至忍不住用双手抱紧陈应钟的脖子。相比自己，她更担心他受伤，在陈应钟缓慢起身的那一刻，她很想对着天空大喊一声。

那是一种很兴奋又刺激的感觉，只因为他这个动作。

“拿好球。”

沈殊声音都变得更有力量：“拿好了！教练！”

“我走近一点。”

“不用！就在这里。”她觉得这次一定能投中，语气中有一股莫名其妙的自信。

几乎不用瞄准，出手极快、极准——正中靶向那种，内线两分稳稳投进。

“好耶！”沈殊兴奋得想跳起来，但又不能做太大幅度的动作，只能乱动手，趁陈应钟抓紧她双腿不能松手的时刻，在他脸上胡乱上下搓揉了几把。

“不好意思，手是脏的。”她自己先说，说完还“嘿嘿”笑了两声。

陈应钟无语又好笑地抬了下眼皮，最终还是让她得逞。

等沈殊想要脚踩大地的时候，陈应钟慢悠悠地一把拎起地上的运动包，转而递到沈殊手上，丝毫没有要让她下来的意思。

“走了。”

“去哪儿？”沈殊“喂喂”两声，开始慌了，“我还没下来呢。”

陈应钟沉声：“我家。”

嗯？

“你说真的啊？”沈殊不敢乱动了，尽管林荫小路此刻没有什么行人，她压低着音量，嗓音却变得尖厉，“快点放我下来。”

陈应钟轻轻笑了一下：“不放。”

“快点——”沈殊深呼吸一个来回，刚刚被投篮的兴奋冲昏了头脑，这会儿在一米八八的陈应钟头顶，她根本没法儿泰然往下看，胡乱想起一些巅峰决斗的画面，“我要是摔下去，就跟掉进莱辛巴赫瀑布一样，我这个角色就要杀青啦。”

陈应钟知道她在说《福尔摩斯探案集》。

他不易察觉地笑了一下，掀起眼皮子问她：“原来《小行星力学》是你写的，我小时候没少花时间去找，真以为有这本书。”

“真的假的？”闲聊几句，心情也会放松下来。

沈殊尤其容易被聊天内容吸引注意力。

她自顾自地回忆说：“我还记得书里面写过，莫里亚蒂发表过有关二项式理论的论文，我后来去书店翻资料，跑了好多家店才知道，原来没有这本书，是我看得太入迷了。不过这也是我第一次知道数学里面还有纯数学之说。”

陈应钟也觉得奇妙，他也曾经做过这样的事情，偌大的上海，居然只有一家书店能问到《小行星力学》的下落。他试探性地轻声问她：“是衡山路那边的书店吗？”

“对。”沈殊掷地有声地说，“我印象特别深刻，那家店是法式建筑，书并不多，都是胶片和杂志，经常办漫画、油画展，那会儿我才读小学，根本看不懂。”

陈应钟在原地站定，嘲笑她说：“但是你爱吃他们家免费的布丁蛋糕。”

“你怎么知道？”沈殊下意识地觉得惊讶，“你吃过吗？”

陈应钟正在思考怎么回复，小声交代说：“我以前去过。”

“哦，这样啊，不过真的很好吃。”沈殊念念有词，像是能记起当时的味道，“要是他们家同时卖咖啡和蛋糕，估计比卖书畅销多了。”

陈应钟继续迈步，叹气似的笑了笑：“你就记得这个。”

“我还记得我在这家书店英雄救美的事迹呢。好像是小学五年级的时候，我刚接触日本动漫杂志，准确来说是热血漫，看得可起劲了。结果几个小朋友嘲笑一个戴眼镜的小男生，喊他‘四眼田鸡’，还抢走了他手上的蛋糕，叽叽喳喳的，吵死人了。”

原本是一个慵懒舒心的午后，心情就跟玻璃上跳跃的光点一般，沈殊一口气读完攒了大半个学期的连载漫画，偏偏这群人在她身边做这些恃强凌弱的事情。

沈殊当时像是成功被挑衅的奓毛小猫，瞬间化身热血动漫女主角，仿佛书店温暖的头顶光就是为她而照射的，仗着自己早发育、个子高，她直接将那几个盛气凌人的熊孩子推到书架上，举着拳头警告他们，欺负同学这事她不只要告诉老师和家长，还要报警，让警察叔叔把他们都抓起来，到时候要坐牢，再也不能出来吃好吃的了。她就是人证！书店里还有监控！

几个不懂事的胆小鬼被她这么一忽悠，扬起下巴叫嚣说“你等着”，实际上一溜烟跑得比谁都快。反倒是沈殊更大声回了句：“愤怒只会让刀刃变得迟钝！”

……

讲完小时候的光辉事迹，沈殊不忘解释说：“这句伟大的台词，来自《死神》。”

“你当年也这么说。”

陈应钟说的是肯定句，沈殊没注意到，微微弯下腰想低头去看陈应钟此刻的表情，被陈应钟用力扶回去：“别乱动，摔下来你脑袋要开花。”

“我看看你是不是笑了。”沈殊弯下腰那一刻太快，根本没看见，又重新把手掌胡乱摸到陈应钟的脸上，趁机乱来，“哦，我看到了，你笑了。”

陈应钟睫毛扇动：“我没笑。”

“你笑了。”

陈应钟又笑了一下，握紧她的脚踝说：“我在笑你。”

“不许笑，公主都是有中二病的。”

陈应钟好脾气地配合说：“遵命，公主。”

陈应钟笑得很淡，心情却像是回到了多年前的那个夏日午后。

她不喜欢高调的恋爱，却在误以为他受伤的那一刻拼了命奔向自己。

她可能从来没跟任何人正经八百吵过架，没为自己抱怨委屈过，却当着所有人的面，对抗一切忽视他受伤行为的人。

她是正义又勇敢的美少女战士，也是为他一个人摇旗呐喊的赤木晴子。

沈殊想到当年英雄救美的后半段故事，突然说：“不过那个男生真奇怪。”

陈应钟沉默了几秒，才问：“怎么说？”

“我救了他一命，还跟他说，以后有人欺负他，他得学会还手。”沈殊闷哼一声，“结果他说，为什么要理那些幼稚的小学生。”

陈应钟想了想，这确实像是他的语气，也像是他会说的话。

沈殊不理解地吐槽说：“拜托！都被小学生欺负了，还瞧不起人家小学生。”

陈应钟觉得有点头疼，也不阻止她继续说。

好半天才听完沈殊对当年整件事的回顾，他想了想，还是不要说出他就是当年那个被她强行按头说“你救了我一命”的小男生了。

“不说这个小屁孩了，我差点拿错剧本，我今天不是英雄救美的角色！我今天是数学天才、冷漠犯罪者莫里亚蒂，而你，就是我的福尔摩斯。”

陈应钟轻轻“嗯”了一声，才觉得不对劲，从《灌篮高手》到新剧本《福尔摩斯探案集》只用了半小时，前者好歹还是情侣，后者变成了死敌？

陈应钟刚要说话，只是散漫地想这些而慢了一点，被沈姝又摇晃着双腿抗议说：“我莫里亚蒂视你福尔摩斯为一生之中最尊敬、最喜欢的对手，你怎么能暗算我……”

陈应钟很有耐心地往前走，只是吓唬她，没想动真格的。快到光亮地方时，他找了一处有台阶的地方，扶稳沈姝的小腿，让她慢点下来：“看着路，慢一点。”

等她站稳，陈应钟亮泽的瞳孔里，她能看见雨后冒尖的新茶、夜半初丌的昙花，仍有一些少年老成的思量和沉稳，隐藏在凝视她的双眼下。

沈姝忍不住说：“你再看下去……”

好像又要亲过来。

陈应钟却无语地卡顿几秒，实在没忍住，说了出来：“今天这个剧本可能不太行。”

“为什么？你不觉得这种宿命之敌的两个男人非常带感吗？”

陈应钟撑了下眼皮，一本正经地回答：“带感，但是我们可以做更多事情。”

沈姝觉得她应该是懂了，但心如擂鼓，好像也不适合给什么反应。

第八章

秘密花园

是接受你的生命与我有关，而我的一半灵魂不受控制。

陈应钟出来打球习惯带一套干净的换洗衣服和毛巾，就算是室外球场没有地方可供简单淋浴，他也会尽可能先就近在卫生间擦干头发，保持清爽。

以至于一路上有风吹过，沈殊也没闻到他有篮球场其他人身上那股运动后的汗臭味。

沈殊正在往一些不重要的事情上走神，直到陈应钟突然说：“打车吧。”

去哪里？

她才突然左右张望了两下，无辜地睁大着眼睛问：“……真的去你家？”

“嗯，或者你想去哪里？”

沈殊不是明知故问，几乎脱口而出：“你家今天没有人？”

陈应钟轻轻点头：“嗯。”

“非常好。”沈殊望向他，飞快地瞥了一眼校门外，“那就去我家。”

陈应钟的运动包有一层塑料材质，摩擦衣服时发出细微的声响，比心跳还明显，沈殊自然而然地挽住他的胳膊说：“我说的是我外婆家。”

“哦。”

“我说，寿衣店。”她强调说。

“怎么了？”他又不是没去过。

“没……没什么啊。”看他似乎没有反应，沈殊不自觉地眨了几下眼睛，嘴里嘟囔着，“……其实寿衣店也挺神圣的。”

打车到沈殊的秘密基地——外婆的寿衣店，又是一个不见日月的晚上，卷帘门依然没有锁死，只有里面的玻璃门上了一把U形锁。

陈应钟松开沈殊的手，让她等在一边，动手把卷帘门抬起来。

刚到一半，瞧见玻璃门上左右两边都贴了毛笔字红联：欢迎光临。

陈应钟眼皮一跳，有点没想到的样子：“你贴的吗？”

“对啊，上次跟你看完电影，我就有预感你还会再来。”沈殊推门而入，依旧不开一层的灯，直接凭直觉往楼梯方向走，“专门欢迎你来。”

“咯噔”一声，陈应钟把门从内侧锁上。

在黑暗中，他朝沈殊伸手，她刚踩上一层楼梯，也在找人，两个人的手背正好碰到一起，沈殊还在喊疼，手已经被陈应钟整个握在掌心。

陈应钟跟着她到二楼，还是那面正对楼梯来人的落地镜。

这次灯一亮，陈应钟看见的是镜子中头发已经沾湿在脸颊的沈殊，长发散落在肩上，像涨潮以后被风吹干特有的湖水潋滟色。

沈殊忙着开柜子给他找新的洗漱用品，嘴里念念有词，说之前应该有一些存货，刚要弯下身去开下半个柜子时，被陈应钟一把拉进怀里，手上的运动包一秒落地。他双手捧起她的脸颊，吻也一并密密匝匝落下。

他们也有过几次热烈的吻，但这次不同，陈应钟很重却短暂地亲了她一下。

“你先去洗澡。”松开后，沈殊低着头像是找北纬25°的椰子树，眼眸灵动，忍不住舔了舔自己的嘴唇，比之前还要干燥了一些。

她把陈应钟推向浴室：“地方很小，但是东西很全，你快去。”

“嗯。”

“拖鞋就穿一次性的吧，我外婆以前出去旅游拿回了很多酒店拖鞋。”

陈应钟说：“没事，正好。”

“嗯……”见他还没动静，目光像是灼烧，像是硬要看她此刻脸上的浮色，沈殊索性拿额头撞向他的胸口，“我不好意思了，行了吧，快进去。”

陈应钟伸手揉了下她的脑袋，松口露出笑容：“抬头看我。”

沈殊不听他的话，声音闷闷的，从他胸口传来：“干什么？”

“你抬头。”

沈殊听他声音一点不像捉弄人的样子，将信将疑地抬起头，望向他的脸。除了灯光打在他头顶映射出的更温柔、更清绝的轮廓感，她看不见其他任何异样。

他就这样看着她，也不说话。

等沈殊实在被他看得不好意思了，才催促说：“到底怎么啦？”

陈应钟说着“没事”，却又低着头迅速在她脸颊上亲了一下。

沈殊垂下手臂，被今晚的气氛熏染得一下子不知道该做什么回应，转身先回到自己的床上坐下，又莫名看了一眼摆在一起的两个枕头，不自知地笑了一下。

等沈殊洗完澡从浴室走出来时，她已经换了一双秋天的棉拖鞋，毛茸茸的，但是不会热的材质，身上还保持着整个夏天的感觉，宽大的T恤睡裙，纯白绵软的手感，胸前有一只小鹿斑比，还有浅浅的草滩和几朵玫瑰花。领口松垮，不端正整理好，随便动几下就会露出紧致又明显的锁骨。

出来时，陈应钟正站在飘窗边，盯着窗帘上大小不一还会间隔闪烁的灯泡装饰看。跟他理解的“星星灯”不同，这是真实的倒挂着的灯泡，跟在二手书店看见的相同，玻璃外缠绕钨丝，里面是水培植物，有几棵草开了花。

沈殊抱着腿坐在飘窗上，任由风吹起白色纱帘，拂过她的脸颊。她闭上眼，很舒适地问：“陈同学，你可以帮我吹头发吗？”

陈应钟顿了一下，没出声，直接伸手去拿格子柜上的吹风机，再找到飘窗放着的插线板，接上以后开到二挡。他先对着自己的手掌吹了吹，试了下温度，才从沈殊的后颈捞起湿发，摊在自己掌心，一丝一缕都被周全对待。

“温度可以吗？”陈应钟在沈殊后背的位置坐下。

“嗯……温度正好。”沈殊还闭着眼，从抱腿的姿势变成直接仰躺到他腿上，头发散在飘窗边缘，慢慢吹干以后像绸缎一样顺滑。

在“嗡嗡嗡”的声响里，沈殊拿过手机，连上书桌上的蓝牙音箱，放起了歌。

她也轻轻跟上轻哼，是一首很老的章昀芝喜欢的歌，叫《恋曲1980》。在热风里，她睁开眼，从不成曲调的随意发声，转而变成回过头望向陈应钟。

罗大佑在继续唱：

“你曾经对我说，你永远爱着我。爱情这东西我明白，但永远是什么。”

陈应钟没有按停手上的吹风机，只是伸手替她将已经吹干的碎发撩到耳后，再伸手将她转过去，用比说话时更清冽和低沉的声音对她唱：

“姑娘你别哭泣，我俩还在一起。今天的欢乐将是明天永恒的回忆。”

沈殊轻轻笑了一下，装作没有听见。

她想起在香港维多利亚港那晚，他拉起过她的手，教了她一首完整的大提琴曲，他的声音融入气氛里，既有古典的低沉，也有吉他的清新。

等吹完头发，沈殊又回头看向他。

陈应钟避开了她的眼神，将吹风机的电线缠好，放回到原处，像是一定要找个理由才能坐回她身边一样，开口问飘窗上的小号 Q 版立牌：“这是谁？”

“普朗克。”沈殊确认说，“没错，就是你认识的那个物理学家，普朗克。”

“……哦。”

陈应钟双手搓了搓大腿，又重新看回到飘窗上，往柜子上塞得满满当当的书籍上指，扭头说话时，伸手替她把肩头的睡衣拉上去一点：“这些呢？全都是你喜欢的书？”

“嗯，什么类型都有。”

陈应钟别开眼问：“有翻得最多的那种吗？”

“有……吧。”沈殊迟疑了一下，想了想，直接跪在飘窗上直立起上半身，发丝越过陈应钟，胸口从他的鼻尖似有若无地擦过。

见沈殊伸手去够远处的书架，陈应钟吸了口气，扶好她的腰：“不用拿了。”

“就这本。”沈殊的语气轻轻松松，“《紫禁城的黄昏》。”

陈应钟“嗯”了一声，低头去翻，心思已经不在这本书上面了，满脑子都是她樱桃味洗发露和沐浴露的香气。不过他其实记不起来了，不确认洗漱台放的是不是樱桃味的。又或者说，其实樱桃闻起来，可能没有什么味道。

沈殊认真在推荐这本书：“我最早是发现蒋彝把 CocaCola 翻译成了‘可口可乐’，觉得有意思就去查了下，发现他的老师庄士敦——就是这本书的作者。

“他是个在香港殖民政府工作过的人，后来进宫给慈禧当过差，算是被一句营销词吸引，说慈禧太后最大的消遣，就是在颐和园中扮演观音菩萨。”沈姝突然笑起来，又解释说，“不过原作者虽然是个西方人，但是字里行间对中国文化都是尊重和喜欢的，甚至有很强的个人理解，读起来不会觉得冒犯，有很多细节上的趣味。”

陈应钟闻声一顿，随手翻过的几本书上边角处都有阅读注解，是拿铅笔写的。他惊叹于沈姝的阅读量，更惊艳于这种深度阅读的安静力量。

沈姝发现他眼中有一些难以捕捉的东西，不知道是对哪一处的赞许。

她挪动膝盖，往前凑到陈应钟眼前，强迫他与自己对视，用一种郑重其事的语气接上刚刚的话题：“那么我现在针对这本书，想问一个问题。”

“什么问题？”

陈应钟抓紧低头继续翻看。

沈姝贴到他耳边说：“我好像确认了。”

陈应钟闻声抬头，目光落在她脸上，好似在问“确认什么”。

“不是沐浴露的味道。”是之前形容过的雪松木片的味道。沈姝深深在他脖子上吸了一下，眼神有点涣散地问他，“你能闻到吗？”

陈应钟呼吸变轻，转而笑出来：“我闻不到自己身上的味道。”

沈姝故意拿起床上的枕头遮挡在身前，坐回到床上去，盯着他的眼睛佯装不满意他此刻的回答：“不是说恋人可以识别彼此的荷尔蒙气息吗？你都闻不到我的。”

陈应钟几乎是被她逗笑的。

他从飘窗上坐起来，一步就可以爬上床。他将沈姝推到床和墙面的死角，双手撑在她身侧，禁锢她可推人的范围，低下头去亲她的脖子：“我闻闻。”

“痒……”比暧昧更让人难以自持的是笑声。

沈姝不停推着他的肩膀，将挡在二人之间的枕头拿开，短暂留出一些空间后，转而又被压过来的陈应钟占据，她开口求饶：“真的痒……”

陈应钟见她笑得胳膊上都开始起细微的鸡皮疙瘩，才肯放开她，低头去寻找她的眼睛。亲上时，沈姝闭上眼，然后是鼻子，最后停在她枯枝玫瑰一样的唇上。

他吻下去时，沈殊松开倒撑在床上的胳膊，“咚”一声倒在床上。

她拿双手捂住自己的嘴唇，含含糊糊地说：“我要跟你说个秘密。”

陈应钟微微挑眉，想看她又能说出什么花样，侧过脸将耳朵凑到她嘴边。

“就是……”

陈应钟问：“什么？”

“我没穿内衣……”

跟沈殊预想的不同，虽然她是一句玩笑话，并不是真的，但陈应钟竟然波澜不惊，甚至比她还要镇定，也不低头去确认，只是在她拿开手的那一刻亲上去。

沈殊重新闭上双眼，陈应钟亲了卜她的唇角，用哄她的语气说：“别紧张。”

“……嗯。”

沈殊在接吻时，能感觉到陈应钟把她的手放入他的掌心，握住，再十指相扣，她也用力回握住，却在这时，发现灼热的温度从指尖传递到掌心，又从她的大腿蔓延到腰间，带着暧昧和吸引的力度，让沈殊深呼吸了好几次。

只愣了几秒，他抽回手，抓紧了她腰间的睡裙，宽松的空气像被一瞬间赶出空间之外，紧致玲珑的身线在绷紧的衣服下一览无余。

陈应钟凝视着沈殊，沈殊却拿一只空余的手背遮住了自己的双眼。

他低下头，以虔诚的姿势，隔着绵软的睡衣亲了一下令她打颤的地方。这比任何接触都让沈殊觉得禁欲，她几乎紧闭着双眼，担心在他的双眸里看见纵情的自己。

窗帘被风吹起，天色依然是微微亮着，人影嵌着摇摆的月色。

陈应钟贴在她耳边说：“爱撩又胆小。”

沈殊此刻嘴比脑子快：“……才没有。”

“你确定？”陈应钟从她身上翻到一边，撑着手侧躺，看向她的脸。

“……确定啊。”

陈应钟“哦”了一声，又做出要起身压过来的样子，一边又捉住她光洁的脚踝，迫使她弓起腿，惊得沈殊赶紧滚到他怀里，抱紧他的腰，胡乱说着：“那个……今天我是百变小樱，我是小学生，小学生不能做这些有颜色的事情。”

陈应钟笑了笑，也不难为她，将薄被子拉到她身上盖好。

他想到就问："动漫里是不是还有个男朋友……叫雪兔？"

沈姝探出脑袋几秒，说："才不是！那是哥哥的——怎么说呢，也可以是好朋友。"

陈应钟大概知道她欲言又止是为了什么："嗯，大概懂。"

沈姝又想重燃战火，逮着机会就往他耳边凑："还是你喜欢这种……"

"哪种？"陈应钟不太明白她说的是什么。

不等他反应，沈姝就用更撩人的语气，轻轻喊了一声："哥哥……"

陈应钟一瞬间扶正她的脸，额头抵上去，用警告又按捺的语气说："还闹？"

"没有啊。"沈姝无辜地冲他眨眨眼。

像是一群小虾米、小金鱼优哉游哉地游弋在鲨鱼旁边，再绕一圈，捡一些发光的贝母和破碎的海藻，一列一列跟上去，才发现是摇摇曳曳的木船渔网。

沈姝盯着他出神，发现他的头发有些翘起来。她伸手去摸，又被陈应钟捉住，这次连呼吸都变得更沉："再胡闹，你明天去不了实验室了。"

沈姝猛地睁开眼，像是得到了一张邀请卡，又像是收到一封没有署名的情书，心情微乱。她很清楚，她复杂的情绪之中乐意大于害怕，紧张又大于乐意。

她眼睛一闭，刚想说"你要温柔一点"时，手机铃声不合时宜地响起。

"叶朝陵"三个字亮堂堂地出现。

叶朝陵的电话打来，只简短有力响了三声。

沈姝表情瞬变，明明没有任何不对劲，接起来就是了。她却把手机攥在掌心，莫名地往陈应钟脸上看。他神色没有异常，反而提醒说："接电话。"

"啊？"意识到自己音量略高，沈姝挠了下耳边的头发，"那我接一下。"

"嗯。"

陈应钟这时候已经松开她，坐直身体靠在床上，更靠近飘窗那侧，垂下眼帘专注看自己的手机，留足空间给沈姝接电话，却一直没有打开任何 App。

房间里流淌着一些柠檬混合海盐的情绪。

僵持半秒，又扫了一眼此刻的时间，沈殊端端正正地接起来：“叶老师。”

“嗯。”

“这么晚了，不知道您……”怎么还会打电话来。

叶朝陵此刻仍在电脑屏幕前，只是这次在家里，书房空无一物，他将从小练习换下来的不同尺寸的小提琴、堆成山的书籍资料、复印机和随手画的水彩全都搬进了地下室，只有一处田子窗投放月亮，灯光都是聚拢在一起的萤火，只够照亮书桌、沙发这种能待人的地方，空调也是老式机型，换风扇会一直响。

“有事找你是需要发邮件吗？”叶朝陵并没有指责的语气，但这样一反问，让沈殊紧张地轻轻咽了下口水，赶紧把手机拿离耳边，检查了下未读消息。

“不好意思，叶老师，我刚刚……”沈殊飞快往身边瞟了一眼，“刚刚有事。”

叶朝陵问：“现在看清楚了吗？”

沈殊脱口而出：“看到了！是问我个人信息，便于系里统一订票和住宿。”

这是叶朝陵给她涂药那次指派的新活儿。

寒假第一周，跟他去贵州一趟，有一个肝癌转移相关的线粒体定位微肽研究案例，需要实地尽调，沈殊负责给这位外籍华人教授当翻译，协助与样本病患沟通。

尽调是明年一月的事情，她接收了叶朝陵发来的编码清晰的多篇论文，以为还有充足的筹备时间，没想到十月订票，十一月、十二月分别有一次线上视频会议，旨在沟通样本分组、尽调规划及实际的出行安排。

电话一响，沈殊觉得这件事仿佛就在明天，比她预期的时间紧迫。

叶朝陵把桌面数据关了，调出护眼放松的热带鱼视频，将声音调到很低，只有一些水声配合着风扇，像置身于深处的水族馆。

“不愿意发给我，就发给你们辅导员。”

“没有不愿意……”沈殊声音越说越低，“我挂了电话就立刻发给您。”

叶朝陵没理她，闭上眼想在颅内修正一些刚刚没有处理的数据，是一些密集的网状生物结构，耳边的声音好似能让他松弛下来，他想到就问：“发给你的材料看了吗？”

“……还没看完。”

“现在有什么想法？”

沈殊被问住，连滚带爬狼狈地去扯飘窗上散开放着的打印纸，明明贴上了多种颜色的透明贴纸，也做了密密麻麻的备注，被叶朝陵突然一问，声音变得断断续续：“我在抓紧时间看庄教授的课题报告，刚看到，在人类转录组中，存在大量小的开放阅读框（sORF），它们先前被注释为非编码 RNA 或蛋白质编码基因的非翻译区域……”

叶朝陵深吸了一口气，仿佛这样才能压住不耐烦的语气：“你不用念书给我听。”

显而易见，他对这些报告早已经烂熟于心。

沈殊丧气地垂下眼眸，背对着陈应钟继续低头翻资料，越是心绪烦乱，越觉得这些编码、字符、流程图都看不清楚。沉默良久，她才说：“每个词我都有在查资料。”

“我没有兴趣检查作业。”叶朝陵平声说，“只是翻译，不要连这种程度都做不到。”

“知道。”沈殊知道自己没做好，不适合用言语去辩解，但还是忍不住补了句，“我这段时间一定尽力把所有材料预习清楚，不过我怕我真没办法完成，您最好还是——”

沈殊想提醒他，最好还是找一个备选的同学。

却被叶朝陵开口打断说：“没办法就想想办法。”

挂了电话，沈殊推开窗户，双手趴在上面对着夜空猛吸了几口气。明明只是两三分钟的通话时间，却像是把她拖入了高考前晚自习的漫长寂静中。

陈应钟也从床上爬起来，伸手拿到桌上的遥控器，才发现投影仪已经开了好半天，始终没有选择影片。还是如同第一次来这里那样，他随意点了一部。

还是一部动画片——《疯狂动物城》。

虽然动画电影的背景音乐才刚刚响起，但已经流露出与沈殊截然不同的情绪。陈应钟的表情比之前显得轻松，甚至带着很清晰的笑意：“你现在很像这只兔子。”

“哪只？”沈殊闻声回头，猛地睁开眼睛来提神。看到投屏上穿着警服正在狂奔的朱迪，走神着说，“哦，棉尾兔，有梦想的朱迪警官。”

“你也是有梦想的小朋友。”

陈应钟走到她身后，双手搭在她头顶，从上往下顺了顺，没问电话的事情，但沈殊仰着头主动哭诉：“刚刚是叶老师，叶朝陵。”

陈应钟沉吟片刻：“嗯，他很有名。”

“真的吗？”沈殊感受过抢课和第一节课的火爆程度，但依然觉得不可思议，“他安排我和辅导员一起在寒假打‘黑工’，但我是真的不会。”

“寒假什么时候？”

“第一周，去贵州。”沈殊才想起来跟他说，吐了吐舌撒娇，“忘了跟你说。”

“贵州……”陈应钟想了想，“可能是跟线粒体微肽研究的课题有关。”

“你知道？”沈殊惊讶地说，“你也太厉害了，我感觉我大学好像不如高中努力……”

“选课的时候在官网刷到的新闻。”

“你别谦虚了，我知道你除了上课就是在图书馆。”

陈应钟轻笑了下，拿话逗她：“以前是，现在不敢保证了。”

“为什么？”沈殊明知故问，“看书的时候会分神想我啊？”

陈应钟用文字也许会正面回复，但面对面的时刻，总归是比沈殊内敛许多。但他说话也并不拐弯，只是换了一种需要仔细听的方式。

他说着：“临床一年级有一个组织胚胎学的实验，就是掌握卵巢、子宫结构，我高中就做过，流程也很清楚，结果在操作显微镜的时候被老师用 motic 数码系统查到，说我连切片都选取不对，还标注什么？都快给他晕吐了。

“还有很多次经过便利店、自动售货机，就想起你会买矿泉水，冰的。我也好久没有买其他饮料了，看到排队的几个女生，都会看一眼，以为是你。

“有一次上课回你微信，重新洗了手，浪费了一副手套，被罚款。”

沈殊觉得感动，又好笑，问他：“真让你赔啊？”

“真的。”

沈殊笑出声，还能分出神安慰他：“那你好惨，我只是洗被试戴帽。”

想到她接下来的几年里可能还得洗成千上万个被试戴帽，沈殊心态又稳不住了，抱住陈应钟的胳膊，想到那通电话，整个人又被叶朝陵打击一通，摇摇头说："我死定了。"

陈应钟揉了揉她的脑袋，单腿跪在飘窗上，任由她抱着自己胡乱撒娇。

"你得帮我。"

"怎么帮？"陈应钟理解了几秒，点点头，"懂了，帮你看论文、做笔记。"

沈殊顺着他的话问下去，手却往他腰腹间游走："还有呢？"

"还有……给你当坏情绪垃圾桶。"

"还有呢？"

陈应钟一把捉住她的手腕，从他的衣服下摆抽出来，贴到自己胸口，又伸出另一只手去抓她光洁白皙的脚踝，凑到她脖颈间细闻："别的账另外算。"

今年的寒假比以往都冷，十二月上海就下了一场雨夹雪。

城市的喧闹从圣诞节挂铃铛开始，红绿相映之中，沈殊的身影穿过玻璃橱窗。她要在打浦桥转地铁去虹桥机场，停下来是为了透口气，顺便换行李箱。

陈应钟比她早四天考完试，直接从家里出发，在箱包店门口先等着她。沈殊是走到半路才给他发的微信——一张推行李导致鞋面全是脏雪的照片。

陈应钟打来电话，问她："行李重吗？"

沈殊呵了口热气，把箱子往前推了推，说："不重的，就是嫌背包麻烦。"

"东西都检查过了吗？洗面奶、隐形眼镜护理液。"陈应钟逐一往外蹦词，都是提前想到的，丝毫没有卡顿，"晕车药、过敏药，也要带上。"

"都带啦。"沈殊嫌他啰唆，"陈医生，你也太细了。"

陈应钟顿了顿，才说："行李箱有点大。"

"大吗？"沈殊对行李箱尺寸没有概念，只选了喜欢的墨绿色。

"可能需要托运。"

"嗯……我还带了吹风机，你知道的，我的吹风机很好用。"

陈应钟联想起她细软的发质，手掌心微微发热，提醒她正事："医生出差一般很精简，可能不会托运行李，到时候去转盘拿的时候，他们得等你。"

"……这样吗？"

只一句话，沈殊就被说服了，甚至已经能脑补叶朝陵睨着眼看她的神态。

本来就学业不精，还耽误时间。

……

“你说得对。”沈殊当街拥抱了一下陈应钟，虚揽着他的胳膊，向他投去一个真实崇拜的目光，“今天你是哆啦A梦，我是笨蛋大雄。”

陈应钟笑着让她“抓紧时间”，是在说现场换个行李箱的事情，却被沈殊故意凑近一步，手伸进他的腰间，随意捏了一下他的腰腹，硬邦邦的手感，跟她自己的完全不同：“你抓紧啊，我能跟你私会的时间不多了。”

陈应钟拿手指推开她的额头，保持半步距离：“我可不是私会。”

“行，你是正经男朋友。”

“你还有不正经的呢……”

沈殊又不怕死地冲他暧昧地笑着，又蹭过来，撞了下他的胳膊：“看你呀。”

跟叶朝陵出行这一路，沈殊需要提供翻译服务的是一位华人教授，姓庄。忙完了最关键的尽调和样本采访以后，他乘早班机先飞香港，再转机。

叶朝陵带队善后，主要处理剩余非典型样本病患随访，沈殊从战战兢兢做上海话翻译，到能够跟在他身边做访谈记录，只用了几个通宵的时间。

午饭吃面，贵阳老乡说，他们与川蜀地区相连，重油重辣，但又不是一样的味道，除了折耳根和尖辣椒，还多一味红白酸汤，鱼也可，面也可。

这是沈殊第一次吃铺满红油的鱼汤面。

别说大口嗦面，就是大冬天吹个三五下，她也无处下嘴。只是热情的老乡等在一旁，时不时拿围裙搓手，像是等待着她的评价。

沈殊真诚但是应付不来地重重点头：“香！”

这一说完，老乡又给她上了一碟泼满油辣子的折耳根，示意她都倒进去吃。

沈殊迎上热烈期待的目光，一咬牙就给倒进去了。

仿佛孩童第一次开口说话，这一举动竟能引起店内老乡的欢呼和满足。

叶朝陵朝她看了一眼：“吃不吃得了辣你不知道？”

“……盛情难却。”

“那你忍着吧。”叶朝陵把她桌面的一罐冰可乐也拿走，“我不吃辣。”

“……真冷漠。”沈殊用蚊子哼的声音抱怨，斜他一眼。像是被他感应到，她立刻换了笑脸迎接，却发觉他的目光停在自己的唇上，只得别开眼，喊着，“好辣啊——”

等到了下午，随访考察的老师们各自散了，有人就近回家一趟，有几个赶着回上海阅卷先走一步，只剩叶朝陵站在宾馆门口，突然问沈殊：“你没有身体不舒服吗？”

“没……没有啊。”

“你脸色看起来不太好。”叶朝陵又往她脸上光明正大地打量。

沈殊摸了摸自己的脸颊：“……好像是有点热。”

但她管不了这些，好不容易把一大群老师送走，她回到自己的房间，没亮起的手机屏幕反射出她笑起来的眼睛，等打开微信时，光芒又像捧在她脸上。

只不过是来到贵州一星期，沈殊忙到只有晚上才能跟陈应钟聊天。

她在会议中听到生命科学和临床的交叉研究，就在微信上狂轰滥炸陈应钟，用跳跳糖一般的心情告诉他，搞不好将来有一天他们可以并肩站在实验室里，她愿意为他递刀，愿意为他擦汗，愿意为他调整显微镜的角度，愿意听他指挥。

陈应钟也说，明知道点芝姐菜馆的外卖爱心焖面，也不会由她来送，但他还是忍不住连吃了三天，最后芝姐甚至手写了感谢便笺，让他务必领一下优惠券。

在休息的间隙里，山野的风吹起漫天的白雪，是轻软的柳絮状，不似上海的凉雨。她知道这片土地上有课本封面出现过的黄果树瀑布，也知道山水林洞相辉映的百里杜鹃，只能抓准机会一顿“咔嚓”直拍。她住的招待所前，还有一条涓涓溪流，在冬天会漂起浮冰，尚未化解，冲开一些枯枝败叶，流进六孔的桥洞下。

两人打视频时，沈殊指给他看，陈应钟说，这叫七孔古桥。

有古桥在的地方，奇峰绝壁就在不远处了，将山、水、林、洞、瀑、鸟、湖融为一体，在浓荫处只露出一点霞光色。

沈殊觉得他好厉害，他好像去过很多地方，维港的 Rose II 雕塑也是他给介绍的。她眼睛里倒映着湖面的亮和手机的光，下决心说：“我以后要跟你一起旅游。”

她说，她要去很多地方，有风的地方，有他的地方。

好几晚，都是不知道谁聊着天先睡着，有时候在说景色，有时候在说今天好难，也有时候就是静静地看着彼此，各做各的事情，偶尔陈应钟会给她唱几句歌。到电量低的提示音响起时，陈应钟才会轻笑着说："你别挂，我先去找个充电器。"等醒来时，他们偶尔也找不到另一只耳机，只有手机在外放着呼吸声和歌曲。

纷纷扬扬的大雪在返程前一晚落下，跟上海一样。

陈应钟打电话提醒沈殊："航班可能会延迟，甚至取消，你得多穿一点。"

"我一直盯着值机信息呢，现在还行，延误半小时，应该能起飞。"沈殊站在机场充电桩前，之前刚把行李托运了。此刻，她戴着耳机打视频电话，搓了搓手回头找叶朝陵，虽然不清楚他的座位，但按照系里统一安排，他们应该是同一个返程的班次。

但是他人还没到。

陈应钟说着航班："嗯，能正常起飞就好。"

沈殊归心似箭，语气却是慢慢悠悠的："没问题，虽然我肠胃好像有点不舒服……"

"有吃药吗？"

"……没。"

陈应钟关切地问："现在痛得厉害吗？"

沈殊笑了一下，说："陈医生放心，我没事，只是感觉有点不舒服，没有很明显的痛感，大概是这几天吃太辣了……反而是脖子和后背好像也有点痒痒的。"

陈应钟隔着视频的一层滤镜看，实在看不到什么，只觉得她露肤的地方好像是有一定泛红。

"接到你直接去芝姐菜馆行不行？"

见沈殊没有回答，他很快又说："我可以装作吃饭。"

引得沈殊轻轻一笑："干什么？想见我妈呀？"

陈应钟已经换好了衣服，正坐在客厅里无心看着电视，等待着时间一到就出发去机场接她回来，声音也变得低哑："我就想多陪你一会儿。"

"嗯，明明也没多久，但是我居然有点想家了。"

"想我还是想家？"陈应钟的笑声干净又清爽。

沈殊"哇"的一声反驳说："我可没有想你。"

"哦——"陈应钟拖长声音。

他从沙发上站起来走回卧室，推开窗户透气。雪片飞在窗台上化成了水，跟视频里看见的雪景不同，沈殊也拔了充电线，趁登机时间充裕，重新出了行李安检口，走到机场可遮蔽头顶的尽头，在一个干净的垃圾桶旁边，将手掌心伸向室外。

视频里，她摊开掌心的同时扬起脸，雪丝绒花从她的眼皮落到了鼻尖。她闭上眼，睫毛微微地颤动，很快可以觉察玻璃一般的水珠，像是一种银白色的眼线。

这是大自然的成人之美，也是老天爷的造物偏爱。

她穿着黑色的毛呢大衣，脖子上宽松围着深咖色的围巾，跟雪片的洁白形成最耀眼的对比，每一片雪花落在她肩上时，陈应钟似乎都能听见自己的心跳声。

沈殊睁开眼，将镜头拿正，认真对陈应钟说："我们算是一起看过了雪。"

"嗯。"陈应钟有些失神，"好看。"

"你说雪？"沈殊笑着问，扬起手掌心里可以飞向风的雪。

陈应钟说："我说你。"

挂了电话，沈殊抑制不住想赶紧起飞的心情，单人重新过安检，轻轻松松地往对应检票口走着，打完视频电话甚至都不觉得空气冷了，连围巾都拿了下来。

叶朝陵已经找到远离人群的位置坐下，手里还在滑动着 iPad。

她避无可避，走过去找旁边的位置坐下。担心惊扰他，她特意小声说："叶老师。"

叶朝陵闻言抬头，本来是冷冷淡淡像走神的样子，突然眼睛盯向她的后脖颈——大面积红斑凸起。他用一种逛动物园的眼神问她："你是不怕冷又不怕痒吗？"

"是有点痒……"沈殊把围巾折叠，随意往胳膊上搭着，拧着头想去看后颈的情况，手指比眼睛更快，已经下意识抚上去沿着凸点去摸。

"手上有细菌。"叶朝陵抬眼制止，见她有点不解地还在用力去按，索性伸手抓住她的胳膊，用力带下来，沉默数秒，用不轻不重只是陈述事实一般的语调说，"去趟医院，看起来不像水土不服引起的过敏症状。"

"现在？"沈殊眼睛微微睁了下，头顶强烈的机场白光映在她清澈的眼中，让她看起来没有叶朝陵说的这么严重，"不用的，我皮肤很容易过敏，包里也带了药。"

"皮炎感染，肌肤溃疡，蔓延到脸颊、下巴，有你难受的。"

“这么严重吗？”沈殊又偏过头，把手机相机调出来，对着自己的脖子聚焦。密密麻麻的小疹子已经清晰可见，不知道是撞见冷空气，还是因为她的手指触摸，此刻已经有一种张口胀满的黏稠状态，越看脑袋越空，“好像是有点严重……”

叶朝陵下巴一抬，电子屏上他们那趟航班从延误半小时直接变成了未知。

“本来也起飞不了，怎么带你来的，总要怎么带你回去。”

沈殊解释说：“我就是觉得回家看医生也行，省得麻烦您，学校都放假了。”

叶朝陵本想说“你照做就是减少麻烦”，但看见她神色多少带点不安，勉强咽了下去，语气也松弛了一些：“不差这一两天。”

“……那行。”沈殊心存侥幸地说，“可能我们回来，飞机还没起飞呢。”

叶朝陵又往她脖子上看了一眼，手抬到半空觉得不便，转而不易察觉地插入口袋，将手机拿出来，定位了最近的医院，叮嘱沈殊去柜台操作改签机票：“那边——去办手续，行李记得拿，做事稳当一点，不要想一些有的没的。”

“好吧……”

叶朝陵见她拿手机、换围巾，手机屏幕忽明忽暗，提醒说：“手机拿好。”

“好，谢谢叶老师，我手机不离身的，丢不了。”

沈殊闷闷低下头，跟着他去办理手续、拿行李，出机场发现他连去医院的车也叫好了。傍晚的落日比晚风更凉薄，云都散漫地飘着，像溺水的大气和冲淡的面粉。

寻常工作日，医院皮肤科候诊的病人虽多，但好在就诊时间都不长。叶朝陵领着沈殊进科室时，被医生发愣着扫了一眼，很快目光向下回到纸笔上：“坐下吧。”

医生只端详了几秒，也没有多余提问，但沈殊忍不住主动说明情况，连带着自己从哪里来、可能吃了折耳根这些，被医生客气打断：“湿疹，皮炎感染，目前面部没有红斑、溃疡迹象，口服、外敷的药我都开一些，这几天甜、辣忌口。”

沈殊“哦”了一声，迟疑着张了下嘴，最终还是不继续问了。

“有社保吗？”医生问。

沈殊摇摇头，说清楚情况：“我是学生，来这里实习的。”

医生眼也不抬，不冷不热地说了一句：“药不贵，拿单子去领一下。”

沈殊接过病历单："好，谢谢医生。"

叶朝陵的声音却在她头顶响起："能大概知道过敏原因吗？"

医生已经开始叫号："这个需要康复以后具体检查，大多是排除项。"

"有劳。"

叶朝陵也不再继续问，领着沈殊出门，她手上的开药单被他直接抽走。沈殊一抿唇，干脆利落地伸手想要回来："叶……叶老师，我去拿药就可以了。"

"把行李看好。"

叶朝陵说话很容易让人不敢拒绝，像是老师特有的权威，也像是他性格里带给人的沉稳感，好似按照他的指令去执行，才是这个难题的最优解。

当天贵阳飞上海的航班延误至取消，不过不是因为突如其来的一场风雪，而是南方大部分城市持续暴雨，在冬季反常行使着大自然的权力。

叶朝陵找了个跟校方有合作协议的招待所住下，提供了行程证明。前台接待的女士将二人的身份证推回桌面，递来一张房卡："您好，7709，出电梯，左转。"

叶朝陵越过她身侧，正要将房卡退回去，沈殊已经抢先拘谨着挥挥手，有些不知所措的紧张："那个，他是我的老师，我是他的学生，我们需要两间房。"

"这样，实在不好意思，我这就给您换。"接待的女士往叶朝陵脸上瞟了一眼，飞速挪开，低着头快速对着屏幕点击鼠标，讪讪地说，"老师好年轻啊……"

沈殊头也不敢回，只能用余光打量他一眼，不由自主地把话接上了："是的。"

"你们是来贵阳出差吗？"

沈殊用力"嗯"了一声，对方接着问她有没有去景点看看，有没有吃老素粉，可以加脆哨和软哨，转了两句话题，最终又看了眼叶朝陵，说他年轻有为。

叶朝陵则显得异常平静，好似这样的赞美已经听过许多次。他阻止了她们继续交谈："两间房，不用连着，有劳找一间房间有窗户、通风比较好的。"

"行，我这就弄好。"

"给她。"叶朝陵说，"通风那间。"

接待的女士缓慢点头，眼神没挪开，话却是对着沈殊说的：“你们老师真细心。”

房卡递上来，沈殊看了一眼，最终他们还是住在了一层楼。

推门而入，房间收拾得整洁干净，不似装修那般老旧，反而墙面用白紫色分开重刷过。墙面也挂着几幅风景图，有木制书桌和落地台灯，看起来更贴合旅游民宿的风格。沈殊把围巾、书包随意丢在床上，把装着过敏药的塑料袋打开。

“一清胶囊，枸地氯雷他定，牛碱性成纤维细胞生长……”

她拿着包装盒，嘴里随便念了念，区分好一日几次的剂量以后，先把口服的给吞了，再去洗手间试好热水，卷起袖子，正要往脸上扑水时，门被敲响了。

门打开，叶朝陵站得得有两步远。

“……叶老师？”

“别用生水。”叶朝陵说，“烧壶水，放凉了再敷。”

“什么？”沈殊一下子没反应过来，说完立刻又“哦哦”了两声，手往洗手间一指，没所谓地笑着说，“您来得正好，我还没洗脸，赶得上。”

叶朝陵无语地低着眼看她：“你的手机是摆设？”

“……您给我发消息了吗？”说完，沈殊回头去找，桌上、床上、包里甚至大衣口袋里都翻找了一通，不知道丢到哪里去了。从机场到医院这一路好像都没顾上看手机，她脑袋一空，完全不知道丢在哪儿了，“要不您给我打个电话？”

“打了。”叶朝陵咬字很轻，“我去联系医院和司机，你先该做什么就做什么。”

没等沈殊反应，叶朝陵已经转身先走了。

她怔愣着坐到床上，露在外面的半截胳膊微微发紧，肌肤像是因为过敏而缺水紧绷，说不上多难过，但就是陷入一种“今日诸事不顺”的丧气情绪之中，越细想越觉得郁闷，好不容易打起精神，想先按叶朝陵说的那样去烧壶水，里里外外找了好半天，才发现只有床边有一个三极插头，此刻，烧水壶跟床头灯只能选一个亮起。

稻草能够压死一只骆驼。沈殊拔了床头灯插头，再去洗手间，人在光明里，背后全是阴影，正好将她的后脖颈、领口、肩膀藏得干干净净，一些变暗变红的疹子像在黑暗中叫嚣，像一点一点吞噬她白皙的肌肤，嘲笑她此刻低落的情绪和落败的免疫力。

……可恶。

沈殊有点想哭，想跟陈应钟打电话，也想听芝姐和黄石榴的声音。

结果手机也没了。

眼眶里盈满泪水但是不足以掉下脸颊的状态持续了几秒，叶朝陵又重新敲响房门，见她遮遮掩掩的眼神，平声问她："哭了？"

"没有，谁会为这种事哭啊。"

叶朝陵被她好笑到："为这种事哭的人多了去了。"

"好吧……"

叶朝陵见她也没什么异常，又问："清理好了？"

"快了。"

"身上检查了吗？"

"……没有。"

叶朝陵顿了顿，一副不太了解十八岁小女生在想什么东西的神情，又有几秒的迟疑，觉得可能只是他这种天塌下来也当被子盖的人不理解，补了句："那你还等什么？"

沈殊认真地说："等水冷下来。"

不是不让用生水洗漱吗？

叶朝陵瞧着她，鼻腔出气："……行，你慢慢等。"

安静几秒，叶朝陵把自己的手机递上来："打个电话给家里报平安。"

"哦，对！我得赶紧打个电话，谢谢叶老师。"

沈殊没敢随便按亮手机屏幕，只是放在掌心等他解锁。

"我没密码。"

"啊？"沈殊不轻不重的一声惊讶，见叶朝陵挑着眉冷了她一眼，赶紧笑着找补说，"我没有惊讶，我就是觉得很少见……"

打开后，沈殊才发现习惯用微信以后，她根本记不起芝姐、陈应钟、黄石榴、贺嘉礼或者任何人的电话号码，她低头飞快滑动屏幕，扫了好几眼才发现叶朝陵这人除了必要且实用的 App 以外，好像连点外卖的软件都没有。

"那个……叶老师，我可能要下个外卖软件，我才能看到我妈的电话。"

"你下。"

沈殊感激地看他一眼，下好软件后，找到号码，给芝姐打过去。幸好她接得快，不然借叶朝陵手机打电话这事沈殊能按秒来计算紧张，越等越像在给他添麻烦。

知道情况以后，芝姐让她多注意、别着急、记得谢谢老师，一通叮嘱，话赶话，几乎没给沈殊留时间说话。她想着，陈应钟找不到她肯定急疯了，赶在芝姐那边吵吵闹闹喊上菜之前，扬声抢先说了句：“记得也跟……也跟黄石榴说一声！芝姐——”

芝姐接到电话，也算安心下来，手机夹在耳朵和肩膀之间，像是随时要掉下来的样子，手上还端着两碟菜，用更大的力气刺破噪声喊了句：“黄石榴她没找你！”

……好吧。

沈殊有点窘迫地冲叶朝陵挤出一个笑脸：“我妈，忙着上菜。”

叶朝陵突然说：“医院失物招领处暂时没有登记，出租车上也没有，我留了学校实验室的地址，如果有人找到，我会通知你。”

“好，麻烦叶老师了。”

“嗯。”叶朝陵往洗手间扬了一下手，“去清洗，上药。”

听见这句，沈殊又紧张起来，小声说：“……我自己来就行了。”

“你涂得到？”

沈殊给自己打气，抬头直说：“没关系，应该能行，不能让您不方便。”

叶朝陵眉头拧了一下，说：“你是说性别，还是身份？”

“都……都不太方便。”

叶朝陵望向她，眼神淡淡的，却又有一些不快。这比独处更让她觉得拘谨和无措，尽管叶朝陵将门打开，一直站在门侧，连人影都是朝着外的。

叶朝陵往楼下看一眼，轻飘飘地吐了一句：“就这样，你还研究生命体。”

沈殊扬声“嗯”了一下，被他说得一蒙，但还是如实说出心里话：“……我就是怕您不方便，要是以后学习或者工作里面，我觉得我能客观公正对待每一个生命体。”

叶朝陵扯了扯嘴角，不跟她辩驳这些没发生的事情。

在沉默着的尴尬时间里，很快出现前台女士熟悉的声音：“您好，老师，是需要什么客房服务吗？刚刚前台有接到您的电话。”

“有劳，帮忙给她涂下药。”

叶朝陵连看也没看沈殊一眼，只是客气地对着前台女士点了下头。

“好的，那我就先让楼下将需求单关了。”

前台女士捏紧对讲机开始说话。

沈殊站在原地，有几秒的出神，一下子连手都不知道该往哪里放，只能盯着叶朝陵的身影离开房间。等房门一关上，她又确实松了口气，机械式地眨了下眼。

多待了一晚，第二天返程，航班落地虹桥机场是晚上七点五十五分。

拿完行李，叶朝陵径直往停车场方向走，沈姝猜想他应该是开车来的，想说要不然有劳他替自己打辆车回家，不用送她了。但几秒钟的时间机场内连续穿过几辆旅游车，她扶紧自己的行李箱，眼皮不自然地塌了一半，用力才又睁开。

沈姝推着行李箱走过去时，叶朝陵已经将后备厢打开，自然地接过去，跟他的黑色行李箱并排放置好："你可以先上车。"

"没关系的，谢谢叶老师。"

沈姝的手指从冰凉的车身划过，她心里想开的是后座车门，但她知道这样很像在把叶朝陵当司机，难免有一种不尊敬的感觉。

在拉开副驾车门时，她还是先弯下腰说了一声："那我就坐前面了。"

叶朝陵淡淡"嗯"了一声，好似完全不在意，将暖气调高，见沈姝往他的后视镜里看——她微微扬起脖子，神色很快变得焦虑。

皮肤方面的毛病难免让人分神，何况还是十八九岁的年轻女孩子。叶朝陵本想安慰她，却发现她一转眼趴在车窗玻璃上，正在跟对面以同样姿势等待红绿灯的萨摩耶打招呼。

他"啪"一下将车内后视镜转向自己那侧。

沈姝轻轻转过身，不安地扯了扯胸前的安全带："叶老师，我跟您家可能不顺路，要不然您找个地铁站就近把我放下，或者帮我打个车也行。"

"你家是住汤臣一品还是东郊壹号？"

"……啊？"沈姝赶紧说，"没有啊，我家怎么可能住这种豪宅？"

叶朝陵把手机导航打开，说："那你也不用担心我知道你家地址了。"

"就是怕给您添麻烦。"

叶朝陵轻笑着反驳："你丢了，我才是真麻烦。"

"……那行吧，反正也挺麻烦您了，您就好人做到老，送佛送到西。"

"好人做到老。"叶朝陵重复了一遍她的话，嘴角几乎藏不住笑意，沈姝也跟着又小声默念了一遍，实在不知道有什么可笑的，但是终归比看他严肃的样子好多了。

到荞水巷，沈殊往“芝姐菜馆”亮着灯的店面前一指，表明了环境安全，欢迎他随时来吃饭的心意以后，叶朝陵果然就不再往里走，下车替她取下行李。

沈殊靠在行李箱一旁，恭敬地等他开车先走。叶朝陵启动车辆后，将车窗摇下来，想提醒她“别碰生水”，但说出口就变成了：“休息好了记得写个复盘给我。”

沈殊正经在思考这项课后作业，弓着腰前倾身体凑到车玻璃前：“是这次尽调和采访的复盘，还是我个人学习成长的那种总结？”

叶朝陵无语地看了她一眼，用眼神示意她将搭在车窗上的手拿开：“……当然是项目复盘，我对你个人的成长日记不感兴趣。”

沈殊不好意思地干笑两声，忙说：“叶老师辛苦了，您走好。”

“我对你个人的成长日记不感兴趣——”沈殊对着驶离的车辆闷哼一声，学着叶朝陵的样子做了个鬼脸，呼吸到上海冰冷的空气，才有一点落地的真实感。

“让一下啊！让一让——”

身后急促鸣响电瓶车的喇叭声，冰刺一般的夜风先呼啸而过，沈殊刚想转身判断下是往哪边挪位置好时，有人已经紧实地握紧她的肩膀，将她带入到巷子口背光的西饼屋后，行李箱“哐当”两声被人伸出脚抵住，车轱辘僵硬地又在地面旋转了几下。

“陈应钟——”沈殊不用看清他的脸，不用去闻他的气味，也知道比羊绒围巾更温暖的是陈应钟的怀抱，她借机抱紧他的腰身，撒娇似的说，“我好惨啊……”

“回去说。”陈应钟伸手去拿行李箱的扶杆，“很晚了。”

“怎么了？”沈殊仰起头，手抱着不肯放，“你都不抱我。”

陈应钟顿了顿，伸出胳膊虚虚地揽了一下她的后背：“先回家，你妈应该等急了。”

“我跟她说了，我手机丢了，不知道落在医院还是哪里……”提到医院，沈殊赶紧捂紧自己的围巾，拿额头蹭了蹭他的下巴说，“航班取消，皮肤又过敏，就多待了一晚上，有老师在的，不是我一个人，我实在不知道怎么联系你……”

浩荡的风像是经过狭窄的巷子口，给了陈应钟一个响亮的耳光。他嘴唇泛白了许久，手指也冻得几乎没有知觉，沈殊摸上去时，关节比之前感觉更坚硬一些。“你的手好凉，你一直在等我吗？你怎么不去店里等？”

“我不冷。”他口不对心地这样说着。

陈应钟低头看她，想伸手看她的脖子。湿疹没有那么轻易好转，才第二天，起疹子的地方只是象征性地瘪了一些，颜色更深，皮肤有一种结痂的硬块感。

沈殊歪着脖子躲开，垂下眼眸，摇摇头说："不行，很丑。"

"我看看。"

"不要……真的很难看，还很痒，昨晚折腾得我都睡不着。"

陈应钟叹了口气，顿了顿才说："你消失了整整一天，微信上也联系不到，只说飞机可能会延误。我来芝姐菜馆，芝姐也不知道你去哪儿了。"

"啊……"沈殊发觉陈应钟从来没有用这样冷淡的语气跟她说过话，摸了摸他的脸颊说，"可能是因为从以前开始，就总有男同学来问。"

"是吗？"

陈应钟没有笑，也没有笑话她在暗示自己从小就人气高。

这让沈殊很轻易就能觉察到他的情绪变化，说话声音变得更温柔、更担心："……你能不能不要生我气呀？我真的找不到办法联系你。"

"我不喜欢突然消失。"陈应钟突然说，"不是因为恋人需要随时回应，不是那种时刻黏在一起的需要，是决定在一起，在我的认知里，喜欢就不是一句戏言，是自由意志之下能坚持一辈子的事情，你懂吗？"

他无奈地出声："是接受你的生命与我有关，而我的一半灵魂不受控制。"

他不受控制地会因为一天短暂的失联，从家里往返于学校、芝姐菜馆、地铁站、机场，是明知道航班延误、起落安全，却还是能够清楚地知道——今天到底有多少班飞机开向了北方，有多少对恋人在机场相拥和离散。

沈殊没了声音，她记起他们互相表白那晚，她被叶朝陵扣在实验室里洗了上千个被试戴帽和导电管，手机不准许被带入，以至于他直接在女生宿舍楼下等到半夜，告诉她，他不喜欢突然消失，他不喜欢混乱、虚无又荒诞的事情。

沈殊想着先哄好他，又使劲往他怀里蹭了一些："对不起，我知道你担心我……"

"我不是指责你，我只是想告诉你，突然消失的人，有可能在海外撤侨时被炸断了一条腿陷入了深度昏迷，有可能在撒哈拉当个大梦想家把家人的担心抛诸脑后，也有可能……就再也不会见面了。飞机不是没有出过事……”

沈殊知道这样解释很苍白，急得想哭：“我真的没办法联系到你，我用的是叶老师的手机，还是从大众点评上找到的芝姐电话……”

这理由连沈殊自己都觉得苍白，何况是拿来说服一个温柔与理性皆至上的人。在失联的一整天里，她总是想着，马上就可以飞回上海，马上就可以见面了，马上就可以说清楚。

却没想到她轻描淡写的“马上”，对陈应钟也许是每一秒的凌迟。

他说：“你可以告诉芝姐，如果男朋友来问，也请告诉他一声，让他放心。”

沈殊没反应过来，“啊”了一声，发愣着问了一句：“你告诉我妈了吗？”

“不能说吗？”陈应钟松开她的手，有点受伤地看向她。

“那倒不是，芝姐还挺开明的，我自从开学还没回过家……”

陈应钟没接她的话，抿了抿唇，眼神里带着一点想放轻松的笑意，神色却还是严肃：“那叶老师知道吗？我说的是，送你回家的叶老师。”

“……我跟他没有什么机会说私事。”

“那他知道吗？”陈应钟没给她避重就轻的机会。

沈殊睫毛不安地颤了一下：“应该不知道……”

陈应钟深吸了一口气，闻着西饼屋传来的香甜气息，此刻只觉得腻和热，扑到脸上甚至有一种干涩感，像在浸渍砂糖橘之前用的面包糠，厚厚的糖霜包裹着薄薄的橘子皮，既遮盖了清香，又夸大了糖霜的香精味。

“沈殊，可能我还是没有那么重要……”他的声音越来越淡，“至少没有重要到如果我担心得睡不着，你也会睡不着，会在意我的感受。”

沈殊无声地捏紧他的大衣，好像已经躲不进他的怀里，连夜风都将他的衣摆吹向一边：“如果你是这样想我的……那我真的也很难过。”

“不是吗？”

沈殊自知这件事她没有更好的办法解释或者证明，但还是执拗地摇着头：“不是这样……我觉得不是，我没有不珍惜你喜欢我、为我担心的心意。”

沉默良久，或者只是几秒，比以往任何时刻都要漫长。

西饼屋的玻璃窗映满了人造的彩色光，树影摇晃连在一起像是在假借夏日残留的璀璨，陈应钟目光灼灼地望着她，没有觉得这是一件天大的事情，却像是一根红烛烧到了空心，风吹来的时候摇摇晃晃，庙堂里恢复安静时人心里也泛起一些酸痛。

他呼吸一沉：“大概还是我太喜欢你了吧。”

大概还是我更喜欢你吧。

他说。

第九章

滴水观音

我们人生里，你是优雅的大艺术家，也是忠诚的小天狼星。

整个寒假，沈殊最先见到的是黄石榴。

她听说沈殊去外地尽调丢了手机的事情以后，第二天睡醒就跑到芝姐菜馆报到。敲响沈殊房门的时候，手里还端着芝姐让她带上楼吃的肉丝炒面。

“快开门，拿不住了要——”黄石榴在门外扯着嗓子喊了一声。

沈殊一上午都在对着笔记本电脑，计划写完尽调项目的复盘初稿，至少傍晚之前给叶朝陵发过去一版，手上动作却不听使唤，总是将电脑版本的微信点出来。

之前明明可以一键登录，可能出去一趟换了个 IP 地址，再点击时显示登录失效需要重新扫码和确认，已经提示了几十遍、上百遍，但她总是不小心眼神又留意上去。

“快点！我的膀胱都要爆炸了！”

沈殊吓得一顿，腿撞到椅子上，赶紧去开门：“来了，来了。”

两碗肉丝炒面，盖满猪肉丝、豆芽和荷包蛋，两个人吃一份都绰绰有余。但大概是太久没见了，边吃边聊，居然也吃得七七八八。

黄石榴进门后，直接伸手撩开沈殊的头发，盯着她脖子看了看，很想安慰她，但眼睛下意识眯了一下：“惨不忍睹，尤其是你皮肤太白了，小疹子看起来就更吓人……”

“我现在都不想管这个。”

黄石榴刚刚听芝姐说了沈殊丢手机的事情，没太往心里去。

她按着沈殊的肩膀，让沈殊坐回原处："那就先吃饱，好久没吃芝姐的爱心炒面了，谁能想到我们哪怕都在上海，也跟异地似的，开学以后就见过一次。"

沈殊有气无力地搅动筷子："我都在瞎忙。跟你说过的，除了上课，就是在实验室无薪打工，洗不完的被试戴帽、打不完的导电膏，还要把点滴瓶的瓶盖串起来。"

黄石榴咬断一口面，含含糊糊地问："串起来干什么？卖钱啊？"

沈殊无语地点点头："你说得对，按串称重。"

"有病吧……"黄石榴不理解地眨了眨眼，"不串起来就不能称重了？"

"谁知道呢？反正实验室就是这么要求的，每个人都这样做。"

"行吧，可能实验室某种意义上跟作坊差不多，学徒嘛，得听话。"

沈殊闷闷地"嗯"了一声，整个人释放着小雨天的低气压。

"都放假了，开心点啊，手机没了就再买一个，不行还能分期呢，别老想着给芝姐省钱。"黄石榴靠着椅背随意把背包丢到沈殊腿上，"我太撑了，你自己拿吧，我带了旧手机给你，不行你就先凑合着用几天，现代人怎么可能离得开手机……"

"嗯……"

"手机卡呢？重办了吗？快打起精神来啊！这么丧气，一点都不像你了……"黄石榴狡黠地冲她"嘿嘿"笑了一下，"没手机怎么谈恋爱？"

沈殊胃里很撑，但一听她这么说，还是忍不住趴在桌边，脸颊侧枕在胳膊上："我办了卡的……昨晚就去重新办了一张，回来发现是小号卡，我的旧手机用不了。"

"这么怕陈应钟被拐走啊，一晚上都忍不了？"

沈殊哭丧着一张脸，把这几天发生的事情简单说了一遍。

想到昨晚，她更无奈地出声："……我们从手机丢了开始就没联系过了。"

"那陈应钟不得急疯了？"黄石榴嗓音尖厉些，"你心也太大了，上飞机之前聊着聊着突然人没了，这多让人没有安全感啊，还是在外地……"

沈殊整张脸埋进胳膊圈里，懊恼地摇摇头："别骂了，别骂了，他说我不在意他的感受……"她对着灰茫茫的老式地板睁开眼，又飞快地闭紧，"我没有想那么多。"

“那你得告诉他啊。”

沈殊猛地抬起脸，有点嫌弃地拉开身侧的抽屉，一部已经淘汰的手机安静躺在里面。

“……卡，手机卡用不了，昨晚见面也没能说几句话。”

黄石榴伸出食指，对准她的鼻尖摇了摇：“这次我帮理不帮亲，你昨晚可以打电话给我，可以问陈应钟要一下手机号，你甚至可以打电话问任何可能同时认识你们两个的人，但你都没有去做。你想想，他为什么可以第一时间等到你回来？”

“我……”沈殊听完，脑袋更空了，眼睫机械式地眨了几下。

“不过呢——”黄石榴打断她说话，“不过我挺替你开心的，恋爱又不是合伙做生意，谁能说得清谁多谁少呢，陈应钟喜欢你更多才好啊，狠狠拿捏住大帅哥。”

“那你告诉他一下，让他别生我气了。”沈殊苦笑说。

“那我帮你打电话好了，我有他微信，在香港旅游那会儿加的。”黄石榴“啧啧”一叹，“说起来还是因为你加的，不然大帅哥才不加我。”

“别别别——”沈殊伸手去按她的胳膊，明知道手机在桌上，她压根就不是真要这么做，沈殊动作还是紧张得变形，“别打电话，我……我等会儿就去找他。”

“还等会儿呢。”黄石榴倒着往她床上一躺，不是预想的蓬松酥软的感觉，床垫“咚”一声震了震，“爱要勇敢说出来啊，这才像你会做的事情。”

“当然了，我要找他当面说。”沈殊终于露出笑来，跟黄石榴聊几句，心情也明显有所好转，说话尾音也恢复一些音调，不再由深变灰。

说完她也倒在黄石榴旁边。

她往后伸手拉扯过一个枕头，两个人的脑袋自动靠拢在一起，轻轻碰了下。想到什么，沈殊又一瞬间坐起上半身，伸手拿稳桌上的玻璃杯，对着正奇怪瞧向她的黄石榴，往前一推敬了一杯：“谈恋爱这么久都没有让你吃上一顿饭。”

黄石榴“扑哧”一笑，以为她要说什么：“得了吧，让陈应钟给我补。”

沈殊痛快说：“行，欠你八顿。”

“可恶！我怎么感觉我被你炫耀到了……”黄石榴两眼一闭，嘴角却始终勾着笑，利落兴奋地说了一句，“不过，我可太喜欢看大帅哥和仙女谈恋爱了。”

插上手机卡以后，接到的第一通电话，来自叶朝陵。

手机攥在手掌心里，沈殊顿了顿才接通：“叶老师。”

“嗯。”

“有什么事情吗？”沈殊主动说，“尽调报告复盘我还没写好，得晚上。”

“多晚？”

叶朝陵的声音听起来像是带着笑意，不太明显，但至少是轻松的。

沈殊却不敢掉以轻心，认真评估：“十点之前行吗？”

见电话那头没有声音，她又赶紧补了一句：“是不是太晚了？那……九点？”

他说：“不急。”

“哦……”沈殊继续问，“那是为了？”

“来一趟实验室。”

“现在？”

叶朝陵轻轻出声：“……不然呢？”

沈殊看了下手机，确认没有任何其他消息和来电，不免失落地耷拉下眼皮，随口问：“是医院还是哪里找到我的手机了吗？”

“没有，你可以当作找不到了。”

沈殊嘴角一抽：“……”

也不用讲出来，谁不知道情况啊？

沈殊接电话时，黄石榴还在她房间里玩手机，狐疑地看了她一眼，直接跪在床上凑近了听，用口型无声地问她：“是那个叶老师吗？”

沈殊点点头，也没有避讳，打开外放让黄石榴一起听：“那我去实验室是……”

她有种不祥的预感，总觉得不至于过年前还需要去实验室洗被试戴帽吧？

叶朝陵说：“你能在实验室做很多事情。”

沈殊刚要开口，黄石榴立即捂住她的嘴。又像搞错了，立刻捂住自己的嘴巴和鼻子，胡乱冲她指了下手机。

她这才看见黄石榴打字：他声音好好听啊！救命！他肯定是个大帅哥！

沈殊拿眼神示意她老实点，推开她的肩膀。

叶朝陵已经没了之前的耐性，提醒说：“你是不是对进实验室没什么概念？”

“是没有。”本来就是沈卓然硬将她塞进去的。

但沈殊并非是抬杠的语气，说得比谁都冤枉，反而逗笑了叶朝陵。他说：“准确来说，实验室没有寒暑假一说。”

“……我也没有吗？”

叶朝陵很快反驳：“我说的不是中文吗？”

“不是，我的意思是，我才大一，其实也不算真正在做科研……”

“你要是乐意，你可以永远人一。”

沈殊明白，他只是就事论事，去实验室哪怕是跟在学长、学姐后面做一些访谈记录、数据处理，也比在家待着好，且不论成果如何，至少比同龄人更早接触学科知识。

“对不起啊，叶老师。”沈殊也不跟他磨蹭了，跟叶朝陵这样的人说话，藏心思是很费劲的一件事，“我跟男朋友吵架了，听起来虽然很幼稚，也不应该为此耽误学业，但我确实会受影响，我今天已经看了八百次手机了，他还没给我打电话。”

沈殊自言自语：“我知道跟您说这些，又不懂事，又没劲，又浪费机会，但我真的就是这样想的，注意力不集中，缺乏敬畏心，是对实验室所有人的不尊重。所以我想着，我解决了问题，我就立刻回实验室听您安排……”

叶朝陵沉默良久，找到她换气的缺口直接打断说：“好。解决好你的私事，实验室有测试用的设备手机，既然对学术缺乏热爱，就更不能让你倒贴出差。”

“我也不是这个意——”

“嘟嘟嘟——”叶朝陵挂了电话。

沈殊撇撇嘴，小声吐槽：“……真吓人。”

黄石榴像是终于能松一口气，双手抱紧沈殊的脖子说：“我帮你去拿，我现在就出发，你们实验室在哪里？叶朝陵人在吗？他单身的吧？”

沈殊无语地看了她一眼：“我要先回答哪个问题……”

黄石榴重新躺回到床上，有点犯困了，一惊一乍的动作也消停下来，手脚都松软地胡乱放着，后知后觉地说：“我怎么觉得这个叶老师就是想给你送手机……”

“嗯。”

“原来你知道啊？”

沈殊了然的语气：“他是不是这么想的不重要，我自己得避讳一点。”

“可惜了。”黄石榴惋惜地说，“我觉得叶老师也挺好的，像长大版的陈应钟。”

“才没有，他们两个人完全不一样。”

“不一样吗？感觉声音都有点像。”

沈殊拉扯过被子，从胸前盖到她脸上，一字一顿地认真说：“完全不一样。”

黄石榴也不跟她掰扯，眼也不抬地拿起手机，举起来平视着，随口说：“你倒是真的不一样了，以前不可能为了任何事情改变你的习惯，感觉你恋爱以后……怎么说呢，不是变笨、变傻了那种，是好像也会分心走神了。”

沈殊笑说：“我本来就会啊。”

“你、不、会。”黄石榴无比认真地端详了一下她的脸，几乎是停下手上的动作，“你以前像个被编订程式的人，比一般人智能，好像没什么能破坏你的程序。”

沈殊若有所思，她跟黄石榴认识太久，久到快要以“十年”为计量单位，她知道黄石榴在指什么，恍惚之间看到拉开的抽屉里还残留没有带去学校的几盒镇静剂。

她躺回床上，目光放空，盯着天花板上已经不怎么看得清的花色，淡黄色的垂丝茉莉明明散着，却长得像一张思绪万千的网。

“因为我……”沈殊凑到她耳边，皱了皱鼻子，有那么几秒的犹豫，但还是视线越过黄石榴的眼睫，轻声说着，“因为我自己就是那个设定程式的人……”

“什么？”

“……我其实没病。”沈殊认真地解释，“我的意思是，我是个正常人，没有你想的天才病——阿斯伯格综合征，我有很正常的情绪起伏，也有最正常的社交能力。”

黄石榴微微一怔，但望向沈殊时，她又觉得这没什么不妥当。在她的认知里，沈殊确实没有太过异常的地方，只有一些刻板的习惯……和偶尔程序错乱时带来的情绪焦虑。

她很快问：“那陈应钟知道吗？”

沈殊没有否认，只说：“我打算找机会跟他说，你先保密。”

黄石榴郑重地点点头：“那是肯定的。”

要见陈应钟不是一件很难的事情，但迫于要给叶朝陵交尽调报告的压力，沈殊只好先按捺住乱飞的心绪，从头至尾回忆了一遍在贵阳经历的采访、会议这些，又仔细将录音、视频这些拿出来比对，确保书面内容没有因粗心、误解而产生的低级错误。

才过傍晚六点，沈殊已经觉得有点肚子饿。

下午时间，陈应钟依然没有发来过一条消息。沈殊含含糊糊地想着，是不是他以为自己还没有找到手机，无法联络上，索性就不发了。

但她又忍受不了时间在一分一分地流逝，就好像每晚一秒，都像在印证黄石榴说的那句——你想想，为什么陈应钟能第一时间等到你。

他可以，为什么她不行？

沈殊迫不及待地拿起手机，但是要输入内容按下发送时，又停下手指。

今天放假在家好像没有发生任何特别的事情。

好像更不能就这样装作无事发生随意发一条“你在做什么呀”。

烦恼了几秒，她将对话内容一个劲往上滑，想看看之前每天怎么会有那么多说不完的话。

“好烦，不能再想他了——”沈殊手指揉进发丝，忍不住喊出声。

“别想了，还是得我给你想想办法。”

黄石榴突然出声，沈殊吓得缩了下肩膀，回头讪讪地说：“忘了你还在……”

“不仅在，我还让卢亭郁喊了陈应钟打球。你干脆去高中堵他吧。”

“真的假的？”

黄石榴扬了扬手机：“当然是真的。赶紧去，又不是多大的事。”

沈殊打车去了学校，到达办公室时，才发现学校里陆续有毕业生回来看望高三老师，捧着花、说着笑。沈殊一时间有点后悔没有在家里随便化个妆，淡妆就行，或者堵在操场，直接找到陈应钟，让他知道，她是为了他而来的。

而不是此刻被张桃李老师喊过去，坐在办公室喝了一壶茶，还强行介绍文科班的叶新璇给她认识，让她配合叶新璇参与一下优秀学子回母校宣讲的活动。

……怎么还能撞上叶新璇？

沈殊百无聊赖地回头时，陈应钟就站在办公室门口。

不知道他来了多久，只觉得他好像回到了最初认识的样子，穿着修身牛仔裤，看起来很单薄，完全不像冬天的款式，上身也不像，只留风度的深咖色风衣、米色浅领口毛衣，围巾看起来是全身最温暖的装饰。

果然被风一吹，连皮肤都变得格外白皙，鼻尖泛着一点青红。

在高个子的男孩子身上难得看到这样让人心软的一面，沈殊一秒钟后悔了。她该早点联系他的，以什么样的话语作为开场都可以。

“你也来，你加一下叶新璇的群，看看分享什么主题。”张桃李老师冲陈应钟挥手，语气里是藏不住的骄傲，对一旁低年级的老师说，“陈应钟，去年的第二名。”

“我不了。”陈应钟还是那副冷静的语气，“我讲不了这些。”

张桃李说：“那你到个场，至少参加个答疑环节，给学弟、学妹们分享一些经验。”

“我负责买奶茶。”陈应钟游刃有余地拒绝他，很大方地看向沈殊。

沈殊下意识地站起来，举了下手：“我参加就行了，他负责加油。”

张桃李老师一时反应不过来，压根没往别处想。旁边几位正在改作业的年轻老师已经绷不住起哄笑了起来，拿张老师打趣说：“张老师，你这又要上热搜了，以后全网都要说，颜值最高的学霸情侣，第一、二名都是你带出来的。”

张桃李老师“啊”一声拍了下大腿，笑得比谁都大声：“藏得好啊，我跟其他老师都没看出来，我现在就发消息告诉你们班主任。”

在同学起哄、老师夸赞的声音里，沈殊悄悄挪到陈应钟身边，握了握他的小拇指。张桃李老师只是习惯性说话得配动作，她却吓得赶紧又松开，差点跳开一步。

“做贼做习惯了……”沈殊冲他轻吐了下舌，“总觉得在早恋。”

陈应钟笑着平声说：“我可没跟你早恋。”

等他们走到操场上，沈殊也没敢光明正大地牵住他的手，陈应钟只是正常看她一眼，她心虚地解释说：“算我㞞行了吧，毕竟是在高中，都是未成年人……”

陈应钟说：“我又没说什么。”

“你就是这么想的。”

沈殊发现他说话又会勾起笑，甚至有一点可爱，完全不记仇的样子，跟她预想的那些需要人哄、需要正视矛盾的情况，都不一样，他很轻易就给了她台阶下。

“刚刚你胆子那么大？”陈应钟指的是告诉张桃李老师他们恋爱这件事。

“那不是看你真的不想去参加那个什么宣讲会。”沈殊想到这个就头疼，微微瞪了陈应钟一眼，“我还得配合叶新璇呢，就是你点赞的那个叶新璇。”

“我才没点赞。”

“好吧，这个我相信了。”沈殊握紧拳头迅速将手伸进他的口袋，又飞速掏出来，嘴里说着，“……都不暖和，要耍帅，都不要温度。”

他诱惑似的在她面前晃了一下：“我的手是暖的。”

沈殊冲他暧昧地笑了一下，睫毛忽闪：“等出校门，立刻牵你的手。”

陈应钟笑了笑，不算是嘲笑她的语气：“㞞。”

“你用激将法也没用，我不敢。”沈殊耍赖说，“反正我是胆小鬼，你也喜欢我。”

陈应钟不顾她的闪躲，直接伸手揉了揉她的头顶，声音温柔下来：“你说得对。”

学校东门外的奶茶店，是黄石榴的快乐老家，也是她觊觎已久的商业版图。

曾几何时，黄石榴说过，等她有钱了，先学马老师关注乡村教育，再学另一位马老师，研发属于中国人自己文化特色的游戏。最后，全款盘下这家叫“一米阳光”的奶茶店，保留所有创始人员和奶茶独家配方，再引入几位温柔的占卜师姐姐。

“你喝什么？”沈殊的手已经被陈应钟握紧，她替他翻了下菜单，“你看电子屏幕也行，不过最好喝的都是在纸质菜单上，很多年了。”

陈应钟确实不怎么喝奶茶，不太喜欢喝甜的，也影响打篮球需要的身体质量。他无所谓喝什么，让沈殊替他选，掀起眼皮往四面墙上看。

花花绿绿的便利贴贴满了整面墙，不仅颜色花哨，各种各样的字体都有，相框、风景图皆有之，玻璃镜面上都有鎏金笔擦了一半的痕迹。

是谁的旧日好友，在墙上摇曳生辉，那些没说出口的表白、没能借毕业拥抱到人的遗憾，也都化作一张一张的旧纸片，在这些永远无尽溽热的夏天，将旧话重提。

沈殊替陈应钟点了一杯柠檬汁，给自己点的是近期打开奶茶新世界大门后最喜欢的奥利奥蛋糕奶茶，不加任何调料、七分甜、少冰，她一口气对店员讲完，转向陈应钟。

“你搞不好能看见我写的……”

陈应钟笑着指了一下其中一张：“你也祈祷考试进步？”

“那当然不是了，我都是偷偷吐槽，哪个老师占了体育课，哪个同学借了我的作业还忘记带，害我没有交，还有……还有一些别的。”以前她陪黄石榴时确实写过几次。

陈应钟笑着挑眉，随便看看也能发现一些表白纸：“明白。”

“你明白什么了？”

他说：“这里有很多人的喜欢。”

沈殊觉得这句话听起来很浪漫，深邃清亮的眼神对上他的：“对，很多，很多。”她指尖拂过这些飘摇着的纸片，“太多没有说出口的心事了，连姓名都不敢留。”

陈应钟神情一顿：“有你的吗？”

沈殊安静地望向他几秒，重重地点点头：“有的。”

“后来说出口了吗？”

说话的时候，陈应钟已经伸手绕到她的身后，安慰似的上下抚了抚。

“嗯，虽然还被拒绝了一次，但后来说出口了。”

陈应钟在凝神想她说的“拒绝”，直白地反应在脸上，淡淡“嗯”了一声。

沈殊好笑地拍打了一下他的胳膊：“你应什么？你都不知道哪张是我写的。”

“我听得到。”

沈殊好奇地抱起胳膊，仰着头问他：“你听到什么了？”

“听到……”陈应钟轻易贴到她耳边，亲了下发丝才说，“听到你说喜欢我。”

“噉——”沈殊躲都没躲，扭头迎上他带着笑意的眼神，“你听错了。”

“是吗？”

沈殊踮起脚，凑到他耳边回击：“嗯，应该是——我真的真的真的很喜欢你。”

陈应钟稍微一愣，很快露出笑容，沈殊也笑起来。

两人背对着点单台又说了一些悄悄话。

拿好奶茶，推门时一阵风将几张便利贴吹落，陈应钟弯腰想去捡起来，被沈殊拉住胳膊：“不用，这里就是这样的，爱意和心事都是随风起落，留在这里。”

她又说：“也不用可惜，不全是这种字写得好看的，我的字就很难看。”

“沈殊。”陈应钟想了想，恍然似的问她，“你是不是给我写过情书？”

沈殊闻言一怔，嘴比脑子快：“……谁给你写过情书了。”

“高考结束那天。”陈应钟盯着她，帮她回忆，“搬桌椅，你给我递过情书。”

“哦。”

沈殊完全不想搭理他的样子，先推门往外走，疑似轻轻在笑。但等陈应钟追上来，她又绷起脸说：“你知道我的字写得很丑，很像小学生这件事吗？你知道考完试那天搬桌椅，我在四楼转角守了多少时间吗？”

陈应钟站在原地，指尖挠了下耳朵。

“你知道我为了给你写情书特意花了三十块钱找人代写吗？”

陈应钟这次真的在想吻她之前，笑了出来：“真的吗？”

“当然是真的啊！我想了一晚上好不好……”沈殊越想越气，“你可能不信，担心代写的同学发现情况，我还谎称是其他同学，让她别写姓名，写内容就行。”

陈应钟冤枉地举了下手：“你确实没写姓名。”

“我本来想自己写的，但纸张、信封都是我精挑细选的，我当时就觉得……我一写上名字，好像整张纸都变难看了，这么说你能懂吗？”

“能吧。”

“什么‘能吧’，我想到就生气。”沈殊闷哼一声，“然后……杳无音讯，石沉大海，遥遥无期。我的人生第一场盛大的告白，就这样还没开始就已经结束了。”

陈应钟有点手足无措，但看她生气的样子又觉得很可爱，伸手捏了一下她的脸，被她张嘴凑过来，做出想要咬他的样子。

“我合理怀疑你压根没打开看。”

“我不知道是你。”陈应钟不敢否认，认真地跟她解释，“你说是帮同学送的。”

“那个同学难道不能是我吗？”

陈应钟觉得有点头疼，轻轻握了握她的手，用简短的叙述句来说：“……我当时觉得，送情书是很秘密的事情，对方信任你，我就更不能介入你和你的同学之间。”

沈殊绷不住笑出声：“讲得好像什么奇怪狗血的三角恋。”

“毕竟我喜欢你在先，我心虚，不想让任何人把我们的关系变得复杂。”

这回轮到沈殊愣在原地，没办法反击了，只要陈应钟特别沉稳地跟她讲话时，她就会更仔细去听，边走边细声问：“你哪有先喜欢我……”

“说了你也不信。”

“可是你都没有主动跟我说过话……”沈殊仔细回忆整个高中时光，好像都是他经过她的窗前，像罗密欧攀上朱丽叶的阳台，蔓延的都是藤蔓栀子花的清淡香味。

偶尔他在操场上打篮球，她在楼上的教室听着歌，写着作业。

最多的是她去给老师交作业时，与他擦肩而过，他会替她托一下底，对视一眼快到连道谢都来不及说。又或者，图书馆前后桌，远到余光都瞥不见人。

好像都没有什么交集，他们都在各自努力着，各自闪光着。

陈应钟搂紧她的胳膊，两个人继续往那个叫“不期而遇的美好”的二手书店走，陈应钟像在叙述一个简单的青春故事，他的眼神柔和得像是能盯着沈殊一整天。

高中三年，每一次按成绩分考场时，他总是坐在她身后，明明有空可以再检查一遍，但是他愿意放纵自己，任由目光落在她的发丝上，沾着阳光像是精灵。

他拒绝了每一次的学校演出，唯一一次愿意登台，是当一棵树。他靠在她旁边，她是一颗蘑菇，别人可以盘腿坐下，但她因为个子太高只能靠压低身体持续蹲着，站起来时，他才有机会紧紧握住她的胳膊，说一句“小心”。

只是她看不见头套后面的人是他。

除了圣诞节的礼物，有一年也很流行三月七日的女生节，男生们光明正大地送给女生巧克力、围巾和一些看起来亮闪闪的文具。

他好像没办法做作地找出什么理由。

只好买了一束满天星，趁下课无人在教室时跑去放在了她的课桌抽屉里。一口气上下十一楼，他第一次因为奔跑感受到了短暂的窒息，估计打 NBA 可能也就这个强度了。

他知道她喜欢听陈绮贞，知道她喜欢台北，也知道她经常去二手书店、音像店、奶茶店，知道她喜欢吃布丁蛋糕。所以他学着偶像剧的样子，戴耳机，穿白色T恤，从双肩包变成斜挎包，从每天练大提琴，变成了回家自学吉他。

他选过两门学科竞赛，一门物理，一门生物。

他不喜欢生物课，但是每周五下午的第二节课，他可以跟她一起上。

他们一起参加了保送考试，他从来不会主动跟张桃李老师套近乎，靠走廊上聊天的时间他眼睛都快贴到那张准考证上去了，才勉强拼凑出她的准考证号。

他找到她的考点、她的考场，却进不去，他只能从窗外走过，假装跟旁边的同学说“加油”，说得比以往都大声，实际上他根本想不起来旁边那位同学叫什么。

她的口味很奇怪，在便利店吃饭总是那几样菜，吃包子、烧卖都会加很多醋。

担心她买不到，他每天都会提前去便利店告诉店员，请务必留给她。

不知道为此被店员姐姐笑话了多少次。

毕业旅行也是他临时将梁宋扯下车，顶替梁宋上了车，坐到了她身边，给她分享喜欢的歌，跟她用同一根耳机线。

他第一次手把手教一个人拉大提琴，第一次为她发朋友圈。

第一次躺在女生的床上，甚至是第一次走进非亲女性的卧室，第一次知道女生的头发比他想象的还要软。

第一次跟一个人看电影，第一次看一个人在他面前掉眼泪，第一次跟她一起想念都已经远去的外婆，第一次为一个人改微信名。

第一次因为得不到回复的微信半夜醒来至少几十次、上百次。

还有第一次跟一个人打篮球。

当她说出“你是流川枫”时，他在想，这个世界上怎么会有这么可爱的女孩子，这个女孩子还正好喜欢他。这比基本粒子重力与其典型质量差距还让人觉得神奇。

他第一次这么想炫耀一个人，想告诉全世界，她是他的女朋友。

……

连他自己都忘了从什么时候开始，她的一举一动都存在于自己的呼吸里。

好像还有无数件让他心动的小事。

沈殊震惊地张了张嘴，眼神直直地瞧他：“我都不知道这些。”

“你不知道的多了。”陈应钟笑说，“也不需要都知道。”

“你如果早点告诉我，我早就表白了！我才不会那么辛苦地倒追你……”沈殊跟他并排坐在书店的楼梯上，如同讨论塞德里克那晚，窗外的路灯渐次亮起，像是无声的冷焰火，“陈同学，你可真能藏的，我还以为只有我一直喜欢你。”

陈应钟理解似的淡淡一笑：“大概是我们最多的时间还是在读书，但是在最多的空间里，我觉得我们好像一直在一起。”

“你讲得好抽象，今天很像赫敏的剧本。”

陈应钟问：“那我是罗恩？”

沈殊亲了一下他的唇，摇摇头说：“不是，你是小天狼星。”

“善变，上次说的是最喜欢罗恩。”

“那不一样。”

陈应钟又亲回去，舌尖舔着她的嘴唇，轻轻擦过，声音也变低沉：“哪不一样？”

“小天狼星是哈利的教父。”

陈应钟松开她，被她的说法吸引。他们之间好像说什么都能认真聊下去，只要是彼此，好像就可以把旧话重提，聊出新意。

他问：“……我该怎么理解？”

“想听真的还是更真的？”

“真的。”陈应钟说，眼神里全是“你最好别糊弄我”的警告意味。

“真的就是——我也蛮喜欢这种剧本的。”沈殊手有意识地钻进陈应钟的大衣里，停在他的大腿上，握拳以一种不重不轻完全不像调情的力道在摩挲，陈应钟神情一顿，这让沈殊笑得更加得意。

好似在说，还不是有用？

“更真的呢？”陈应钟抓紧她的手，强迫着与她十指相扣。

沈殊也不乱动了，前倾着身体，与他额头相抵，以一种眼睫互相颤动都能触碰到的距离，脆弱又虔诚地告诉他：“更真的是……”

“嗯……”

“我的人生里，你是优雅的大艺术家，也是忠诚的小天狼星。”

永远俊朗，永远热诚，永远记得所有的理想和少年时光。

像 Sirius Black（小天狼星·布莱克）那样。

“沈殊……”

陈应钟停顿了很久，他没有亲吻上去，就好像这样的距离才是真正的唇齿相依。他的声音温柔得不像话，问着她：“新年要不要跟我一起过？”

沈殊轻轻一笑：“逃离阿兹卡班那种。”

陈应钟说："是。"

除夕当天。

章昀芝跟往年一样，与荞水巷其他几户店面联办除夕宴，街头巷尾拼五桌，家家出人，厨师和菜品是最不愁的，不仅花样多，也不受地方限制，孩子们从下午就开始提着灯笼、点着冷焰火到处乱窜。

桌上摆满了各种各样的坚果和糕点，谁有空经过就抓一把。

沈姝一般领不到什么活儿，有空就给章昀芝帮衬一下，递个盘子、切个菜，但很快被章昀芝赶出去，其他忙得脚不沾地的阿姨也催她出去。

沈姝很理解她们的心情。不是有人说，人其实有两个童年，一个是在自己孩童的时候，另一个是在自己孩子的小时候。

能让他们歇着，一般是不会喊来帮忙的。

沈姝识趣地坐在巷子里，不插手大人们擅长的领域，只给过往的小朋友发糖。

一顿年夜饭，一般得吃到凌晨十二点，每一家店内的电视机都开着，碰杯声一次次盖过春晚的叫好，有人感慨互相帮衬着又过了一年，有人感慨这条巷子拆了该怎么办，就像悬挂在窗沿的风铃，此起彼落，每一声都好像在说，过一年是一年吧。

此刻相聚最要紧了。

今晚是满月，全城禁止燃放烟花，只有等到准点守岁时才有黄浦江边传来的绚烂，从嫣红到烬紫，从截断的潮面，到松林树影背后，有效期间是除夕。

沈姝早就吃完了，安静地坐在席上，偶尔看电视，偶尔喝可乐，频繁看手机，仍然没有陈应钟的信息，这很不像他的性格，再等下去，就是新的一年了。

说好的逃离阿兹卡班呢？

沈姝犹豫了片刻，给他发了一句：新年快乐。虽然没有下雪，也没有烟花。

只隔了两秒，取代文字的是他笑着的声音："你已经吃完了？"

"嗯，都吃完好久了。"

跟她这边热闹嘈杂的声音不同，陈应钟那边的声响非常单一，有人说话，但像是从很远的地方传过来，夹杂着突然响起的汽车鸣笛声。

沈姝开玩笑说："……你在看春晚小品啊？"

“没有。”陈应钟轻轻呵了口气，白色水汽贴到玻璃窗上，“我在车上。”

这种阖家团聚的时间点，沈殊不禁疑问：“你要去哪儿？”

“去见你。”

大概是因为他丝毫没有掩藏情绪，轻易将一句寻常句子变成情话，又或者是因为他用最直接的方式击中了她期待已久的心意，心底像是沉陷了一角，像是牛奶绵冰，以凛冽的姿态，和实际的新鲜，温柔地坍塌。

沈殊笑着说：“你这个人，懂不懂什么叫惊喜？”

“懂，但是去见你不算。”

是了，他太懂什么叫自然而然的浪漫，他会扑进雪山激起千层浮白，却不是为了让她看雪、看月，而是看他手中的火把，看他冻红的眼睛里更清澈的自己。

“那什么才算？”

陈应钟不给她明确答复了，只说：“下雪算吗？”

“人造雪啊？”沈殊打电话时，已经距离饭桌较远，在巷子口的西饼屋前踱着步，语气也像裹满了香甜的面包糠，“……像用喷枪做模拟实验那样？”

陈应钟没有否认，只是问她：“烟花算吗？”

沈殊一字一顿说：“禁止燃放烟花爆竹。”

“所以是惊喜。”他说。

“……被逮住就真的进了阿兹卡班了。”

陈应钟笑得很轻：“说带你逃离阿兹卡班，又不是玩笑话。”

脚步停在巷子口，打电话时她低下头笑，穿堂风而过，心脏不安分地跳动，今年除夕的钟声，好像也是她的逃离倒计时。

等星星都溺海时，他来到。

西饼屋因为新年挂上了闪烁着的霓虹灯，浮光跳跃在陈应钟的脸颊、鼻尖和眉尾，明亮又灰色，饱满又清瘦，让好看变成一种具体的轮廓。

两个人就这样互相安静地看着，甚至没有谁先开口打招呼。

她先笑出来，陈应钟也笑。

沈殊随意晃了晃腿，拿脚尖去碰他的：“……雪呢？烟花呢？”

他了然地扬了扬下巴，突然出声：“你知道是谁发现伏地魔杀了桃金娘吧？”

“……这什么啊？”

空气极其安静，像是在等沈殊回答。

她停了几秒，抬头配合他的文字游戏：“罗恩——在密室那一部里面，哈利偶然捡到汤姆的日记本，胡乱猜测的时候，罗恩说，或许他抓住了三十只猫头鹰，或者从大鱿鱼的巨爪下救出过某一位老师……又或者是他杀了桃金娘。”

陈应钟很明显地笑了一下，像是被自己荒谬到：“黑火药的成分。”

“硝酸钾、硫磺、木炭。”沈殊冲他忽闪几下眼睛，“还有吗？”

“哦……”陈应钟没想到她回答得这么迅速，表情显得开始有点头疼，说话时连自己都忍不住笑起来，随便编了一道题，“武侠小说最喜欢的男性角色？”

“今天是答题闯关剧本？”沈殊更有兴致，利落地回答，“连城璧。”

沉默了几秒，陈应钟低下头说：“针对以上回答，我真正的问题来了。”

沈殊尾音拖得很长：“什么？”

“新年快乐。”他飞快地说。

沈殊轻声“啊”了一下，显然没想到做好回答问题的准备以后，接收到的是这句祝福。

像是鸟雀归于山林，教父立于誓言。

他突然开口：“我现在可以吻你吗？”

顷刻之间，他伸手拉起沈殊的帽子，将她藏在温暖的光晕里。

薄羽绒服的料子轻飘飘搭在她的头顶，人被他用力往怀中一带，站稳那一瞬间，她条件反射似的闭上了眼。

先闻到他身上清雪融水的气息，才尝到他嘴里柠檬混合可乐的味道。舌尖轻轻推搡的那一秒，像是初次接吻，又回到了让人心跳不止的躲避上，像不紧不慢游弋着的鱼尾，不经意带出那些更彰显情动的举动。

一路疾驰，车和风都像在失焦以后进入旋涡，景色变成光斑。

陈应钟将门打开，沈殊下意识地躲到他身后：“……你家吗？”

“外婆家。”

“哦——”沈殊闻言，立刻钻出来，开始敢光明正大打量这栋藏在市区里的法式别墅，“我想带你回我的外婆家，一起看着日落，一直到我们睡着……”

听到沈殊轻松地哼唱，陈应钟吓唬她说：“我没说这里面没有人。”

果然，只用了一秒，沈殊就像手碰凉水一样赶紧缩了回来，藏在他身后，双手抱紧着他的胳膊，抬眼瞧向他：“……你最好不要吓我，大过年的。”

陈应钟无奈地出声：“你只是谈恋爱，不是杀人放火。”

找不到理由反驳，沈殊眼神放空了一下，自动略过这个话题。

她抬眼礼貌地扫了一圈，二层楼的西式建筑从前院开始就挂着两盏灯，目光延伸至树梢的灯泡、房顶的阳台，都没有亮起灯的痕迹。

确认没有人在，沈殊好奇地问：“……怎么想着带我来这里？”

“带你参观我的秘密基地。”

沈殊眼神雀跃：“我们的秘密基地都跟外婆有关。”

“嗯。”

“是什么？”

他说：“秘密。”

沈殊并不着急，推着他的后背往前走：“那我们现在要做什么呢？”

陈应钟顿住脚步，在她推不动的情况下，转过身突然开口：“现在。”

沈殊不明所以地点点头：“现在啊……”

“快十二点了。”他突然意识到什么，“你早该睡觉了。”

“……过年，妈妈说过年可以晚点睡。”沈殊信口胡说，避开他的视线，装作参观无人打理的花园，俯身探望几株不需要经常料理的植物，嘴里念着，“芦荟。”

“老鸦柿。”陈应钟纠正说。

“哦……”沈殊又指向另一株，“这个呢？”

“虎刺梅。”

沈殊立即转过身，假笑着给他比个大拇指：“你真的什么都知道。”

“……我买的。”

沈殊微微瞪了他一眼，娇嗔着嫌弃说：“夸你就接着吧。”

陈应钟被她恼怒的样子逗乐，不跟她继续闲聊了。按他们俩的习惯，任何小话题、小问题都能顺着聊到天明，太多次就是这样睡觉前挂着耳机聊天，醒来听着彼此的呼吸声，翻来覆去耳机线能绕脖子好几圈。

“进来看看。”陈应钟推开一层的落地门，冲身后她的方向伸手，招了招，像在招呼一只潦草小狗。

沈殊闷哼一声，但是动作很快地跟上，重新握住他的手。

穿过一层，在二楼的平台上有一处露天的游泳池，面积并不大，沈殊无法用肉眼判断，但她心里测量，认为不是中高考单程一百米的这种距离。

水管口阀门都紧紧关闭，陈应钟停在一边："年前清理过。"

"……你冬天还游泳啊？"沈殊有点惊诧地看了他一眼。

"被我妈抓来的。"陈应钟提到他妈妈时，面色稍微无奈。

沈殊直接问："你怎么是这样的表情……看起来你妈妈很严格。"

"那倒不是。"陈应钟说，"相反，她是个非常不靠谱的人。年轻的时候做过无国界医生，后来去过撒哈拉当旅游博主，经营过奶茶店、美甲店，现在是花店。"

他继续说："对了，她还在网站写过言情小说，但是没写完。"

沈殊听得异常感兴趣，她"哇"了一声："你妈妈好像那种生活的大冒险家！"说完立即更正自己的说法，"不对，应该是大梦想家，你妈妈好幸福！"

"……经常消失，难以捉摸，下一秒就会变化。"

"这样才酷。"

陈应钟不置可否，但表情还是有点勉强："现在我大概能更理解一些，小时候比较难吧，被放了很多次鸽子，经常性失联。"

沈殊没有就此继续谈论，她很能理解陈应钟的情绪变化。

如同她希望章昀芝拥有自己的人生一样。

这没有什么对错。

也没有任何人可以真正解读另一个人。

风声隔绝在此刻，游泳池里开始注入恒温的干净水。清脆舒缓的水声里，沈殊突然问："……我有点好奇你爸爸是个什么样的人了。"

担心自己的表达不够准确，沈殊解释说："就……就感觉你妈妈这样性格的人特别像小说女主角，因为自由、勇敢而美丽。"

"可能不会太符合你的想象力。"

"……我觉得至少是个大帅哥。"沈殊冲他笑着挑眉，好似在夸赞他。

"还真不是。"

陈应钟提到他父亲时，显而易见地，神色变得严肃许多。

从他自己身上，沈殊从未看见过傲慢或是炫耀，但讲到他父亲时，他似乎有一种连遣词造句都变得丰满的虔诚和敬重。

他说——

他的父母原本是医学院的同学，相识十载，是无话不谈的朋友，亦是亲密无间的爱人。毕业后均没有选择进入医院工作，或是留校继续进行科研。

而是一个投身外交部，参与多项重大非洲国家撤侨行动。

另一个靠热爱与信念，跨越万水千山，行走于不以国界丈量的人性地带。

他们好像不需要每天联系，只要知道彼此平安就好。

直到某一年，他们在非洲相遇，撤侨工作如火如荼，人员有伤无亡，在严重缺少医生和药品的情况下，他们各自坚守在岗位上几十个小时没合眼，哪怕相距不过三步远，也只是互相投去一个热忱、鼓舞的眼神。

连一个拥抱都没有来得及。

N 城陷落，连夜轰炸之时，废墟之下，陈应钟的父亲因此丧失一条左腿，救援人员赶到时，却发现他紧紧握住他太太的手，谁也掰不开他们。

陈应钟的妈妈在医院先苏醒过来，又哭又笑地守在爱人的身边，数落他还知道醒过来啊，都多久了，知不知道她很累了啊。

陈应钟的父亲却用尽力气在战火里笑着对她说：

“别说一条腿，就是磨掉一层皮，爬也要爬到你身边。”

……

沈殊听故事时，是不知道自己在流泪的。

不只是因为这样生死与共的爱情，也对祖国这些默默付出的前辈肃然起敬。她从没想过，这样的人会在自己身边，竟然还是陈应钟的父母。

她想开口说话，眼泪几乎是同时倏地落下，能沉重到一秒钟滑到她的下颌。她被自己惊醒一般，伸手去抹，却被陈应钟先揽进怀里。

他亲吻着她的额头，哄着说：“不哭了，我不说这些了。”

沈殊挣扎着摇头：“不，不是的，我喜欢听……我是真的很感动，也很尊敬他们，不知道你有没有这样一种感觉……”

她哽咽着，必须抬眼看着陈应钟的眼睛说话：“就是……我觉得我是个很渺小的人，我也没有真的多爱这个世界，就是很寻常地在读书、生活，但是我知道这个世界上有很多跟我不一样的人，他们有理想、有热爱，我哪怕不认识他们，只是听说，也会因为他们，而觉得这个世界都变得更值得期待了。”

“嗯。”

沈殊觉得自己形容得不够好，擦了眼泪想重新表述，却被陈应钟握住手腕。他认真地安慰她，告诉她：“我知道你在说什么。”

“嗯……”

眼泪又重新落下来，沈殊吸了吸鼻子，强迫自己打起精神来，挤出一个笑容说：“说这些好像太沉重了……其实光听的话，这样的爱情也让我觉得很幸福。”

沈殊越说越小声：“……就算是遇见了你，我也会觉得这个世界上就算真的存在互相喜欢、最为般配的人，按概率算，他们也不可能在此生……不对，可能下下辈子也不会相遇，每个人最终还是选择了嫁给某个人，而不是爱情。”

陈应钟若有所思地卡了一下。

沈殊飞快地瞟了他一眼，失落地垂下眼眸：“我不是悲观啊，也不是对我们没有信心。只是因为……我没有办法从我的家庭关系里得到信心。”

陈应钟没有任何想要说服她的意味，只是将她抱在怀里，拿下巴去蹭她的额头，沉默了许久，压低着声音认真告诉她：“不要苛责自己，这没什么。”

安静的拥抱，比亲吻带给沈殊更多的安慰。

等风停了，游泳池里的水也刚好注满。

对于在除夕夜，即将到来的十二点之前，陈应钟对她伸出手，邀请她进入游泳池这件事，她觉得荒谬又新奇，具有难以拒绝的诱惑力。

明明已经换上了陈应钟的短袖，裹上了浴袍，脚趾沾到水的那一刻她还是想当一个逃兵：“……不是，好像还是有点凉。”

“下来就好了。”

陈应钟说话时，人已经浮在水面，明显的肩颈线条让她根本不敢正眼看，只觉得他在没有灯光的情况下，皮肤看起来好似比她的还要白皙。

“……我也没有带其他衣服。”

陈应钟坦然说：“你现在穿我的衣服不是也挺合适……”

沈殊里面只穿了一件他的T恤，常规码数，套到她身上变成了oversize（特大的）。没等她说话，陈应钟又钻回到水底，他像是能在海底自如呼吸的游鱼，可以微笑、做动作，甚至睁开眼。

这让沈殊觉得惊讶极了……

她只在最钟爱的几部日剧里见过这样的画面，水族馆里的发光水母、童话书里的透明人鱼，好似都有着让人难以抗拒的深海吸引力。

沈殊就这样被他蛊惑着下了水。

等她靠在游泳池边缘，慢慢小幅度张开双臂开始滑动时，她发觉陈应钟已经动作轻松敏捷地上了岸，接着他转向自己："看雪，看烟火。"

"……怎么可能同时？"沈殊声音很轻，像能跟波纹一起漾开。

陈应钟说："你先闭眼。"

沈殊不仅没有闭上眼睛，反而闻声睁得更大。

她冲他吐了吐舌，不好意思地笑了一下，说："我立刻闭眼。"

等她想睁开眼时，在水底四肢和五感仿佛能够联觉，身后有人覆上来，搂住她的腰身，脖颈上有一股水流，又有一些似有若无的亲吻，耳边似乎也能听见烟花炸裂的声响。

她不敢睁开眼。

……她始终觉得水底无法睁开眼。

眼皮被人亲吻，脸颊也被他捧起，她快要沉入海底，整个人忘了呼吸，他吻上来时，她像是被拯救的吞了灯泡的金鱼，她睁开眼——

水面摇摇晃晃，焰火落入水草，从橙黄到烬灰，明明暗暗。

在新年的第一秒里，变成雨点，变成雪片。

这一晚，他吻了她千万遍。

他在她睡着时，在心里许诺：

我亲爱的小姑娘，不要对爱情丧失信心，不是没有，只是分人。

明天，就是新的一年，新的一天。

年后开学，上海的春天其实很短暂，短到只够吃一口樱桃。

三月须踏春是黄石榴的提议，选择莫干山的民宿，或者乌镇的戏剧节，再不济，看崇明岛的白兰花也行。

她发在之前毕业旅行临时组成的同学群里，多人附议，但同学录的保质期有限，一旦变成校友，很多邀约就变成了一种礼貌的问候。

你有空吗？你想去吗？约等于好久不见，有空吃饭。

认真在群里回复完又来私信黄石榴的，只有叶新璇。不过她目的很明确，只是为了积累校友会视频素材。

为了沈姝考虑，黄石榴决定先无视她。

沈姝也格外喜欢春天。

她其实是二月出生，但她出生那一年上海的气温持续走高，早早进入初春，仿佛一夜花开，听章昀芝说，小时候外婆经常拿白兰花泡水替她洗澡。

每年白兰花开时，外婆都在院子里采摘一些，放入脸盆里拿凉水泡着，放一夜整个房间都会弥漫着浓郁的香气，醉人但不腻味。等开学出门，外婆还会拿曲别针穿过一两朵，将花别在沈姝的领口和书包带上，沈姝跑一路，闻一路。

后来外婆走了，每次在路口看见挽着竹篮卖花的阿婆，沈姝都会停下来去买几朵，跟她说两句话。阿婆说："今生卖花，来世漂亮。"

又说："白兰花是白兰花，不是上海的白玉兰。"

也是那个时候沈姝才意识到：

其实亲人有时候离世带来的痛苦是很具象、很微小的，并不会在突然想起时痛哭流涕，而在看见巷子口卖花的阿婆、院子里的老式搪瓷脸盆、树上挂着的写满心愿的红布条时，共同的记忆才会侵袭全身，转而触及到伤感的神经。

这像是一种无声的提醒，她用过的东西都在，人却再也不会相见了。

"我这边能算两个人，陈应钟应该也没问题。"沈姝积极凑人，犹豫了几秒，征得陈应钟的同意后，主动拉了一个小群。

没三秒钟，卢亭郁、梁宋也加入。

沈姝说："五个人了，我们俩可以住一间房，让他们男生自己解决。"

拉群的时间，黄石榴去餐台端来快餐，原本她们只是约好逛街，看着满街的初春新装，出去踏青几乎是自然而然的临时起意。

"再找个女生吧，我不耽误你们小情侣晚上的时间。"黄石榴开玩笑说。

两个人坐在角落里的同一排，在普通的工作日，店里没有太多驻留的顾客。

"我们哪有……"沈姝把话打住，说得漫不经心，"还没有到你想的那一步。"

黄石榴压抑不住嗓音，惊讶地道："居然还没到？我都快急死了。"

"……嗯。"

黄石榴顿了顿，想到除夕她给沈殊打配合瞒着章昀芝的事情，咬着吸管问：“除夕那晚呢？你不是在外面过夜了吗？”

“嗯。”

“就……没了？”黄石榴满头问号，“盖着棉被纯聊天？”

“嗯……”沈殊想到当晚还是会忍不住笑起来，水底接吻，烟火雪片，是她度过的最浪漫的夜晚，她也以为那晚他们会发生点什么。

黄石榴着急地问：“你的问题？”

沈殊微微看了她一眼，不知道怎么开口。

黄石榴眯着眼打量了一下沈殊的反应，转变为不可置信的神态，压低声音说：“总不能是陈应钟的问题吧，他看起来可太没问题了……”

“他——”沈殊舌头打结，不知道怎么形容，凑到黄石榴耳边，动作和话语却突然都停了下来。

黄石榴差点被她自己一口气给憋死，着急上脸，话越说越快：“我保证，我不问细节，你就告诉我，到底到什么程度了！以及！停止的原因。”

“就……”

第十章

无尽爱意

下一个夏天转眼就要来了，花草丛生，像无尽的爱意，就在眼前。

沈殊仔细捋了一下当晚的情况。

从游泳池里被陈应钟缺氧似的捞起来，再到仰躺在他的床上，她一路都是迷糊着的，只记得他打横抱起她，动作轻柔到她觉得自己好像是一团透明泡沫。

她没有说话，她想起第一次与他躺在一张床上，是在外婆的寿衣店里，在她从小睡到大的床上，她枕着熟悉味道的枕头，故意撩拨着他。

那晚，她又想故技重施。

只是她根本没有机会开口，当她的头枕着陈应钟的手掌落入鹅绒枕头时，他的吻就强势地贴上来，密不透风地吻着她，透气的时候喊着她的名字，却不说其他的话。

沈殊看过一些小说，知道一些具体的描写。她有几秒的分神是在摸到他喉结开始的，他深深抬起头看向她时，她分明能看清他清澈双眼已经沾染了欲与妄。

沈殊双眼含笑，推着他，几乎是下意识说了句："你好重。"

说的是他压过来的身体、他的吻，落入陈应钟的耳朵里，几乎像是点燃了他的身体，他的脖子和耳后变得通红，唯独面色看起来比她还白皙。

"我说，身体重……"沈殊小声补了一句。

"我没误会。"

"其实……"沈殊抬手想遮挡自己的脸，用蚊子哼的声音说，

“也可以误会。”

原本以为是新篇章的开始，却没想到禁锢她手腕的手掌突然松开，连同压在她身体上的重量，霎时变成轻飘飘的空气，她的呼气却变得紧张而沉重。

沈殊双手还挡在自己的脸上，她想她露出的笑容一定很难看。

……没有人会喜欢在这种时候被拒绝。

沈殊觉得懊恼和窘迫，以至于深深吸了好几口气，也找不到任何可以开口闲聊的理由，大脑一片空白，直到腿上有一丝凉意时才恢复了意识。

她决定坐起来装作无事发生，刚一睁眼——

却发现陈应钟推起衣服，手按在她腰间，眼神从她的脸上一路向下。他额前、发梢上滴下的水珠，在灯光下也变得晶莹和虚晃。

他的普通T恤湿透了，套在她的身上，从内印出她的内衣颜色。

明明是淡黄色，浅到看不见才对，陈应钟凝神的样子像是能看穿她。

“……我有点想睡觉了。”沈殊没话找话。

陈应钟支起手臂，悬空上半身垂着眼眸望向她：“闭眼睛。”

“……嗯。”

沈殊只能闭上眼，结束这样暧昧至极又点到即止的氛围。

却没想到他将她的手臂抬起来，重新遮挡住她已经潋滟的双眼，沈殊声音里有一种难以拒绝的委屈和娇嗔：“我都已经闭眼睡觉了……”

下一秒，他又低下头来。

窗外明明皎月当空，游泳池里的水声却被风吹起。

……

沈殊没有讲这些给黄石榴听，她回忆完当晚那一幕，居然在靠窗晒太阳的位置上打了个激灵：“……我也说不清楚，可能得慢慢来。”

“别慢慢来了，就定在这周末，三天两夜足够了。你周五没课吧？”

沈殊痛苦地闭了下眼睛：“有课，而且还得去给叶朝陵搬电脑。”

“你胆子好大，之前都喊叶老师。”黄石榴灵光一闪，用拿过薯条沾着油的手指威胁沈殊，“不然这样，我去帮你搬电脑，两个人干活比较快。”

沈殊无情地戳破她的小心机：“叶老师，不允许任何外人进实验室。”

“我怎么叫外人呢？”

“别说你，他亲爹来了都是站外面。”沈殊不理解地说，“真的，我们见过，他亲爹来学校开会，顺便找他吃饭，只能等在实验室外，门都敲不开。”

“好吧……”黄石榴立即改口，“我们叶老师真有原则。”

“叶老师有没有原则我是不知道，你反正是没有。”

黄石榴不跟她辩驳，陷入幻想：“你说叶朝陵这种人要是恋爱了，会不会其实还挺‘恋爱脑’的，以后女朋友想进实验室，他搞不好……”

“八抬大轿请进去。”沈殊接着她的话说。

“对啊。”

沈殊拿手推了推她的脑袋，让她醒醒：“问题是出在他是不是‘恋爱脑’上吗？问题出在——得有人先成为他女朋友，让他心甘情愿变成‘恋爱脑’。”

黄石榴“嘿嘿”一笑：“这不有我吗？”

“那你加油，反正实验室地址你也知道。”

“这学期算了，我有很多目标，叶老师只是难度第一，优先级不是。”黄石榴结束这个话题，“还是先把出游的事情敲定下来，好让你跟陈应钟加速一下。”

沈殊无语地看了她一眼，又看了看手机，面色沉了沉，推到黄石榴面前：“说什么来什么，这回真的有女生加入了。”

“谁啊？”

沈殊不满地瞥了下手机屏幕，示意她自己看——

“陈应钟”邀请“草莓气泡雨”加入群聊。

黄石榴不禁问：“草莓气泡雨是谁啊？”

“叶新璇。”

“啊……那个大美女，她确实想来，联系过我。”黄石榴莫名其妙伸手擦了下嘴角，见沈殊拿眼神吓唬自己，赶紧凑到她肩膀上，歪着头发誓，“不过我绝对不会背叛你，谁都没有你漂亮，叶新璇也不行，我是你和陈应钟爱情的守护天使。”

沈殊闷闷地说了一声：“狗东西。”

“……哦。”她伸手像顺狗毛一样摸了摸黄石榴的头发，“不是说你。”

黄石榴理解了一下她的意思，添油加醋地倒戈说：“没错，狗东西，居然还有叶新璇的微信，还拉她进群，我去帮你杀了他。”

“杀人犯法。”

“我才不信你是关心我。”黄石榴戏瘾上来了，“你到底在心疼谁？”

沈殊猛地咬了一大口汉堡，动作像在撒气，嘴上却说：“他。”

黄石榴爆笑一声：“好嘞！您走好不送。”

与此同时。

陈应钟盯着手机发愣，有种不祥的预感。

原本他是被卢亭郁和梁宋喊回学校打球，卢亭郁提到沈殊，问什么时候能一起吃个饭，陈应钟紧盯着篮筐，投出去的时候答复他：“得问她。”

卢亭郁拿话激他：“怎么哥们说话不算数啊？”

陈应钟仿照他的语气，冷淡地问一句：“哥们说话算数的不是单身吗？”

卢亭郁一把捂住自己的胸口，衣服揪紧在手掌心，用痛心疾首的眼神看向梁宋，企图寻找同一战壕的兄弟：“他是不是在骂我们？”

梁宋纠正说：“他只是在骂你，没有在骂我，懂？”

卢亭郁闻言，撒泼似的往篮球场上一坐，扯着嗓子晃荡着腿：“我不管，兄弟一场，不能只有我单身，你们快点给我介绍几个漂亮妹妹。”

梁宋佯装拿球砸向他，出手那一刻又猛地收力，让球顺着他伸直的胳膊回到怀中，说得郁闷：“我都快烦死了，你哪壶不开提哪壶。”

卢亭郁干笑两声：“你还在追叶新璇啊？怎么就这么不怕死呢？”

梁宋抱怨说：“能怎么办？高中还能加个微信，趁参加活动接触。”

陈应钟闻言顿了一下，男生之间聊八卦的机会也不少，但他大多不放在心上，但梁宋喜欢叶新璇这件事，他还是知道的。

犹豫了几十秒，陈应钟想起寒假张桃李老师让叶新璇组织校友会、举办定期返校宣讲的事情，便跟梁宋提了一句：“你问问她缺不缺人？”

梁宋别别扭扭说“这样不好”，下一句又问：“要不你帮我问？我看见她在黄石榴朋友圈回复，最近好像要组织校友出游。”

“你自己问。”

“我问好像有点刻意。”

陈应钟说：“那没办法了。”

梁宋不死心地请求：“就一次，你帮我问问，她知道你有女朋友，大家都知道，不会误会的，或者你就直接说是帮好朋友问的。”

陈应钟回得干脆利落：“不问。”

“唉，好吧。”

梁宋本来还想提他被陈应钟从香港毕业旅行临时赶下车的人情，但他也知道，陈应钟这人他勉强不了，只好暗暗神伤：“实在没什么机会找她说话。”

陈应钟走到篮球架旁边，拿了一条毛巾出来擦手，再把手机掏出来，见到沈殊拉了一个短途旅游的群，冲梁宋挥了下手，等他看清楚群信息，是黄石榴在发起短途地点的投票，另外询问是否有想去的女同学，家里的姐姐妹妹也可以。

陈应钟问他：“拉你进群？”

梁宋真没明白：“什么意思……”

陈应钟嫌将白纸黑字写明的事情再讲一遍很麻烦，直接将手机递给他。

“哦……”梁宋恍然大悟，整个人猛地原地起跳，“短途旅行！叶新璇想去！”

“你去聊。”

梁宋飞速点击屏幕，说：“我拉她进群吧，不然单聊也挺刻意。”

只几秒。

但时间已经来不及了，不足以让陈应钟抢回手机。

他无语地出声：“我的手机。”

“……我一时忘了。”梁宋说的倒不是假话，他说完自己都愣了一下，翻起手机看了下手机壳才敢确认，对上陈应钟不满的眼神，“那什么，你怎么有叶新璇微信……你要是没有，我也不能做出这样大逆不道的事情……”

陈应钟没跟他解释，是寒假张桃李老师拉的群，叶新璇才加的他。她发了个打招呼的表情，他没回。

投完最后一个三分球，回家路上，陈应钟的手机一直没动静。

他觉得有必要主动解释，但打字容易产生更多误解。加上梁宋和卢亭郁跟他同路，一路上叽叽喳喳讲个不停，他没找到机会。

站在路边等车，梁宋苦恼地看了一眼陈应钟，像高中那样感慨：“别的我倒无所谓，就你这身高和身材，我是真羡慕，但凡换到我身上，何愁拿不下叶新璇。”

卢亭郁在一旁冷不丁地补了一句：“换到你身上，你还用得着追别人？”说完，他冲着陈应钟一挑眉，“是吧？就算是沈殊，也是等着她来倒追啊。”

“滚。”

陈应钟的语气虽然只是比平常冷淡一点，但卢亭郁立刻乖巧起来，站在原地甚至下意识挺直了腰板。他跟陈应钟相识多年，极少听陈应钟说脏话，“滚”这种字眼已经包含严重警告的意味。

卢亭郁两腿并拢，抬手敬礼，对着大太阳发誓：“我错了，哥，我爱祖国，我爱我妈，我爱女性，倒追是勇敢又光荣的事情，我再也不拿来开玩笑了。”

陈应钟懒得搭理他，眼帘一落，把球传给他，说：“是我追的沈殊。”

“又不是考第一，这也要争？”卢亭郁嘴比脑子快，反应过来以后假笑着立刻改口，“那你厉害，活该你有女朋友。”

最终三男三女定下了乌镇两天一夜的短途旅行。

准确来说，是两晚。周五晚上赶十一点多的大巴车出发，高速公路热闹非凡，车头灯首尾相连，从远处盘旋到高架桥下，灯火璀璨。

沈殊最晚到，她从实验室赶过来，陈应钟原本等在大巴车门边，被司机赶了好几次，最后一次催促时，司机直接作势将车门带上了。

陈应钟站稳才发现，他座位旁边从没有人到已经坐下了叶新璇。她友善地冲他打招呼，并且主动别开腿，给他让好进去的道路。

沈殊赶在最后几分钟上了大巴车。

她的眼睛因为刚刚经历了狂奔的风后更加适应夜晚的颜色，在实验室用皮筋将头发绑得一丝不苟，松下来时形成再自然不过的大波浪，大巴车的车厢灯慢慢熄灭，只留入口处一盏，光芒正好落在她的头顶。

不仅借着夜色勾勒出她匆忙的轮廓，还有她看见陈应钟时微微惊讶的神色。

沈殊坐在了叶新璇旁边。

而陈应钟坐在了第一排——整个大巴车唯一的单人座位上。

就在她正前方座位。

一路安静。

陈应钟没有特意像解释拉叶新璇进群那样，去解释今晚的情况。他只是问："吃晚饭了吗？"

沈殊装作冷淡地回复："吃了。"

他又问："晕车药呢？记得提前吃了吗？"

沈殊正要回复，叶新璇问她："你已经进实验室了吗？你们专业好忙啊。"

她更没兴致回了，胸口闷闷的。她自问不是小气的人，可是正常聊天就聊天，聊她做什么？

沈殊把手机放下，闭目养神。

她很快听见陈应钟在喊她，但她坚持着没有睁开眼。

没有音乐，没有聊天，没有心仪的人在身侧，这一路显得十分漫长。好像开进更深邃的夜晚，连道路都变得狭窄，不变方向。

等沈殊稍微犯起恶心，又有了一点晕车的感觉时，她只好喝水、闭眼。

陈应钟转过身，由于椅背过高，他需要整个人侧着坐才能足够弹出身体说话。他捏了捏沈殊的手，问她："是不是晕车了？"

沈殊神色难掩痛苦："……嗯。"

意识到她大概没吃晕车药，陈应钟赶紧从包里拿出来，取出一颗白色颗粒，摊在手掌心，在她拿过去的时候，递过去自己的保温杯："温水。"

沈殊迟疑了几秒，别过脸不去看他，低着头喝了一口，还给他。

叶新璇手里攥着铁盒装的薄荷糖，只开盖，让她自取："这个很好闻。"

"……不用。"

叶新璇拿起她的手，直接放进去："味道也不冲的。"

"嗯。"沈殊也不是个别扭的人，取一颗放进嘴里，"谢谢。"

"是吧？我很爱吃这个，对喉咙消炎也有好处的，我特别喜欢吃辣的。"

"我喜欢吃甜的。"

叶新璇惊叹："那你皮肤还能这么好，我连口奶茶都不敢喝。"

"……其实没有必然关联的。"

"是吗？"叶新璇不好意思地说，"我是文科生，不太了解，都是从各种社交平台的帖子上看来的，都说想养好皮肤得抗糖。"

"这么说也……没错。"沈殊改口这样说。

面对着叶新璇，沈殊实在无法将一点小女生的脾气都转移到她身上。她一点都不令人讨厌，长得还特别符合沈殊的审美，是标准的浓眉大眼的大气长相。

沈殊盯着前面的椅背发呆。

今天记录了十个小时脑电实验的数据，是了无生趣的一天。被试戴帽堆积如山，今晚她先溜了，周一肯定要赶个大早去“补作业”……

下了车已经是深夜。

几人住进订好的乌镇景区内特色民宿，临水而居，推窗便能入景。

原本是两人一间，到了才知道这家改了装修，只是没有调整平台上的订单详情，从酒店式的标间、单间，变为了不伦不类的日式榻榻米，三人连床，木窗相隔，刚好男女面对面以水面而分开。

沈殊手指揉进发丝里，正在犹豫要不要先洗澡，黄石榴张罗着大家去吃夜宵，几百米外就有一处音乐清吧，来到乌镇怎么能不喝酒夜聊？

微醺才是假期的最佳状态。

沈殊没有意见，跟着下楼，踩在木楼梯上，尽头是陈应钟。

他等在一边，在她刚踩到地面时，便牵住她的手，自然而然地十指相扣。

“还有不舒服吗？”

“没有。”

“今天做什么了？”

沈殊本来还想继续不理他，但一问到这种具体又熟悉的问题上，她就突然意识到，他每天都在以一种藏匿少年温柔的口吻问着，今天做什么了？今天过得顺利吗？

这让人觉得一整天下来，终于有了一个正当的喘息口，好像倾倒任何情绪都被他允许，他已经做好全盘接受的准备。

“今天差点开错双极电凝，被叶老师说……”沈殊模仿他的样子，冷着眼神对陈应钟说，“‘你帕金森？你手抖什么，镊子拿不好？吃饭怎么没见你不会拿筷子？’”

陈应钟苦笑道：“没事，刚开始都是这样。”

“有事，我今天吃午饭还咬到舌头。”

陈应钟说：“我看看。”

“现在不知道咬到哪里了，下午还有点疼，这会儿可能也就长好了。”

陈应钟坚持说：“我看看。”

“不要。”沈殊拿手去推他的肩膀，让他距离自己远一点，闷闷不乐地点破他，“我知道我一张嘴你就会亲我，我也知道你亲我，我的心情就会好一点。”

陈应钟轻声笑了一下：“心情好也不行？”

“不行。”沈殊慢悠悠地迈着步，走在木桥上，“我又不是你，一点都不记仇，生我的气也不需要哄，我不行，我连你不跟我坐一起都会介意。”

陈应钟刚想开口，卢亭郁回头冲着他们催促大喊了一声，打断了他。

沈殊抢着说：“我知道，我理解，肯定不是因为你和叶新璇有什么，你不用解释，我相信你，但是……就是心情会不好。因为今天一整天好像都没有碰见什么好事情，兵荒马乱，一点都不像放假之前。这跟你没有太大关系。”

“怎么可能没关系？”

“真没有……”沈殊很认真地这么觉得，“就算有，也是仗着你总是哄着我，总是在意着我的情绪，又不是你真的做错了什么，喜欢一个人，又不是欠她的。”

陈应钟转过身，堵住她要走的前路，也将她头顶的月光遮严。

“你的逻辑我不反驳。”陈应钟低下头亲了一下她的鼻尖，以一种轻松耍赖的语气告诉她，“权当我厚脸皮，认为你的情绪好坏，都应该与我有关。”

沈殊闻言，终于笑了一下。

她掀起眼皮望向他：“你有没有觉得我有时候……还是挺矫情的？”

陈应钟眉毛向上扬，游刃有余地笑了一下：“好像不影响我喜欢你。”

“不影响吗？”

陈应钟煞有介事地“嗯”了一声。

“嗯。”沈殊也这样说。

陈应钟又说：“嗯。”

沈殊笑出声：“干吗学我说话？”

“干吗学我说话？”

沈殊掐了掐他的脖子，没有用力，威胁说：“到底干什么？”

陈应钟不跟她闹了，配合着举手投降：“逗你开心。”

“那你唱首歌给我听。”

沈殊是随口一说，但陈应钟显然是当成一件事在对待。他犹豫了一下，表情似笑非笑，指了下现场：“在这里？”

“看你自不自信了。”

“……我没在任何场合唱过歌。”

“家里聚餐、同学聚会都没有过？”

陈应钟微微点头：“没有过。”

沈殊看着他，好像没觉得多惊讶，以陈应钟的不冷淡但也不容易亲近的性格，除了跟她一起上台“面目全非”表演了一棵树，好像就从未登过台。

对舞台中央、人群视线焦点，他毫无兴趣。

如同张桃李老师在国旗下讲话说过的，牛羊才会结队，猛兽往往独行，但这种“独行”并不是指刚愎自用，或者心硬如石。

而是一个人拥有一支队伍般的规划和意志，对自己的相对自由拥有绝对的掌握力，无论是生活，还是情感上。

陈应钟是这样的人，他极致温柔却不优柔寡断，淡泊却有远志。

是城市少年，亦是江湖儿女。

在他身上有一种白夜交汇却并不冲突的平静力量。

沈殊绕开他继续往音乐清吧走，故意为难，语气却是笑着的：“那你没有哄好我……今天依然是很糟糕的一天。”

到清吧，吉他和手鼓必不可少。

潋滟的不止水色，还有眼眸。灯光并不晦暗，在乌镇，一个有戏剧节传统的地方，文艺和浪漫至上，跟live（现场表演）的躁郁热闹不同，跟酒吧的酣畅迷幻也不同。

今夜适合突然听着歌，想起谁，流下泪。

也适合年轻的学生们坐在一起，假借一杯没有十度的酒，以大银幕穿叠回忆的方式，在黑白镜面里，来假装不在意地问出，你是不是喜欢过我？

在场有人是听到《忽然》时哭的。

如同歌词里唱的那样：“忽然就流出泪来，忽然就想要听到她的声音。”吉他协助民谣欺骗着人修正记忆，喜欢的人好像换了好几个，也明明从来没有在一起过，但是好像失去了相爱已久的人那样，忽然就落了泪。

几人点了很多吃的，沈殊不常听民谣，最喜欢的是老狼和张玮玮合唱的《米店》，这首在她的歌单里从来没删除过。

沈殊听得入神，突然耳边有人亲上来，说是亲，只是嘴唇贴上一秒，用低沉着的嗓音告诉她：“我去给你唱歌。”

“不……不要了。”

沈殊伸手去抓，扑了个空。

陈应钟已经走去了台前，准确来说也没有什么舞台，只是更临近水一些的木椅。在沈殊一分一秒的注视下，他像是在跟乐手道谢，然后坐下，将乐手的木吉他架在腿上，省去了复杂的调音，只几秒他便抬起头，眼中的专注像能飞越千山万水，只看向她。

他没有唱民谣，没有哀伤，只有浪漫。清晰低沉的声音唱着她喜欢的粤语歌，是曾经唱“你在想谁，想到睡不着”的陈奕迅的歌。

他降低了音调，调慢了音速，如同倾诉。

他对她唱着：

> 天佑我的爱人。
> 给她永远笑声并常对她偏爱。
> ……

曲终，他回到她的身边，揽着她看向水面，问她：“今天有开心一点了吗？”

她深吸了一口气说：“有。”

“那就好。”他这样回答。

他笑着，她也笑，水中连鱼都会结对游过。

乌镇的今夜，有一束光只为了她一个人而亮。

十八岁的春天，有一个人只为了她一个人而唱。

四月。

清明节，趁假期章昀芝将店铺关了，准备带沈殊回老家慕城一趟，除了给亲人扫墓，还筹备了给沈殊外婆重新移墓的事宜。

沈殊外婆去世那年，按当地规矩，火化以后仍可以进棺土葬。选的是镇上的一处安静地方，墓碑大约有十年了，章昀芝起大早去买了红色涂料和鲜花。

坐高铁不到一小时，不出站换乘公交车直达墓地。

沈殊在山脚的杂货店买了些香烛和黄纸，章昀芝问公墓管理处借了一把镰刀，用来整理沈殊外婆墓前那些疯长的刺荆植物。

山上不允许明火烧纸，沈殊只能将两根红烛放在墓碑后挡风的地方，点上它们，将一些铜钱状的黄纸撒向风中，落了一地，像是能带着祝福吹到外婆的耳边。

“妈，我和小殊来看你了。”章昀芝让沈殊跪下磕头，一边自己动手去描墓碑上已经完全褪去的字迹，嘴里念念有词，“小殊过得很好，交大的环境也好，你可以放心，她现在学的是跟生物有关系的，以后也很好找工作。”

沈殊挺直上身，跪了几十秒才起身，又重新替外婆收拾下去年送来的花篮。

章昀芝还在继续说：“小殊这孩子命苦，小时候家里条件好，但是她也没享受上，长大了得亏是健健康康的，我又没什么好的经济条件培养她。”

章昀芝一直半蹲在墓碑前，沈殊时不时在她身后伸开手臂，以防她蹲久了腿容易酸麻，站起来不稳容易滚下山。听她这么说，沈殊索性停了手里的动作。

她站在章昀芝身后聊起来，一点勉强的意思都没有：“芝姐，你这就是阔太发言了啊，我们在上海的市区有一家店铺，这还叫经济条件不好啊？”

“有什么用啊，我们不得自己住吗？以后还得靠这个吃饭。”

沈殊看着她的背影，开玩笑说：“我们跟刘慈欣老师还同住地球村呢。”

章昀芝不陪她斗嘴，回头看了她一眼：“你跟姚明平均身高还两米呢。”

“是啊，这么说也没错。”

章昀芝无声地掀了下眼皮：“那能一样吗？”

沈殊知道，每个当妈的人都觉得自己的孩子应当过得更好，越是负责，越是容易对此愧疚，目光越过章昀芝，停在她描红时泛白的骨节、粗糙的手指上。

她沉声说：“芝姐，我已经足够健康、足够幸福了。”

章昀芝像是能看见她的神色，转过去手撑着腰，缓慢站直身体，叹了口气说：“我知道你懂事，但是没能让你有个完整的家庭，这事我一辈子都过不去。”

沈殊无奈地伸手，搭在她的胳膊上，说：“那多少家庭都过不下去了。”

章昀芝深深看了她一眼，不愿意把话挑明，别开眼也不愿意与她继续讨论这件事，只是坚持说：“那不一样，我们家不一样。”

“哪儿不一样了？”沈殊语气轻松，这件事她心里没有挂碍，也没有障碍，“我们就是普通的离异家庭，无论当初你跟沈卓然怎么走到一起，又是因为什么分开，轰轰烈烈也好，委委屈屈也好，退一万步也谈不上是欠了我什么。”

“是我的错。”章昀芝很难被说服，“千错万错，始终是我不甘心。”

“结婚、生子，哪个环节少了沈卓然，都成不了。”沈殊在当下，更想讨论的是，“您要是真觉得过意不去，就更应该放下，这样老天爷才能奖励您一个新的开始。”

章昀芝微微瞪她一眼，像听到什么荒谬的大新闻：“我这把年纪了还开始什么？”

“这把年纪怎么了……”沈殊没觉得这是玩笑话，“什么年纪都有恋爱的自由。”

“你少跟我胡扯，给别人听到要笑掉大牙的。”

沈殊卡壳一下，深知在观念方面很难改变另一个人：“那就算不是新的感情，也可以开启新的生活。芝姐，你的后半生不需要围着我转，你的人生……”

沈殊一步跨上台阶，站在外婆的墓碑右侧，抬起章昀芝的胳膊，握住她的手掌，面朝着太阳落下又重新升起的方向，眯起眼睛对她说：“你的人生应当是做你自己。”

“我的人生就是当好你妈。”章昀芝出声打断她，放下她的手，蹲下身去继续忙活，“我都想好了，等你读研、读博，我就把芝姐菜馆卖了，带着钱跟你一起出国。”

“谁说我要出国了？”

章昀芝一时大意，手上描字的动作也一顿，差点画出框外，出声轻斥，以掩饰失言：“我就这么一说，再说了，出国读书是很正常的好伐？你这么较真干什么？”

沈殊一眼便能看穿这主意不来自章昀芝。

但沈殊也一点都不觉得惊讶，这些年，沈卓然只要跟章昀芝开口，章昀芝就依然能将“前夫”理解为“曾经的丈夫”，曾经的丈夫也是丈夫，盲目应许他无数次要求。

开学自作主张替她申请单人宿舍，又有违公平将她安排进叶朝陵的实验项目，听意思，以后还要计划送她出国读书，是不是结婚也可以变为等价交换？

有些父亲当得真轻松。

将插手变为关照，将阴晴不定变为及时雨和瑞年雪。

真行，还得对他感恩戴德。

沈殊轻蔑地看了一眼石碑上“沈卓然”端正的姓名，不因此而跟章昀芝展开讨论。就此打住，也在心里对莎翁和自己说——你的人生应当是旷野。

不是单行道，不是末路穷途，是花草丛生的旷野。

任何人都是这样。

你也是。

五月。

劳动节，沈殊依然没有连着放假的机会，小长假的前两天跟叶朝陵去了一趟瑞金医院，听了两场脑机接口相关的全英文专题论坛。

中途出去，沈殊拿着 iPad 将新鲜出炉的会议纪要递给他看一眼，想先确认是否有遗漏。

结果撞上叶朝陵不理解又尝试按捺不耐烦情绪的神情，他说：“让你写会议纪要，不是让你当一支占地方的人形录音笔，简明扼要会吗？”

求学提问就得不怕丢脸，沈殊客观地表达：“我回去会修改，担心遗漏要点。”

“你这样看不出要点。”

“有什么好方法吗？”沈殊很有眼色，冲他献殷勤，拧开一瓶矿泉水递给他，“师父，我自东胜神洲傲来国花果山水帘洞来的，真没见过这样的世面。”

叶朝陵对她这样的说辞已经习以为常，起因是沈殊学东西快，但涉猎面在专业方面确实薄弱，以至于很多基础性的实验筹备事项，都需要叶朝陵亲力亲为地教她。

叶朝陵显然不是鼓励式教育，教了几次以后，恨不得拧住她的耳朵说：“孙悟空只是石头里蹦出来的，你倒好，直接长了个石头脑袋。”

沈殊自知只要他教过一次，她就不会弄错，便不会将这样的话当真，反倒是心态极好地喊他“师父”，还用菩提老祖这种三界之外的高人来称呼他。

叶朝陵显而易见地看她一眼：“我不渴。”

“别啊，师父，我也离家有二十年矣，虽是回顾旧日儿孙，但念师父厚恩未报，不敢去。”沈殊双手将矿泉水奉上，“您喝了我才放心离去。”

叶朝陵发现只要她脸皮厚、情绪积极，就很难吓唬住她，冷哼一声道：“我们没有什么恩义，你以后发文章别写你师父名字，他就谢天谢地了。”

“那不行。”沈殊“嘿嘿”冲他狡黠地笑了一下，“我肯定是蹭您论文那个人……”

“你想都别想。”

沈姝装作没听见，收好 iPad 说回去想想怎么写。叶朝陵喝了一口水，看向她，他没有这种困扰，所以只能随口编了一句：“你可以尝试用英语直接写会议纪要。”

沈姝沉吟了一声，其实是有在认真思考他说的这一点。

“这一点提得很好。”

这一声夸赞是从她身后传来的，并非不熟悉，但又着实陌生，少说也有十来年没有听过了。没有留给她几秒钟分神的时间，沈卓然已经走到她身侧，面向叶朝陵。

“用英语作为日常工作语言是再正常不过的一件事。”他自始至终没有看向沈姝，却在光明正大说着她的事情，“沈姝的英语水平我比较清楚，她完全可以将此作为书写语言，也有能力做到书面表达的日语文献翻译。”

沈姝用“你搞笑吧”的眼神迅速瞥了他一眼：“您搞错了，我不会日语。”

“朝陵，你不要对她太宽松了。”

“我对她有安排。”

沈卓然说着，眉眼里都是欣赏：“那我且看看了，到你这样的程度我是不敢奢望的，只希望实验室多几个能给你分担的人，我就安心准备退休了。”

叶朝陵淡淡一笑，似有一种不易察觉的轻视，仿佛觉得这句话比玩笑还玩笑。

等沈卓然擦身而过，叶朝陵让她现在就回去论坛现场。

解了围，沈姝本该乖巧地“嗯”一声，却实在没办法听从他的建议。

斗战胜佛是如来佛祖封的，佛却不是。佛是什么，是众生度尽，是菩萨低眉，是降伏其心而后成就。既然这样想，便在沈卓然擦身而过时，她飞快地踩了一下他锃亮昂贵的皮鞋，硬顶着他惊诧的眼神，说出他应该觉得荒谬至极的话。

“谁允许你擅自插手我的人生了？”沈姝扬起下巴，敢于直视沈卓然的审视，“佛祖都不管的事情，轮得到你。”

沈卓然并不动气，像是理解她的行为：“你要有礼貌，哪怕只是对待一个陌生人。”

“可你连陌生人也不算啊。”

“沈姝。”沈卓然低下眼看向他那双并没有任何肮脏痕迹的皮鞋，嘴角已经没有了笑意，真正的文化人始终装不了两分钟的冷静，

“我也并不想花时间跟你沟通，矫正你一些遗传自章女士的恶习，但前途是你自己的，你没必要阻拦我帮你。”

“打住，不是帮我，是你想尽父亲的责任了，这是你的事情。”沈殊用余光去看叶朝陵的反应，他已经不知道在什么时候自觉退至最远处的走廊长椅旁。

沈卓然笃定地说：“无论你怎么想，你都会有需要我的时候，你会得到很多帮助。”

“是吗？”

“当然。”

沈殊无所谓地冲他一笑，脚下却又是用力，精确地踩上他另一只皮鞋，眼见着他怒目而视，说：“我不需要，我也不允许自己跟你低头。”

她说完就走，头也不回，路过叶朝陵时也绝不斜视。

总之，扮酷就要扮到底，至于回到实验室要洗多少个被试戴帽，那是后话。

回到实验室，沈殊按叶朝陵的方式直接用英语书写，一遍一遍滑动着 iPad 上记录的论坛资料和脑机接口相关的展示视频等，反复提炼，始终不满意。

陈应钟来找她时，先发的微信消息，担心敲门会耽误实验室的正常工作。

沈殊将门打开，趁五一假期没有人在，偷偷拉着陈应钟进来。不过她也不敢太放肆，只敢领着陈应钟进入最常规的器材室，很快将 MacBook Pro 和椅子都搬进来。

“我在写会议纪要。”沈殊烦恼地将手指揉进额前的发丝，穿过来，又穿回去，看不进正经书的时候果真连器材说明书都觉得能读进去。

“也不算会议纪要，准确点表达，应该是Conference Paper（会议论文），运气好的话也许也能在期刊上算个一作，申请奖学金请你吃个饭还是足够了。”

陈应钟：“请我吃个饭用不着奖学金。”

沈殊已经心思涣散，转而伸手，用指腹轻轻戳了戳陈应钟的睫毛：“……那不一定，看去哪里吃，也看吃完做什么，指不定还不够呢。”

“你想做什么？”

沈殊故意重复他的话：“你想做什么？”

“我在想你什么时候有完整的时间留给我。”

沈殊好笑地说：“干什么？是借机投诉我陪你的时间太少了啊？”

“确实不多。”陈应钟看向屏幕，无奈地出声，“还得辅导作业。”

“也是给你增强专业知识好不好？你得感谢我。”

“感谢你。”陈应钟很认真地敷衍说，“能看吗？想早点写完。”

“能，公开的论坛内容，脑机接口相关的，你之前应该也有去。”沈殊已经把座位让给他，自己站到他身后，胳膊肘自然地撑在他的肩膀上，话题忍不住又偏离，“想早点写完做什么？才九点，今晚很长时间哎……”

“睡觉。”

“……是我理解的那种睡觉吗？”沈殊把心里想的话说了出来。

陈应钟正在滑动论文的手指顿了一下，下一秒就扭头冲她伸过手，用很轻的力道掐到她的脸颊上，宠溺地冲她笑：“这位同学，能不能先想想你的作业。”

“那我还不如想想你有几块腹肌……”

“这个不用想。”陈应钟伸手扣住她的后颈，促使她的身体往前一倾，他自己仰起头，交错着身影吻住她，然后告诉她，“你有很多时间数清楚。”

真往这上面聊，沈殊果然又㞞了下来。

她胡乱扯开陈应钟的手，突然又跑到实验室门边，检查了一下门锁，确认锁好以后，指挥说：“工作！快点给我工作！今晚就算是喊破喉咙也没有人来救你！”

陈应钟嘴角一抽。

当晚，陈应钟很快替沈殊润色好会议论文的内容，赶在十二点之前发给了叶朝陵。他可能来过实验室，只是不愿意当面戳破小情侣一起学习的把戏。

他在回复论文的邮件中说：实验室不要进外人，没有下次。

沈殊想着，还是不将这件事告诉陈应钟了，告诉他也是添堵，他本来就是被她喊来帮忙的。不过意外的是，在五月的最后一天，陈应钟接到了叶朝陵的电话。

叶朝陵说的是公事，一问一答进行。

叶朝陵问：“你有德语基础？”

陈应钟如实回答："是，初高中课外学了六年。"

叶朝陵轻笑了一下："说基础可能不太妥当。"

陈应钟说："也没到非基础阶段。"

"过度谦虚我会将其视为自负。"叶朝陵声音冷淡。

"您可以这样想，虽然并非我的本意。"

叶朝陵问他："Case study（个案研究）能写到什么程度？"

陈应钟说："临床病例研究只看过书本材料，疾病症状、体征、诊断和治疗方式无法准确表述，需要工具查询。Clinical trial（临床试验）相关的方法、实施和对照研究，目前有在接触瑞金医院的52例样本，涉及病患信息不便透露，预计持续临床接触。"

叶朝陵问："临床主要是哪一科？"

"肝胆胰外科。"

叶朝陵以"OK"结束，迅速敲定了实验室肝癌微肽项目的另一个入选者。

不，打工人。

——陈应钟。

为此，沈殊没少拿他开玩笑，想起来就扬眉吐气："不管我们现在的能力怎么样，我是不是比你先进实验室？我先进，我是不是就是你师姐？"

陈应钟一般不会配合她这句。

"你想想，杨过当年在桃花岛还喜欢郭芙呢，也是他师姐。"

陈应钟为了让她安安静静看书，只有一次以吻缄默，气息扑到她的鼻尖和眼睫上，有一层淡淡的水雾，他的声音飘到她耳边："……师姐。"

六月。

没有公家假期。但是大一的暑假将至，终于又到了夏天。

陈应钟又一次先考完试，但他也没有一天得闲，他跟沈殊分工不同。

沈殊所在的生命科学院以理论为主，陈应钟则是临床医学，前者花大量时间被数据淹没，后者穿梭于学校与实验室。

在暑假正式来临之前，其实满打满算也就刚好空余三天。

他必须抽出最后一天去给他妈的花店做善后工作。

陈应钟的妈妈在荞水巷深处远离热闹的地方开了一家叫"钟摆"的鲜花店，生意不算太差，终日与花草为伴是他妈妈的一个心愿。

在达成了三年之后，终于还是以束缚她自由为理由而终止营业。

陈应钟的父亲行动不比正常人，在撤侨时挨过子弹，可以正常行走和站立，能够完成正常专家会诊和部分重大手术，但搬运重物这种，一般就不在他考虑之列了。

清算结束这件事不需要陈应钟来操心，他妈妈只需要他来当苦工，存放的鲜花为了尽可能保持原样送达至恋人和家人的手中，他妈妈不接受低价或甩卖这种方式，最终以限时赠送、随时可领走的浪漫途径让千万朵玫瑰开得更灿盛。

最后一天营业。

花店乱成一团，又井井有条，每一朵花草好似席地而坐，随意开着。

玻璃门被敲响，陈应钟几乎是一眼认出了来人，他先开口说："沈教授。"

沈卓然冲他微微点头，不浪费一个客套的笑容，问他："你母亲呢？"

"出国旅游了。"

"哦。"沈卓然回忆了几秒，"你母亲确实是我们这一批同学里活得最随性洒脱的，我和你父亲就不一样了，终日都在忙工作，少了几分对个人生活的尊敬。"

陈应钟无处可请他进来，也没有要邀请的意图，走到门口时，甚至随手将玻璃门给带上了。陈应钟对沈卓然并不熟悉，只知道他是生物医学工程方面的新一代领军人物，也在家里见过几次，都是小型家庭聚会的时刻。

"我来找你也是一样。"

"您说。"

沈卓然的来意非常简单，表达自己与沈殊的关系，用"不冷不热"来形容，也向陈应钟表明，他早就知悉他们两个人恋爱的事情，他不反对，虽然他认为沈殊可以找到更好的人选，但他也不否认，陈应钟也可以找到更登对的人选。

所以他用上课的姿态讲了几句废话，最终的目的只是想告诉陈应钟，他以基因和物质筛选的方式，认为他们恋爱这件事至少并非是一件坏事，值得拥有父母的祝福和支持。

比如，除了物质的条件支持，陈应钟还可以考虑和沈殊一起出国读书。

留在国外也可以，他无所谓。

甚至不做医生也可以，经商他也颇有发言权。

陈应钟对沈卓然此次的来访并不惊讶，也谈不上觉得荒谬。

尤其是当他面对沈卓然，以理所应当的语气对一个十八岁男生讲出八十岁的人生规划时，他只觉得，初中生物老师说得对，生物具有多样性。

“沈叔叔。”陈应钟改了称呼，打断他继续勾画蓝图，“我不考虑您的建议。”

“你或许可以跟父母一起商量。”

“不用。”陈应钟说，“我做得了自己的主。”

沈卓然拧紧眉心：“我经常跟你父亲聊天，工作、生活，我们无话不谈，我们是最好的朋友。或许有一些帮助，是让你站在巨人的肩膀上，这没什么不好的。”

“不需要，我们有自己的人生。”陈应钟说得坦然，“很多事情做不到，就是做不到，也许过几年，我也会开始觉得，我其实不适合当医生，没有能力做科研。”

“不要讲这种糟糕的处境。”

陈应钟摇摇头，淡淡笑了一下：“我不会觉得糟糕，没有人知道明天会怎么样。”

沈卓然依然以过来人的角度在轻视：“也许你们需要受到一些重大挫折。”

“也许吧。”陈应钟想到什么，突然勾起嘴角，“您的好意我收到了，不过我不会接受，也不会向所谓的巨人肩膀去低头，我想沈殊……”

她不会低头，也不会允许他低头。

人各有命，少年策马扬帆，只想活在自己的人生里。

等沈殊赶到店里帮忙，陈应钟已经坐在墙角的收银台后手写着卡片。他的字迹清秀，是少见的端正字体，不连笔，每个字都是一笔一画的心意。

沈殊推门而入时，暴雨已经淋湿了她的长发。

玻璃门刚一关好，截断的雨幕又自然形成，沈殊回头看了一眼，发现像是一个天然的水迹窗帘，视线被遮挡得严严实实，只有分不清的光点在闪烁。

“你来了。”

“嗯，雨超大。”沈殊把伞丢到一边，“我刚洗完澡出来的，刚洗的头。”

陈应钟说："门锁上，墙侧有自动门按钮。"

"好——"

沈殊扬起声音，尾音拖长，是显而易见的好心情。

店门是自左而右缓缓推上的，像百褶门的温柔工艺，实际上是冰冷的铝合金材质。

"你妈妈好有品位。"沈殊忍不住赞叹。

等她走到陈应钟身侧，发现他给每一束没有人领走的花朵都放上了手写卡，用更惊讶的语气叹息说："……你更浪漫，让每朵花都不被人遗忘。"

陈应钟笑了一下，将笔递给她。沈殊不理会："干什么？我才不写。"

……明知道她字难看。

"随便写。"

"不写，我写就是浪费纸，除了考试，我什么都不写。"沈殊认真说，"真的，我小时候在文具店买了好多好看的本子，我都放着，光用来看。"

陈应钟理解似的看她一眼。

沈殊凑过去，被他拉到怀中，坐在他腿上："你想写什么？"

"我想想。"

沈殊一时想不到什么句子，脑袋空空，发梢上滴下一颗饱满的水珠，浸入纸张，还没有开始写就晕染开。她可惜地说："啊，这应该叫——爱意浅薄，纸张湿透。"

他亲吻着她的脖子和肩膀，手从腰上收紧："爱意浅薄……"

"你还真写啊，这句又不是什么好话。"

沈殊想伸手阻止，被陈应钟轻声打断："一人接一句。"

"什么意思……"沈殊觉得这跟"行酒令"可能一个道理。

她先捡漏开口："爱意浅薄。"

"三番折叠。"

"变成情书啊？"沈殊想了想，没办法变成文绉绉的诗句了，又趁机把刚刚的话复述了一遍，"……纸张湿透？"

陈应钟嘴唇贴在她的耳边，轻声说道："挡不住谁的八百里加急。"

爱意浅薄，三番折叠，纸张湿透，挡不住谁的八百里加急。

沈殊有一点后知后觉，她顿感这句话的浪漫，像是暴雪天伸手接过，雪片化水，再下一秒又凝结成冰。

"陈同学……你到底是不是理科生啊？"

陈应钟的声音在此刻，暴雨轰鸣之中，沾染情与欲。他喊着她的名字：“沈殊。”

“……嗯？”

“这里有换衣室。”

“嗯……”

陈应钟继续说：“有淋浴。”

“哦……”

当她低下眼不知道该往哪里看时，陈应钟亲上来，将坐着的巨大的软皮沙发座椅从立起来的状态放平，他将她压向柔软没有真实感的沙发床上，手掌托着她的后脑。

沈殊已经忘了闭上眼，手肘不小心碰到桌面，灯光从白炽色转而变成夜晚的暖黄色。他的指腹在她的腰间摩挲半天，让沈殊觉得有一点想躲。

她忍不住笑出来：“……痒。”

“这里？”

沈殊“嗯”了一声。

他的手继续往灯光照不到的地方游弋，两个人都被挡在了收银台后。

陈应钟喑哑着嗓音问：“还是这里？”

“……不是。”

“不是吗？”他好似在笑。

沈殊很快没有办法出声，如同除夕那晚，她拿手遮住了自己的眼睛，却被陈应钟握住手腕，短暂地离开她的身前，看着她，再低下头，一下一下地吻着她。紧张感好像雨滴和波浪，从上到下，从左到右，全看他动作的落点。

她失神地望向他时，几乎看不见他实际的轮廓，但觉得他此刻的双眸，一定盛满了辉煌的水波，他的眼睫因为低着头而垂下去，一下一下地颤动着。

她只能失控地喊他的名字。

她想起，高三的教室、叶上的蝉鸣、荠水巷的馄饨、游泳池的烟火。

……

他们相拥在狭窄、绵软的沙发床上，所有的海水的味道都被植物香气取代。但沈殊仍能闻到他身上的味道，她凑过去，抱住他的腰，仔细去闻。

陈应钟任由她打量着自己，她的手指从他的鼻尖一路延伸到肩膀。

她微怔着，双眸还像是浸没在月牙湖的夜色里：“……我有时候想，十八岁喜欢的人，到八十岁依然喜欢他，依然跟他在一起，真的是太酷了。”

陈应钟任由她这么说着，问她：“你相信有吗？”

她明显顿了几秒：“……应该有的吧，世界那么大，无法穷尽列举。”

陈应钟显露了然的表情，像告白那一天一样，抱定一种决心才会说出口。

“希望八十岁我再问你的时候，你会回答得笃定一点。”

到那个时候，他依然会告诉她。

十八岁时互相说过的喜欢，不是一句戏言，是可以坚持一辈子的事情。

上一个夏天好像才结束。

下一个夏天转眼就要来了，花草丛生，像无尽的爱意，就在眼前。

正文完

番外一

爱是永不游移的灯塔。

01

一觉醒来就进入暑假这件事，本身是很幸福的。

沈殊睡到自然醒，睁开眼时，身上的感受跟她从小说里看到的不同，与其形容为痛感，不如说是酸涩，像是脚踩山林之中绵软的绿茵，人却又被放置在阳光下暴晒。

所有表皮肌肤都像是出了一层汗，风吹过时微微发紧，只有触碰到发热的陈应钟的肌肤时，好像才会恰当地缓解。她其实早就醒了，但是眼皮沉重到掀不起来，身上酸痛，一时不知道从床上坐起来需要用到哪里的力量。

从花店的软皮沙发床到浴室，再到只有单人床的休息室，短短的距离，让她被打横抱起时脚趾都没有力气抓住拖鞋。

由于花店处于荞水巷这样的闹市地带，早餐店凌晨五点就开始出摊，西饼屋在巷子口散起奶油味，有经过的脚步声，像是意外踩中某个机关，吓得沈殊猛地从床上坐起来，突如其来的酸胀感令她不得不握拳顶在自己后腰上。

陈应钟被她的动作打扰，眯着眼先笑出来，握紧拳头抵在她另一侧的腰窝上，像是在为昨晚那些疯狂又失控的行为道歉：“你怕什么？”

沈殊身上已经套上了他留在店里的干净T恤，用作睡衣刚刚好，领口斜着挎在肩上，露出一些淡淡的牙印。她转过身时，长发先垂到陈应钟脸上，遮住他的眼睛，几乎是压抑着嗓音在抱怨：“谁能想到我在距离我妈五百米的地方……”

“嗯？”

“睡了一觉。”沈殊换了一种欲盖弥彰的说法，“跟你。”

陈应钟的眼皮被她柔软的长发刮得心痒痒，手从衣摆伸进去，将此卷起，顺着她因为侧身而弓起来的背脊，循着她清瘦明显的骨骼轮廓，最终绕到身前。

被他臂弯的力量一带，沈殊整个人撞在他的胸口，他的手指轻轻顺着她的长发，从胸腔发出来更沉闷的声音：“……再睡一会儿。”

“我怕有人来。”

陈应钟说：“不会。”

沈殊安静地趴了一会儿，伸出手指在他下颌线上游走，停在他的脖子上，惊诧地抬起上半身，撑着胳膊问他：“我好像……留了点印子，怎么办？”

陈应钟无所谓地笑了一下：“不怎么办，留着。”

“会被人看到的……”沈殊推了一下他的肩膀，气势汹汹地瞪了他一眼，“我以前怎么没发现，你这个人胆子好大啊……”

说完，她开始低头检查自己的肩颈，被陈应钟捉紧手腕：“别看了，没有。”

“……真的吗？”她显然不相信。

陈应钟闭上眼展开双臂，慵懒地说：“嗯，知道你㞞，有注意。”

沈殊还想辩解，声音却很没有底气：“我哪有㞞……”

她用余光去瞟他的反应时，见他侧过身张着胳膊向自己扑过来。她承担着他半边身体的重量，无法动弹，密密匝匝的吻同时落在她的耳后。

大概是清晨的气氛太过暧昧和朦胧，他的头发蹭在她的颈间，微微发痒。探知到他下一步动作中带有的撩拨意味，沈殊微微挣扎，满脸写着拒绝：“不行……真的不行，不是不信任你，是不信任人体结构的偶然性。”

陈应钟不是一定要在此刻对她做什么，但他很快发现，沈殊对安全这件事有着异常的紧张，昨晚他动作稍缓，做足了功课，当她整个人都塌陷进丝绒蛋糕一般的境地时，依然温顺却乖张地提醒着：“你一定不要大意，一定不要……”

她眼神已经失了焦点，像走在空调外机前，被暖风吹倒，恍惚中还在念着。

沈殊意识到他停止了手上的动作，安静搂着她合上了眼，她不知道他此刻在想什么，只在被子里握住他的手，轻声安慰："我知道你会保护好我，是我太紧张了。"

陈应钟将手抽出来，揉了揉她的头发，下巴抵在她的额前，清了下嗓子让声音听起来更为清爽："没事，不要将这件事的重要性看得很高。"

沈殊不解其意地抬起眼皮，眼睫戳到陈应钟的脸上："还是重要的……"

直到下午出门，沈殊都以一种微妙但又小心的心态时不时看向陈应钟。去了趟超市，沈殊挑的颜色，陈应钟挑的样式，购入了全新的被单三件套，虽然花店会关闭，但陈应钟的妈妈短期没有出售店面的打算，心血来潮时，可能会再改装为猫咪咖啡馆。

为了保持原样，沈殊出门前甚至往身上喷了下店里的香水。

"好闻吗？"沈殊站在超市推车旁边，突然这么一问。

陈应钟笑得不明所以："不太闻得到，很淡。"

"你再仔细闻闻。"沈殊踮起脚，将胳膊抬到他的鼻下。

"……花香。"陈应钟说，"也有可能是花店里的气味。"

沈殊羞臊地别过眼，轻声问："没有别的味道吧？"

陈应钟反应过来，似笑非笑的，趁没有其他顾客经过，对着她耳边说："你心虚什么……你都洗了多少遍澡，不会有什么其他味道。"

沈殊耳朵太热，一瞬间走出去一大步，远离他，快速说："谁心虚了……"

逛超市是最解压的事情，逛文具店也是。两个人提着大包小包的食材和家具用品往回走，准备躲进陈应钟外婆家的秘密花园，正式开启这个转眼而来的夏天。

沈殊正在帮忙洗菜和切菜，她有多年在芝姐菜馆的帮厨经验，动手能力极强，很快就将菜品切好。陈应钟掌勺，并且关闭了客厅的亮灯，只留吧台头顶柔和微醺的光线，还有庭院里星星点点的地面光，藏在植被里，像是跟着晚风时远时近。

"这位小姐，你坐好。"

陈应钟系上围裙，两个人相隔用于一人食的吧台，准确来说是开放厨房放置厨具、餐品的一部分地带，陈应钟搬来椅子，勾起腰正式请沈殊坐下。

他柔声问："能喝酒吗？"

沈殊知道他担心会影响手术时操刀的稳定性，而从不碰酒精类饮品，双手端放在台面上，拿他打趣：“美酒我只能自己享用啦——”

“树莓雪莉酒？”

虽然他只是采用了简单的倒酒动作，将淡黄色的雪莉酒中沿着玻璃边缘淋进红蓝色树莓酱，沈殊还是忍不住冲他比个大拇指：“嗯，这位大厨好专业哦。”

“先吃牛油果金枪鱼沙拉。”

“没问题，听你的。”

陈应钟将拌好的酱汁淋上去，用紫甘蓝卷起一块金枪鱼，最后舀一小口牛油果，在沈殊低下头准备去闻一下的时候，已经递到她嘴边：“尝一下。”

“嗯。”

“好吃吗？”

沈殊紧闭双眼，再猛地睁开：“超级好吃。”

陈应钟笑出声：“感情分？”

“妈妈说了，男人要夸，夸了才会疼老婆。”

陈应钟手上还在切刚刚煮到软烂的萝卜，切均匀放入汤中，剩下的一小口丢入自己嘴里，抬眼看向她：“这位同学，空口无凭，需要反复多次实验验证。”

“什么啊，我听不懂。”

沈殊装作不知道他在说什么，就算信任他不是一个将承诺挂在嘴边，总是先做到再去说，甚至都不会主动说的人，但她还是习惯性逃避这样暗示承诺的时刻。她用手掌托着自己的脸颊，随意伸出食指点了点煮沸的罗宋汤：“汤要煳了，你先忙，我去回黄石榴电话。”

陈应钟顿了一下，看着她转过身去的背影，眼里闪过一些难以捉摸的东西。他从来没有主动问过她，哪怕是在学校撞见她砸了沈卓然的车窗玻璃，她只要说一句“能不问原因吗”，他就真的闭口不提。尽管他知道，沈卓然一定是她的某个心结。

一旦恋人之间，除了爱恋，还有怜爱，偶尔情绪难免开始变得敏感。

在沈殊站在院子里跟黄石榴打电话时，聊的是帮黄石榴设计问卷的事情。黄石榴学的是社会学，有一门课需要采集数据，旨在调查在校大学生每个月在恋爱和游戏上的消费比重，属于常见主题，很容易在网上找到相似的问卷。

可到数据回收时，才发现问卷设计逻辑存在一定问题，几道题跳转之间出现明显的重复性，导致不仅需要去重，还需要在已推送的问卷中进行代码编辑，便于后面的参与者进行调整和清除。这事儿就落在了沈殊头上。

她花了二十分钟在问卷星后台配置好最终版的问卷内容。

最后一道大题是必填题，虽然可以写“无”，但是标题必须配置上，黄石榴是按网上的版本直接复制粘贴填入的——“你相信人可以同时喜欢两个人吗？”

在沈殊重新输入这道问题时，突然在电话这一头叹了口气，被黄石榴捕捉到，以为是给她添了麻烦，又觉得她不会这样想，试探性地问她：“怎么了啊？”

“没事啊。”

“你都叹气了。”

沈殊目光还停留在这道题目上，苦笑着重复了一遍。

“你说，人可以同时喜欢两个人吗？”

那是什么样的感觉呢……

黄石榴以为在问她，不假思索地答复说：“当然有可能啊，不管是什么样的感情，父母可以同时喜欢两个孩子，我们可以喜欢多个朋友，恋人当然也是这样，只不过是法律要求我们只能选择一位终身伴侣，只是道德的束缚！”

黄石榴又说：“婚姻只是一种合法关系，一种结果而已。”

“是这样吗……”沈殊觉得就在当下，她好像没有办法用简练的语言概括她的想法，只是淡淡地说，“你这么说也有一点道理，结婚只是某一种结果……”

“对啊，离婚也是，分手、恋爱都是。”

“嗯。”

黄石榴说：“扯远了说，还有丧偶呢，余生漫漫，人家还不能再找个喜欢的人啦？你说这样，感情难道就一定不如前者吗……其实也不一定的。”

沈殊勉强扯了下嘴角，想起章昀芝：“你说得对，享受过程就好了。”

结果不是不重要，只是不能赋予更额外的意义。最终是他就好了，过程是他就好了，沈殊心里这样想着，没有说出口，想尽快给黄石榴解决完问卷障碍。

她没有发现陈应钟就站在她身后，他原本是想过来告诉她，跟小姐妹讲电话不用急，汤可以保温，不行还能再热一下。月亮也很成人之美，让他的身影在灯光下落寞了几秒，冲着更温暖的光芒地带倾斜，远离着正在接电话的人。

这一晚。

陈应钟变得比平常话更少，他的动作依然不那么粗鲁，却难掩一些急躁，呼吸偏沉，新出的汗来不及干，滴在沈殊的后背上。她自己也略显狼狈，长发湿透了，黏糊糊地堆在一侧。窗外像是暴风雨天气，有无序莽撞的水迹声。

实际上院落安宁，只有人影交织。

不只是眼神失去焦点，沈殊觉得有很长一段时间她的眼前都是刺入的白光。

等她稍微恢复时，她才发现他看向她时，他有一双纵情专注的眼眸。

再结束时，已经是深夜。

沈殊说口渴，陈应钟去给她倒来水，让她喝完枕在自己的腿上。两个人就这样互相对视着，彼此安静，没有人想打破这样连手指头都疲倦的时刻。

是陈应钟先从衣柜里取出一件干净的 T 恤，套上身，说出去一趟。

沈殊脸上一热，大概知道他要去做什么，光着脚从房间里跑出去，喊住陈应钟："……给我带一点冰激凌。"

"我记得，抹茶和巧克力味道。"

"对。"沈殊停顿了一秒，慢慢走过去。

陈应钟在楼梯尽头，她的脚步从上而下，她还穿着他的 T 恤当睡衣。沈殊看的是他重沾上欲的眼神，陈应钟的目光却从她的脸上下移至光洁的脚踝。

她站在最后一层木质台阶上，抱紧他的脖子，踮着脚才能与他平视。

她突然撒娇说："突然不想你走了……"哪怕就出去买个东西。

陈应钟一直对她带有一些无辜感的撒娇没有任何抵抗力。

他会说让人心动的话，却很少一句话能直白得让人脸红，他伸手抱紧她的腰身，轻声说了句："再不松手，我就亲你了。"

"不、松。"沈殊轻咬着他的耳郭，不怕死地继续挑衅，"就、不、松。"

"那我不走了。"陈应钟笑着说，躬身搂住她的腰，一把将她从楼梯台阶上抱了起来，让她短暂地离开地心引力，只能攀附在他的身上，重新往卧室走去。

沈殊乱动了几下，仰面倒下时心虚似的又闻到室内不一样的气味。她指挥陈应钟去开窗，又在他回来时一把抓住他的领口，勾人提醒：“……记得买药。”

床乱作一团，像是陈应钟一瞬间涌上来的心绪。

他没有往常那样冷静，声音里低沉的质感出卖了他：“吃药对身体不好。”

“一次两次没关系，安全最要紧。”

陈应钟低着头望向她，声音更低：“你可以信任我。”

“……不是信任的问题。”沈殊机械式地眨几下眼睛，“我只是害怕。”

她的神情比她的声音更加失落，睫毛上的水雾像是陈应钟语气重而带来的水汽。对待她，陈应钟很难不心软，他起身坐在床边，用掌心轻轻抚摸她的脸。

“陈应钟，你不要生我的气。”

“不会。”

“你不知道我有多害怕。”沈殊翻了下身，头枕在他的腿上，闭着眼睛说话，声音也虚无缥缈起来，“……因为我的出生就是一个意外。”

章昀芝在二十岁那年就生下了沈殊。

那一年，沈卓然二十八岁，已经是外科一名小有名气的医生，不仅如此，还有明显的科研天赋，参与了多项校企合作研发项目。

而章昀芝只是沈卓然父亲的陪护。老人一辈子都漂在海上，没少经历涉外交涉，九死一生，老了腿脚不利索，落下了海员惯有的毛病。

章昀芝念的是五年制的职校护理学，她父亲，也就是沈殊的外公，曾经是沈卓然父亲的老下属，安排章昀芝去照顾沈卓然的父亲，从单位公事到人情，都是再好不过。章昀芝性格大大咧咧，热爱做菜，能拿得住老爷子的胃口和心情。

那时候，从章昀芝第一眼在家里见到沈卓然时，便爱上了他。

可她也从老爷子那边听说了，沈卓然有女朋友，一个全家人都不满意的女朋友，她叫叶映知，是高沈卓然一届的学姐。撇开门第之见，她因为冲动而跟初恋男朋友在读研期间领了证，虽说婚姻存续期非常短暂，又没有正式办酒席官宣，但终究是离异。

老爷子死活不同意他们结婚，起初沈卓然并不在意他们的想法。

直到老爷子确诊肝癌晚期，眼见着没有多久的日子可过，章昀芝便提议，她可以配合沈卓然做场戏给老爷子看，不用真去领证，两家人关系亲密，摆几桌酒席就行，一切从简。沈卓然觉得荒谬至极，反而劝她不要拿婚姻当儿戏。

章昀芝只好说，因为老爷子承诺了，只要她嫁给他，她就可以顺利进入大医院，安稳找到一份护士的工作，再说，她绝不会干预他和叶映知的往来，前提是他必须按时回家，在父母面前维系好一位得体丈夫的形象。

沈卓然当时的神色从不解转为轻蔑。章昀芝知道他在想什么，也早就明白他从来没有拿正眼看过自己，但就算是这样，她也愿意嫁给他。

再后来，沈卓然告诉叶映知这件事，让她再等半年，至少让老人安心离世。叶映知也没在此时为难他，只说，既然她能等半年，不如他多等她几年。说完没到一周时间，叶映知就拿着奖学金飞往德国读书。

后来，他们从打电话变成了发邮件，再后来，沈卓然便从同学那边听说，叶映知在德国交了新的男朋友，他不愿求证，只能买醉。他这辈子只喝过那一次酒，人其实没有烂醉，但心情已经跌入谷底，也是那一晚，他第一次变成了章昀芝的丈夫。

不久后，章昀芝背着沈卓然生下了沈殊。

谁说性是爱的边角料？也有一些，是她的全部。

到沈殊出生，章昀芝才重新联系沈卓然。当年管得严，单身母亲无法给孩子上户口，还是为的这个，他们才随意选了一天领了证，随意到沈卓然根本不记得是哪一天。

沈殊小时候一直不理解为什么沈卓然一周只回家一趟，更不明白为什么他不回家时章昀芝会哭，他回家时章昀芝还是在哭，可是他们从不争吵，沈殊不敢说话，她总觉得可能是自己做错了什么，也不敢亲近沈卓然，他好像很讨厌自己。

他总是用很冷淡的眼神看着她，她拿一百分的卷子给他看，他也不会高兴起来。他只会说，她几岁了，怎么会这么大了还在学这些。

相比难过，沈殊更不理解……

她不学这些，应该学什么呢？

后来，她发现沈卓然在书房时会看一些影像资料，偶尔门没有关上时，她会躲在门边看。她发现沈卓然看着视频里那些不说话、会发脾气、会哭喊、会玩魔方的孩子时，比看她的眼神还要和善，她好羡慕，她好想得到沈卓然的肯定。

于是，她躲进书店里，找到魔方教学的书籍。她看不懂，只能翻字典去查，幸好还有一些图示，她从白天练到黑夜，任何不需要学习和休息的时间里，她都在练习，一直练到她可以闭着眼睛都能复盘一整个打乱的魔方。

也是因为这样，沈卓然第一次主动抱起她，让她坐在他的腿上，问她是不是喜欢魔方，是谁教她的。她学着视频里的孩子那样，不说话，摇头，又点头，最后将魔方砸到地上，砸得稀巴烂。

沈卓然高兴得将她一把抱起来，差点想要丢上天。

他笑着说：“你像我，你是我的女儿，幸好没有遗传你妈。”

自那以后，沈殊就再也不多说话了。

她没日没夜地学习，学习书本上的知识，学习奇怪的技能，让自己显得不一样。

也只有这样，她才能减弱家里的低气压，减少沈卓然的冷暴力。

可天才是没有办法演绎的。

当她因为难以克制地喜欢上动漫、游戏时，成绩就正常地会有所下降，而这时沈卓然就会发现，她只是一个勤奋的普通人，她不像他。

也是那一刻她突然明白了，不是每一位父母的爱都是无条件的。

也是那时候她才知道，原来她是一夜情的产物，她无法真正去责怪章昀芝，她没有办法摇晃着章昀芝的胳膊说，为什么要生下她，为什么要爱得这么卑微。

她甚至也没有办法质问沈卓然，他为什么不爱她，她到底做错了什么。

好像都是命运的安排，没有人可以挑剔自己的出身，所有的不甘心、不谅解，最终只能化为日复一日的努力，因为这样，踏实感、安全感才能来源于自己。

……

沈殊说完这些时，陈应钟的掌心摩挲在她的脸上。她伸手握住他的手，苦笑了一下，反过来安慰他：“我没哭，你别担心。”

陈应钟只觉得心疼，心疼得揪在了一起。他在除夕那晚讲述父母的故事时，沈殊动情地为了别人的爱意而流下眼泪，却又在这个时候为了自己的痛苦而笑起来。

“你想哭也没关系。”

“我真的没哭。”沈殊有点哽咽，但还能控制，她说，“陈应钟，你知道吗？我小时候经常偷偷哭，那时候我觉得自己很可怜，我经常想，为什么没有人爱我，我的爸爸妈妈为什么连一张合照都没有。长大后，我很少哭了，如果真的想哭，也是因为芝姐，因为我知道，她很爱我，她也值得拥有更好的人生，可是她没有。”

陈应钟认真地喊她的名字：“沈殊。”

“……嗯。”

陈应钟低下头，呼吸挨近，但是他只是在她的额头落下一个安慰的吻。他直直地盯着她的眼睛，一秒都不移开，他的声音像绷紧的琴弦，充满着虔诚：“沈殊，你值得拥有很多很多的爱，也值得拥有一个圆满完整的家庭。”

冗长是肤浅的藻饰，诗人和爱人是想象和爱意的产物，他不祈求天父，也不信佛祖度人，他告诉沈殊，也要求自己：“上天没有给你的，我都补给你。”

02

沈殊直博成功去北大读书那一年，陈应钟留在交大医学院读大五。好在两个人都在国内，保留了当天能见到面的可能，但实际上理论就是理论。

沈殊开学后的生活并不忙碌，准确来说，远比她之前申请直博、参加夏令营要轻松，至少靠自觉研究，总比有一个明确的升学目标能让人喘口气。加上她本科阶段跟随叶朝陵持续深入微肽及分子细胞生物相关的课题研究，谈不上科研天赋极高，但相比同龄人还是略胜一筹，故而进入了国家级细胞增殖与分化重点实验室。

尤其是在一些论文校对、翻译及数据采集实验这些方面，沈殊的基础能力被叶朝陵训练得非常夯实，文书的输出格式也基本在接触第一周就得到了导师赞扬。

但沈殊习惯按部就班地推进学业，并不着急以博士毕业的要求来反推这几年的研究计划，而是利用博一在实验室的时间，反复研读和琢磨实验室几位教授发表的论文。陈应钟则相反，已经持续在实验室和医院之间穿梭好几年。

虽说才大五，但陈应钟已经跟硕博的师兄弟一起在医院值班了一年，轮科就已经轮了小两轮，目前留在肝胆胰外科，没有什么机会真正上手术台，但已经拥有了几百次手术室内观摩的机会。偶然一次，主刀医生顺利完成手术后回头，看见陈应钟的额上渗出了一些汗珠，他开玩笑说：“这么紧张啊，以后要不要给你配个助理擦汗？”

当真只是一句调侃新人的玩笑话，却让陈应钟误以为是一种提点，这也是他第一次在学业或者说职场上感受到明确的挫败感。

他开始跟主治医生的作息一样，午休时间抓紧游泳，往返练习。找不到完整的空闲时间，只能将打篮球这件事暂时搁置，多跟换班的医生配对打羽毛球。

按主任医生的说法，身体和心态都需要通过后天的练习，医生也是血肉之躯，但几乎每一天都在做人体超负荷的事情，如果医生本人都不够健康、不够乐观，那要怎么样告诉病人他还能活下去？他还没有到穷途末路？

陈应钟的父亲也说，这对医生很苛刻，但是这样的标准并不来源于病患。

因为觉得苛刻的人，大概率无法坚持成为一名医生。

这也就导致了，经常失联的那个人，从沈殊变成了陈应钟。

晚上留在医院值班是常有的事情，沈殊根据某个周期内的联系频率，制订了一张陈应钟的时间表，到另一个周期，她就会发现，全然无用。说好的八点交班呢，她却总是在十点多才能接到他下班路上的电话。

他的理由总是十分充分，声音干爽又疲倦，让沈殊只有心疼和着急。

他从来不会抱怨工作和困难，他每一天交班都要将每一个病人的情况详细复述，沈殊有时候会好奇地问他："这么多人，记得下来吗？"

陈应钟笑着说："记不住也得记。"

"我没办法想象……"沈殊问他，"每天早上是不是还要查房？"

"嗯，但我一般只需要站在旁边。"

"那还好。"

陈应钟卡了一下，苦笑着出声："也不太好，会被提问。"

"啊？"沈殊惊讶地感叹，"那不是像随堂测验？"

"应该是随时测验。"

"好难啊……那其他有经验的医生呢？也会这样吗？"

陈应钟"嗯"了一声："所有人都是这样，永远在学习，永远在被考验。"

"真是辛苦你了，我都不敢乱给你打电话。"沈殊说这话时，正在宿舍。博士生宿舍两人间，碰上北京人室友基本上就算是住上了单间。

她就是其中一个，越到晚上越想给陈应钟打电话，明明非常谅解他，声音却还是带着无辜的委屈感："……我记得你说过，晚上电话铃一响，就会以为是病房有什么事情，我就不敢给你打电话了，我想让你多睡一会儿，你一定很累了。"

陈应钟淡淡地笑了一下："我不累，听不到你的声音我也睡不好。"

"真的吗？"

"嗯。"陈应钟坐在空无一人的科室里，声音明明是疲惫的，"我每一天听到你的声音，知道你要睡觉了，才会真正觉得一整天结束了。"

"可是我好不想挂电话啊。"沈殊停顿了一下，觉得一定是她已经许久没有在安静的宿舍里生活过，脱离集体，有一种热闹后的失落感。

但是眼眶很快发酸，她将灯关了，爬到床上，闭着眼继续聊天，几乎藏不住情绪地说出口："……陈应钟，我好想你啊。"

陈应钟许久没有开口，他放下手里正在打结的两根手术线，差点将玻璃器皿撞倒在地，走到窗边，吸了吸十二月的风，像荒原上呼啸的风，又像是能吹起医院绿荫的万物生，尽量平静地安慰她："我也想你，我最快只有这周四晚上休假。"

还有两天。

他只有这一晚上可以完全空下来，第二天一早再飞回上海。

沈殊吸了吸鼻子，忙着说："不了，你别赶这种红眼航班，飞一次，人都要散架了。"

上次是十一假期，沈殊为了更早一点回到上海，选了凌晨的飞机。这次沈殊也想这么做，但她没这样说，不然一定会被拒绝。

果然，陈应钟很快打断她的想法："你也不许这样飞。"

"……我反正没太多急事，远程也能看论文的。"沈殊故作轻松地说，"我回去也好啊，《明天见》又重新上映了，恋爱之前没能一起看，正好这次补上。"

"不行。"陈应钟平声也有一种下诊断的决绝，"我来找你。"

"好耶，听你的。"

沈殊稍微一顿，不跟他继续说这个话题，只觉得他今晚格外沉默，恋人之间也有一种很奇妙的默契，好似"同心同感"，纵使相隔千山万水，低落的情绪也能飞到耳边。沈殊柔声迟疑着开口："……陈同学，你今天怎么啦？"

安静一秒钟，陈应钟说：“没有，第一次见到手术失败。”

沈殊不敢问手术失败具体意味着什么：“……还好吗？”

她含糊地提问，不指向是谁，他更模糊地回答了一声：“嗯，没事。”

见她没有说话，陈应钟无奈地扯了扯嘴角，想让语气更轻松一点：“你不要替我担心，好好睡觉，知道你好我才能安心，不然做实验又要走神罚款了。”

“哦。”沈殊难得乖顺，拿话逗他，“原来你现在已经能控制自己啦，我还以为想一个人是控制不住的呢，满脑子都是，论文每个字都会变成他的名字。”

陈应钟终于笑着说：“能控制就不会现在留在科室打结了。”

沈殊开心地翻了下身，实在按捺不住似的，坐了起来，一边伸手扯过椅背上的外套，胡乱给自己套上，一边装作若无其事地继续问：“要打多少个？”

“两千个吧。”

“啊？”沈殊下意识地接话，“反正又没有人看着，偷懒好了。”

陈应钟笑而不言，将窗户关了，走回到桌前继续练习，接着轻声说：“打结的时候最轻松，什么都不用操心，只用来想你，好像也不会觉得累。”

沈殊轻轻一笑，故意嫌弃他好土：“现在越来越会说好听的话哄我了……”

幸好只是平平无奇的工作日，沈殊从临时购票到飞机进入巡航阶段，只用了半个晚上的时间，但甚至才凌晨一点半，上海依然在堵车，回到芝姐菜馆时已经将近凌晨四点，店铺都已经冒起了热烟，早点都快出摊了。

这一觉沈殊睡得并不沉稳，荠水巷太过热闹，但她还是特意忍到午餐时间，才赶去医院找人，背好塞满衣服的双肩包装作是刚下飞机的样子。

找到医院时，才从学长那边得知陈应钟被叶朝陵喊回实验室了。

白跑一趟……但想着按叶朝陵这个人怕麻烦又冷淡的性格，如无必要绝不会临时将陈应钟喊回实验室，还是别打扰他们为好。

沈殊索性去找了一趟黄石榴，一起吃了午饭顺便在五角场那边逛了逛。

黄石榴对她这种将飞机当出租车使用的行为，一边号叫着“好酷啊”，一边嫌弃说“女儿”大了翅膀硬了，要不是陈应钟没空她也不会先来见自己，晚餐还不跟自己一起吃。黄石榴摇摇头，吸了一口葡萄汁：“现在我就得自己孤独回去了。”

“下次。这次特殊情况，下次我一定回家第一个见你。”

黄石榴笑道：“得了吧，我可不耽误你们时间，小别胜新婚啊。”

沈殊挽住她的胳膊，再次表忠心：“下次一定。”

回到熟悉的实验室时，沈殊特意放慢脚步，走上一层一层的楼梯，在转角的地方她第一次遇见叶朝陵，从而真正开启了学术生涯，在顶楼的消防栓后她跟陈应钟偷偷接过很多次吻，那里只有月光透进来，已经许久没有人开灯。

玻璃窗户还是紧闭着，浅蓝色窗帘遮得很严实，明明只离开了四个月，沈殊却像是近乡情怯，抬起手敲门时突然有一点犹豫，她既想给陈应钟一个惊喜，又担心影响实验室的正常工作。

当她还没有具体的下一步动作时，厚重的实验室防盗门先打开。

四目突然相对，叶朝陵一怔：“就放假了？”

“……没。”沈殊心虚，到末尾已经没有了声音，“我回家有事……”

叶朝陵想也没想，还是那副欠他钱的语气：“哦，谈恋爱。”

他让开半个身位，往器材室指了一下：“暂时可能走不了。”

“那我等一等吧，不能影响实验室工作。”沈殊很快恢复精神，打趣说，“得对学术有敬畏心，得对科学有好奇心，切勿好高骛远，切勿因为恋爱荒废学业。”

这些话叶朝陵平时都说过。

叶朝陵双臂交叉抱在胸前，低着眼看她，似笑非笑的样子：“光说不练。”

沈殊又被他轻巧反驳，扬声说：“练着呢。”

叶朝陵这人，从不破例，就算曾经是他的学生，给他洗了几万个被试戴帽，他也依然不让沈殊进去，只是伸手搭在器材室的门把手上，准备让她站在门外看一眼。

他说：“晚上实验室还有团建，勉强带你一个。”

“行，谢谢叶老师，您就是活菩萨。”

叶朝陵露出懒得搭理她的神情，将门轻轻打开，沈殊立即探入目光。几个熟悉的背影蹲在地上正在串那些吊瓶盖，安静昏暗的空间里，陈应钟站在实验台前低着头调试观察镜，而他身边坐着一个长发女孩子，正外放着声音在打《王者荣耀》。

他们都背对着门，女孩子眼也不抬地哀号一声："我又被单杀了……"说完她一只手点击屏幕，另一只手对着空气抓了抓，往旁边一挪才抓到陈应钟的胳膊。

一个娇滴滴的声音在说："我这个出装是不是不对啊，你快给我看看。"

陈应钟将胳膊从她的手上抽出来，却还是低下头去看她的手机屏幕。

沈殊闷哼一声："实验室不是不让进外人吗？她是谁啊？"

叶朝陵欲言又止，有点无语的反应："一个不听话的高中生。"

"那她也不能在实验室打游戏啊，我上次只是带手机进去，你就罚我整理了几万条数据……"沈殊语速越说越快，"还影响其他同学。"

"跟高中生比？真有出息。"

"我……"

沈殊不说话了，叶朝陵依然不让她进去。在她刚想从他胳膊底下钻进去时，他几乎更快地拉住她的书包，往后一带："找个地方待着去，六点出发团建。"

"叶朝……"见叶朝陵不耐烦地看过来，她立刻闭上嘴，"好的，叶老师。"

"看手机消息，别当摆设。"

沈殊闷闷不乐地"哦"了一声，满脑子都是那个女孩子的声音。

平心而论，真的没有非常好听，却是一种让人拒绝不了的直率的撒娇音。

等实验室所有人忙完，一起走出教学楼时，沈殊正坐在一辆自行车后座上。也就等了二十分钟不到，风也不大，但沈殊整张脸就冷得发白。

她特意在楼下涂好了唇膏，是相比那个女孩子更成熟的枯枝玫瑰色，很适合这个季节。

在陈应钟看向她时，她也勇敢直接地瞧向他，甚至径直往他所在的方向走，最后僵硬用力地给了石不言一个拥抱："好久不见啊。"

石不言虽然是个学生辅导员，跟沈殊在实验室属于关系最亲的那一个，但当着所有人的面拥抱这件事，还是让石不言觉得自己的清白被耽误了一样，急忙转过身对着所有人摆手，解释说："她发什么疯……”

“你不言，我不语。”沈殊狠狠瞪了他一眼，“问什么问？”

“行，我不言，我不语。”石不言张罗说，“走——吃饭去，叶老师请客。”

全程陈应钟的目光都没有离开过沈殊，可她却在席上正常谈笑。她也没有特意坐在陈应钟旁边，有学长起哄问他们都恋爱这么多年了，怎么还在避嫌。

石不言也故意搭腔：“心虚吧，见到叶老师就害怕。”

结果当事人谁都不肯接话，他们也就不敢乱开玩笑了，加上实验室男多女少，过往几年大家也十分注意言辞，只有坐在沈殊对面那个女孩子还在低头玩手机。

叶朝陵很头疼地拿筷子敲了敲她的碗，沉声说：“梁宜舟，吃饭。”

“不要，我不饿。”

“你什么时候饿？”

那个叫梁宜舟的女孩子看也没看他，趁打游戏的间隙，随便拿起筷子夹起碗里的一块牛肉，一口塞进嘴里，含糊着说：“我不喜欢吃这个。”

“你喜欢吃什么？”

“我喜欢吃叶阿姨做的冷盘酱牛肉。”

叶朝陵轻轻叹了口气：“我这会儿包机也得十几个小时才能接到我妈。”

他给她换了一样菜，夹到她碗里，又预备要敲，被她直接拿走。

她嘟了下嘴，像是真不理解，又吃了一口：“又不是和尚，敲什么？”

所有人都从来没在实验室见过外人，也从来没见过任何人能让叶朝陵这样耐心……甚至会在她这里占不到上风。

沈殊的注意力都被这一点吸引，但是很快，心情更不是滋味。

梁宜舟比所有人都年轻，也要比她见过的所有女生都漂亮，比外冷内热的夏雪宜还漂亮，是一种真正的无所畏惧的被偏爱的冷美人的样子。

师门聚餐，偶尔几个学长会喝点啤酒，但都不多。陈应钟从来不喝酒，有人给他也倒上了一杯，但是从头至尾他都没有动过，反而是在最后结束时一饮而尽。

一行人在餐厅门口互相道别，说下次寒假再见。

陈应钟站在最后，脸色已经比之前低沉许多，再次对视时，沈殊先装作无所谓的样子问他："走吗？还是我自己打车？"

"跟我走。"

沈殊的气势突然弱了一点，并非心意如此："我自己打车也不是不行。"

石不言可算看明白了，关键时刻还得他出马。他在沈殊后背推了一把，让她正好撞在陈应钟的胸口，沈殊吃痛地眯了下眼睛。

石不言冲着陈应钟说："闹什么别扭，都是你给惯的，以前她才没这么矫情。"

"你胳膊肘到底往哪儿拐……"沈殊从牙缝里挤出这句话，假笑着冲其他人点了下头。有一个研一的学姐说羡慕，其他人也跟着起哄。

有人打趣说："幸好叶老师不禁止实验室恋爱。"

沈殊心虚地看了陈应钟一眼，见他已经没了明显表情，只是紧紧捉住她的手腕，挣也挣不开，轻声说："同一个实验室最好还是不要谈恋爱哦，会影响毕业的……"

轻飘飘这样一句话，轻易点燃了陈应钟一晚上的怒火。

等人散了，他一言不发地将沈殊拉到篮球场，借着一点似有若无的醉意，将她抵在篮球架上，倾身想吻过去时，停在她眼前，给她留足推开他肩膀的余地。

陈应钟说："黑眼圈都要掉地上了。"

"还不都是因为你。"沈殊越想越委屈，甚至垂下双眸，回避着他的视线，"昨晚，虽然我不知道我能怎么安慰你，但我想你是需要我的。"

陈应钟想起他说的人生第一次经历手术失败。

"累不累？"他们在一起整整四年，好像不擅长吵架，更擅长和好，陈应钟没有亲吻她，取而代之的是一个心疼的拥抱，"肯定累坏了。"

"没有，到家补了觉的。"沈殊踢了踢自己的腿，"就是过膝的高跟靴子穿了一整天，不知道是磨脚，还是穿不习惯，有点痛……"

陈应钟垂下目光去看："你穿什么都漂亮，不用为了我打扮。"

"谁为了你打扮了……"

"吃醋了？"陈应钟冲她笑。

沈殊回瞪他一眼："没、有。"

陈应钟看了她一眼，深深吸气："那为什么装不认识我一样？

明明是你先招惹我的。”

沈殊拿手捶他的肩膀：“哪有，明明是你害我难过。”

陈应钟轻笑一下：“因为叶老师的妹妹？”

沈殊有点惊讶：“……原来她是叶老师的妹妹？”

“嗯。”

沈殊轻轻推开他，不解地问：“他妹妹找你干什么？”

陈应钟花了几十秒组织语言：“叶老师打电话喊我回来，让我带她打游戏。”

“……你现在还打游戏的吗？”沈殊拧紧眉心，语气有点不乐意了，“你那么忙，我怎么不知道你还有时间打游戏……”

“不是你想的双排上分，是帮她通关一个解谜游戏。”

“他自己怎么不帮人家通关？”

陈应钟了然一笑：“她不让。每个人都有软肋，叶老师也不例外。”

沈殊觉得她大概能理解陈应钟的言外之意，但还是无法想象，甚至觉得有点荒谬。她小声嘀咕：“那也不能找你啊，你有女朋友的……”

“她也没让我帮。”

“那她还拉你胳膊让你帮她看装备呢？我都看见了！”

陈应钟稍微一愣，无可奈何似的伸手揉了下她的脑袋：“她故意的。”

“哪有，她跟你一样背对着门的。”

“她做给叶老师看的。”

“那叶老师也没生气啊。”沈殊想了想，“合着是我比较倒霉。”

“叶老师生不生气我不关心，我比较关心……”

陈应钟的目光从她微微含着水雾的眼睫，下移到她的鼻尖，最后落在她的唇上。他连声音也不自知地变得温柔：“什么时候可以吻你？”

“……才不要。”

“那就是现在。”

陈应钟倏地往前一倾，将她重新压回到篮球架上，轻轻咬着她的嘴唇，在她头脑昏沉的时候浅尝辄止。

“去看电影。”

沈殊反应不过来，轻轻“啊”了一声：“现在？”

她看了一眼手机屏幕，十点四十分。

“现在赶去电影院都只能看夜场了。”

“嗯。”

沈殊抱着他的脖子笑了一下：“忙了一整天不觉得累是吧？”

陈应钟走近一步，低下头凑到她耳边，暧昧地笑着：“今天晚上我是不打算合眼的。”

一秒钟，沈殊只觉得双耳都在发热。

说完，陈应钟又挺直着身体在她面前转过去，蹲下的时候冲她招了下手。

“……干什么？我能自己走，电影院没多远。”

陈应钟手撑在膝盖上，单腿接近地面，不给她拒绝的余地：“我背你。”

03

沈殊第一次跟陈应钟出国旅游，是在二十五岁读博士四年级那一年，她整日埋在数据和实验堆里，无数次地失败，无数次地偏差，无数次地停止手上的毕业论文撰写。

她甚至想过如果当年选择硕博连读就好了，好歹这样读到一半想退学还能顺利拿个硕士学位，也是这一年她突然意识到，做学问这件事天赋真的至关重要。

只是以“顺利毕业”为目标来反推可通过盲选的论文结构，这件事本身并不难，但真正地常年去深耕某一个细分领域，并且从中获得读书以外的精神成就感，这就太难了。尤其是越到中后期，收到博导邮件中的返稿，某一条评论写着——这是学术论文，不是故事会，不必增添这些描述性话语。

沈殊一下子有点崩溃。她躲在洗手间大哭了一场，但依然没有被打趴下，回到实验室自己的工位上，小心措辞给博导回复邮件，表明一定会改好。

直到被想投的核心期刊拟录用，她才稍微松口气。

但依然需要改稿，几万字的论文交流下来，能用的并不多。所幸有亮眼的地方和一些天道酬勤带来的侥幸，这让沈殊安心过了一个新年。

只有七天假，陈应钟也是。

这一年，他已经在交大医学院外科继续读博，但已经接近全年待在瑞金医院，论文没有少发，工作也没耽误，这让沈殊觉得有点挫败。直到陈应钟将自己的工资卡交给她，她先是下意识地想拒绝：“这是你辛辛苦苦工作所得，不用交给我啦。”

陈应钟正在调空调气温，窗玻璃上已经起了一层水雾，水蒙蒙的，但光是看一眼也能发现小区因为新年而挂上的红红火火的春节装饰。

“你先看看明细。”

沈殊当时坐在陈应钟租的公寓沙发上，她扫了一眼工资单，有点不理解地问他：“为什么每个月都有罚款？”

“你说呢？”

沈殊想到他之前说过的，因为想她而被主任罚款：“……我可不背锅啊。”

陈应钟轻笑着说：“你全责。”

“哪有？”

“每次急着回你微信，没少打碎输液瓶，也没少浪费手套。”

“陈同学——那你要反思一下你自己啊。”

陈应钟也坐到沙发上，手托着她的头，让她枕在他的大腿上，伸手轻轻揉着她的头发。这两年她把齐腰的长发修短，保持着齐肩长度的初恋款发型。

“你呢？”陈应钟随口闲聊，“我看你比我自制力强多了。”

“你就别逗我了，我有一天交论文，打印了这么厚一摞……”沈殊仰起头，拿大拇指和食指给他粗略比画厚度，“你知道的，打印博士论文本来就特别贵，都快小一千块了，我竟然等拿到答辩教室都没发现，我扉页学生姓名写的是你……”

陈应钟笑出声：“真的吗？”

“真的啊，我之前打电话不是跟你说过……”

他还在笑：“我记得。”

“我都快被我自己气死了……”

沈殊伸手拧了下他的耳朵，不使劲：“闹了个大笑话就算了，我的博导还特意把这件事点破，说我也太想念男朋友了，自那以后再也没有学弟追过我。”

“有这么可惜？”陈应钟不满地伸手去捏她的腰。

沈殊怕痒，扭着身体乱躲：“不可惜，不可惜，有了你还要什么学弟……”

“刚刚可不是这么说。”

“……刚刚是谁。”

一个烂俗的冷笑话，只要足够出其不意，就能让陈应钟突然笑得停不下来。他将沈殊一把拉起来，抱在怀里，人已经急不可耐地往她脖子和领口钻。

“……我才洗完澡。”

"嗯。"

沈殊不轻不重地揉着他的后颈，继续抗议："我说，我才洗完澡！我都不知道……"声音越说越小声，最后变成蚊子哼似的抱怨，"我都不知道是第几次洗澡了。"

"等下我帮你。"

"……你就是想欺负我。"

陈应钟用嘴咬开她的家居服拉链，停在令他呼吸紊乱的地方。

"欺负你之前还有件事差点忘了。"

沈殊"嗯"了一声，已经变了音调，她心虚地抿了下嘴唇："什么？"

"手。"

沈殊不明所以地将手抬起来，被陈应钟握住往下带。他不知道从哪里掏出来一个精致小巧的红丝绒首饰盒，沈殊肉眼可见地紧张起来。

陈应钟一直不开口说话，在他打开盒子露出一枚戒指时，她始终忍不住先开口说："……怎么好好的想送我戒指了？这个、应该、不是……"

"嗯。"陈应钟已经将戒指取出，"不是求婚戒指，是新年礼物。"

"对哦。"沈殊一时分不清是失落还是紧张，松了口气。

也是，陈应钟这个人怎么可能在这样随意的一个场合求婚。

沈殊绷直手掌，细看自己中指戴上的戒指，大小正好，是再完美不过的尺寸。戒指款式非常简单，细款铂金戒指，内嵌一颗多切面钻石，不惹眼，也不耽误动作。

"什么时候量的尺寸？刚刚好。"沈殊满意地冲陈应钟比了比，"我都不知道。"

"你不知道的时候多了。"

"……我怀疑你又在说一些有颜色的事情。"沈殊一把揽住他的脖子，夹紧胳膊，以逮捕的姿势吓唬他，"现在不是一定要你说，但是你所说的话将会成为呈堂证供。"

陈应钟勾起嘴角，继续亲了下她的下巴："今天是什么剧本？"

"今天啊。"沈殊想了想，"《陀枪师姐》？还是《黑猫警长》？"

陈应钟突然讳莫如深地笑了一下，被沈殊捕捉到。她勒紧他的后颈说："老实交代，你笑什么？我觉得你在笑我……"

"没有。"陈应钟求饶似的将手绕到脖子上，握住她的手腕，让她拿开一点，"我就是突然想到黑猫警长的名字。"

"它还有名字……"沈殊惊诧地看了他一眼，"你胡说的吧，你又不看动漫。”

“我多少还是有点童年的。”

“那它叫什么……总不能叫小黑吧？”

陈应钟不说话，安静了几秒，冲她挑了下眉：“我说了你不要觉得我在诓你。”

“我听听看。”

陈应钟说：“叫……”

“什么？”沈殊微微瞪他一眼，“还能叫小白？”

话音刚落，陈应钟低下头隔着衣服拿鼻尖蹭了一下，措手不及的刺激感，使得沈殊本能得一颤：“陈应钟！我以前怎么没发现——”

被他捏着下巴吻住，她没办法再完整地开口说话：“耍、赖。”

陈应钟在医院的实习工资和实验室的项目奖金、补贴都存在同一张卡里，在新年那晚交给了沈殊。她没有任何规划，目前也不会以任何方式使用。

陈应钟想了想，在第二天睡醒后，亲了一下她光洁的肩膀，趁她还在犯迷糊的时候提议说：“我们去日本旅行怎么样？用这笔钱。”

沈殊“嗯”了一声，疲倦得根本睁不开眼睛。

从办理签证到航班起飞，已经到了五一假期，满打满算只有四天时间，沈殊的博士毕业论文顺利进入定稿阶段，算是将毕业旅行提前。

时间有限，他们先去东京，后去大阪。像小樽这种沈殊从日本唯美爱情电影里看来的地点，行程已经容纳不下，只能等到以后时间充裕的时候再来。

到 TeamLab 的常驻展馆参观是很偶然的一件事。

陈应钟对此没有太多了解，沈殊是在女明星的微博上看过游客照，她给陈应钟介绍说，TeamLab 是一支由艺术家、工程师、数学家、建筑师、动画师等组成的设计团队，他们利用各自的审美和专长，设计并构建了融合艺术、技术和美学的独特空间。

展馆遍布世界各地，东京展馆叫“TeamLab Boardless”，国内翻译为“无边世界”，但是沈殊觉得用另一种更诗意的叫法更合适，叫“无界限”。

讲述人和空间、自然、宇宙之间的无界限。

场馆内主题颇多，主办方不提供任何地图，可以任意供游客探索，且最有意思的是这里也并不用文字和图片提供场景空间设计理念，甚至名称。

加之他们携手进入第一个场馆时。

世界骤然黑暗，只有斑斓的蝴蝶漫天飞舞，再走两步便是白色光带形成的瀑布与岩石，极致的华丽，却也带来极致的空洞，尤其是飘在地上的广告纸上写着——Universe of Water Particles on a Rock where People Gather.（在人群聚集的岩石上，注入了水粒子的世界。）

他们不约而同地看向彼此，似乎不用开口也知道彼此的用意。

一分钟以后，他们退出场馆，牵手走在了热闹的东京街头，沈殊买了一支冰激凌，咬了一口，冰得她牙齿直打颤。她自嘲道："一对没有审美的情侣退出了展馆。"

陈应钟很快接话："一对信奉科学的情侣没有感受到所谓的无边界。"

"技术力是有的。"

他说："要说是舞美效果也可以。"

他们相视一笑，很理解对方此刻的用词。

爱情需要很多的仪式感，每一件小事注入诚意就会显得珍重而踏实。相反，小到红豆面包、铜锣烧，大到北海道的情书、夏日的烟火大会，很多名不副实的浪漫，其实远不如大学食堂一碗麻辣烫，也不如写完的一张试卷，或抬头突然看见的彩虹和远山。

两人安静地并肩漫步，陈应钟突然说："但是我会记得今天。"

"我也是。"

他说："我会记得你身上飞满蝴蝶的样子。"

也许蝴蝶不能飞过千山万水，重要的是它们依然象征忠贞不渝的爱情。

同年六月末。

沈殊的博士论文和毕业答辩双双顺利通过，即将迎来学生时代的最后一个夏天，她选择回到上海，按照实际情况给几所高校投递了简历，陆续接到笔试和课堂试讲的面试通知。

她又回到交大附中，除了看望张桃李老师，也是想借用一下母校的空教室，她想在曾经她读过书的教室、陈应钟走过的窗外，进行试讲演习。

张桃李老师欣然应允，并热情表示，如果她需要，他可以召唤一整个班级的学生来听课，吓得沈殊赶紧摆摆手，满眼都写着拒绝，说自己一个人试试就好。

等晚自习的同学散了以后，沈殊将准备好的课件 PPT 拷贝到讲台电脑上。

她自如地微笑，自信地讲述。

从生命科学院的基础知识，由浅入深，讲到细胞、基因和这个世界的关联，并且在最后加入面试所需要的一些煽情环节。

也是她真诚想要成为一名大学老师的原因。

她以此鼓励了自己多年，也希望能够传递到未来的每一天。

“事情的结果很重要，可是人生的过程更重要。

“家人很重要，请原谅他们只能用粗鲁和简单的方式参与你的人生。

“最后请相信，你已经很棒啦。”

教室里空无一人，到结束时，明亮的灯光为陈应钟的赤诚做媒。他端坐在自己的位置上，在最中间、最后排，他举起手想要提问。

沈殊也配合地温柔笑着，冲他抬起胳膊：“这位同学，请问是有什么问题吗？”

“有。”

陈应钟站起来，一步一步走向讲台，走向她，再一字一顿地认真告诉她：

“十六岁，我们共用一间教室；二十岁，我们共用一间实验室；二十六岁，我想跟你共同拥有一个家。”他打开装好求婚戒指的丝绒首饰盒，朝着她，“沈殊，请嫁给我。

“我想跟你成为无话不谈的朋友，我想跟你分享我所有的灵魂与爱意。”

她重重地点头，扬起脸以最骄傲的姿态答应他：

“陈同学。

“我愿意。”

教室的灯光会在十六岁的夜晚偶尔停闪。

但爱是永不游移的灯塔。

番外二

光落在她脸上，相机里倒映着夏日的名字。

01

沈殊因项目需要曾经短暂在法国尼斯居住过半年，普罗旺斯风格建筑遍布大街小巷，在老城区走几步便可见美术馆映衬着旧城墙。

五月份，找了一个空闲的周末午后，沈殊沿着天使湾边蜿蜒的公路漫步，南法的气息从粉蓝色的海岸拂面而过，她给陈应钟拍了一段视频发过去。

很快，他回拨了视频通话，两个人相视一笑。

沈殊故意数落说："国内几点啊！还不睡觉呢？"

"刚洗完澡。"

"今天工作很忙吗？"沈殊估算了下国内的时间，大约是凌晨两点。

"没有，下午调休回了一趟学校，给系里录制毕业祝福视频。"

沈殊迎风微微眯起眼睛，很轻快地笑着说："年年都拿你当招生招牌，不知道又要吸引多少漂亮学妹来加微信。"

陈应钟拿手指戳了戳屏幕上沈殊的额头，无奈地笑着："她们看见我的微信头像就不想加了。"

沈殊将耳机往里塞了一些，低下头点开陈应钟的微信，仍是她十年前逛水族馆被拍下的一张照片。斑斓的热带鱼前，比海底更为澄澈的少女侧过身好似能听懂鱼群的呢喃，光落在她脸上，相机里倒映着夏日的名字。

陈应钟不知道是恋爱的第几天就换上了这张照片做头像，一用就是好多年。

进入医院实习到规培结束，正式分到肝胆胰外科工作时，有一位关系亲密的导师在工作群中开玩笑说，每次找陈医生，都要点开他的微信头像多看几眼，唯恐是同名的其他学生，要是找错人就不好了。

其他人也深知导师说的是玩笑话，便纷纷接话，惋惜外科最帅的医生早早名草有主。

沈殊想到这里，爽朗地应道："也是哦，你都被导师笑话了，还没换呢？"

"你有其他满意的照片吗？"

"还用我照片啊，那不是一个效果吗？导师又要笑你了……"

陈应钟坐在书桌边，将暖黄的台灯打开，放稳手机，随意拿挂在脖子上的干毛巾擦了擦自己的头发："让大家笑一笑吧，在医院这种相对压抑的工作环境里，其实也没太多乐趣可以分享，何况……"

"何况什么？"

陈应钟无所谓地笑了一下，认真地看向她："何况这对我来说是归属感，不是烦恼。"

沈殊闻言，心头一悸。她不得不承认，纵然相恋多年，她也还是很容易为这样认真的表达而心动。

"怎么那么会说好听的话啊……"沈殊挪开手机，让镜头对准波光粼粼的海面，岛屿零落，有恋人的热吻，也有多条木船并排被拴在岸边，随着水波摇摇晃晃，"看，还有人在船只上睡午觉，好想体验一下这种感觉。"

陈应钟突然冲她挑眉，笑着说："你体验过的。"

"哪有……"

"经常。"陈应钟说得很笃定，"很多个这样的夜晚。"

沈殊很快联想到他的潜台词，羞怯地加快语速："……不许说了！我这里还是大白天！"

陈应钟点到为止，但是笑意不停："我这里是大半夜。"

"不跟你闹了，你擦干头发赶紧睡觉，明天还得早起去医院呢。"

"不急，陪你一会儿。"

沈殊拿他没办法，微微瞪了他一眼："我不需要，快点睡觉！"

“我需要……”陈应钟将手机调整了位置，靠着玻璃杯，整个人趴到桌上，曲起双臂枕在下巴上，慵懒缓慢地说了一句，“我很想你……”

“我也是。”沈殊心里也一阵酸涩，缓缓说着，“今天工作还顺利吗？”

陈应钟很快理解，她或许想问，今天工作是否不够顺利、是否发生了什么事情，不然极少见他脆弱流露的时刻。

“顺利的，我没事。”他很清晰地回答。

蔚蓝深处有出航的游船，甲板上身姿挺拔的黑丝绒长裙少女优雅地拉着小提琴，缥缈断续地乘风而来，听不清是属于谁的哪一首。

额前碎发拂过，耳边有风，像是恋人的誓言吹到了上帝的耳边。

陈应钟在听不清的琴声里，低声哼唱着：

“是否应验了我曾说的那句话，情到深处人孤独。”

02

沈殊在北大读博时，经常在电话里跟陈应钟提到北京的胡同和燕园的夏秋，紫藤萝会从红墙蔓延至学生的窗前，石碑人像又经历了几番灰蒙蒙的风雨。

由于医学生几乎没有完整的长假，加上陈应钟除了在医院实习，还要挤时间回学校参与叶朝陵的科研项目。他几乎只能在工作日调休时赶红眼航班飞去北京，多是匆匆探望沈殊，陪她在燕园散散步，听她讲述，不算真正在北京旅游过。

趁博士四年级北方气象台一度预警，今明两天北京地区将迎来今年的第一场暴风雪，沈殊给陈应钟打了一通视频电话。

原本只是想让他看一眼今年的第一场雪，结果只有地上白霜。

更没想到的是，就算没有下雪，当天夜里陈应钟还是来到了她眼前。雪好像从他走出机场那一刻开始，迷雾散尽，天地之间只剩沙沙作响的冰雹声，还有不偏袒任何人的月光，照在结冰莹亮的地面上。

沈殊打开宿舍房门，被陈应钟紧紧拥抱在怀中时，一句低吟的“我来了，下大雪了”，瞬时催生了沈殊心头浪漫的萌芽。她随意拿起叠靠在椅背上的棕黄色大衣，顾不上去扯挂在镜子边的羊绒围巾，直接挽着陈应钟慌慌张张出了门。

沈殊嘴里念着：“门是不是没锁啊……”

陈应钟无奈地笑了一下，一手拖着行李箱，一手将沈殊揽在肩下，肯定地告诉她：“锁好了的，你慢点儿走，小心摔了。”

“不行！再晚就要来不及啦！”

“怎么？”陈应钟贴在她耳边，话语随着热气传出来，“今天是什么剧本？”

沈殊微微瞪了他一眼，嘴上却不依不饶：“你再不快一点，我的衣服可就要干不了了……”

“你不是每次都穿我的？”

纵然声音很低，四处无人，沈殊还是害羞得整个人缩进温暖的大衣里，只露出鼻子和眼睛在外面，用飞快的语速说了一声：“还不是看你喜欢啊……”

“嗯。”陈应钟理所当然地说了一句，“我是喜欢的，不过你穿什么，或者不穿，我都喜欢。

“快走！再晚真的来不及了！”

沈殊不跟他在路上胡闹了，低头拿着手机预定心仪已久的胡同酒店，一边加快步伐，却还是被陈应钟拉回到怀里。

沈殊不解地茫然抬头望向他：“怎么啦？”

“刚见面就急匆匆出门。”

沈殊的表情更为疑惑：“嗯？”

陈应钟毫不客气，但动作轻柔地将她的大衣拢紧，他突然的凝望，让许久不见的沈殊有一丝紧张。

纵然是北京的夜晚，也并不热闹，隆冬的温暖全靠路边玻璃窗上透出来的淡橙色光线，能将她脸上的肌肤衬得莹亮又温柔。

陈应钟喉咙发紧，在吻落下去之前，他脆弱又慎重地喊了一句她的名字。深吻令人忘记零下凛然的冷空气，沈殊听话地张口，在他的强势主导下交替着呼吸，像一条涸泽之鱼，缺氧和失重同时到来时，脖子被他的手指摩挲着，微微生热，补上了他们约定俗成的见面吻。

陈应钟在路上甚至设想过沈殊可能会带他去天安门广场等升旗，或者带他去吃北京独有的夜宵，但没想到出租车会停在狭窄的胡同口。

“下车！我的精选胡同酒店！别看外面比较老旧，里面在保持了胡同特色的情况下，又做了一些很有品位的装修，还挺文艺的。”

“来过吗？”

“没住过，跟学姐逛街的时候有经过过，看了几眼。”沈殊知道他没别的意思，还是故意逗他笑，闹着发誓，“我发誓！我绝对没有跟别人住过酒店，就只跟你来过，房顶瓦片能走人，还能吃个早餐呢。”

陈应钟见胡同里的声响过于明显，没跟她胡闹了，捏了一把她的脸，握紧她的手继续往目的地走。

幸好没有赶上旅游旺季，房间大多都是空着的，听前台姐姐说，晚上枯萎的葡萄藤花架下还有一场小型的演奏会，民谣性质的，来的人不多，有些是社交平台慕名而来喝杯咖啡顺便打卡的年轻人，有些只是避雨经过进来短暂停留。

沈殊选了胡同大院最远的一间房，进去后还在感慨，外部设施建造得颇有韵味，里面怎么全然一副现代酒店的模样。

还没来得及环顾四周，陈应钟已经替她解开了大衣。

“……你说明天，哦，不对，也就是今天了，会下雪吗？”沈殊任由他主动贴近自己，将外衣挂好，“新闻一直推送说今天会有今年的第一场雪。”

“会的。”陈应钟说。

沈殊笑出声，主动踮起脚搂住他的脖子，挑衅似的问：“这位陈同学，你到底有没有在认真听我说话啊？回答得这么肯定。”

陈应钟将她的手拿开，贴在唇边亲了一下，继续检查房间里的设施，确认暖气足够充足以后，他只将浴室的空调调高。

热水腾腾地冒着热气，第一遍简易清理消毒完浴缸，第二遍再放满水时，沈殊已经被他剥了个干净，用恒温的浴巾裹紧，推着走到浴缸边。沈殊好似故意，微微打着颤，锁骨颤抖时更为明显。

陈应钟低着双眸向下扫过她：“别胡闹，先泡个热水澡。”

“我一个人？你不冷啊，北京的晚上零下好几度哎……”

“我不冷。”陈应钟意味深长地靠在门边，“我热，比水还热。”

“啊？”沈殊并非故作娇羞，在调情这件事上，她总是肆意挑起，但并不能真正招架，尤其是当着陈应钟的面。她愣了几秒低下眼伸手把浴室的门给关上，忽然抬头看向他，郑重地踮起脚，又停住。

接着更为郑重地，环住陈应钟的脖子，吻向他。

亲上去的那一刹那，温热、温软，纵然他们相恋多年，她依然不会什么技巧，很容易动情，也很容易恢复到第一次接吻那般的紧张和青涩。她耳边的发丝落在肩上，被陈应钟撩到耳后，擦过她的肌肤时，微微发痒。

那一刻沈殊在想，这是不是雪的味道？

思绪还在乱飞迷离时，她已经坐在了浴缸边缘，陈应钟俯身继续吻着她的脖子，她趁乱催促着他：“快出去，我要开始洗澡了……”

陈应钟几乎笑出声，手指用力捏在她的腰上：“这会儿知道赶我走了？”

“我就不多留你了，毕竟是正人君子陈医生。”

这几个字沈殊咬得格外重。

说这话时，她的眼眸清澈又坦荡，像是吃准了陈应钟拿她没办法。但浴室里的热气越来越重，染在她的双颊，淡淡的绯红，让人更为心动。

只几秒，她的肩膀便被人握紧，牵引着她的手反撑在浴缸另一侧的边缘上，浴巾还上紧下松地裹在沈殊的身上，水中的热气升腾，奔向她的后背和腰身，让她浸润在温暖的气息里，陈应钟的手臂更为有力，他也撑在沈殊手边，给她借力，让她依然能够在身不由己时与他十指紧握。随之是肩膀颤抖时，耳边汩汩的水声。

……

黑夜里，雪片静悄悄地铺洒人间。

一捧雪从院内树梢分散而落，一簇雪从窗框上掉下来，砸到玻璃。

明明是细微的声响，却吸引动情的两个人不约而同回过头。

玻璃隔开了冷和暖，整条胡同早已经白皑皑一片。

沈殊先是一愣，而后突然欣喜地搂紧陈应钟，告诉他：“下雪了！陈应钟，真的下雪了！这是今年的第一场雪！”

陈应钟轻轻“嗯”了一声，让沈殊依偎在自己的肩颈之间，看她激动的傻样子，只觉得可爱，心头还有一丝暖意。北京今夜的第一场雪落在他最爱的那一刻，真好啊。

年年岁岁，他们不止有无尽的夏天，冬天，还有无尽的爱意。

番外三

爱情这东西我明白，但永远是什么？

沈殊读博期间有几年在国外，没能够凑上回国过新年的假期，她远程跟章昀芝视频，此刻章昀芝正在准备年夜饭的材料。新鲜的活鱼在一边的塑料盆里扑腾，引得章昀芝抱怨：“这条鱼又跳出来了！真有劲儿！”

沈殊笑着问她：“今年还是在巷子里跟其他人一起过除夕？”

“那可不，多少年都这么一起过的，加上巷子里还有几户人家的孩子正好高三呢，也没那么多时间回老家凑热闹，留在这里过节是最合适的。”

沈殊正在租的学生公寓里，隔着时差，给自己热了牛奶。

“时间过得好快，巷子里打打闹闹的孩子们都要高考了，你也已经不是那个每天跟在妈妈身后转悠的小姑娘了，将来有一天你变成别人的太太、孩子的妈妈时，你就会知道我现在的心情了……”

沈殊有意笑话她：“我说章女士，怎么又开始催婚了呢？”

“不是催，我跟陈应钟的爸爸妈妈也见过、吃过饭，我们双方父母都支持你们俩恋爱和结婚，也这么多年了，知根知底的，难道你还有什么信不过的？”

沈殊：“那也得等我回国读完书再说。”

章昀芝手里切菜，一刻不停歇：“不是我说，陈应钟这样优秀的好男孩真的是打着灯笼也找不着，你读书跟结婚又不耽误。”

沈殊往镜头里看了看，生硬地转开话题：“章女士在忙活什么呢？都切老半天菜了，什么菜这么费劲？”

“荠菜，晚上准备包饺子，陈应钟爱吃，但是他不喜欢太冲的味道，这些荠菜我得切碎一点，再多挤几遍，水分挤干净了就更好吃些。”

沈殊故意撒娇：“你就一天到晚把陈应钟挂嘴上吧！”

“那人家是好啊，你不在身边，他再忙都来看望我。我让他别操心，他还是继续来，在店里没少给我帮忙。人家吃个饺子还不行啦？”

沈殊无所谓地笑了下：“行——那让他陪你过年，我也放心。”

章昀芝话题一转，又把压力给强加回来了，叹着口气说：“那也不合适，人家只是没结婚的男朋友，也没订婚，八字没一撇呢，大过年的来看看我都是情分，有礼貌，有教养，抛下父母陪我过年算是怎么回事？”

得，这又怪她了。

沈殊赔笑说：“你饶了我吧，大过年的，我一个人过年可怜兮兮的。”

章昀芝这下倒是真伤感了，毕竟女儿学业再忙，以前在国内，来回都方便，加上沈殊从小在她身边长大，两个人相依为命，虽说经济条件差了点、赚钱辛苦了点，但毕竟能相互照顾，团团圆圆。

章昀芝洗了下手，拿起手机，对着镜头关心地问：“那你怎么过啊？有其他中国学生一起吗？别一个人在宿舍待着。”

“我知道。”沈殊笑着，用轻松的语气开着玩笑，活跃下气氛，“你就放心吧，我晚上也包饺子，你不在身边，我就自己给自己切点荠菜。”

“还争呢？陈应钟再好那也是因为爱你、照顾你，我才喜欢他，哪有什么人能跟自家闺女比？我这不是也照顾不上你。”

“我知道的……”

……

沈殊往家里打完这通电话，反而是有点心里空落落的。她原以为她这人不怎么在意新年，往年都没当回事，只觉得是寻常的假期，尤其是这几年年味越来越淡，鞭炮、烟花市区也不让放，房屋密集的老城区想放更是难上加难。

这样想着，沈殊给陈应钟发去微信消息。

陈应钟在医院和实验室之间穿梭，不能及时回复消息是很常见的事情。刚开始异地恋，沈殊还不太适应这样的“消失”，尤其是某个话题刚说到一半，戛然而止，等他忙完再回来时，文字还停留在上个话题，但问候已经是几个小时后的事情，不上不下的，接也不是，忽略也不是。

直到两个人都忙碌起来，反而形成了一种不会患得患失的默契。

如果有人没及时回复，那一定是临时去忙了，但凡有一点可能性都会先交代一句，等晚上聊天，如果还想说白天的话题，两个人都不拧巴，也不觉得多余，自然而然地提出来便是。

常年下来，反而应了他们还在读高中那会儿说过的——

只要太阳每日更替，我的爱就能把旧话重提。

等沈殊去中超采购好清单上的材料时，陈应钟仍旧没有回复。这在除夕这天来说，有一些反常，放平时沈殊也就不多问了。

但在今天，在她心里有些脆弱的时刻……沈殊主动打了个视频电话过去。

陈应钟接通，人在出租车上，穿着驼色大衣配了一条灰色粗线围巾。镜头里的他稍显疲倦，但眉眼仍带着笑意，整个人在出租车的座位上坐得很倾斜，以至于看起来像是窝进了温暖的围巾里。

"你这是要去哪里呀？"沈殊仔细看了看视频里显露出来的极少的景色，视线最终落回到陈应钟身上，"外面好像下雪了。"

陈应钟轻笑一声："还没，天气预报说晚点有雪。"

"你还没说要去哪里呢。"

陈应钟若有所思："去约会。"

"扣分！"沈殊知道他不会拿这种事开玩笑，也知道他不会去跟异性单独相处，何况是除夕这一晚，但还是很配合地嘟囔着，"不怕我生气啊？"

"你也认识。"

"……谁呀？"沈殊心里隐约有了预感，但仍是不可置信，毕竟美签不好办理，她也没听他提起过，"不会是我吧——"

陈应钟面不改色："没有，我去看看外婆，除夕了。"

"是哦。"提到外婆，沈殊又有点伤感，一下子想起了很多他们在外婆老宅子里浪费时间、摩挲彼此脸颊、看水下烟火的画面，心里温润，轻轻喊了喊他的名字，"……陈应钟。"

"嗯。"

"陈应钟。"

"我在。"

“你去看望外婆，帮我告诉她，我回国一定去看望她。”沈殊深深吸了一下鼻子，“也告诉她，我很想念她。”

陈应钟静了几秒，认真盯着她的眼睛问：“那我呢？”

“什么？”

“想我吗？”

沈殊闻声而笑：“想了一下下。”

“就一下下。”

“对，我这边留学生可多了，晚上要一起吃饭过新年，才没有空想你。”沈殊不擅长口是心非，很快补了一句，“你呢？有想我吗？”

陈应钟如同十八岁那样，仍旧只会给她坚定且明确的回答：“当然。”

“那不是显得我不够义气了？”

陈应钟笑了笑：“习惯了，不过我本来也希望和愿意我喜欢你更多。”

司机师傅见惯了年轻情侣坐车打视频，但仍旧被这两个文绉绉的人打败，轻轻笑出声，回头不好意思地跟陈应钟说：“还是看年轻人谈恋爱开心。”

沈殊在电话这头听见了，脸皮薄，有些不好意思地扬了扬手臂：“我还在采购除夕夜吃的东西呢，我就先挂啦！看你一直没回才打电话的！”

“好，你注意安全，拿不了的就跟同学求助一下，别逞强。”

沈殊看向他，安静了几秒，点了下头快速指了下自己的嘴巴。

不等陈应钟真的做出什么反应，她已经把电话挂断。

时差关系，其实这一批留学生仍旧选择了按对应国内除夕的时间聚餐，沈殊跟租的别墅里面的同学大部分都不认识，只有少数几个是因为同校见过几面，另外还邀请了两个东亚来的同学。

沈殊积极参与，但她不适应一群中国人用英语交流的环境。倒也不是排斥，她很能理解这是为了照顾其他国家同学的感受，但是她在包饺子时很轻易地犯困了，越是身处热闹，越是容易觉得耳边出现了白噪音。

沈殊不想扫其他人的兴致，借口要跟家里人视频，先回自己租住的公寓楼，想着等晚上一起打牌或者玩游戏的时候再来。

她一个人走在陌生又熟悉的街道上，其他人不理解她的欢乐其实与他们并不相通。二月是属于橄榄球和胜利的季节，马路两边的玻璃橱窗里不是残留着圣诞节欢乐的痕迹，就是挂上了橄榄球运动服相关的热销商品。

这更是加重了沈殊在异国的孤独感。

没多久，陈应钟说的国内的天气预报，在国外也一样适用，傍晚开始落雪，沈殊只穿了一件紫色的毛衣外套，她摊开手接住一片雪花，松软如绵，没有痕迹地散开，是不沾着雨水的那种，也是沈殊喜欢的那种。

她拍了一下自己的掌心，眼看着即将越来越大的飘雪，给陈应钟快速发过去一张照片并附上文字：我这边也下雪啦！也算是一起看过今年的雪了！

陈应钟秒回了电话："我这里也下雪了。"

沈殊穿过面包店门口排长队的人群，鼻息间却是香甜的味道，明明地面还没有积雪，但是似乎已经吸去了世界的声音，此刻静悄悄的仅剩彼此。

沈殊沉默半晌："……你在就好了。"

"我在的。"

沈殊有点委屈地轻笑："在同一个地球吗？"

"在你身后。"

沈殊一直没出声，陈应钟又说："在你公寓楼下，有个红色邮筒。"

沈殊微微张口，扬声问他："真的吗？"

"真的。"

"那我立刻去找你！就几十米了！"沈殊几乎哽咽，"面包呢？你饿不饿？我现在旁边有家很出名的面包店，我可以立刻排队！你累不累？"

陈应钟笑着安抚她，问题噼里啪啦地砸向他时，他的声音仍旧是不疾不徐的平和："我不饿，也不累。下雪天，你慢慢走过来。"

"好！我马上就到！"

陈应钟还想说什么，但是已经听见她轻轻的喘息，在昏黄的路灯下落下一声轻笑，也不再多叮嘱她。

等沈殊出现在他的视野时，两个人的视线几乎是同一时间交汇。

沈殊跑向他，喘着粗气问："你怎么来了？"

陈应钟却是随即低头前倾身体亲吻着她。

原本只想浅尝辄止，但是飘雪足够浪漫，思念也足够轻盈，急促的呼吸声纠缠在一起，沈殊几乎是在来不及反应的情况下，抓着陈应钟的胳膊带他进入了自己的房间，房门只是“咔哒”一声自动带上了，没有来得及锁。

沈殊已经被陈应钟反扣在门上。

她整个人窝在陈应钟的怀里，鼻子抵在他的锁骨和肩颈之间。她和陈应钟这一年只隔着视频相见，没想到他的身材比清瘦更多了几分力量，他好似能轻易将自己带离地面。沈殊只觉得喉咙发干，闷声被陈应钟抱到了书桌上。

陈应钟吻着她的头发，低声动情地说：“我很担心飞机延误。”

沈殊恍惚着轻笑：“但是又很想下雪？”

“对，我知道你喜欢下雪天。”

“嗯……但是我更喜欢你，更喜欢你来陪我。”

陈应钟的手指陷入沈殊脑后的发丝之中，他回吻着她，令沈殊透不过气，分不清时间，直到楼下那个只在晚上七点报时的老式挂钟响起。

沈殊挣了挣，起身站在地面，问他：“要不要洗个澡？”

陈应钟没有出声。

沈殊着急解释：“我的意思是，你洗个澡缓解下疲劳，正好也暖和一点，我、我去煮点东西，我们俩好好过除夕！”

陈应钟平声问：“你饿吗？”

“我？还好……我跟同学一起包了饺子，第一锅下去就吃了几个了。”沈殊想起来似的，赶紧拿起手机，“我给他们发个消息，得说一声晚上不过去了。”

陈应钟有心笑话她：“晚上不过去了？”

“对呀，你不是来了吗？”沈殊说得理所当然，“我们晚上还出门吗？”

陈应钟讳莫如深地笑了下，凑近一步，亲了下沈殊最敏感的耳朵，吓得她差点弹跳开，却被陈应钟按回到怀里，柔声哄着：“晚上你应该是出不了门。”

沈殊不说话了。

“明天也难说。”陈应钟说得像是医生在开处方，“我不保证。”

沈殊捂住自己的耳朵，只觉得脸颊已经发烫，不许他再胡说了。她搂紧他的腰身，将脸彻底埋在他的怀中：“陈应钟，你能来我真的很开心。”

陈应钟上下摩挲着她的后背，摸到清瘦的背脊，眼神落在窗外的飘雪上，这一刻只觉得天地寂静。

他说：“每一次见你，我都以为我不会再心动了，我以为我会习惯。原来不会，原来人可以无数次地心动和难以自控。”

沈殊微微仰起头，望向同样看着她的陈应钟。

她想，她大概第一次知道什么叫一眼万年。